U0954280

目录

引 子 …… / I

舅母还在时 …… / 001

第一年（2000 年）…… 从来银汉隔双星 / 009

第二年（2001 年）…… 独身宛转随娇女 / 017

第三年（2002 年）…… 癌妖何足畏 / 049

第四年（2003 年）…… 医来必有病 / 113

第五年（2004 年）…… 从此胸中无块垒 / 171

第六年（2005 年）…… 我比耶稣晚两周 / 193

第七年（2006 年）…… 三径就荒甘寂寞 / 221

第八年（2007 年）…… 故人星散绝云霄 / 239

第九年（2008 年）…… 而今往事成遗迹 / 263

第十年（2009 年）…… 即此亦千秋 / 325

附 录 …… / 385

后 记 …… / 403

我的舅舅杨宪益

赵蘅 著

中国出版集团
中译出版社

引　子

2009年10月10日下午两点，舅舅离开了住了近十年的小金丝胡同六号。

那天我们谁都没料到他不能再回来。几个邻里大妈像平日里一样立在胡同口瞅着，这辆她们熟悉的轮椅被推出来，不过是一桩家长里短的事。众目睽睽之下，我忙着把车倒得离轮椅再近点儿，然后奔下车协助护工小连搀下老人，再小心翼翼地护送进车内。

我的车小，塞到后备厢里的轮椅露出半只轮子。我们一行四人，由坐在副驾驶座的表妹杨炽带路，在"胡同游"的簇拥中开出北官房胡同、跨过银锭桥，直奔东北方向，朝着西坝河南路煤炭总医院驶去……

四十三天后，老人仙逝。

同在11月下旬，只差一天，舅舅与舅母的离世相隔整十年。

小金丝胡同六号成了杨宪益在北京近半个世纪的最后一个居所。

舅舅杨宪益的孩子们
杨烨（后左）、杨荧（后右）、杨炽（前）在南京，20 世纪 50 年代

外婆和孩子们
左起：舅舅杨宪益、外婆徐燕若、姨妈杨敏如、妈妈杨静如（笔名杨苡），1934 年

舅舅杨宪益和舅母戴乃迭在重庆的结婚照，1941 年

舅母还在时

这是个幽静的四合院，有枣树和青砖地。[1]常会听见舅母从东厢房里发出“嗒嗒嗒……”的打字声。她高耸的鼻梁，淡黄短短的卷发，瘦高俯身的侧影映在古色古香的窗棂里。那几年正是中国的饥荒年，听说舅母要求减薪，在他们家圆圆的饭桌上，出现了窝头。

——2004年，2010年7月补写

“文革”中我仅见过舅母一次，是在魏公村路口。那天我正埋头走路，舅母骑着自行车由南向北行色匆匆，她的样子变得厉害，原先一头赭金色头发变白了。我心里一惊，却没敢打招呼，她已经骑远了。

舅母去世后，我从她的外国朋友戴安娜·拉瑞的纪念文章里才了解，北大有一位美籍教授鲍勃·温德是舅母的朋友，也许我看见她的那天，她正是去看他。她当然不会知道，自己即将面临牢狱之灾。

——2004年

---

① 1958年，杨宪益一家被安排到北京东城区居住。他在自传里写道：“那座房子位于北京城东北部一条叫作八宝坑的胡同里。庭院非常宽敞，长着一些枣树和胡椒树。”1960年后舅舅一家搬出，重回外文出版社宿舍。

大家正聊着天，客厅里回荡着《天鹅湖》的旋律，杨烨会突然出现，两只手捂着两只本来就有点招风的耳朵，然后全然不顾地迅速挪掉唱机唱头，扬长而去，或是换上阿尔巴尼亚歌曲《山鹰之歌》[①]，因为这是他认为唯一可听的音乐。

一天，我和他一起看舅母，从协和医院出来，我们径直去了王府井新华书店。我在大厅里左顾右盼着，他已锁定并始终逗留在马恩列斯毛著作专柜前。他也并不买什么，他就是要这样保持“忠诚”。

——2004 年，2010 年 8 月补写

那场灾难之后，坐在我面前的舅母依然平静含笑。她每天都要抽时间摆弄屋里屋外的花花草草，她的外甥女婿曾到戒台寺为她挖了一棵竹子。她给窗下仅有的小块地细心浇水，认真地把它当作真正的英格兰花园，太阳光洒在她身上，不由得使我想起印象派大师莫奈的画。

——1999 年 11 月，2003 年 2 月补写

她喜欢戴一只红色的发箍，和她的白发很相配，她又特别爱穿中国的蓝白图案的蜡染褂子，不知为什么对她这样典型的西方女人会这样合适，好看得像一幅画。

——1999 年 11 月

① 阿尔巴尼亚电影《山鹰之歌》的插曲。当时在杨烨看来，听外国音乐只能听一种，那就是阿尔巴尼亚的。假如他偶尔听到别的西方旋律，会马上说“对不起”，并且带着狡辩的口吻说：“我刚听见几个音符。”

舅舅、舅母的对饮是从每天的傍晚开始，这意味着书房里的打字机为主人服务了一天，可以暂时歇歇了。常会加入好酒好文的朋友们，男主人越喝越幽默，女主人越喝越直率得令人汗颜。甘家口公寓那不大的客厅里笑声迭起，舅舅更是妙语连珠。有一次他讲起在日本学茶道的经历，说着说着竟跪到地毯上模仿起来。[①] 而我作为晚辈亲戚只会在一旁傻乐。

——2001 年 5 月

一次家族聚会中，老少辈分桌用餐，席间我去给长辈们敬酒，走到舅母跟前，她忽然用蓝眼珠直盯着我说："小采，你是我们最漂亮的姑娘！"顿时弄得已过三十岁的我当场涨红了脸。又一次见面，舅母问起西方当代儿童文学作家的名字，我一位也回答不出来，已经很窘了，她突然又说："小采，你应该写有争议的书。"这句至理名言今天回忆起仍旧如雷贯耳。

——1999 年 11 月，2010 年补写

自从舅母病后，舅舅先是劝阻她少喝，后来他偷偷往酒里兑凉开水，越兑越多。舅母喝出不是酒"抗议"过，却经不住丈夫的爱护。渐渐这客厅里完全变成舅舅一个人独饮了。

——2001 年 5 月

在敏如阿姨的周旋下，1995 年春，舅舅、舅母

① 那晚和舅舅同时跪在地毯上的还有范用。在座的有黄苗子夫妇等朋友。

被安排搬进了友谊宾馆颐园。友谊宾馆建于50年代初，具有古建和庭院结合风格，颐园立有仿古牌楼不知是否同出一辙。宾馆东门外这条白石桥路后来叫中关村南大街，我就住在马路对面。隔不几天，我会过去陪舅舅坐一会儿。我知道他并不喜欢这里与世隔绝似的，见不到他爱逛的地摊市场，朋友来看他也不方便。我们甚至猜测过那些就待在隔壁的服务员，叩门进来东抹西掸几回，只是佯装罢了。四首迁居打油诗信手拈来。

从此，颐园三十号居所外每日会晾出一绳子舅母的衣裤，我常看见舅舅亲自在叠晾干的，虽然叠得不大像样。晚上不到八点，舅母便被搀进里屋睡下，这是一天下来舅舅暂时松口气的时刻。冬天这宾馆式的公寓里弥漫着热烘烘的暖气，夏天的窗外那高大浓密的杨树在晚风里发出沙沙声响，一切是那么的宁静，使人暂时忘掉不幸。

我们什么都谈，但他从来不吐露内心对舅母的担忧。

一次他非常公允地把自己和同辈大家比较长短。

又一次，他把写钱锺书的文章[①]拿给我看，这也是我第一次看见舅舅的手稿。

——2001年5月，2010年7月补充

---

① 是篇约稿，题为《回忆钱锺书兄》，刊于《博览群书》2000年第7期。文中写道："一九八九年我曾写过两句打油诗，是'有烟有酒吾愿足，无官无党一身轻'，他不知道在哪里看到了或听人说起，忽然高起兴来，给我写了一封信，说他很欣赏我的句子，但觉得'吾愿足'和'一身轻'对得不够工稳，建议改为'万事足'和'一身轻'，问我如何。我看了信笑一笑，就放到一边，也忘了回他的信。"

我去看杨荧。当舅舅陪着终日在半醉中打发日子的舅母睡去后，两个表姐妹难得长聊。

也许她在美国，家族的观念反而更强，从老到小，她都历数一遍，甚至惦记第四代会由我们哪个孩子产生，是赵家小春，还是罗家小彤？她说："当我每次回来，问起爸爸一些事怎么处理，他都没意见，让我自己做主，我忽然感到他老了，而我长大了。""想想我妈这辈子……"隔着眼镜片，但我感到她的伤感。

接着她讲了很多关于申请大房子的事，她说她爸满不在乎，与世无争，清高的脾气使他对很多事情依然毫不在乎。

——1998年6月1日

舅母几次住院，我去看他们总是百感交集。她那依然美丽高贵的面容与痴痴呆呆的神经、衰弱不堪的肢体形成的反差使人辛酸。她虽然不是我的母亲，我对她的尊敬和爱戴是带着一种超越血统、超越国界的情感。护士们都喜欢上她了，因为她的直率、天真、教养和善良。我一次次陪，一小时一小时过去了，总是这样，带着家族的任务而来，带着依恋的心情而归。我清楚舅母早晚有一天会离开她的第二祖国，离开我们这个大家族，我会永远怀念她，永远爱她。

——1998年6月1日

一号晚去看了舅舅、舅母。二老更加衰老，一个更瘦了，一个因喝酒浇愁而脸肿。两个看护在舅舅面前殷勤又笨拙地侍奉他的呆傻老伴——日复一日的唯一情景、唯一生活、唯一无可奈何的寄托。我想多聊些外面的新闻给他听，看他带着困意的应付就早早告辞了。

——1998年6月1日

今天是舅舅八十五大寿，昨天下午陪李耀林去为舅舅祝寿。他在友谊宾馆商场买了一瓶尖庄，花去百余元。他和舅舅对饮中，舅舅说："我只和毛主席握过手，喝过酒，谈过话。还有周恩来。因为她（舅母）是外籍专家，每年要请，我是家属，陪她去。

"很久没有给晚报写东西了，那还是闹三家村时，那个自杀的是谁？（我提醒：邓拓）邓拓，我写过一些，后来就没写了。去年订了晚报，今年落了，没订上。现在报纸没意思，没什么可看的。

"刘罗锅好玩，乾隆太严肃，想给他平反，说他是君子，四十集还早着呢。[①]

"你们的燕山夜话要找点人写写，太老的写不了了，可以找找。我的生日前年是12月26日，圣诞节第二天，去年没有过，因为闰年。"

当场做打油诗两首。今天经他本人核对，抄好一份留给杨荧，一份转给李耀林，原稿我留下了（再抄一份寄给我妈）。这是舅舅生日最大的收获。

上午和傅去为舅舅祝寿，并带去一只大蛋糕。大姐

① 刘罗锅和乾隆，是当时正热播的电视剧中的人物。

也来了，一屋子很热闹，拍了许多照片，舅舅显得精神，干净，舅母一双蓝眼睛依然很亮，大家都为她高兴。

——1999 年 1 月 14 日

昨天是舅母八十大寿，傍晚冒着寒风送去八只小花，用我兜里仅有的三十元。友谊宾馆三十号套房里已成了花山，三十八位外文局同事来庆祝，我到达时众人散去，只剩下三位老人，一脸很满足的样子。我的花顿时淹没在花的海洋里。

在舅舅面前，我不好意思和Hilda讲英文，其实我很想讲，我很喜欢这位老太太，下次去伦敦一定去看她。

——1999 年 1 月 20 日

下午四点与小苡去看舅舅。他刚喝过酒，脸红扑扑的，还是那双多年不变的旧皮鞋，坦然的样子。舅母傻傻的，不说话，但挺安详，很美。她总是长时间将视线对着窗外，喃喃地说些不连贯的英语。她张冠李戴得可笑，一会我是小采，一会我又变成明明，她告诉我杨荧要回来了，其实杨荧已经到北京了。

——1999 年 6 月 15 日

舅母今天上午火化了。除了杨炽母子，我们谁都没能去。一个上午我心里沉重。

事后听说外文局的同事们自发地去送了。

南京消息，我写的《永远美丽的舅母》反应很不错，妈正考虑给哪家报纸。

——1999 年 11 月 24 日

下午去与杨荧话别，舅舅从郑州回来，我还没见过，早该去了。这次圣诞节他们不过，昨天和杨炽一家一起过了周末。我带去两本我写的《塞尚》，还有傅靖生拍的《益西卓玛》挂历。我明知舅舅不会留它们多久，仍希望他能读完再送别人。

在舅舅家惊闻H移情别恋，H的老伴在电话里对舅舅哭诉。

——1999年12月27日

舅舅、舅母在百万庄寓所，20世纪80年代

第一年

从来银汉隔双星

舅母去世那天，我赶到颐园。单位已来人与舅舅商量办后事。舅舅在隔壁屋对他们明确表示："乃迭不在了，我不能再住在宾馆里，这是她的待遇。后事从简，不要骨灰，不开会，这也是乃迭的意思。"

第一年

从来银汉隔双星

2000 年 1 月 26 日，星期三，晴。

上午去看舅舅，带给他几张照片，是杨荧在时，与赵苏、赵苡一起的合影。明明在，正放寒假，小周决定不回家。三十号居所还安宁，暖气很足，只等搬家，钥匙已给，杨炽在五路居操持装修。

和舅舅聊各种新闻，谁谁贪污千万元，可能不久会曝光。黄某的夫人从香港回来了，夫妇俩不见面……舅舅觉得这一切挺好笑。

谈到鸫儿留学的事，他认为应争取奖学金，自费学电影谁也负担不起。问起他自己是否出国转转，他说不打算，太花钱，不凑一笔钱，光住朋友家，吃住长了不好意思，除非有一百万美金可以随便花销。说完他自己也笑了。

聊到我妈那客人多，干扰多，舅舅说你妈应该写书，现在没人正经写巴金。并说如果我要写爸爸，帮妈妈编书，要住一起，否则不方便。但他不问小傅。谈话间多次提到离婚话题，我不想说破，舅舅也不问，其实我知道他早知道我离了婚。

之后我帮（忙）整理了关于舅母的文章和慰问信，加到一只夹子里，有很多很多，我的文章也在里面。舅舅订了《新民晚报》。他开头坚持说我的文章上没写舅母的名字，他又查一遍才看到了。他说这报还有的看，《北京晚报》没的可看。现在报纸炒股一大堆，健康广告太多。

他留我吃饭，很简陋的，粥、花卷。饭后小坐后我告辞，舅舅午休了。

2000 年 3 月 7 日，星期二，晴。

八点和李敏在友谊宾馆门口见面，一起去舅舅家，从今天起她开始做小时工。舅舅还未用早饭，他太需要人，又太客气。他的早饭很简单，几十年如一日，一杯牛奶，两片面包，抹点果酱。李敏从没见过像舅舅这样的老人，为他做什么都说“谢谢”，她说她都不好意思了，说完两块腮红更红了。

2000 年 3 月 8 日，星期三，依然晴。

三八节。要不是李敏提醒，我差点忘了。下午五点去给舅舅备晚餐。微波炉坏了，他自己无法热。他一人吃得很少，刚吃上，明明回来，坐下就吃，两人等于在吃猫食。

舅舅对我照顾他于心不忍，他真没有必要这么客气。饭后他给我一封约稿信，是《人间》杂志的，约写五百到三千字的人间故事。他要为我写推荐信，我说再说，文章我有的是，要想想给哪篇，不忙。我给他看了我写的《父亲心中的色彩》，他说写得挺好，但编排有问题，段落被题目隔开了，这不好，可以小一些。

2000 年 3 月 23 日，星期四，阴，刮风。

李敏不舒服，让我去给舅舅做饭。两周没见，舅舅依然健康，脸红红的，又自斟自饮了。听说新房那边装修即将完工，书架已空，装好了几只纸箱摆在地上。舅舅执意要给我他收藏的瓶瓶罐罐，他说你不拿也没了。我挑了一只绿色陶瓶，一只带盖儿锡质三足罐。

冰箱里剩菜很多，我让他挑几样热给他吃，他留我一起用餐，我帮（忙）打扫了粉丝肉块。我做活时，舅舅一直站在厨房外和我说话，他还是过意不去。

正吃饭，阿姨打来电话，她在操心舅舅，寄希望于我。她提到他们大院过世了三人，舅舅马上问："有我们认识的吗？"并笑着逗她说，"我怎么不死呢？"把阿姨气坏了。

饭后，我向他核对了我书稿里有关英国的一些情况，我才知舅舅他们当年离开伦敦一天后，德国人就开始大轰炸。另外他是先坐船到蒙特利尔，再坐火车去温哥华。更重要的细节是日本兵曾上船盘查过他们。

舅舅终于知道了我在忙什么，他鼓励我早点写完。在他看来，多少万字不算什么，而我二十万字写了三年！

2000 年 3 月 29 日，星期三，晴。

风总算停了。

下午四点多送走傅，这一耽误送不了舅舅了，他已搬走。幸亏早上过去见了一面，还拍了两张房间照片。

美丽园，地处五路居，外文局宿舍新区也在其中。当时西四环还在建造中，到处是吊车隆隆的轰鸣声，尘土飞扬，垃圾遍地，巨大的土堆就堵在小区门口，交通条件恶劣。

舅舅住在院内西南角一幢楼的一层，四居室。邻居中有几位是当年的同事。舅舅喜欢有熟人可以说话，但他毕竟老了，一个人住还是不安全。加上找不到合适的保姆，来过一个下岗女工，四十来岁，人很胖，做极难吃的饭菜，她收拾过的沙发，手一摸，一层土。

舅舅搬远了，我去的次数明显减少。偶尔骑车去，每次都要经过昆玉河边，七绕八绕常常迷路。

在这里老人只住了一年。正是："来时仓促别匆匆，五路邻居一梦中。"

2000年11月26日，大晴天。

上午先去看舅舅，他仍是一人在家。得知我送妈的在威尼斯拍的照片没有镜框，他立即进了里屋（迈着蹒跚的脚步），拿出了一只镜框说："这送你妈。"又递给我一个带方形画框的小画[①]："这个你喜欢就给你。"他说："当年在欧洲买的，不是很有名的人画的。"

大约十几公分大小的画面上是17世纪荷兰市井生活谐趣的图景。我说："我还以为是布鲁盖尔画的呢。"舅舅会意地笑了。

那个镜框，舅舅说是牛津的。

---

① 贴在画框背后的标签上有作者名：Adriaen van Ostade，画名：The Violinist（小提琴手），出售地：Mauritshuis-Den Haag（荷兰海牙莫瑞泰斯皇家美术馆）。也许舅舅正是在这里买的，难说是哪年了。

舅舅送给妈妈的圣诞礼物

2000 年 12 月 16 日。

舅舅在五路居又写下悼亡诗：“早期比翼赴幽冥，不料中途失健翎。结发糟糠贫贱惯，陷身囹圄死生轻。青春作伴多成鬼，白首同归我负卿。天若有情天亦老，从来银汉隔双星。”

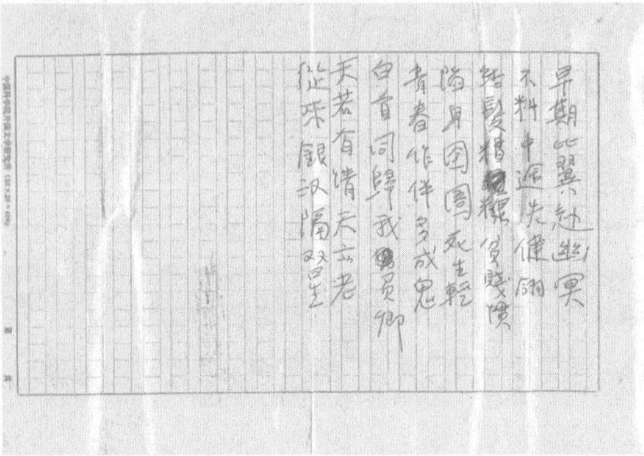
早期比翼赴幽冥
不料中途失健翎
結髮糟糠貧賤慣
陷身囹圄死生輕
青春作伴多成鬼
白首同歸我負卿
天若有情天亦老
從來銀漢隔双星

悼亡诗手迹

左起赵蘅、杨荧、赵苡、杨烨，1950 年

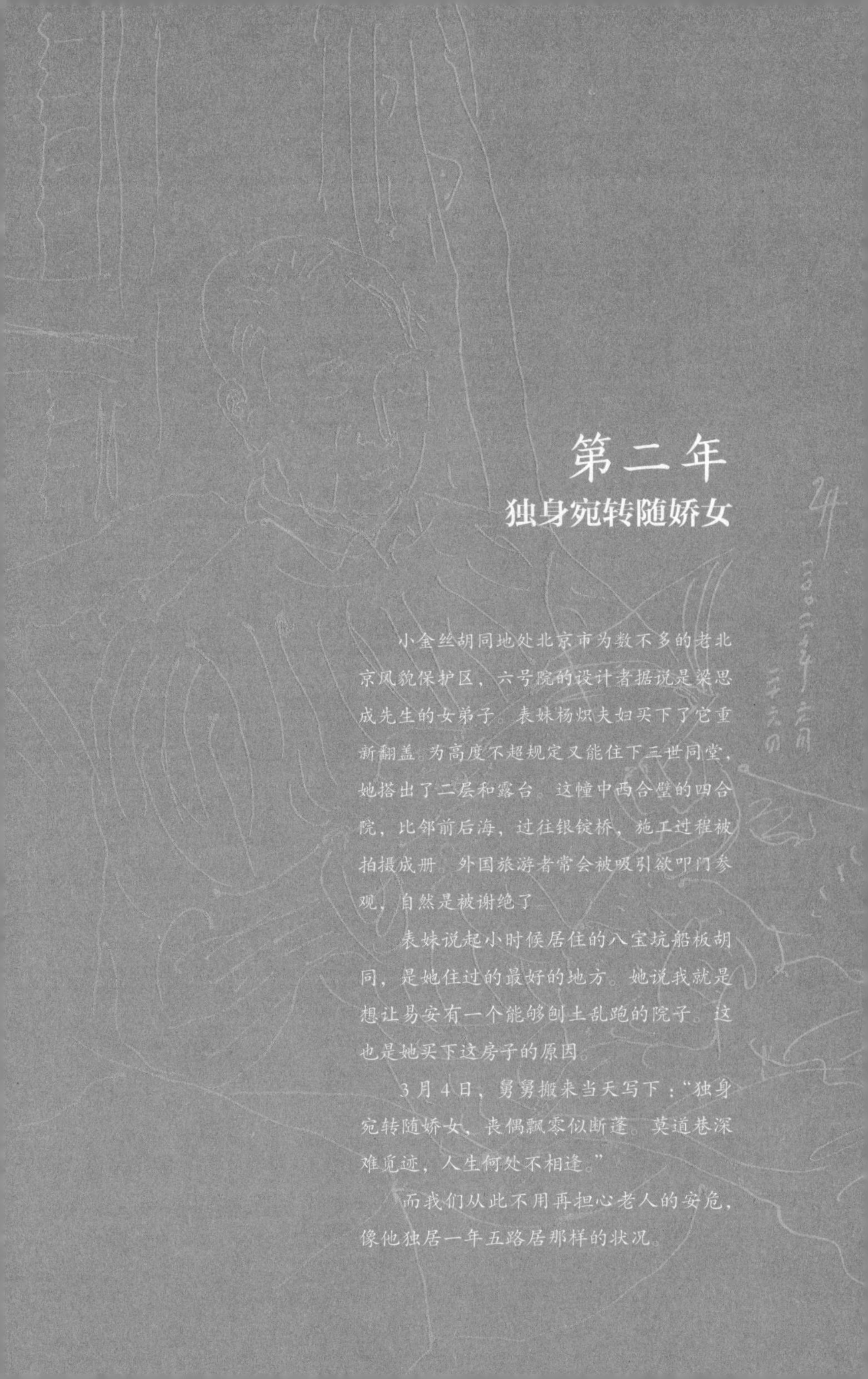

第二年

独身宛转随娇女

小金丝胡同地处北京市为数不多的老北京风貌保护区，六号院的设计者据说是梁思成先生的女弟子。表妹杨炽夫妇买下了它重新翻盖。为高度不超规定又能住下三世同堂，她搭出了二层和露台。这幢中西合璧的四合院，比邻前后海，过往银锭桥，施工过程被拍摄成册。外国旅游者常会被吸引欲叩门参观，自然是被谢绝了。

表妹说起小时候居住的八宝坑船板胡同，是她住过的最好的地方。她说我就是想让易安有一个能够刨土乱跑的院子。这也是她买下这房子的原因。

3 月 4 日，舅舅搬来当天写下："独身宛转随娇女，丧偶飘零似断蓬。莫道巷深难觅迹，人生何处不相逢。"

而我们从此不用再担心老人的安危，像他独居一年五路居那样的状况。

第二年

独身宛转随娇女

2001年1月28日。

舅母的姐姐Hilda又来京了，随行的还有另一位英国老太太，比她年轻，比她胖。她们都住在五路居舅舅家。今天我自告奋勇接她们去逛颐和园，由于语言障碍，我们彼此话很少。园里空旷清冷，她们裹着厚厚的冬衣在河岸上缓慢地走着，我随后不停地画着。不知是因冻着了，还是圆珠笔芯干了，笔道发涩。但Hilda很喜欢，还在画上签了名。

爬上万寿山，俯瞰远眺昆明湖，冰面如镜。

再原路返回，我向舅舅介绍见闻情景，舅舅说他好多年没去颐和园了，夸我做了一件好事。

2001年2月4日。

奉南京老太太之命，将托人带京的扬州包子送到各家。包子有各种各样，妈妈预先规定了哪种给阿姨，哪种给舅舅，让她的小女儿足足跑了大半天。

回家画了一幅记忆画。杨氏三兄妹和天上的婆，都是“古时候”的打扮，唯有舅舅是西装，兜里装瓶酒，手里夹支烟。

2001年3月10日。

决定去看舅舅新居。下午骑车探路，并不好找，花了一

外婆和三个儿女的记忆画

小时才找到小金丝胡同六号。一扇朱门，叩门后，装修工人问我是谁。可我已经瞥见台阶拐角的窗户里舅舅的身影。他在理旧信，正好有一包贺年片叫我带给我妈。他让我先上下参观一通，接着聊天。最后和杨炽、达悟、易安共进晚餐。

返程时，我选择另一条路试试，就是过了银锭桥左拐到滨海胡同，经过宋庆龄故居，再拐入德胜门内大街。回家也诌了一首舅舅新居归来的五言诗，自知古文底薄，请教敏如姨妈修正了一下。有四句我颇为得意："钟鼓楼远望，邻家鸽飞翔。国母多寂寞，阿舅解愁肠。"①

2001 年 3 月 17 日。

阿姨电话说舅舅又写两首诗，不再像第一首那样悲观了。电话里她表示自己还要上进，令我感动。要知道她是八十五岁的老人了，我不知道自己到了她这个年纪还能否如此健康智慧。

2001 年 4 月 26 日，星期四，晴，上午有风。

阿姨昨天一个电话把我召唤到了小金丝胡同。

"舅舅病了！"这是昨天上午她的第一句话，让我心里咯噔一下。第一反应：舅舅不是从不生病吗？可他毕竟已高龄，又经过失去舅母。

阿姨说他是早上先呕吐，然后头晕，不想吃东西。她发愁到哪找大夫，她说她当大夫的学生都老了，死了。

撂下电话，记起舅舅的医疗单位在积水潭医院，通过 114，我查到了总机号。电话接到该院的医学社区保健科。

---

① 国母指宋庆龄。她的故居在舅舅新居的对岸。

“我能不能请你们出诊？我家老人岁数大了动不了！”我求援道。我的运气真好，对方说没问题，可以出诊。我们约好今天早上我去接大夫一起去，但是今天早上单位党委换届选举，我想了想还是告了假。

就这样我认识了保健科的徐大夫、李主任，以及两位护士助理。她们对我们照顾。她们骑车出诊，繁忙又敬业。

今天舅舅真听话，老老实实由大夫摆布，输液从上午11点到下午5点，这对于一向不看病的他来说简直是受罪。加上大夫扎了他的右手，他只好用左手吃饭点烟，真别扭！我一直陪在一旁。

> 老人病歪歪地被困在沙发上动弹不得。他不断抬头看那只吊瓶，嘴里叨叨着：“怎么还不完？”只见他一根烟接着一根烟抽，用左手使用打火机，我要帮他点，他不让。中饭时，他也不让人喂，明明他很吃力。

我开始观察他的造型。上一回画他还是二十九年前，在甘家口宿舍[①]。他对我说过他喜欢那张小速写，原来夹在一本书里，搬家后就没了。现在我真想再看看，因为那毕竟是

---

① 1972年舅舅先于舅母出狱，我也很快由东北干校获准来京探亲，这是“文革”以来我第一次见到舅舅。五十几岁的他已变得憔悴苍老，头发不仅花白，还因太缺营养，新长出来的直撅撅的像怒发冲冠似的。那些日子我住在他家，一天我用一张小纸片给他勾了张半素描式的速写，画里的舅舅穿着半旧的白色短袖老头衫，光着脖子昂着头，足以表现那个特殊年代。我自觉画得拘谨，他倒蛮喜欢。

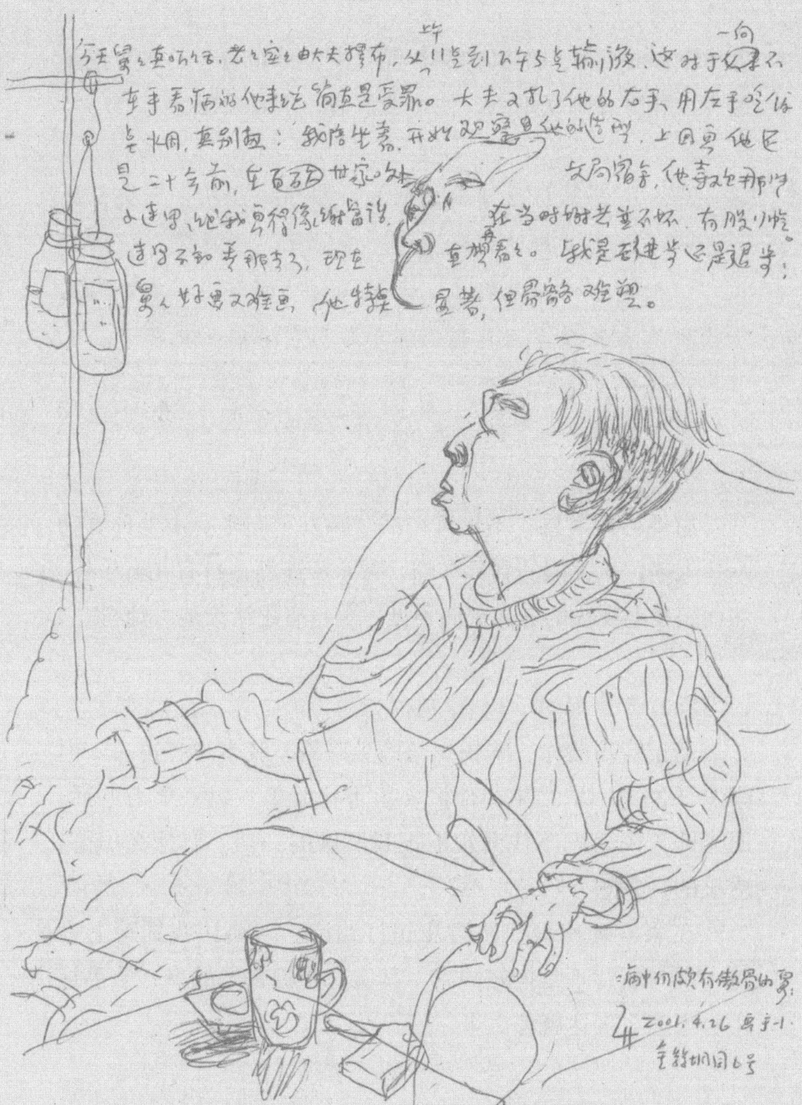

病中仍颇有傲骨的舅舅

舅舅中年时期唯一的画像啊！而且可以知道自己是进步还是退步。舅舅好画又难画，他特点显著，但骨骼难塑。

> 下午舅舅没等我去医院付账回来，竟自己拔了针头。因为没按紧针眼，胳膊都肿了。但真是奇迹，他仅仅病了一天就好了。事后他向姨妈夸我有本事，我说这有什么，因为我们都爱戴舅舅。姨妈也笑了。这一点并不夸张，有一天我对妈发表怪论："奇怪，这么多人惯舅舅，可他没有被惯坏！"

窗外已近黄昏，不见繁忙的"娇女"归来。小外孙看动画片入迷，从美国的到日本的，喊杀声连篇，自有儿童乐趣。然而坐在电视边的老人视而不见，更自有思绪天地可驰骋。

2001 年 4 月 27 日，星期五，阴。

惦记舅舅验尿，嘱杨炽与医生联络。我本打算再去，但李主任说不用取结果，他们要留下化验单。妈一早来电话，原来昨天阿姨忍不住向她汇报我所做的一切，有什么功德。应该的，我想。

在家整理速写，又诌几句打油诗。阿姨让我别写七言诗，说写新诗不是挺好的嘛。其实这是极自然的事，信手拈来，想怎么表达就怎么来。

2001 年 5 月 17 日，星期四，晴，沙尘暴。

应邀写舅舅。约稿的卫建民先生信心满满地认为我肯定能写好。已有两千七百字。妈说叫“晚年”等于说快死了，叫我改。我改成《断蓬亦平安》，“断蓬”是舅舅的一首无题诗中用的词，妈说太棒了，嘱我用上。再加副标题“我的宪益舅舅”或“宪益舅舅近况”。写着写着，两个主题，一是他丧偶后的生活，二是他对我的关怀。我先都写出，再想法揉在一起。

阿姨反对我写舅舅，说我不了解，不会写深，认为我不该答应。她比妈保守，更有优越感。而妈说：“爱怎么写，就怎么写，但可以和舅舅商量一下。”

2001年5月18日，星期五，晴，高温三十六度，电视说是十年来同期最热一天。

我问舅舅可不可以这样用“断蓬”，最后是“亦平安”三个字，会不会闹笑话。舅舅说：“不会闹笑话，可以。‘断蓬’后再加两个字，就更好。”然后，他嘟囔着：“断蓬什么，什么亦平安。”“那舅舅你能帮我想想吗？”“我不行。”他谦和地说。其实我看他眯缝着眼，分明在帮着琢磨，我不忍打断他的思路。

回家，我突然想起舅舅已变得雪白的头发，题目《断蓬白发亦平安》油然而生。

2001年5月20日，星期天，晴，三十五度。

对卫说明天再交稿吧，正在写结尾，为写得精彩，不要催得急。

又是夜一点才睡，越写越长。才知《文汇读书周报》周末版一版五千字。

给舅舅打电话征求题目意见，他通过了。又问王世襄题词，舅舅说是他将“自古”改成了“从古”。妈说李景端在《新民晚报》上就写错了，要我借这篇文章更正。母女俩今天的电话成了专门议论文章。

自此，题目用了“断蓬”为开头，实话实说，顺多了。也加重了新居分量。

2001 年 7 月 12 日，星期日，晴，高温。

第一次写舅舅的文章见报了。昨晚给妈打电话报告此消息，却一直占线。今晚阿姨的电话才让我了解，原来是她占的线。

她劈头一句：“小采，你很了不起了。”接着她告诉我，华君武打电话夸我写舅舅的文章，他问阿姨，我是她什么人。他说：“她文章写得好，以这个角度，都是事实，我很感动。”当他知道我就是画画的赵蘅后，又说：“她的画也好。”阿姨说这也是阿夫[①]的意见。她迫不及待告诉了妈这件事，姐妹俩说了很多。

真的很感动！尽管这位老太太的一些做法、观点我不尽认同，但她对我的鼓励是出于真心的。她和舅舅使我觉得有底，我有戏，我能成功。我有一种很温暖的感觉，更为自己有这些前辈感到自豪幸福。扪心自问，今年以来自己的写作进步，与阿姨开导大有关系，单说古典诗词，要不是她的教导，我写不出本文头几行。最后阿姨说：“你就学舅舅风格，有话则长，无话则短，老老实实写。”她告诉我舅舅自传已

---

① 姨夫罗沛霖。因大姐小时候口齿不清把姨夫叫成了“阿夫”，这一称呼在家族里也就延续下来。

连载，连载同时出书，这很不容易。舅舅有这样风光的一天，她高兴极了。

2001年7月18日，星期六，阴，闷热，傍晚有雨。

阿姨一个电话让我今天去了舅舅家。杨炽夫妇去昌平度假了，阿姨担心舅舅一人孤单。

我有意错过舅舅的午睡时间，路途周折，又到超市采购，我三点多才到。

刷墙工人已将整条胡同都涂上了新的灰色，极为难看，只有六号幸免。想不通为什么凡是新的就好，就有面子。现在再让我来画胡同，就失去了昔日感觉。

小金丝胡同六号已装上警铃，因为前不久这里被盗了三辆自行车。和舅舅聊天后，冒雨去登高远望。层层灰色屋顶包围着我，夹着枣树、槐树。一群归家的信鸽一次又一次在我头顶掠过。这时我心中涌出一阵欢快，舅舅的晚年能在如此古朴宁静的景致中度过，也许对北京的四十余年的情感积淀终究会从这里找到归宿。

正畅想着，邻家主人突然出现在他家晒台上："我说今个儿它们不回来呢，原来有人！"我赶紧道歉，他却相当客气表示不用不用。顺势询问他养鸽的情况，他告诉我他有百来只，全是信鸽。可不是嘛，庞大的铁笼子足足占据了他家整个屋顶。不由得想起"邻家鸽飞翔"诗句，阿姨改得真好！

爬下梯，观察了一会儿鸽子归巢，鸽群绕几圈后，才落下一两只，看来落完得有一段时间。

再进屋，完成今天妈托我办的事，请舅舅为她的南京朋友们签名送书。舅舅一律称他们“同志”，自谦为“一哂”。

舅舅今天刚洗过澡，头上戴着箍发的小帽。他还去书柜找出英文字典，帮我查“枫丹白露”的拼法。查完他说：“没错，对的。”又嘱我，“第一个字母大写，然后小写，都这样，没问题。”看来下次带整本书稿来请舅舅校对英文，也不会有问题。谈到封面设计，舅舅认为，封面该让人看懂，要醒目。他挑了第一方案，还说第三方案不会有人买。

四点整舅舅开始喝酒。我陪他喝了一点儿威士忌。

2001 年 9 月 3 日，星期一，多云。

下午约好陪东兴和小黄夫妇去看舅舅，但他们都迟到了。他们在地安门商场买酒买烟，走进灰色胡同，舅舅已等候多时了。今天老人穿着白衬衣、灰裤子，坐在蓝沙发上，很是入画。直后悔没带上色粉笔。

这是我第二次见黄妻向梅，原来她高挑个儿，很苗条，如今生了孩子，丰满了。她又跑回商场买胶卷，我先噼里啪啦抓拍了几张舅舅和小猫。

文人们在一起总是聊书，闲聊钱锺书和方鸿渐①。钱写的是湖南蓝田国立师范学院的内情，他自己是否就是主人公，今天的人已无须考证，小说也有其优势。

---

① 杨宪益在《回忆钱锺书兄》里写道：“解放前他回国后的生活不是那么一帆风顺，也经历了不少不愉快的事。他后来写了一本书《围城》，虽是讽刺小说，并不都是真事，更不是自传，但是书中主人公方鸿渐的经历也或多或少反映了作者本人在那个时期的遗遇。”

我们都陪老人喝点酒，当舅舅已变成大粉脸时，几个晚辈去爬屋顶。今天鸽子尚未回巢，远处的鼓楼还在修缮中，仍未拆掉脚手架。我说自己日后要画这里，大家都赞成。

临走送书，才知舅舅的自传都发光了。幸亏我带了一本，就送给东兴，舅舅给他签了名。

2001 年 9 月 23 日，星期日，多云转晴。

这次在阿姨家的家族聚会来人比较全。除了鸫儿，他在街头带学生拍片来不了，其他小字辈都来了。

我已渐渐恢复融于这个家族，自己一人，和大家友好相处，这里有我尊敬的长辈，有我的同辈和下一代。罗晏 21 日生日，我补送的小礼品上写着："祝罗晏五十五岁生日快乐！表姐小采。"小名"采"音原是古字，已没人认得了。

饭前，大家看了阿夫的院士专题片《红色科学家》[①]。又看赵忠祥采访舅舅、舅母的老片子。那是 80 年代初，劫难后他们精力旺盛，发奋翻译，快速打字的手指，打字机的旧外壳，给我留下深刻印象。那时明明小不点儿，黄夏被外公抱在怀里，现正做化疗的她的父亲黄仲爵也正年轻，陪着岳父岳母散步在北海公园，像个佳婿。最令人感动的是还很年轻美丽的舅母的笑容和思路清晰的谈吐，这一切历历在目，引起我许多伤痛回忆。

下午到王府井新华书店找到了舅舅的自传，一问就有，我买了五本。

---

① 1937 年姨夫罗沛霖自上海交通大学毕业后，曾赴延安担任无线电技术工程师。解放前夕被中共地下组织派遣留学，1952 年获得美国加州理工学院哲学博士学位。现任中国科学院院士、工程院院士。故称红色科学家。

2001年9月27日，星期四，晴。

下午骑车去北太平庄找“学尔雅”书店。一个火爆的减价书店，罗晏告诉我的。女老板打电话为我订下三十本《漏船载酒忆当年》，我付了定金。又买了一本《美国911黑皮书》。真是神速，这一恐怖事件后已出版六本书了。

2001年9月28日，星期五，多云。

骑车去学尔雅书店取舅舅的书。一高兴多买一本，共三十一本。当营业员小姐告诉我这本书卖得好时，我差点说出这是我舅舅写的。又挑了两本新书《西方美术简史》和《简单生活》。二十七元，挺上算。

2001年10月22日，星期一，晴。

下午去给舅舅送书。顺便想观察一下屋顶，准备过几天来拍摄。

走出胡同，看到几个老外站在银锭桥上画写生，年龄都很大，颇令人感动。我真恨不得也去画，更想交流几句，可都不成。胃空空如也，得赶紧往家奔。

2001年10月29日，星期一，晴。

天太好了！从昨起，数日来的阴天变成一抹蓝天，阳光灿烂。决定立即去舅舅家拍画画的素材。

第一次使用新相机，在屋里准备就绪后就提了一兜苹果爬上了楼顶，小心翼翼地从这片瓦踏到那片瓦寻找好角度。不料，刚刚定好机位，快门却按不下去了。沮丧的我只好又爬下。舅舅一直坐在沙发上看我左摆弄，右摆弄，如此费劲，又毫无成效，便劝我说："还是多写点，画画太麻烦。"

今天的计划只好作罢。又和舅舅谈书。关于书名，舅舅脱口而出："还是《出门没带伞》[①]好。"又说："书名要朴素些，书名重要，但也难讲。"

2001年10月30日，星期二，多云。

在淡淡的阳光下，今天我终于如愿拍下了小金丝胡同六号屋顶上的苹果。手动操作拍一卷，自动拍一卷，拍后一卷时，鸫儿赶来，几分钟工夫他就解决了我一天一夜的问题，而且如此利索灵巧。我这才弄懂原因，原来是我将自动和手动掺和使用造成的。我笑着对始终在一旁看我们的舅舅说："我等于穿新鞋走老路了。"

又拍了几张舅舅居所内外和他本人的照片。

之后鸫儿和舅公对抽对饮并合影。

我也完成了代妈向舅舅讨下联的任务。妈的上联是："未了情留下多少未了事。"舅舅添了下联："外行话只能拼凑外行联。"

今天还有一收获，定下书名《拾回的欧洲画页》。"拾"是妈的主意。我问舅舅翻成英文怎么写，他在我的小本子上写下两遍：

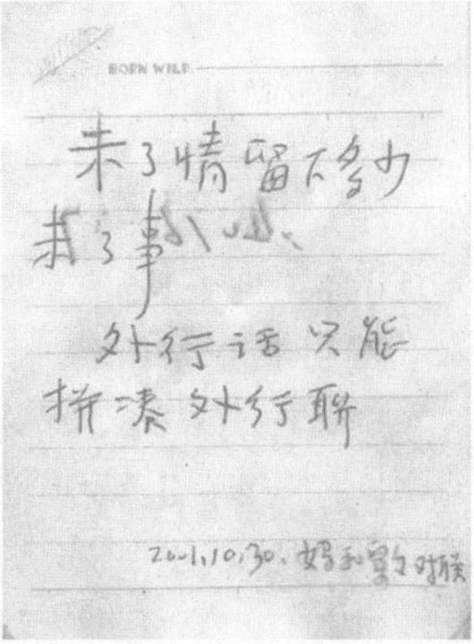

妈和舅舅对联（下句是舅舅手迹）

① 我的书《拾回的欧洲画页》定名前的一个书名。

"European Sketches"。

进门前遇上一位正在小金丝胡同画油画写生的画家，姓刘，已退休。

2001 年 11 月 6 日，星期二，晴。

给舅舅送红薯，再次请舅舅校对书稿里的英文。一直校到两点。

2001 年 11 月 21 日，星期三。

阿姨在电话里告诉我黄宗江夫人阮若珊去世，舅舅已写诗一首 :"凤霞凤子赴瑶台，乃迭若珊随后来。莫道天宫常寂寞，四人正好打桥牌。"后让苗子写成书法，苗子在前写道 :"奉宪益"。

2001 年 11 月 25 日，星期日，晴。

还没出发，敏如阿姨已来电话找我妈了。阿姨好说话，恨不得从早说到晚。"不是马上就要见面了吗？"妈笑她说。

今天是妈和她的哥哥、姐姐四年后的重逢。驾车的冀平不认识路，我又说不清车路。到了大祥凤胡同，一开进去就撞上死胡同，又绕回来，才知不该这么拐。

按过电铃推开门，舅舅的轮廓已在窗玻璃里显露。他和众人从客厅里迎出，妈走过去先拥抱了舅舅，再去和满面堆笑的阿姨拥抱。做小辈的则站在一旁感受着长辈的这一切。

出席十六人，罗晏夫妇迟来，其余的都拥在客厅里，老的坐沙发谈话，小的围着饭桌。我惦记拍照，借阿夫明知故问地问阿姨带相机没有的玩笑话，掏出尼康 F60 便大胆拍

小金丝胡同六号家族聚会一角——杨家三个第二代女眷

起来。阳光映照下，妈的脸幸福无比呈粉色，阿姨嚷嚷道："静如你哪像病病歪歪啊？"

一会儿，达悟带小冯去餐馆取菜，每样两份，堆满一桌。郭振海负责稀饭，杨炽负责分盘子，我和罗彧忙着运输。原先以为坐不下，后来都挤到一起。我让妈挨舅舅坐。阿姨挨着我，老太太亲自肢解一条清蒸鳜鱼分给大家，让我心惊肉跳。而舅舅很赞扬此举，他最喜欢快快消灭菜肴。动手合并菜时，他戏言"抱二奶"[1]，还做了两手抱双臂的动作。

① 包二奶的戏言。

舅舅静坐窗边

饭后我忍不住开画。只能神似了。眼睛花了，看不清纸上的笔道，结果把老人们都画年轻了。窗外寒意十分，室内暖意融融，不时有因阿姨的谈笑风生引来的哄堂大笑。

舅舅仍旧穿着一件深蓝色的厚毛衣，好像他只有这一件。面前一堆老少亲戚，他默默地在想些什么？

阿姨一家走后舅舅对妈评价爸的纪念文集《多彩的旅程》。

记下小金丝胡同六号的路线：柳荫街—河右岸—大祥凤胡同—北官房胡同右拐—小金丝胡同第三个门。

2001 年 11 月 29 日，星期四，晴。

九点半去三里河，冀平开车送我们。阿姨家大有迎宾气氛，饭前大家再次看舅舅、舅母的录像片和阿夫的《红色科学家》。还有新凤霞的，季羡林的。新凤霞说了她的好多坎坷经历和她如何成为写出四百万字的作家。季羡林说他的三条长寿经验：“不锻炼，不挑食，不嘀咕。”阿姨则说要“老有所为，老有所爱”。妈说该让小苡看看。

饭后，阿夫去午睡，阿姨、妈妈聊张洁、曹禺的事。文艺家的作品和人品一样高洁，看来并非人人都能做到。

今天阿姨又提我的两支笔的矛盾，她说舅舅认为我能写，还说很多人都认为我写比画更有才华，劝我干脆干一行。只有妈反对我放弃画画。这件事简直成了我的一个心病。

四点，冀平来接我们，睡醒的阿夫不声不响地又给阿姨端来一杯咖啡。

2001年11月30日，晴。

本月最后一天。下午陪妈去看舅舅。为不打搅舅舅午睡，我们两点后才动身，还是冀平开车送，这趟他已是轻车熟路。小金丝胡同口有卖烤白薯的，我问妈要不要给舅舅买点儿，她不反对，我说送她进去后再出来买。

门铃按了几回方才回应，我猜是舅舅刚起身，我们还是来早了。瞧他脸颊和白发上都还带着睡觉时的压痕呢。当然他要说睡过了。"不早不早！"他连声说。我还惦记着白薯，问他喜欢吃吗。他回答模糊不清，只是笑着拍拍我肩膀说不用不用。事后听他家保姆告诉我，老人并不爱吃这东西，上回我带的张北白薯只有杨炽说甜。

妈见到舅舅的第一件事便是把她从南京特地带来的香炉拿出展现。她说这是当初舅舅在南京买的，走时留下的，现在要"完璧归赵"。舅舅端详一会。妈强调说这是文物，还叫舅舅查看炉底，上面确实刻着"大宋显德年制"。舅舅取来字典认真翻起来，边查边说："南唐后期，北宋以前。大概这样。"（显德是五代后周年号）

接着妈聊起杨家旧事，这天她讲的是二姨太的女儿，他们的四姐，还有"大公主"的悲惨结局。因为她认为她哥离开天津早，好多事不清楚。而她回天津生赵苏，住在耀华里，知道了好些事。

今天小金丝胡同十分安静，眼看暮色一点点在窗外门檐上空显现。保姆在厨房收拾完再无事可做，已支着胳膊发呆。

我坐在他们的对面，琢磨怎样画今天这张速写。夕阳正落在舅舅的半张脸上，他的身后是窗外的院景。门檐上是一抹天空，一群鸽子掠过，我认得这是邻家的信鸽。我想画下这种气氛，于是开始动笔，从舅舅的白发画起。他静静听妹妹回忆，不插嘴，不言语，只是眯眯笑着。他抽着烟，舒缓着两臂，一件深蓝的毛衣不知穿了多少年了。

舅舅要起身过来看我的画，我连忙递给他看并说还没画完，他说挺好挺好，但问我那涂红色的地方是什么。我说是门。看样子他觉得不大协调吧。

五点半，冀平来接我们，和舅舅说到拍电视的事，感叹说舅舅和舅母的故事太有戏了，应该拍出来。舅舅忽然看着我说：“你应该写剧本。”我说只是到哪儿去找像舅母那样漂亮的演员啊。他马上说：“让黄夏演乃迭年轻时候。”

2001年12月7日，星期五，多云转雪。

几经互约，促成了今天上午的名义为南京文联老友的聚会。有黄宗江、邹霆、宋词和妈妈。都想看舅舅，就安排在小金丝胡同六号。仍是冀平送，因天寒要热一下车，比约定晚了十分钟，我们约十点到达，一进门我问舅舅：我们是第一个到的吗？他满面笑容地说：“当然！”客厅似乎显得比以往干净些，不知是否是舅舅亲自收拾的。我们还没坐定，他已很明确地发布关于中饭的安排，原来他早已用电话订餐，还递给我一张红色的餐馆名片和二百元，嘱我在十一点半去一趟。“是领路吗？”我问。他说大概是吧。然后我和妈向他一一交代所带来的东西：剪报、南京曹雪芹故居的墨迹和一套小编钟。

舅舅又询问冀平拍片的事，冀平说还在写本。舅舅说那个董竹君[1]不错，剪得好，李媛媛也演得好。《康熙大帝》

---

① 董竹君，上海锦江饭店的创始人，一生经历传奇。电视剧《世纪人生》改编自她的自传《我的一个世纪》。

正在看，也好，当然也不是最好。《雍正王朝》也不错。斯琴高娃也演得不错。演员好是关键，演员好关系很大。还有（打击）吸毒的《黑冰》不错。《罪证》不错。当妈又提起《永不瞑目》时，他重复着说《永不瞑目》不错。

随后舅舅进屋捧出一摞书给妈，都是刚送来的新书，有明代传奇小说，他和舅母翻译的《经典的回声》五本，《白鹿原》和《阿里斯托芬喜剧集》。忽然他幽默地哈腰指指电视机桌下的 DVD 说："这是我们对书的看法。"我一瞧原来垫这机器的是一本厚厚的书，他叫我看看是什么书。大家都笑了。

客人们都到齐了。先是黄宗江和邹霆，随后是宋词，宋说真难找到这儿啊。我将他们的大衣一一挂起，并倒茶。五位老人分坐四只沙发上，妈和宋词分两侧，黄宗江和邹霆坐靠窗的大沙发，舅舅还坐单只沙发，一头银发背冲着我，面向大家。我原以为他们都会有女儿陪，结果我成了唯一的女儿。我和冀平坐到餐桌边，充当旁听者。话题先由邹霆的书开始，邹讲他新出版的书《永远的求索》，他说副标题是"杨宪益传"。他还说他采访过我外婆，写书是靠多年来的随笔录音。他又夸奖我写舅舅的文章好，文字和思路都不错。接着黄宗江从兜里拿出几本书，忙着签名。妈讲当下的几部电视剧是南京原著者的事。他们谈笑风生，嬉笑怒骂，好不痛快。舅舅多半只是倾听着，他给客人一个放松说话的空间，随他们去"胡扯"，他陪着，自得其乐。

随后他端来一瓶酒，宋词也带了一瓶，其实还不到他平日喝酒的时间。我问舅舅怎么提前了。他说没关系，不要紧。我去找来杯子，他们斟着聊着。快到十一点半时，舅舅打电话让餐馆开始炒菜，说十五分钟后去取。过了将近四十分，他看钟欲催我去。他还对我讲那餐馆位置，我和冀平到了银锭桥才发现餐馆就在“烤肉季”隔壁，叫“荷雪轩”。舅舅订的菜已做熟三个：宫保鸡丁、鱼香肉丝、素什锦已端上了，印度抛饼马上开做。一个年轻的伙计一手将一块面举起旋转，使之变薄而透明，然后铺在面板上叠成方形，再放烤箱烤热，最后切成小方形，放到花边纸上。

领着端菜的伙计回到小金丝胡同，老人们还在酣聊。餐桌上舅舅对菜肴是否能快快“消灭”有点紧张。而他的食客们心思不在吃饭，说话有心吃无心。黄宗江生动地讲解江主席的“三个代表”和谢晋，菜还是剩了一大半。

不知谁说窗外飘起了雪花。稀稀落落，从瓦顶上空缓缓飘下。黄说今天预报有小雪。我说是个吉祥日。

从后海舅舅家返回途经箭楼城

“好了，没有不散的宴席，各自回去午睡去吧！”黄提议道。三人起身告辞。屋外雪下得越发急促，黄和宋一路，邹往北官房走。目送老人们的背影，妈说他们真像《茶馆》里的人物，又后悔没留下邹跟我们一同坐车。

我和妈、冀平又陪舅舅多坐了一会儿。黄夏突然从楼上走下来，原来她一直在上面睡觉来着，发现有客人她没敢下来。冀平又提起想请她演戏。

返程路上雪下得更大，屋顶已全白，德胜门箭楼上空银灰一片。赶路的人们显得行色匆匆，压出的车辙白一道黄一道，曲曲弯弯。

2001年12月13日，星期四，晴而寒，最低温度零下10度，预报有四五级风转六级大风。

约好我和妈到阿姨家与杨荧和她的一对儿女见面，舅舅也来。但到了阿姨家，才知舅舅嫌冷不愿出门了。黄夏也因有事没来。杨荧一见我第一句话便是：“傅鸫怎么没来？”想必是她想让黄岳有个伴儿。

先聊最近拍舅舅的事。杨荧说赵忠祥采访的电视片原版在她手里。“达悟他们没有录像机，叫我带到美国。今年又有人要拍，没有妈的镜头，杨炽让我找出来，时间长都有点发霉了。我想法处理了寄来用上了。”原来是这样啊，大家原先都以为是电视台做的好事呢。阿姨对杨荧说，她不敢让她爸看录像片，怕他伤心。阿姨对她说：“今年你爸可热呢，有个人看了自传打电话给我说你哥是个纯粹的人。（妈在旁笑着说，‘一个脱离了低级趣味的人。’）你爸说，‘我不是纯粹的人，我的酒倒是要纯粹的。’”

杨荧和儿子黄岳

阿姨家聚会，阿姨、阿夫接到了美国长途

多年不见，黄岳长成彬彬有礼的大人了。他学的是地质，每年参加帆船比赛。现在他有一个美国女友，爱尔兰血统，是他中学的同学。这孩子和他妈同样安静，端着茶看着杂志，两个姑婆都说他若留在北京定会被一堆女孩包围，可笑的是他竟不解地问："为什么？"

在阿姨那里，我见到新出版的《中外文学交流》，李广田的女儿写的，分上下卷。我见过李岫拜访舅舅、阿姨时的合影。这书中有一节是专写舅舅、舅母的，文章很长，将他们一生所做出的翻译贡献写得详详细细。我想恐怕是最全的了。

聊到小金丝胡同，阿姨说舅舅对新居满意又不满意。杨荧说毕竟是寄居女儿家。

阿姨说："他说阿姨不会做菜，没人教她。"杨荧说其实他对哪个阿姨都不满意。阿姨又说："我一说厨房的安排，他老说那是达悟的主意。"

这时我在一旁插嘴说，一炒菜，油烟味和油烟机的声儿，让客人很尴尬。可是杨炽讲没有地儿了，只好这样安排。

又议论床的事，我早听说有一天舅舅向阿姨透露他晚上睡觉冷。阿姨对我妈说了，妈说等杨荧回来解决好了。直到按摩师告诉杨荧说，恐怕你爸会冷，女儿们才知道此事，马上把床挪开，离开了外墙。杨荧还特地买了一块厚毯钉在墙上。

聊天期间，来自美国的长途不时打断谈话。阿姨、阿夫忙着接，大声地向那边的儿子们问这问那。我偷偷画下这一情景。

小云做了一桌菜，席间，阿夫问我："写东西没有？"

2001年12月14日，星期五，风后晴。

阿姨在电话里谈感想："我们三人都会说话，你妈说话极端，嘴不饶人。我滔滔不绝，尽是错误。舅舅话不多但幽默。"没想到她和阿夫都看了《拾回的欧洲画页》，二老躺在床上一人捧一本这书。她说："我很感动，你对爸的感情，《红与黑》是怎么回事，都写得清清楚楚。阿夫说这本书有内容有文采，我对你妈说我太感动了，我很爱她，你现在有继承人了。我还说她不是不聪明，过去和傅一起，他压制她，瞧不起她。傅是聪明，杨炽也说他有才……"

2001年12月15日，星期六，多云，微寒。

阿姨突然要来访，打电话说罗晏夫妇来了。罗晏也想看看我的房子，要一块来。我很吃惊，但立刻表示欢迎，约好他们两点到，我忙不迭地赶紧收拾。等他们参观完后坐定下来，先夸我的房子好，阿姨说："小采，你就一人过，再多一人占你的房子太可惜了。"谁都知道她指什么，全都笑了。

从房子说房子，我才知改造小金丝胡同六号的建筑师是罗晏给找的，是位离异女士，四十几岁。全是达悟设计，杨炽听他的，那建筑师哭了好几回。阿姨还说舅舅在那一带已很有名。过去那是一个穷区。舅舅这回搬，是为了帮女儿。杨炽就怕爸爸不乐意，结果一问就同意了。

阿姨说："舅舅总是很乐意帮助年轻人。小采你的书，他校对，毫无怨意。他就是这样，要一次干完，很认真。"

在阿姨当晚的电话里，她提到搬家时舅舅的书损失太大："一本清诗稿里面有我们爷爷们的诗，但给拿走了。舅舅气得不得了。这回搬家，杨炽太忙，包都没空打开，可里面有舅舅的书。她说等她爸自己要，舅舅哪还记得？损失是基本的书，比如我们小时候的英文书，再找不到了。舅舅只能想开。”

她还说，舅舅夸奖郭奕女友用功。

这天阿姨说收到王湜华和陈有升的信。陈是外文局的人，舅舅托他代领稿费，他就住在外文局对面，他们愿意帮助搬家，但杨炽不要。王写过关于舅舅的小文，他还曾给舅舅写了一个“寿”字，在五路居挂起来。他是中国艺术研究院红楼梦研究所的，会唱昆曲，古文好。

2001 年 12 月 20 日，星期四，下午转严寒。

从西堂子胡同女青年会里热闹的聚会撤出，街上寒气逼人。赶到舅舅家时，妈和赵苏、利华，还有冀平，正陪舅舅聊天，气氛正浓。

杨荧招呼我坐下，赵苏说他们已谈了好多拍舅舅电视剧的事。妈说不能按邹霆写的，就拍舅舅自己写的自传。舅舅坐在沙发上笑着说：“邹霆能帮小忙，老关系很多。陈道明解决了（指演他的青年时代），乃迭年轻时由黄夏演，我认识谢晋，他拍《芙蓉镇》时我看过。老是老了，但拍的戏比现在好多戏好。”

舅舅说邹霆的书：“费了很多劲，结果不怎么样。稿子不给我看，有许多小错，我妈名字都错了。”“那时看戏怎么会有七龄童？（杨家）对海派京戏看不起，怎么会弄到客厅上？不可能。那时戏子的地位不一样，地位比我们低一等。那时话剧刚开始，文明戏很少。那时在北方，七龄童算什么玩意？也有海派人来，头上有装饰，一看好玩。现在这些人不懂，怎么可能开堂会请七龄童？请杨小楼、龚云甫还可以，不可能请上海的，都是胡编。”①

舅舅已口头将拍摄权授给了赵苏。赵苏说他脑子里已有画面。

这时我掏出本准备速写，舅舅正坐在我对面。他突然问我：“小采，你是当作家，还是当画家？写作吧，画画太麻烦。你有几件事可做，写剧本可发财，写小说，女人的小说一本成功。画画，找个大款，香港一吹，一张画几十万。这几样，写剧本最快发财。”

说起第三代孩子，谈到易安的学业。

接着他难得地对教育发了不短的议论：

“孩子到中学，我说的是男的，男孩到了中学，父母要管，管不住没办法。你越管我，我越不听，要靠自己。女孩还老实点。上中学前，孔子那一套，我相信一个人要好好念书，我那时就说我这个少爷有出息！和现在人不一样。现在中国人不立志，孩子不知活着干什么，我们小时候，对女孩不重视，至少男孩从小就知道要做一个大人物。现在都不行，上了大学还不行，只会多挣点钱，跟那时不一样，那时也做事情，至于做什么不一样，也有人想做官，我那时想做诸葛亮。”

后来又议论起美国问题，舅舅说：“国家与国家关系越来越复杂，我们跟美国关系热热闹闹，永远不要以为美国会

---

① 周信芳（1895—1975），著名京剧表演艺术家，名士楚，浙江人。七岁登台，以“七龄童”艺名在杭州一带演出。后改名“麒麟童”。代表剧目有《四进士》《徐策跑城》《萧何月下追韩信》等。

认为我们最重要。美国认为他最重要。神气得很，经济上开始倒霉，怎么倒霉，总认为是世界头一份，而中国永远不会承认。普京也不承认，世界承认不了，比较听话的是英国人，英国人认为他们是亲戚关系。别人不买他的账，法国人不承认，德国人决不承认，印度人也不承认。经济问题，亲戚关系，英国人不一样，你们是我们这边出来的人，你神气，我让一点。当然有些国家情况很差。他打仗靠经济，我有钱，我炸弹多，扔吧。”

聊到这，黄夏带一女友来了，杨炽夫妇也回来。达悟说他肚子疼。

送菜的来了。舅舅一连打了十几个喷嚏，这是杨家的遗传，妈妈是这样，连我也好这样。

饭后，舅舅签名送书给赵苏、冀平。最后合影拍照。

回家又议论拍片，我提了一句可以让傅靖生出任导演，妈火了。

2001 年 12 月 21 日，星期五，寒。

叶家姑嫂来看妈，妈又聊舅舅。她说：“小时候跟哥逛书店，他挑了一高摞，我在一旁挑几本，他叫我把挑的和他的搁一起，都交给随行的男仆拎。他走在最前面，我跟在后面，那男仆抱着一摞书走在最后面。”

2001 年 12 月 25 日，星期二，晴。

今天是圣诞节，中央九套首播《杨宪益和戴乃迭》。下午三点半重播。它是以小金丝胡同的外景开始的。舅舅一人在客厅里看电视中的舅母。舅母面带微笑地用中英文自述，两人分别坐在打字机前专注地工作。我头一次见到舅舅拄拐杖缓缓走在小金丝胡同的情景。这是他和黄苗子、郁风一起去“楼外楼”参加聚会。席间还有丁聪夫妇、邵燕祥等。郁风回忆了和舅母同关半步桥监狱的往事。杨炽也谈了“文革”中她的双亲被捕的事。她还介绍了他们的高效率的翻译方式。黄夏说姥姥送她出国，她在飞机上看到姥姥在目送她。屏幕上出现了被捕当晚那个剩下半瓶酒的酒瓶。

2001 年 12 月 26 日，星期三，晴和天。

阿姨在电话里告诉妈，哥哥感冒了，因为达悟先感冒了。妈妈再次回忆小时候跟哥哥买书的事。

戴乃迭画像，郁风 / 绘

杨宪益，傅靖生 / 摄

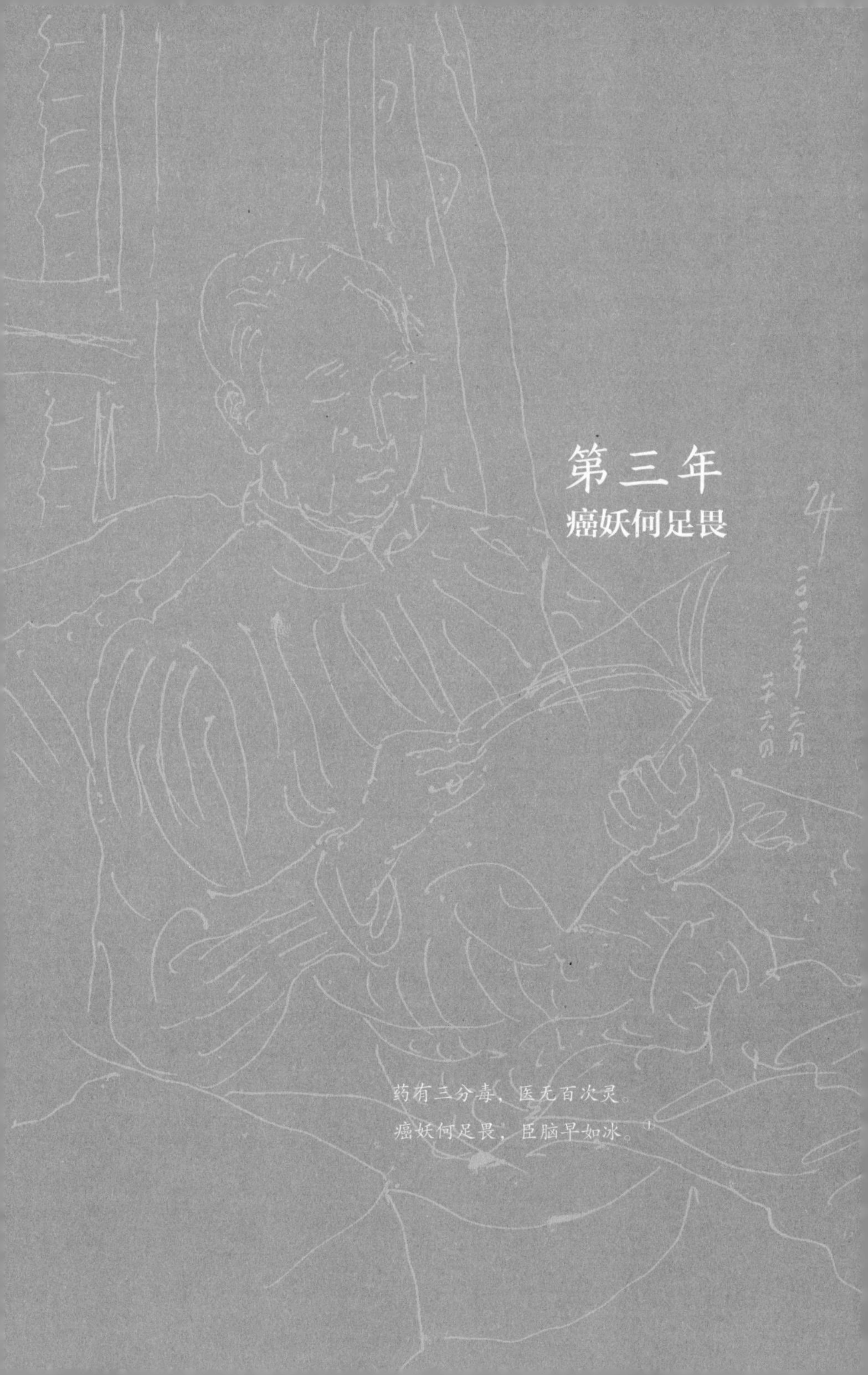

第三年

癌妖何足畏

药有三分毒，医无百次灵。

癌妖何足畏，臣脑早如冰。[1]

① 杨宪益2002年12月作打油诗《无题两首》之后一首。

第三年

癌妖何足畏

2002年1月1日，星期四，多云，白天一点不觉得冷。

新年第一天。阿姨家将举行杨家大聚会。说好十二点半开饭，妈以赵苏夫妇昨去了天津为由，表示可能会迟点。果然磨蹭到十一点半才出发。

赵苏要驾车，我想这条路对于他一定是轻车熟路，就埋头琢磨自己的事。他却把车开到展览路了，再不制止，就要开到阜成门了。妈个儿小，坐在后座椅上，我透过反光镜只能看到她的半只衣袖。四人一路说笑，在2002年第一个上午走在北京熙熙攘攘的大街上，感觉特别。他们说北京的天蓝了，我说下了大功夫，不知植了多少树，种了多少草坪，一点点把死角消灭。远处有一烟囱冒白烟，利华问是不是烟，我说哪能允许，那是水汽。

这次聚会的名义是给舅舅、阿夫做寿，杨家四代，共十一人。

大家一起对了第三代孩子姓名和生日。只有三个人结了婚。

阿姨又是主讲，她坐在客厅中央，嗔怪阿夫："结婚那天他才拉我手，照相从来不会，老在背后鼓捣，我说你不会把手搭在我肩上？"

阿夫在一边说："搭了啊。"阿姨说："后来是搭了，是不错。"众亲戚哄堂大笑。

杨炽三口坐在一起很少说话，她感冒刚痊愈，又磕了一跤。达悟的中文越说越好，今天还学出租司机一句北京腔："狗撵鸭子呱呱叫。"

阿夫去接电话，肯定是小儿子来自美国的新年问候，正端着的托盘立刻变得倾斜，扶不住了。长子罗昕的电话先后唤来了他妈、小阿姨，最后是舅舅。舅舅只说了一句："你们明年拿到绿卡也回来看看。"说完起身坐回原座。不知谁说的："人家还没画完呢。"舅舅看我一眼说："可我都忘了什么姿势了。"我马上问他："你是左腿压右腿，还是右腿压左腿呢？"他说："是啊。"大家又都笑了。

阿夫、杨炽夫妇和他们的儿子易安

聚会尾声是由赵苏为四位老人拍合影。老人们站成一排，相互依偎着，按年龄大小，左边第一人是阿夫，依次是舅舅、阿姨，最后是我妈。他们个个的脸上洋溢着慈祥甜蜜的笑容，非常可爱。我提笔勾起速写，但下笔仍没有瞬间的动作快，因而只留下几根残缺的线条，也不那么准确，只当留点印记罢了。阿夫却嚷嚷道："上了素描了，上了素描了！"让我好生惭愧。

2002年1月10日，星期四，多云，零上十度。

我问妈今天是不是舅舅正生日。妈说当然是了，八十八岁。她和阿姨几天前就做了准备，意思是这天聚会只要他们四个老人加上我，不要下一代参加。发现邹霆写的书里有许多错误之后，他们要在一起对对小时候的事。妈还预先告诉阿姨，我们负责买的蛋糕上有字。

蛋糕是昨晚我在北太平庄味多美西饼店定做的。写字的师傅下班了，我只好插了一个"生日快乐"的签。

我们三点四十分才到，是从德胜门一带扩路工地绕过来的，一推门正看见客厅窗子里的舅舅转身张望着，他迎出来的第一句话是："你们怎么都来这么晚啊？"原来阿姨他们还没到。舅舅说他午睡到两点就起来了。他先去里屋给妈拿邹霆的书，还有一本书，名字没记下。我把新照片拿给他看叫他挑哪张放大，他翻着看笑着说照片太多了，不用放，算了！舅舅给我们看一只银元宝，很沉，是他前几天跟杨炽去阜成门买来的。他说不晓得是不是假的，也许里面是铅的。

这时门铃响了。可视门铃里正是阿姨、阿夫。他们提了好儿包东西放在餐桌上，阿姨一一说给舅舅听。阿夫打开一个纸包，拿出一只红色小盒，舅舅捧起来掀开盖儿看，妈说是水晶，阿姨说沛霖做了一件好事，意思是说把这宝物送给她哥。水晶上刻有生日快乐字样，舅舅连连夸好。

四位老人入座沙发。阿姨嘱舅舅家保姆做稀饭，要融融的，稀点儿的。我惊奇地问："还吃饭啊？"她说："这时才来，怎么能不吃饭？"

大家很快开聊邹的书。阿姨说："气死我了，我们家怎么会是'富豪望族'？哥成了纨绔子弟。其实我们都是靠自学，父亲留下一副对联，我们看不懂，就琢磨什么意思。我们不懂父亲是什么样的人，他一下子做了那么大的官。姆妈说怀哥时梦见白老虎，命有凶相。生哥那天刮大风，风照月。派人去找大夫。接生哥的不是德国大夫，是日本大夫。"阿夫解释说那是因为他留学日本，什么都要体现日本。舅舅说看过父亲写给日本艺妓的情诗。阿姨说娶婆的原因是娘生一个死一个，娘是淮安人，富家人的女儿，还详细说了西太后送错礼的事，我都没听大懂。

阿姨又说："我们的爷爷不愿做官，他很潇洒，喜欢写文章，喜欢玩儿。"舅舅说只做了知府。其实不是在淮阴。阿姨接着说："父亲死后三叔主事，他有学问。家里有两块印。他们都很孝顺，因为爷爷不吃豆子，他们都不吃，家里有人吃，他们就把桌子掀了。"

最后她叹道："我们多倒霉！没有父亲！"又对我说，"你妈更倒霉！"

舅舅看看钟说他该喝酒了，他起身去端。我没找到小酒杯，舅舅说也许没了。我拿了一只高脚杯，舅舅说好。妈马上说是宜家的。舅舅问我："你不喝？"我也斟了一点红葡萄酒，大家一同举杯："健康长寿！""我们要好好活着啊！"阿姨感慨地说。

舅舅问："你们怎么不吃蛋糕？"我让他来切，他拿刀一块一块切得很小，我注意到他右手戴着一只细细的戒指，左手食指戴的是粗戒指，黑色长圆形的，妈事后说这只粗戒指摘不下来了。后来阿夫帮着切完蛋糕。舅舅说他要大的，然后端回到沙发上吃，他八成饿了。

大家都夸蛋糕好吃。

这时邹霆遣他的孙子送来蛋糕，还有制作的舅舅年轻时的黑白照片和一封致歉信。

小菜和稀饭端上了桌。舅舅又问："你们要不要开始吃？"他坐老位子，侧背着沙发。他嫌酱黄瓜和皮蛋咸，接了点水倒在碗里。聊起李清照改过嫁，舅舅笑着对阿姨说："你可以写文章，以李清照的名义，再盖上她的章。"我插嘴说，可以拿到潘家园。舅舅接着说，到潘家园卖上几百块。

舅舅告诉我们，昨天他和苗子、丁聪夫妇一起聚，步行去文采阁吃饭，才知那是作协的地盘。

谈到星期六舅舅要去做报告的事，舅舅说是外文局请的，讲翻译，还有别人讲。阿姨说舅舅到北师大也去过几回。他说："有车接，我就去。"

舅舅又对阿姨说："杨家事你写啊，要是小采早写出来了。"

阿姨说："我是教书的，写不了。"

阿姨说："六点了，我们该回去了。"

舅舅又问起："你们的邻居怎么没来？"我知道他指的

是冀平。

我去找出租车到小金丝胡同口。舅舅目送我们出来，大家对他扬扬手，只见他一人站在台阶上也摆摆手，他的脸极红。妈又祝他生日快乐，全都笑着叫他快回屋。

我没带相机无法拍下今天的场面，我也不能画画，自从阿姨批评我人家说话我画画不礼貌后，我不再敢在杨家家族聚会时拿出笔来。这不能不说是一个损失。如果我有达·芬奇、拉斐尔、米开朗琪罗那样的记忆能力，该多好！这样我就可以背着画下许多生活中有趣的情景。现在我能做到回家打开电脑用文字语言来追忆，许多时候却做不到用画笔形象来表达，大都留在心里。但愿能在高龄时保持妈妈、阿姨、舅舅一样的好记性。

世界上好像只有两个人在他们的最后时候不觉得欠自己什么了，一个是梵高，另一个是我的舅舅。梵高开枪自杀前暗想对这世界已没什么要表达的了，该画的他都画了，画了也是穷，但他起码尽力画完了。所以他该扣动这扳机。

舅舅年轻时代的坚实底子使他一生成就丰厚，单看李岫所罗列的译著目录就令人瞠目结舌。他的晚年是潇洒地看着他辛勤培育过的孩子一个个回来，重印、再版，丛书、系列源源不断。他不再遗憾什么了，乃迭在天国等他团聚，他暂留在大家身边也好，他都不在乎。舅舅是世界上活得最轻松的人！

我该学哪一位？

2002年1月17日，星期四，晴。

和妈的聊天中，才知妈送我的那枚红宝石戒指是池太太送妈的。后来妈去了云南，她给妈写信，信上说："我现在什么都没了，只有你！"妈说："我讨厌她，她拉我哥看月亮。"

> 我早听说过池太太的故事。她是舅舅的英文老师，婚姻不幸，恋上舅舅。婆让舅舅去留学，有中断这层关系的原因。舅舅走了，池太太很失落。她给舅舅写过信，舅舅没回。后来她吞了过量的安眠药走了。

2002年1月18日，星期五，晴。

下午一点半送妈到舅舅家，安顿好后打算去三联书店。舅舅说："小采，你妈在这花费大，我真要送你钱。"便拿出一万元。妈说："这么多？"舅舅说："不够吧？"

妈看不好推脱，就劝我说："舅舅给你，你就收下吧。"

舅舅为他翻译的《近代英国诗抄》签名。

从三联买书回来，听舅舅对妈说："应该把穆旦的信发表。留着干什么？"

又对我说："有人来电话，夸你的书。"

2002年1月27日，星期日。

晚上罗晋小时候的朋友请阿姨、阿夫、舅舅和妈吃饭。地点在东郊体育场，刘诗昆的儿子开的酒家。我过桥把妈送走，自己回家临摹希施金的森林。

五点多妈被送回，带回一大包书，颇为兴奋地讲感想。

妈说他们六个人花了一千六百元。舅舅喝了好多二锅头。还问小采怎么没来。对酒家的名字，舅舅说这名字不通啊，有人嚷嚷快记下来，改过来。临散席前他说他要带走烤麸。

2002年1月28日，星期一。

早上阿姨来电话，才得知舅舅又病了。前日去潘家园，夜里吐了一次，早上胃疼。杨炽请了假，已和积水潭医院联系了，李主任要来。妈着急去探望，冀平欣然陪同。

一进门，看到舅舅躺在床上，盖了厚被，还加上两条毯子。第一句先问妈："你要书吗？自己在柜里拿。"桌上摆着好多从潘家园买来的石头。了解了昨天出门舅舅没穿外衣，只穿单裤，连易安都觉得冷。

舅舅自己接电话，今天电话挺多。他不肯输液，李大夫给他开了冲剂。他又不肯午睡，要陪我们坐在客厅。他打盹时，杨炽给他盖了一条毯子，他又醒了。

2002年1月30日，星期三。

中午得知舅舅昨又发烧，请保健科大夫下午去人。晚上妈和杨炽通了电话，后又传给阿姨。

2002年1月31日，星期二。

我打去电话问候，易安说爷爷还在生病，可以接电话。过了一会，舅舅接过电话说他好些了，胃有些胀。杨炽说她爸爸一来人就不睡。他需要休息。早上吃了牛奶。李主任这天在内科门诊，她说舅舅的血压一百五十八和九十，胆固醇高。白血球低。不能再喝酒了。少吃动物内脏、油炸食品。

年纪大了，就是年纪轻的吃这些也会受不了。

2002年2月2日，星期六，晴日蓝天。

陪妈出席欧美同学会德奥分会聚会，地点在方庄南敦伯爵啤酒屋。

之前我们先拜访了也住在方庄的范用[①]，妈说他刚出医院。这是我第一次走进范用的家，窄窄的走道，房间简陋得不能再简陋了。第一印象他是位瘦老头。他三九年就入党了，一见我妈口无遮拦地说话，带着几分激愤，他说：……只有权力，不如资本家。一百年资本主义创造的财富，……只有破坏。二百年才能……

更令我们惊讶的是，他的书占满几乎全屋，连床下都是。老人说书没处放，他指指一些赠书无奈地说："一点用也没有。"他们说话，我在一边勾了几笔他的像。

聚餐散后，我们在芳城园车站发现三十七路的终点站是三里河，妈立刻表示乐意坐趟公车。当挨过十八站后我们出现在阿姨面前时，她非常惊喜。今天她详细讲了戴晴和她的家事。我头一次听说，很曲折，简直是传奇。

聊天中，我想画速写，又被阿姨阻止。她说："别人聊天，你画画，不礼貌。"

2002年2月7日，星期四，晴。

今天是舅舅这场病之后我第一次看见他。我在路上打去电话，等了好半天他才来接，开始我以为他被什么人接走了

① 出版家、书籍装帧艺术家，书痴，三联书店原总经理。

呢，妈说舅舅走路慢。

我们是坐傅靖生的车去的，他从没去过小金丝胡同。舅舅一见他便笑着说："好久不见了。"他东看西看，舅舅叫他先去参观这房子并带他去卧房。只见舅舅的书桌上摆了一溜怪石头，个头挺大，其中一块是蓝色的，像他给我的那串蓝手镯。接着，我领傅四处走走，院子和其他屋。之后我问设计怎样，傅说设计有问题。舅舅马上附和说："按中国习惯，厨房不应该在一进门的地方。""一炒菜，包饺子剁馅儿，"他伸手做出剁的手势说，"这里说话，就简直听不见了。因为没窗子就开天窗，结果灯坏，漏水，老修，花了好多钱。"

关于这个厨房的位置，我已经听了多次了，我知道舅舅怎么也看不惯。

舅舅问傅这些年忙什么。话题转到电视剧上。他说："现在没什么戏好看的，《黑洞》还可以，但没有《黑冰》好。以前还有好的，《永不瞑目》，上海的女人，一个世纪，我忘记叫什么名儿了。"我说叫《世纪人生》。

傅说是董竹君。舅舅夸李媛媛演得不错。妈问是不是谢晋导的。舅舅说是。傅说是他同学金继武。提到刘晓庆，舅舅说她现在不演戏了，《芙蓉镇》时多好。傅拍的《小井胡同》，舅舅说他没看过。傅对电影《杨开慧》的最后一场戏议论了一番。舅舅说："你有些夸张。"

聊到我们下一代，舅舅说："鸫鸫应该回到欧洲去，娶个欧洲姑娘算了。留在北京这里不好，这里人太复杂，尤其是文艺界美术界。马克思毛泽东没了，没了信的，现在的年轻人就空虚了。黄夏比鸫鸫情况还好些，她有地方住，吃的也不要钱，挣了一两千，够她花的。明明弄个北大毕业，清华要懂外文的教洋人学中文，他一月四千多。”

舅舅又准备了一摞书给妈。第一本是《卖花女》，名作名译，红色封面上是意大利文艺复兴时期的一幅侧面女人油画肖像，是我们一进门碰见的那位文联出版社的女士刚刚送来的。只有七八本，舅舅都抱进卧房，我没好意思讨。

我招呼舅舅吃蛋糕。舅舅说我们吃他也吃。我担心他有些饿了。过了好一会儿，他又提出要不要吃莲子粥。他让阿姨热一下分给大家吃。我们都上桌去吃，我切了几盘点心，舅舅尝了一块。

五点了，舅舅去柜里取出二锅头。妈问：“还喝啊？”他回答：“不喝不行。”他又问：“你们一个都不喝啊？”他倒时，妈一个劲儿阻止着：“好啦，好啦！”

2002年2月11日，大年卅，星期一，晴。

前天舅舅打电话给阿姨说：“得聚聚啊，静如来，小采也来啊！”昨日风寒，今天见到舅舅难得戴了帽子，也第一次看见他穿的这件驼色的呢子外衣，扣子是塑料的，牛角形。我和妈去晚了，他仍坐在沙发的南侧，红着脸，显然又喝酒了。三个老人聊小时怎么过年三十，舅舅说吃完年夜饭玩升官图和牌九。他又问妈谁完了，冯亦代还没有，吴祖光也够呛了，黄宗江要去加拿大。妈给他带来了戴煌写的书。

舅舅问我：“小采最近该休息了吧？”妈替我回答，也算告状：“她每天开夜车。”舅舅好像有点惊讶。他主动提出达悟要请大家吃饭，商量几号，妈说初四，他又重复一次。

罗晏宣布开饭了，舅舅首先起身去厅外拿，妈随后。老人们端盘选菜，舅舅捡得很少。送包子时他挑了一只豆包，郭振海递大虾时他捡了一只，一会儿又给了坐在身旁的妈。吃完他摸摸胃部，我猜他还是吃多了一点儿。大家饭后讲笑话，他笑眯眯听着，尤其阿姨讲的外国人夸上海女人漂亮的笑话，让他笑得厉害。吃完又抽烟，到了八点他看看钟对杨炽说该走了，起身后仍要把最后一支烟从烟盘里拿起又抽。事后我数数他这一晚抽了七支。我和妈为他扣好大衣扣，他没戴围巾，出门后我把他的领子翻起，我注意到他马上又给折了下来。

夜幕中舅舅拄着拐杖，被女儿搀着，我头一次感到他是溜肩膀，大衣肩耷拉下来了，使他格外地显得瘦弱。我忽然想起他的童年，在他的身上似乎仍未褪去昔日那个文弱少爷的影子。

我们回到家妈接着聊舅舅，她说外公去世后，其他房的叔叔们都等着看这个五岁的瘦弱小少爷笑话，想把他过继给他们，好继承中国银行。他们更不想让女孩上学。但是婆对三个孩子说："你们一定要为我争气！"她不仅让儿子受教育，也把女儿们送进最好的学校。

2002 年 2 月 15 日，星期五，晴。

下午妈说不睡却一睡不起。我打电话叫舅舅别急，他说让她睡好了，反正阿姨还没来。

车挺顺，司机说他不熟悉那一带，我说你只管走完大路，进入小街后他很有悟性，听指点，开得照快，到达小金丝胡同时是五点半。该来的都早来了，阿姨大叫："小采为什么不叫醒她，午睡怎么可以睡得这样长？"舅舅只是笑，他和达悟、郭振海已喝了一会儿酒了。沙发前条案上摆了从潘家园买回的玩意儿，舅舅让妈挑，先给一只金元宝，又给一只银元宝，挺沉，说是灌了铅。还有红色手镯和项链，用扁珠子串成的。还有石牛、石蟾蜍。舅舅又对妈说："你是文艺界的，给你这个。"原来是中国作协颁发的荣誉委员纪念章。舅舅问我需要什么，我觉得妈拿的够多了，不好意思再要。

三位老人聊开四哥，舅舅说他原是秀才，后来要当举人。我问舅舅：外公去世时你五岁，之前你跟外公去过中国银行吗？他说去过。我又问：那坐什么车？他说坐汽车。谁的汽车？舅舅说是银行的。我心想所以邹霆写的有一定根据。

阿姨忽然问："哥，你认识严文井是娃娃结婚之前还是之后？"

舅舅说："是以前。"

阿姨在饭桌上接着回忆："小时吃饭，舅舅第一，大公主第二。舅舅吃鸡时，婆掰两个鸡腿，一个是哥的，一个是大公主的。两个鸡翅给母亲，但她要吃鸡脖。我吃白肉，你妈说她爱吃鸡皮。"

等清蒸鳜鱼端上桌时，舅舅已停止动筷子了。

舅舅回到沙发逗着趴在沙发扶手上的小猫。我从来没看见过他这样的表情，无比怜爱的，嘴里不时发出"喵喵"的声音。

"'一路烤肉银锭'，等三百年后，人们考据杨宪益时，可以用得上。"谁说了这么一句。

饭后老人们谈身后事。妈说死后送医学院最好，看看脑子怎么长的。舅舅说："那干吗？我看丢进马桶算了。"妈说："那堵了怎么办？"阿姨说："我是不如宪益。我不想献了。”妈说：“分八半，也许十六半。做最后一次贡献。”

妈分明是故意气阿姨。

冀平打电话要来接我和妈。妈叫阿姨一起走，她客气地一个劲儿要自己打车。在等车时，我注意到舅舅有点困了。

他还给妈一本《现代流行民谣》，他说这本不错。

听说这个晚上舅舅一口气看完了妈给他带来的《开卷》。

2002 年 2 月 22 日，星期五。

赵苏起草了一份关于授权拍摄杨宪益电视片的合同，要请舅舅过目签字。本来他是约郭晓去的，后来他希望妈能陪他，毕竟这是他第一回与舅舅谈这样严肃的事情。妈再约上我，下午四人一起出发了。开始妈和舅舅聊别的，赵苏想提合同，又不敢，我帮转话题，最终谈出了正题。赵苏递上了合同，妈做了一些解释。舅舅草草翻了翻，笑着说：签字是没问题，五年不一定能拍出来，我还不知道能不能活到那时。赵苏提出担心别人也会拍，聪明的舅舅马上表示他绝不会再给另外的人签字。他很快拿起笔签下了自己的名字。没想到这件事如此顺利，大家都很高兴。

而我心里明白，做成此事谈何容易！何况是拍舅舅呢。

2002 年 2 月，日子不详。

舅舅在电话里告诉妈，昨天他和十六人一起吃饭。都没喝酒，邵燕祥没喝，丁聪没喝，只有他喝了。

2002年2月28日，星期四，阴天，气温明显回升。

昨天妈约舅舅见面为的是核实“绛舍”[①]的事。她曾写过有关短文，拟再写一篇。今天冀平得知后要送我们去，到了小金丝胡同口，只见三四辆胡同游人力车停在那里。车篷换了新的，玫瑰红和黑色块相间。车夫们仍穿着黄色背心，他们在候老外，但是这会儿没生意。意外的是六号的朱门开着，进院隔着窗看到舅舅正坐在沙发上倒酒。

都四点了，舅舅又说妈来迟了。只见过道通到客厅的墙角堆着几包书，显然是邹霆写的《永远的求索——杨宪益传》。

---

① 新中国成立前夕，舅舅杨宪益和几个友人一起在南京上海路开设的一家两层古董铺的雅号。

我妈在《绛舍的故事》里回忆：

我至今还记得六十年前我哥神经兮兮地对我说：“去看看我们在上海路开的一个小古董铺，就在美国大使馆附近，好玩得很。店名叫‘绛舍’。知道吗？‘绛’者红也。”

……大家兴致勃勃，起店名时，我哥脱口而出：“咱们天津从前不是有个‘紫房子’吗？那是专卖文具、图片、信纸、信封的，后来生意越做越大。咱们干脆叫‘红房子’吧！”连忙提醒：“‘红’字不妥，有‘赤色嫌疑’。”我哥笑起来，又提出“‘绛舍’如何”。“他想起在重庆北碚的日子，灵感来自老同事、友人梁实秋。梁当年借住在吴景超夫人龚宜雅的房子，美其名曰“雅舍”，那里的确曾是北碚从平津到内地的文化人雅集的一个好去处。”

……他们的真实意图却是把“绛舍”当作“僻静安全”之处，大家可以在楼上碰头，也应了“狡兔三窟”之含义。

……我怎么会知道在如此简陋的“办公室”兼卧室里，经常有人在这里商议国家大事，他们小声传达着来自各方的消息，兴奋地叨念着：“天快亮了！”

文中的廉指廉士聪，是舅舅的好友。四十多年后，舅舅写下了诗作《惊闻廉士聪兄不幸失足骤逝》：

“数载同窗手足亲，惊闻老泪已沾巾。世间失足寻常事，从此津门无故人。”

喧闹的童声从楼上传来，一个男孩冲下来，又一个男孩出现。舅舅说都是易安的同学，每天如此，他们来玩电脑。因而今天下午的整个谈话都伴着奇奇怪怪的嘈杂。各自坐法也改样了，舅舅一人坐单个沙发，毛衣仍是蓝的，但样式变成带翻领的。他先叼烟蒂，后点烟。他终于换了一双皮鞋，米色，代替了灰色。我们三人坐一排，面朝着他。

妈拿出邹的书，翻到《绛舍》一章，她念，我做记录，就在自己的速写本上。舅舅细听着，稍稍眯着眼。

妈念一段，舅舅有时附和，但多半是否定，不时说："瞎编！""全是瞎编！"然后再更正，讲出原本事实。我快速记着，笔下是许多的我完全陌生的人和事。这些形形色色的人物和故事，向我展现了一个40年代末、新中国成立前夕发生在南京，带有戏剧性的党派之争情景。其中有民革知识分子，有特务，有商人，有教授。我才知道绛舍的由来，以及舅舅围绕着绛舍的经历。

"天津有紫房子，就叫红房子，我说红字不妥当，红改为绛吧，"舅舅说，"梁实秋住的房子叫'雅舍'，我们的红房子就叫绛舍。"

我问舅舅："当时你除了进步爱国外，有没有少年时喜欢冒险的因素？"他回答："自然是有的。"冀平问："邵让你去台湾，你为什么不去？"舅舅一脸的（不屑）表情反问："我为什么要去？"他接着又说："现在我也不会去台湾。"

面对邹的书有这么大量的错误，舅舅认为妈和阿姨不要一起改，在香港再版前，各自画出错，比打叉强，否则工程量太大。妈的记忆和阿姨是有些不一样，碰到这时，舅舅只是微笑着，不言语。

聊完，我请他家的保姆煮我们带来的元宵。元宵是傅靖生送的，杂馅，厚皮。舅舅吃时叨叨说："元宵节都过了还吃什么？"又说："黑芝麻的好吃，北方人不会做。皮太厚。"他只吃了两个。还打了重重的喷嚏，我叫冀平去找纸巾。

孩子们不知什么时候都不见了。煤气罐换后，厨房飘过来一阵阵的油烟味。妈给舅舅看我在潘家园买的杨姓家谱。他说一块钱不贵，打开看了，说这东西敏如会喜欢。

保姆说杨炽来电话不回来吃了。舅舅问我们留在这儿吃

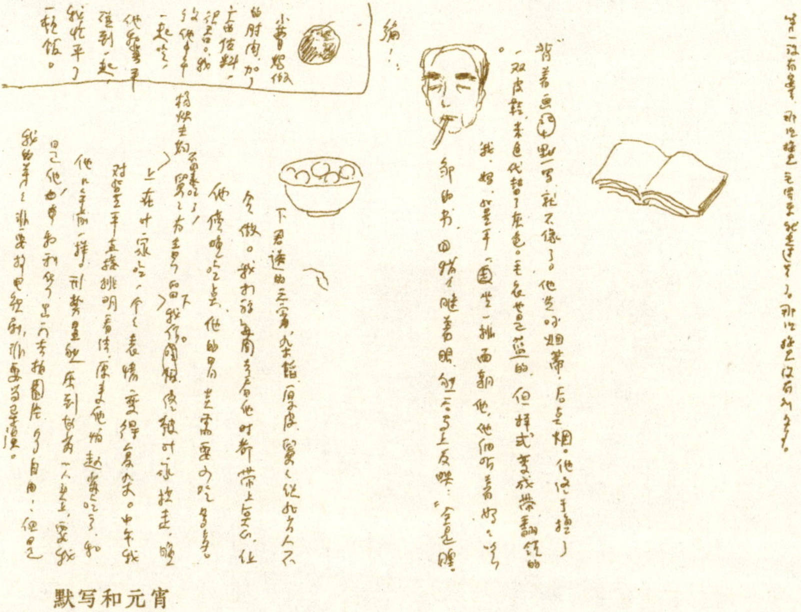

默写和元宵

吗。冀平推托说家里已做好了。舅舅说易安踢球去了，七点才回。妈看着我，我说随便，问舅舅："你会闷吗？"他说不会。告辞后我们走到滨海胡同一带，不觉天色已暗下来。

今天没画画，回家背着默写就画不像了。

2002 年 3 月 14 日，星期四，晴，风起。

我往德胜门驶去。几株古树掺在高架桥的交叉之中，形成怪状，只有天上一只蝴蝶风筝显示北京昔日的景致。车子转弯再向南开，便是后海。今天再去给舅舅送包子，他出院后只爱吃这个，大家拿他没办法。

虽能感到太阳有点晒了，午后又刮起干风。

出发前才向舅舅打招呼，这次去还有一个目的，是送我和妈买给他的点心。

给舅舅送包子途中

一进门，先看见黄夏。今天阳光铺洒在沙发上。让妈和舅舅的身上光感很强，很合适画素描。两只小猫各偎在他们兄妹俩身边，其中一只四脚八叉地仰睡着，醒来后又亲热地纠缠不休，一只不停地舔另一只身上的毛。

四点，舅舅发现到了喝酒时间，起身去取酒瓶。

舅舅看我掏出本来，就说画小猫吧。但我刚画两笔，它们动了，跑开了。其实我最想画舅舅，一直观察着他的表情和动作，并在心里默记着。试了几笔，可是越想画好，越画不好。

2002 年 3 月 17 日，星期日，昨日有沙尘，北京一片黄土，天气预报说今天还有六级风。[①]

在张海坚送我和妈回家的路上，我们却见到了蓝天。本以为这次宴请的东道主是罗晋，原来还是他。事隔一月，罗晋这趟回国是和张合作，自己要开办公司了。

直到上午才确定行走办法，即我和妈先去三里河与阿姨、阿夫汇合，等张来接。罗晋夫妇则去小金丝胡同接舅舅和黄夏，因为他们要和达悟谈谈。吃饭地点在八里庄的“无名居”，就在北京肿瘤医院西侧。路口远远能看见启功题写的招牌，大家说写得太不好看了，我说也许被人描坏了。这饭庄属淮扬菜系，顶有大屋顶，内布置得豪华而俗气。我们一行被穿着绿袄长裙的小姐引至二楼一大包间，一圈高背椅子均镶有宽边雕木。老人们先入坐沙发，一会儿舅舅他们来了。他仍穿那件厚呢和尚领外衣，吃饭时一直没脱。

---

① 杨宪益近日作有打油诗《无题》：“春分何故北风狂，到处尘沙遍地黄。小谢有心邀烤肉，老杨只想喝清汤。金丝巷里迎新客，银锭桥边忆故乡。

看菜谱时，阿姨发现有好几处繁体错字。她对舅舅说："'乾丝'成了'干丝'。'肉鬆'的'鬆'成了'肉松'的'松'。"

中心布菜的圆盘缓缓地在众人面前旋转着，冷菜有舅舅最爱吃的肴肉。热菜有干丝、鳝鱼、肘子、鳜鱼、狮子头。舅舅说妈做狮子头是切肉丁，肥瘦搭配。阿姨说静如会做菜。妈承认着，接着说婆更会做。张问："老太太这身份怎么有机会做菜？"阿姨说："你们不了解我们在抗战时的生活。"她说小时候舅舅看见房子冒烟，以为着火，因为他没见过厨房。舅舅说他在英国也做过一次牛排，先拍拍（妈说是先用刀背拍松）。

舅舅说他小时候在家里原是不抽烟的。到了英国，认识了乃迭，喜欢了乃迭。"她会抽，我总是在口袋里装包烟，不是那种大烟（比画着大烟枪），是这样的烟（他又比画），她抽，我也就抽了。我的抽烟历史就是这样。"他眼光诚恳地对大家说。

阿姨说罗晏减肥很成功，罗晋表示惊讶。舅舅说他不减肥。大家笑他这么瘦怎么减。"在监狱里吃不饱，不用减肥。"他接着说。

张问舅舅二锅头没有瓶装的行不行。我说舅舅不是下午四点才喝吗。妈和阿姨都劝别喝算了。张说今天难得，多少喝点。舅舅不反对，问："你们都不喝？"阿夫要喝白酒。舅舅说他有一次在英国请几个外国人，"他们都醉了，在我旁边倒下了，就我一人没倒，后来我回去也倒了"。阿姨说结婚那天，哥和乃迭一桌，有外国人，很热闹。她和阿夫的这桌没有人说话。她说其实她很能喝。

杨司机冲我敬酒，要我喝光杯中酒，我起先谢绝，后来还是喝光了。舅舅坐我对面说，小采脸都喝红了。阿姨说别说，越说她连耳朵都红了。可我抬眼一看，舅舅自己早已成了红脸关公。

罗晋他们的公司要他爸当顾问，或董事长。他说他介绍了十二个人。舅舅说等公司办好了，这儿有两个司机。他张开手臂，指指我和罗晋妻简莉。

舅舅又打喷嚏好几个，妈怪他一直没脱大衣。

张让小姐给舅舅带上两份肴肉。我搀阿姨下楼出门去，只见舅舅已端坐在副驾驶座上。

2002 年 3 月 24 日，星期日，晴天，不时风起，体壮的人不觉什么，体弱者仍感凉意。

这两天邵燕祥一再来电话与妈敲定时间，他们夫妇要在今天请舅舅和妈吃饭，并由我去接舅舅。到了滨海胡同，我打手机叫舅舅准备好，请出租车就停在胡同口，妈坐车里等。我刚走进门，舅舅已提着拐杖迎出了门。文采阁只有他认识，他来带路，第一次和舅舅一起坐汽车，但司机却在胡同里左绕右绕跑到了齐鲁饭店。

我们还是在十一点准点到达了。有小姐问："是杨老吧？"邵谢预先定了二楼的包间。

席间，舅舅的话比平时多得多，他说，"我爷爷有三个宝贝：鼻烟壶、酒壶、尿壶"。舅舅当场念了一首打油诗："小虎"。

舅舅说："袁鹰给我来了信，说他也是淮安人，生在杨家老房子。你们谁和袁鹰联系替我问好，我不知道怎么跟他联系，也没他的电话。”

“我现在是抽烟喝酒。一天四五包。我没醉过几次。苗子说我醒来才知是牢房。不可能。那天我跟他们到了办公室，我不知道他们要干什么，到了那儿，问我叫什么，多大了，要我签字，然后就给我戴上手铐。”

舅舅讲自己在日本时喝酒的事。邵说：“日本人最坏了。”舅舅接茬说：“日本鬼子。”

妈谈舅舅的书扎着捆没人理，那时还盖上日本的章。舅舅说拿回来的书掉到江里了[①]。“我现在没有书。”

“这肴肉做得像，上次的不正宗。”舅舅边吃边点评。

他还告诉在座的，他昨天去了玉泉营，买石头。

最后他执意要步行回家，还说自己回。我搀着他左臂，他自己拄着金拐杖，在外国旅游者占领的胡同里七拐八拐地穿行，风吹散了他的白发。我和妈这才了解他和杨炽他们出门都是这样走出来到大街上才打车的。我们母女俩对视一下，妈显得无奈。这会儿，我们只好跟着他缓慢的步履走进胡同。他几次指指东北角说，就在那边，很近。可是到了南官房胡同口，路牌上有个“北”字，进不进去呢？我犹豫着。舅舅不让我去问，我们走进好一会儿仍找不到家，还是打听了。一个老太太说：“就在板房，再往东就是大金丝、

① 1946年夏天舅舅一家随编译馆从重庆去南京。舅舅在自传里写道：“到了南京，我们才听说，在我们后面的那艘装载着我们大量书籍和其他物品的木帆船起火并沉没了，造成了一些人的伤亡……这就是我1940年夏天离开牛津时海运到香港去的书籍中的一部分，我想大约有七八大木箱吧。很显然，这批木箱运抵香港时，太平洋战争已开始打响，日本军方就把我的书扣下了……至今我的书架上还有几本盖着日本戳子的书，作为对那个时代的纪念。”

小金丝。”可到了大金丝，我们又不知拐进哪条胡同才好，左边一条太窄，被一辆放柜子的三轮车堵住了，看来还是右边的对。

终于找到六号，一进屋舅舅就让我们去他卧房里看石头，只见那最大最贵的一尊呈白色，正坐在紫色木架上。

让他去睡，他说已过了时间，不睡了。其实他的眼睛都睁不开了，还在使劲地撑着。溢满阳光的客厅里，他的白发、蓝毛衣、浅紫灰裤子，和沙发的色彩都很协调。我真想画，但有顾虑。小猫又长大了许多，一只赖在我腿上，贴着我睡了。杨炽招呼完我们吃橘子后，自己在剥橘子皮。妈在找话题和舅舅说话。

回家妈问我，还记得舅舅今天的打油诗吗？我说正在回忆。

2002年4月8日，星期一。

去阿姨家。她回忆了娃娃“文革”中得肝炎的事。那是舅舅、舅母被捕之后，哥哥、姐姐都走了，杨炽去吉林插队了。阿姨再见到她时，她坐在阿姨家门口的台阶上，人病得很厉害，非常可怜。阿姨把她送进医院住了院，可是没等好，她又返回东北了。

2002年4月10日，星期三，转暖。

由蒙古国袭来的、蔓延中国从北到南的寒流似乎过去了。一连几日的阴天转晴，出门感觉到了太阳。

因为前一天袁鹰的约请，我和妈今天下午去舅舅家和他见面。说好是四点，三点半，妈打电话给舅舅，他好像才明白是今天，并且对我们为什么这么晚还没动身表示奇怪。“考虑你要睡午觉嘛。”妈解释说。而我们还要去阿姨家取照片，一张是舅舅的，一张是他们仨的合影。加上司机绕了路，我们还是迟到了半小时，而袁鹰准时在四点到了。他正和舅舅研究淮安杨家老房子的事。八十五年前袁家搬到那里，七十八年前袁鹰就出生在那儿。究竟是我的哪位曾祖父，他们也闹不清。恐怕是杨士骧。袁鹰说杨士骧排行老八，在当地被称为杨八大人。他虽然官位不低，但做了不少好事。他的故居前现在仍挂着“杨士骧故居”的牌子，虽然房屋早已破旧不堪了。

妈又提起姑婆生前告诉她周恩来和杨家的关系的事，周的爷爷是曾祖父的师爷，看来这不会错了。袁鹰又说杨家姥爷到了淮安娶了淮安姑娘。舅舅说是我们的娘，不是母亲，她就是淮安人。妈还记得那位吴氏老太太做的淮安菜。袁鹰还说，周总理离开老家淮安后再没回去过，1949年后打听过泗州杨家在北京还有没有人。他当时还不知道杨宪益就在北京。

聊了一会，舅舅说：“我们商量一下今天怎样吃饭的事吧。”袁鹰说在柳荫街有家餐馆不错。舅舅说：“当然可以，但是要走一点。我们是以吃饭为主还是以说话为主？”我说当然是说话为主。舅舅说那找个附近的小馆就行，什么东北菜、粤菜，在银锭桥一带很多，可以随便挑选。袁鹰问：“你昨天在哪儿吃的？”舅舅说：“烤肉季。”袁说那就烤肉季吧！舅舅说那里也没什么，还有一家蒙古菜馆。袁鹰又说要不去鼓楼，那也有一家。舅舅说算了吧。

他们俩就这样像拉锯一样，一会拉向东，一会又倒向西。到底谁请呢？袁鹰说他请，当然他请，不是已经说定了吗？他都准备好了。我说我来请三位老人。袁说："你是晚辈，你是陪客，不能让你请。"舅舅面对我说："我看就她请吧！"我心想反正我跑得快，准能抢先。袁好像没听见。这时舅舅提醒大家该动身了，这才起身分别方便准备出门。

走过银锭桥，袁又提出进烤肉季，舅舅没听他的，带我们径直进了雪荷轩。袁鹰点了大排、煎饼裹肘子、虾仁冬瓜。舅舅要了炒腰花。妈要了粉皮。我要了酸菜粉丝汤。袁鹰说啤酒算什么酒，非要为舅舅要白酒。小姐说北大仓挺好的，拿来一看是一只大红盒里的带花纹玻璃瓶，一问价格，六十八元呢。

第一回和舅舅对坐在这等餐馆里，听他们三位老人聊天。他的身后是人群往来的银锭桥头。暮色渐暗，一扇窗子开着，一只苍蝇绕着我们的桌上方，我几次轰，触到了它的身子。好在只有我们一张餐桌有客人。舅舅笑着对袁鹰说："你要得太多了，怎么也吃不了，你等于请我的全家人了。"又说达悟爱吃大排，可以带回去。席间，舅舅对袁鹰说："你该写点长的。"袁说打算写点儿，以前的时间都浪费了。老伴身体不好，女儿残疾。先后去河南干校、北京郊区两三年。

听他们聊着，我悄声问妈该去付账了，却被袁鹰听见，非要抢去掏钱，花了一百九十元。妈说就是酒太贵。舅舅说可以买十瓶二锅头。离开餐馆，舅舅说你们完全可以一起走，我自己回去。我说我们还有东西没拿呢，再说怎能让舅舅一人回家？袁鹰告辞，只身往东，消失在烟袋斜街昏暗又热闹的街市里。我挽着舅舅的左臂，他把我的手夹得很紧。他右手拄着金色拐杖，慢慢过桥回家。舅舅这时问我还要写什么。我也说写“文革”。

杨炽三口在家，妈一进门就说给他们带好吃的了。达悟在沙发上说他们吃过了。当妈的在辅导小儿功课，她叨叨昨天丢猫的事。原来昨晚来的客人喝醉了，进进出出，没关好门。

2002 年 4 月 14 日，星期日，晴朗有阵风，气温又回升了。

一约再约的陪石湾、小林看舅舅的计划今天终于成行。下午两点半到三点，分别去，在小金丝胡同六号见，我对小林在电话里说。上午我还给石湾的呼机留言，告诉他舅舅的地址和走法。他两点四十就到了。我和妈三点到的。舅舅迎我和妈时说他们已聊了一会儿。妈指着石湾问舅舅：“你看他像不像赵忠祥？”舅舅端详着石湾说：“我没注意，好像有这么一点。”

他端来一碗吃的说：“这是英国饼干，尝尝。”客人拘束，易安过来拿一块就走。

四点十分了，他回头望望钟，问石湾喝不喝酒。石说不喝。舅说别人送的，“那一个人喝多没意思”。我说：“你就自己喝吧！”就此我发表看法：“谁也比不了舅舅，他和酒已不可分割，酒成了他生命的一部分。”

石议论社里的人际关系复杂。舅舅只是听着，不表态，也不大感兴趣，最后笑着说：“你再写一个编辑部的故事，现在又演了，还是好看。”

舅舅说：“英国伦敦搞了一个中国书法展览，给我寄来一封信。”[1] 他马上去里屋拿来复印件，上有吴祖光、王世

---

① 2002 年 1 月 30 日在伦敦大英博物馆九十一号展厅展出《惊人之笔：现代中国书法艺术》。策展人白若思。

襄、黄苗子写给他的字。原来有关舅舅的在画册最后，占了不少页。我帮他把画册又抱回了屋。

小林和车前子快五点才来。我第一次见到车前子，对这位诗人的残疾我有准备，但他的样子还是让我愣了一下。舅舅招呼他们坐下，给车前子斟酒。舅舅说："我最多喝了二十一瓶。在英国，几个朋友聚聚。然后坐车去伦敦，本来要看电影的。"车说他喝过十六瓶。他带来了黄酒。舅舅说这酒是一次就能喝完。车说他就喜欢干。舅舅说："那好，你们到英国去，英国人喝酒是喉咙不动，这么直接下去。"他仰面比画着。又提袁鹰那次太浪费了，六十八元一瓶，二锅头六块一瓶。

车观察四周，注意到厅几角的画。舅舅说这是陶渊明画自己。车问能不能走近去看。他叹道："字好画也好。"于是舅舅又去拿最近买的字，展开说请行家鉴定。

小林提出拍照，说借了一台相机。

五点十分，罗晋差杨司机来接舅舅了，舅舅很惊讶："这么早？"杨答道怕堵车。"那你喝酒吧。"舅舅劝道。杨连忙推脱："不用，不用"，一连说真不好意思。

妈对舅舅说："五姐要这样安排。昨晚来电话，要我陪你。"舅舅特别对车表示抱歉，说下次专门请他来喝酒。车欠身看台子上的酒标签说："我从英国带一瓶给你。"舅舅说："不用带，我有的是酒。"转身他已去穿了外衣，拿了拐杖出来。他祝即将赴英的车前子和小林一路顺风，并和三位客人一一握手。"一块儿走吧。"他又说。

驱车又去无名居。阿姨他们先到了。姐妹俩没脱外衣就交换东西。这次是个小包间，入桌后很快上菜。喝酒那头的排列是舅舅、阿夫、张、罗晋。

张问舅舅阿夫："你们什么时候认识的？"

舅舅说："我们早认识了。我上中学时才知道有政治，有国民党，都是受了他的影响。后来他去了延安，我羡慕得不得了。"

阿姨插嘴说："舅舅在英国写了信，说你去麦加，意思是朝圣。"

舅舅提自己小时事："父亲死后，我去开过两次银行董事会。大人夸我不错。"

我问："上中学了吗？"

"不，很小，小学刚毕业。"舅舅说。

又说房子事，他说："我来讲讲这事，外国专家局给每个外国专家一个房子。我是家眷，我退了五棵松房，杨炽让我和他们住一块儿，我那儿的房子就给了他们。爱泼斯坦他们有两处房。"

张说："书上说婆有十几个金条。"

阿姨说："不对，我们那时没有钱。你太不懂我们那个时代了。"

谈到南京解放初，舅舅说："柯庆施带我去开会，人家不让我进去，柯说这是杨宪益。"

聊到孩子们，还有罗晋现在的房租。舅舅说："我真对不起你，该免费的。"

看来老人已经口无遮拦了。

2002年4月17日，星期三。

又见伦敦中国书法展中有好多赠杨宪益的书法作品。如："毕竟百年都是梦，何如一醉变成仙"。

2002 年 4 月 25 日，星期四，晴。

本来说好阿姨来接妈一起去舅舅家的，这样我可以直接去小金丝胡同。可是后来妈打电话又改为阿姨不去了，我得先回家接她。我正在昌平参加《农家女》[1] 活动，午餐匆匆用毕，便和与会的大家辞别了。一进城才感到乡下比这儿凉得多。

舅舅家的客厅又是一片阳光。我第一眼发现他们也买了百合花，不过是浅色的一种，摆在中间沙发的背后，正绽放着。我们比外文局的客人先到，舅舅和妈先聊天，我在一旁东瞧西看，这里真有那么多角度可画。我又发现了从东侧的瘦长的窗户望去，一串晾晒的衣服，再远处便是灰色的院墙和邻家瓦顶的一角。我选好了位置，一回头，把我吓了一跳，那沙发背上分明趴着两只猫。“怎么，丢的母猫又回来了吗？”我问。舅舅笑着说回来了，有几天了。“是门打开时进来的吗？”我很好奇。“不晓得，”他说，“不过回来时，脖子上套了个圈。”我决定从小猫画起。

吴寿松他们到了。我只好让位，改在餐桌这边画。

舅舅说：“最近编了我和乃迭翻的东西。没有秦始皇本纪，只有项羽本纪。《离骚》只选了《天问》。”吴说他们不懂。外文局的现任局长原先是教体育的。

他们还谈到陈毅到外文局的往事。

吴谈出毛泽东诗词外文版事。“现在毁了很多历史资料，很可惜。”吴说。

舅舅对吴说：“你该写一部自传。”

接着他说：“今天我请大家出去吃，你们看怎样？”

---

① 本人曾供职单位中国农业电影电视中心前社教部的一个栏目。

出门后舅舅走在前面，妈在背后笑他的姿态。他又领客人进了雪荷轩。他亲自看菜谱点菜：“烤羊腿。”他对换了玫瑰红蒙古袍的服务小姐说道。这小姐一个劲儿向他推荐贵菜，看来他并不反对。“不要点太多了！”妈隔着桌子劝他。

吴不停地说话。他大讲写诗，当场念了一首描写外文局“文革”的诗：“设战场，香山练。”舅舅回忆道：“一个女孩把我的新衬衫泼上墨水。后来她向我道歉。”

舅舅说：“我对你们有意见，不要再写古诗。我不是说古诗不好，唐诗很好，但你们可以做更多别的事。”

兄妹俩和猫咪

舅舅几次重复催吴说："你为什么不赶紧写陈老总？"

他又提起外文局瞎编中英文选的事。

这时吴拿出60年代赵朴初的一首诗："掩书复长叹，燕青真可儿。名虽称浪子，不拜李师师。"舅舅说这是写在"勿需放屁"那个时候。

菜一盘盘端上来。大家都吃不动了。舅舅笑着逗吴说："你吃肉的本事也不大嘛！"

老同事们说在外文局，老杨是第一时，舅舅动情地把手盖在陈的手背上好久："你啊！"最后他掏出了三张一百元。

舅舅显然喝醉了。昏暗的暮色中我搀他走过银锭桥，他突然发音含糊地对我说话。但我还是听见了：

"小采我一直想问你，今天反正喝醉了。你们到底离没离？你还是要找个对你好的人，有个安稳的家。傅靖生对你和孩子还算照顾。"我说："他还挺有良心。""他有好处，也有毛病。我一直认为他是你们这代最聪明的，他是有才。""他确实有才。他就是这样的人。"

舅舅接着说："鸫鸫多大了？也该有个稳定的家。这是我最担心的。你们赵家不比罗家差，怎么搞的？罗旻家安定。罗晋、简莉，我希望他们好下去。你们也可以复婚。"

讲到这儿，已拐进小金丝胡同，迈上了六号的台阶。客厅里杨炽正在辅导小儿功课，她抬头笑笑。舅舅说："给你们带来爱吃的烤羊腿。"他坐回平时常坐的沙发，满脸醉态，大约不会再说什么，一会儿要去睡觉了。

看来，我和妈只有告辞这一件事可做了。

2002 年 5 月 10 日，星期五，多云，预报二十五度，感到闷热。

两天前妈给沈峻一个电话，引来了今天我出面护送妈和舅舅去参加聚餐的任务。尽管她在那天还嘴硬，当我说她不能自己去接舅舅时，她还不太高兴呢，实际上她毕竟年纪大了，又不熟悉北京方位。

我们九点出发，路上我打电话通知舅舅由我陪妈去接他，他静听我讲完后马上说："那好极了！"车很顺，这位司机本来就住在后海这一带，还回忆了小时候的宁静景色，感叹说可惜现在古都原貌都遗留不多了。

小金丝胡同六号只有舅舅一个人，他一见我出现，立刻要跟我出门，他仍穿着去年冬天以来一直穿着的那件厚呢外套，我告诉他外面很热，他说没关系。带上门后我才发现他没带手杖，我坚持要回去拿，他说我找不到。

妈就在胡同口等着，我让舅舅按老习惯坐前面，他与妈一前一后聊着天，妈向他讲她自己最近做的事，讲李晶夫妇来访和对李辉的看法。舅舅说李晶当时写论文向他要材料，他就给了舅母的自传。接着他询问身后的我去英国的事怎样了，以及小鸫的近况。后来的一路上，他盯着窗外，少言寡语，只说了一句："北京拆得都不认得了。"还有一句感想："等你学好车再买了车，街上又增加了一辆车。"

我们的目标是紫竹院南路二号临江仙面馆，它的对面有一家加油站。柜台后的一个包间已经以丁先生名义预定好了，小姐说着引我们入座。这里没有门，只有三面墙，文房四宝、仿古画装点着，有铁艺灯饰，很重的椅子也是铁制的。可是才十点半，离约定时间还有一个钟头。妈叫我打电话给沈峻，希望他们早来，但沈要等人，说可通知黄宗江先来。

不一会黄宗江来了，他本来就想早点来，还跟妈提过。我把自己画的他演的《冬日细雨》的记忆画给他看，他奇怪我为什么要急着走。他拉着我的手说他想和我见面，我说我也是。妈在一边解释说坐不下。

等我一点多再返回临江仙时，眼前的这间包房已是空碟满桌，看不出在座的都曾吃过了什么。老人们有的坐，有的站，喝过酒的一个个成了红脸关公。我和认识的一一打了招呼。邵燕祥老师隔着餐桌向我作揖。丁聪从卫生间出来和我握手，他的头发依然黑色，但人变瘦了。好几位是生面孔，据说其中有夏衍的公子，也六十多了。这拨人的聚会，追根溯源，还是在重庆的“二流堂”那会儿。妈说当时夏公他们爱凑在一起聊天。其实舅舅并不属于“二流堂”。今天到场的每个人还得到了一本《许仙品陶》。

散席了。我搀舅舅离开，他执意还要穿上那件厚外套，我在人行道边打了一辆夏利，不知谁说了一句：“你们先走！”看舅舅这样子，我也没谦让，就给他拉开了车门并护着他白发的头。我问妈要不要单独回家，她摆摆手。出租车又带着我们三人往小金丝胡同开去，我及时指挥着司机：过德胜门右拐、进入小街，再找滨海胡同开到河边……这让舅舅感叹地说：“小采对路真熟，幸亏有小采，要不然靠我和静如可不行。”车子快走到银锭桥时，舅舅说：“你们可以坐这车回去，我可以自己走这段。”我认为不行，一定要送他回家。

我们走进小金丝胡同，我问他今天怎样，他说没什么意思。我帮他开锁，他的钥匙小而硌手，没有拴钥匙链，后来往左拧才打开。我一眼看见他家的阿姨在院里晾衣服，就打了招呼，只听见舅舅和她说话声一直传到了胡同里。然后我和妈搭这辆车径直开出滨海胡同。

2002 年 5 月 15 日，星期三，多云。

上午李辉来电话，我接的，他问："今晚你妈有空吗？邵燕祥夫妇要去巴黎玩，想大家聚一下。"我说我妈只是晚上要看《欲罢不能》。他说已安排吃杭州菜，在东土城路"大江南"美食城，对我们很方便，走三环路，到和平里十字路口再往南开。我记下地点，看来没法拒绝，这顿饭非去不可了。我问都有谁。名单为苗子夫妇、丁聪夫妇、邵燕祥夫妇、李辉夫妇以及我和妈妈。"正好十人。"他说。"有我舅舅吗？"他说没有。

席间，我坐在苗子旁边，我说起九套播过舅舅的专题片，其中有苗子、郁风陪舅舅外出吃饭的镜头。苗子说是的，拍得很好。他还说起敏如对邹霆的书很生气的事。

事后阿姨告诉了舅舅，她没想到没请他，还以为是他自己不愿意去了呢。阿姨认为怎么也应该跟舅舅打一声招呼，他喜欢苗子。妈认为一定是没人去接，只有李辉的车，他还要接苗子夫妇。也许舅舅只合适吃文采阁了。

2002 年 5 月 27 日，星期一。

前一晚收到郁风的饭局邀请，安排的时间不巧正是我的学车集训日。我问定下了吗。她说定下了。都有谁谁谁，又正好十人。这回有舅舅，所以挑了离他最近的文采阁，而且还是由我去接，看来我只能从驾校直接赶回了。

从我坐的驾校班车望去，万泉河一带众车辆像千层蛋糕。灼热的太阳高悬在头顶，谁想从这里逃离都不可能。妈一个劲电话催我，最终她和赵苏先走。我也没能回家换换衣服，就在魏公村路口打了车。后来他们又呼我，叫我到四道口等上车。没想到舅舅等不及已经自己去了文采阁，我们白接他。

苗子、郁风，丁聪、沈峻，邵燕祥、谢文秀，李辉、应红四对夫妇，加上舅舅、妈妈、我和赵苏，刚好围一桌。上菜前，彼此交换书。郁风带来了新出版的《时间的切片》，还有她和苗子的合集《陌上花》。我送各位前辈《拾回的欧洲画页》。

舅舅坐在我对面，酒后的笑容这么好看，我犹豫画不画，妈主动告诉众人她姐认为别人聊天我画画不礼貌。苗子说："你姐事儿就是多。"大家笑了。

这顿聚餐近尾声，只见舅舅已成粉脸老人。他怪大家不和他一起喝二锅头，他说："早二十年，你们都该一起喝。"李辉说："我下次陪你喝，我已练进步了，一次喝半斤。"舅舅说那好。郁风、苗子的二公子拍下了众生相，唯有舅舅的笑容最佳。有人说日后可以做封面了。他本人还在得意他的英文自传全文在香港出版，这事勾起了各当事者的回忆。妈将拜访冰心的一次谈话告诉大家，那次见面我也在场。当时那场风波刚过，老太太还心怀愤懑，她说："我一不怕坐牢，我现在在轮椅上就是坐牢；我二不怕离婚，吴文藻已去世了；我三不怕杀头，杀我的头，誉满全球。"

郁风说真好！

我趁机画了一张郁风的画像。

这顿饭花了五百二十四元。舅舅掏出钱要付，郁风已打开怀中的皮包拿出来了钞票。她说不贵。剩的不少，打了包，然后散去。

我和妈、赵苏送舅舅回小金丝胡同。大太阳下，我为他撑了伞。到家后，舅舅问我们要不要再坐坐，我们认为舅舅该睡午觉，就告辞了。

结果带来的赴英国签证表也没拿出让舅舅看看。

赵苏提出看罗晋，我们又去了三里河。罗晋一家人都在，放了赵苏拍的电视故事片，让大家议论一番。

2002 年 6 月 10 日，星期一，雨后天晴，却刮风不小，气象预报有五级。

上午妈打电话时，舅舅正在按摩。约好我们下午去。门口见一辆夏利，我让妈先上，我去邮筒投信。为了先到地安门商场给舅舅买吃的，我让司机走平安大街。到了西直门内大街，经过了新开胡同，第一次目睹了被毁的柳巷，顿时被眼前的一排排难看的高楼给惊呆了！多年前这里是我常出入之地，我再也见不到那悠长的胡同和京味老屋了。

今天舅舅一人在家，他已换上衬衫，好像刚睡醒，眼睛有点发皱。我们先给他看《文汇读书周报》新发表的舅母的自传《我有两个祖国》，由李晶翻译，妈推荐的，前言还是她写的呢。妈向舅舅介绍情况，主编说登三个版，因为有价值。舅舅说舅母的翻译作品名单占了三个中缝还只是一部分，我很吃惊。我问那些原作都还在吗。他说在是在，她翻得很多，有的和别人的掺一起，已不好分了。我又问为什么

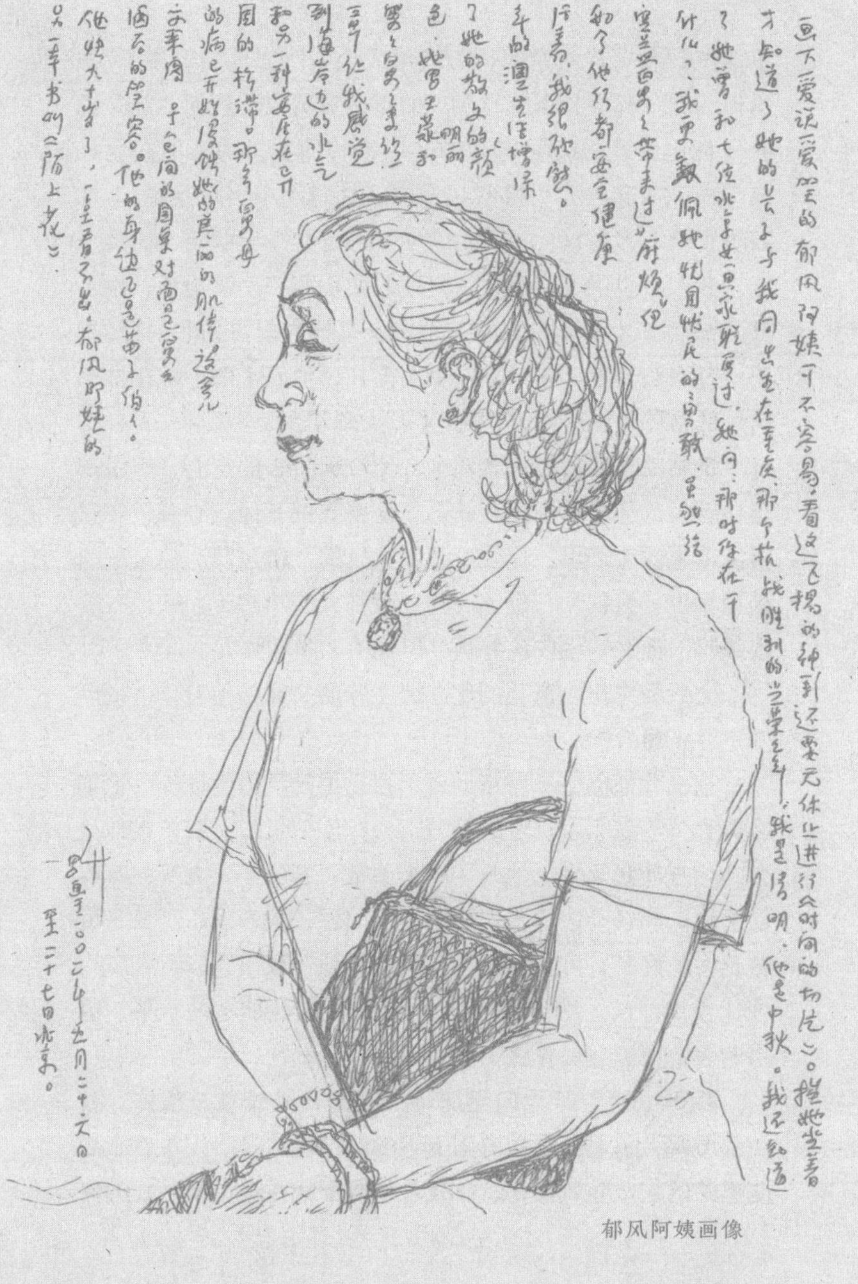

郁风阿姨画像

不能把他和舅母的东西再版或编成全集呢。他笑着说："谁给你编？"妈提起李辉也翻过的事，舅舅说不管他。妈又说起译林出版社想问舅舅和外文局签约的事，因为他们也想出。他一听起身要去卧室找合同。这时妈小声对我说："你看舅舅今天多高兴！"

我跟着也进了小屋，只见他收集的石头摆满柜顶，添了红的绿的。才发现右侧的书柜里全是他和舅母出版的译作。妈也过来俯身看，舅舅坐在书桌前找，他翻了两下堆在抽屉内外的信件材料说："找不到了，太乱了。"

舅舅又坐回沙发。我向他介绍今天带来的点心，妈说都是桂香村的，舅舅说要萨其马。他要我把其他点心装进一只落满了土的篮子里，他说这是别人送的月饼包装。他又从酒柜顶拿出一只铁盒，也够脏的。我都去刷净晾干。问他有餐巾纸吗。他对妈说应该有啊，但他不知道在哪儿。

之后我拿出自己写的纪念严文井的文章给他看，他说已知道，正想看呢。

这次我插空请舅舅帮助看了自己填的英国签证表。他细看着，关于怎么填否定的符号，他在说明里找。我依在他身边，烟直冲我飘来。他改了两个错字，又说不要大写，不容易看清。妈在一边说我学的英文成问题，他不表态，只是说黄夏在就好了，可惜她走了。看完后他又说："其实很简单，你让杨炽他们去填。"面对他的外甥女如此拙劣的水平，舅舅的表情很无奈。我感到惭愧。

我坐下接着听他们兄妹聊天。这儿光线总是很好，我一眼望去，舅舅的身后有阳光下的红门和瓦顶。回头看，后院里晾的衣服随风摆动，有几件已被刮掉在地上了。我问舅舅："院里的草已长出来了吧？"他说："长出来了。"我出去看，只见三串爬山虎都垂挂在墙上了，白色圆桌子挪到草坪中，沿墙边插了一圈瓦片，拐角立了一尊石头唐俑。远望鼓楼已漆好了新色，邻家的鸽子不知是否归来。这时我有个念头，想画下南墙外邻家的瓦顶。

谈起《记忆》这本杂志，舅舅说他知道，不定期。他说邵燕祥写得不错，如水的也可以。妈说邹霆的又胡说，舅舅笑着说是。

易安带着同学放学回来了，一串人上了楼。妈问他是先做功课还是先玩。舅舅说先玩。我问达悟去易安学校教课的事，舅舅说在十三中，一个星期一次，星期五，已教了几次，看来易安这学校，能上了。

妈也去后院转转。舅舅看着她走过窗下的背影说，静如的腿脚还不错，这次她来真好。

有电话打来，舅舅接着电话说着说着却提起了我的名字，原来对方是《漏船载酒忆当年》的责编，正是找我。舅舅说："她就在我这儿，你和她讲。"我接过电话，他自称姓韩，叫韩敬群，因为看了我这两年写舅舅和严文井的文章，觉得照这势头发展下去，会有一本有价值的出版物。可以加上我的画和照片。我答应面谈。电话打完后，舅舅笑着说："好事，看来你要当作家了，画画要不很有钱，要不穷死，除非你像黄永玉。"接着他又说："你干脆再编本书，可你要去英国了。"

保姆买菜回来，找给舅舅钱。其中有两条烟，他问什么牌子的。他这才想起刚才电话里应该问还有没有他的自传，他存的早没了。他索性要把找回的菜钱给我，要我替他买书。我不接，他说也好，买回再说吧。

四点，阿姨打来电话，舅舅说完，妈接着说。他说每天这时五姐都来电话。

最后谈到了妈回南京的事，她讲了小苡正忙于帮介绍的对象装修。舅舅表示不理解，他叫妈态度坚决。他说："没有道理，没有小苡，他还装不装修？他该自己去解决。"他认为妈该跟小叶走（回南京），不管怎样她需要有人送或接。还谈到小春、鸫儿的近况，及旸旸在美国能养活自己的事。"能自立就好。"他说。

五点我们告辞，天还亮着。后海一带新开了不少各色各样的小店，全是为赚游客钱。几个洋人坐在咖啡小店外看着河边景色发愣。我又提起这一带不该允许通汽车的话题，妈说那会影响我们自己的需要。后来我陪妈到地安门商场挑了几只廉价的戒指才回家。

当晚给南京打电话，果然装修还早着呢，小苡怕我们催她，叨叨到很晚。

2002 年 6 月 26 日，星期三，阴天。

八舅杨紘武的小女儿杨谊夫妇从美国回来，欲请杨家在京的全体亲戚吃饭。开始妈以我们都犯胃病为由拒绝了。昨晚阿姨打来电话说："小采，我有重要事和你妈说。"原来舅舅不同意我们不出席，他说是他请，杨谊又是画画的，和小采谈得来，我们来一个人也行，两个三个也行，反正一定得来。阿姨这么一说，妈还有什么办法呢？她向来是最听哥的啊。妈本来就急于把徐坚忠寄来的书和信转交舅舅，这下就服从吧。舅舅还叫我们早去，我们到达时刚过了下午三点半。

今天小金丝胡同六号的红门虚掩着。客厅的窗户里影影绰绰有舅舅的影子。我进去问怎么没关门啊。舅舅说没关系，他看着呢。舅舅今天穿了一件我没见过的深色毛衣，厚一点儿，总算把那件蓝色毛衣换掉了，人不是很精神。一问睡午觉了吗。他说睡了，一点就醒了。他心里惦记来客，说他们说是三点半来的。妈说他紧张了。果然妈和他交代事情时，他老是朝窗外看那门。他叨叨还是把门开开好，他怕阿姨来了不会按铃。

两只猫又长大许多，正懒懒地一只占一张沙发，害得主人都没地儿坐。舅舅看妈带来的东西，虽然没有日照，仍很入画。

舅舅问我去英国准备得怎样了，并告诉我 Hilda 十月要来。

四点，我主动给阿姨打电话，知道他们马上动身，一个多钟头后能到，果然阿姨离开阿夫不成，走错了路。

兄妹俩接着聊，他对妈说："你真有本事。给乃迭出本书，好事。"

妈提起迟少艾突然出现的事。舅舅说他并没告诉五姑，谁知是谁说的。

妈提起天津老家的东西，他感叹说东西丢得太多了，都没了，可惜了。

杨谊一家三口终于出现。舅舅送她三本书，有中英文自传各一本。

中文自传是我上次代舅舅买的，他高兴得连说谢谢，并立刻走进里屋，拿出三百元，一定要还我垫的买书钱。

早上舅舅就亲自跑了一趟餐馆点菜。结果不巧，偏偏这家餐馆今天倒闭了。他只好又去雪荷轩。吃饭时才听说其实它已改名叫"可汗酒楼"。服务小姐解释说："可以的'以'，出汗的‘汗’。”惹得大家哄堂大笑。

杨谊的六岁小女儿仰头和达悟用英文聊天。那样子很像秀兰·邓波儿。她抓着羊腿骨啃的憨态，逗得舅舅嘿嘿直乐，结果呛出了鼻涕，低头抱歉地说真不好！阿姨帮他擦衣襟，安慰说有什么不好的。

“你们还要什么菜？你们都吃得太少。”舅舅连连说。

舅舅叫来小姐算账，他补了两百元，这顿饭一共花了四百元。

他答应了为舅母的自传写个序。

2002 年 7 月 14 日，中午四十一度。

在阿姨家再次举办杨家家庭聚会。我因要去法国文化处，让妈自己先去，我十点多到。只见舅舅、杨炽也来了，舅舅依然坐在靠里的沙发上。他穿白衬衣，领口露出白汗衫。我心想怎么不嫌热。阿姨坐在客厅中央主讲，舅舅静听着，不时呵呵笑几声。她先讲孙家琇[①]儿子的事，又问舅舅按摩的事。这时舅舅突然说赵 ×× 死了，是听那按摩大夫说的。又说……和黑社会差不多。在场人听了都惊愕，但舅舅说罢仍笑而不语。

其余人陆续到齐。准备开饭前，阿姨宣布了今天聚会的动因：“有几个人生日，达悟、郭振海。小玉也快过了。另外，郭奕大学毕业，小易安小学毕业。还有几个出国，旅行的，做事的。沛霖也好多了。”“是百分之五十好。”阿夫纠

① 阿姨的同学。原籍浙江余姚，1914 年生于天津。天津中西女学优等生。保送燕京大学英语系，后获美国加州米尔斯大学奖学金，入英国文学系。曾任教于西南联大、同济大学、武汉大学。莎士比亚研究专家。

正说。舅舅又笑了。

开饭后，阿姨要小辈的给他们拣菜，说："我们今天不动，你们给我们吃什么，我们就吃什么。"她坐在椅子上娇嗔着不起来，但最终还是得自己动手。舅舅端着盘子站在大家身后等着，有了空儿，他只简单夹了一点菜。忘了是谁在拣沙拉，他也想要，等了一会儿又算了，不要了。我看在眼里，要帮他，让他先回位子上。我又问他要不要虾，他说不要，鱼也不要，酱肘子也不要，只要沙拉。他很快就吃完了，杨炽也吃完了，接着是易安。好像他们一家都吃得少，唯有达悟在喝酒，他说，他生日，要喝白酒。阿姨叫郭奕从里屋找出了一瓶茅台。

饭后，阿姨说起前儿媳 Anna 的种种，最后伤心地哭了。舅舅在一旁平静地听着。妈逗她说："我一直在注意你戒指的颜色变没变。"因为据说这是一只会随戴它的人的情绪变色的戒指。

阿姨又被逗笑了。

2002 年 7 月 28 日，星期日，一个多雨天。

早七点三十分，阿姨来电话："下大雨，不要来了，哥也不来。"可妈想舅舅，想去小金丝胡同。

外面中雨，九点半我和妈出了门。

我先去取钱，妈在车里等，拍了几张行人打伞的街景照片，用完胶卷，下一站是到晶丽达送冲。十一点赶到舅舅家，十一点半舅舅留我们吃饭，均喝了粥。

饭后舅舅不睡，和我商量书的排版。一会李辉打来电话欲来。罗晋夫妇，罗晏夫妇，罗洵带个美国男孩也相继出现。李辉倒来迟了。

这边我与简莉聊画。李辉和舅舅我妈坐在饭桌边聊天。罗晋父子挨着坐，和那个美国男孩对话。

我发现罗晏今天的裙子很好看。

返程再取相片，天黑了。

2002 年 8 月 11 日，星期日。

赴英前向舅舅辞行。

2002 年 8 月 13 日，星期二。

抵达伦敦希思罗机场。入关两小时后才发现 Hilda 并没来机场接我。我被一个黑人出租车司机拉到了她居住的密尔

在舅舅家聚会的布局记忆

希尔区家门口，小洋楼里没有一盏灯。好一会老太太回来了，原来她记错了时间。

2002年8月14日，星期三。

伦敦第一天。今天随Hilda去市中心探路，坐火车、步行、搭乘BUS、下地铁，再走路。小画店，大英博物馆，坐在人行道上啃三明治。英国人个个礼貌，无论是画店还是一家认识舅舅的中国书店……

我知道自己在感受着近七十年前舅舅到此留学时的痕迹和气息……

终于在第三天晚上，我和Hilda站在她家二层的地板上对话。从左至右四间大小不一的卧室，最靠楼梯口右侧的长形小间[①]，卧具齐全，整洁而空荡，仿佛带着重新装修过的刺鼻味儿。我屏住呼吸小心翼翼走进去。不知道自己是第几位走进的人，也许从大陆来的人，除了舅舅、舅母，我是第三个？

我是他的二表妹，他唤自己的声音我尚记得。

他可记得自己的中国名字：杨烨？

2002年8月16日，星期五。

以下是Hilda的口述：

“到英国后他很快与周围格格不入，其实他英文挺好，

① 右侧小房间是临时客房。这次整理日记时方知并不是杨烨住的。他在姨妈家住的是左起第二间较大又临街的卧室，也是我2002年8月的下榻之处。他为什么要选择在小屋，而不是在自己的房间里自焚，没人知道。也许他想为姨妈减少损失？

面孔和西方人一样。他要求去伦敦打工。每天骑很远的路，扛过包，一天只喝一杯酸奶，人瘦得厉害。那年冬天很冷，暖气坏了。他在冰冻的窗户上写自己的英文名字。圣诞节后，刚过元旦，我外出采购回来，他把门反锁，往自己身上洒汽油，再点火。风大，风吹进来，整个楼点着了。璐丝敲门不开，那年她二十一岁。叫来救火员用钥匙打开了门，没看见他人。只从仅存的牙齿上判断他有亚裔血统……”

“幸亏因为我有保险，没付出多少钱。事发后，我打电话给乃迭了……”

Hilda 离开后，我用红色、黄色的油画棒把速写本上这些记录圈了起来，顿时呈现一团火焰。

2002 年 8 月 29 日。

明天即将离开英国。最后一个下午，离开落日还有一点时间，我请求 Hilda 带我去墓园。同行的还有爸的研究生王玲珍的姐姐王玲，她早定居英国，此次也参加展览活动。我们回到伦敦后，她也住 Hilda 家，正好可以帮我翻译。

那墓园就在小镇附近，属伦敦郊外。不算小的面积，绿荫，草坪，若不是不时出现白色的墓碑群和教堂风格的膜拜堂，有些萧疏的气氛，会让人以为这里不过是个安静普通的公园。

表哥的名字载入那一天的逝者档案里。这是一本厚厚的极为堂皇考究的大书，字体工整而艺术，上书有：出生于 1942 年 8 月，逝世于 1979 年 1 月。只有大卫·萨利文（David Sullivan）[①]，没有杨烨。杨烨这个他父亲取的、象征火光美丽耀眼的中文名字，被淹没了，永远被埋葬了……

---

① 1975 年底杨烨赴英后，曾住在教父迈·萨利文 (Michael Sullivan) 家。不久他改名为大卫·萨利文。

2002年9月26日。

回国第二天就去看舅舅，我没提那间小屋和去墓园的事。

2002年10月19日。

今天在文采阁再一次大聚会。仍是由沈峻操持，不过这回请了不少人，由于车路屡屡走错，我们又来迟了。达悟告诉我，舅舅急得站在门口等。怪不得一进文采阁，他就告诉召集人，我们接他，反而迟到了。

当我搀扶舅舅步入二楼包间，才发现摆在大厅中央的一张大餐桌旁已围了宾客大半圈。全都起立笑迎舅舅。有我认识的黄苗子郁风夫妇和他们的大公子，有丁聪夫妇、黄宗江、袁鹰、邵燕祥、姜德明，有不熟的唐瑜夫妇，有高峰、夏衍的公子，还有一位报人。共二十余人。

唯一的洋人叫白霞，关于她的祸福故事我已听说了，今天才见到本人，印象良好。她个子娇小，刘海儿短发，一身黑色掐腰套裙。她一见舅舅就迎上前拥抱他，还拥抱我妈。

沈峻先致开场白："今天过生日的有真生日的，有假生日的。第一位是唐瑜，九十岁。第二位丁聪，八十七岁。"

黄宗江首先发言，不时蹦出英文单词。

之后是白霞讲，挺长，但非常感人。她站起来先指着身旁的郁风大公子说："这是我的翻译，他们两个（另一位翻译是黄宗江）是我的翻译。我第一次来中国，是1976年，宪益和乃迭叫我到中国工作，我1977年来的，在《中国文学》。我1987年离开，先到剑桥，后来我妈妈病了。二十五年了，大家都没有太老，还和那时一样。我不太有钱，但我有你们，我有这么多朋友，所以我很富有。”

我挨着丁聪坐，我们聊起干校的往事。他笑呵呵地说：“我对你印象最深，你那时光脚挑水，很年轻，而且很严肃，目不斜视。”其实他记错了，我是赤脚推车运土。

大家都说一切等十六大之后再说。

从小金丝胡同回来，妈给我看舅舅给阿姨的信：

> 敏如，晚上才想起星期五答应你给你朋友凌先生写悼亡（原文如此——编者注）诗一事，总写打油诗，开玩笑多了，写严肃的东西不习惯，只凑了几句，不好

北京大聚会上白霞在发言

用，你参考吧。另外周一良的儿子写的东西，给你看。

宪益

星期日（10 月 12 日）晚

2002 年 11 月 10 日，星期日。

妈一再对为什么非要去饭馆吃表示疑问。因为在阿姨的倡议下大家又要出动聚会一次了。这回的名目是为杨炽过生日，可她昨天已经过了。地点是达悟定的，说就在河边，不远，靠什刹海。舅舅只担心静如是否能走，要不要打车。但杨炽说，坐上车也就到了。妈在家还对我表示她得坐车去，可到了哥哥姐姐身边，马上变了样，直说："不用，不用。"

这一串老人步履蹒跚地往银锭桥走去。我从来没见过他们四人一起这样出门，舅舅由杨炽搀着，只穿西装，敞着衬衣领，微曲着腿，身子稍稍横着一晃一晃的。阿夫开始在最后，他完全不用人扶了，其实他走路比起其他人最直最稳。妈对阿姨说：你看沛霖完全恢复了。这让阿姨很得意。她走在中间，一会儿快，一会儿慢，一会儿和阿夫并排走，一会儿又过来和妈一起。今天她穿着便装，一件砖红色的外套，头顶一顶毛线圆帽，米色的，没戴好，卷了一角边。她体胖，两手垂在身子两边呈球状，走路内八字。而妈是其中显得最瘦弱的，也是唯一拄拐之人。她终于落在最后，小心翼翼地探路，那拐杖握在她手里，并没起多大作用。

谁也没想到，这条绕着前海走的路如此之长，连我都累，也因为身上背了一包石头。之前舅舅一开心，送阿夫和妈一堆石头，妈的石头是绿色和黄绿相间的，都是磨得极光的。

今天难得的风和日暖，河畔垂钓者和参观的团队格外多。道边也设置了运动器具，达悟和易安不时参加练一把。这家餐馆叫客家酒楼，外表并不高档，走进去却是个古朴而很有品位的地方。杨炽说他们挺省钱，全利用原来的材料。只见天花板水泥上抹了颜色，垂挂下盏盏方灯，桌椅都是采用很简陋的木材，拐角也一律做成方形。

第一道菜是梅菜扣肉。当大家均夹了一块到口中后，舅舅首先表态："不错。"接着阿姨、妈"好吃"的赞美声相继响在这张长形桌边。大家不由得贬起"可汗酒楼"来了。议论着下次还来，可以直接从平安大街过来。阿姨说走这么远，值。并开玩笑地问"不远万里"是指谁。菜上得很快，传着拣。舅舅靠边倚窗坐着，光线立体地映在他脸上，他说话不多，窗外是河岸、树丛，十分幽静。

结账时，大家不说话等着见分晓，结果花了三百九十元。妈说吃掉了一件羊绒大衣。又喝了一会儿茶，然后舅舅说可以了，大家站起撤了，一拨人朝北，一拨人上了出租车朝南再向西行。这回阿姨执意要先送我们回家。阿夫说朝北朝南都一样。

2002 年 11 月 25 日，星期一。

昨天晚上敏如阿姨来电话时，李晶和男友徐文治正在和妈聊天。她说她为什么打迟了是想和他们岔开，我说可是他们来迟了。阿姨说那她就不和我妈说话了。

阿姨说："我告诉你一件事，舅舅今天差点出事。范用请他吃饭，有十个人，范用带了一瓶五粮液。一个香港朋友，好久没见了，他有个瑞典太太，她又带了一瓶威士忌。还有苗子夫妇，没有丁聪夫妇，还有谁，他说不请，他和我打电话时舌头都大了。他说他一人把两瓶酒都喝了，我问为什么要这样，他说谁都不喝，都打开了，带不走。回来他一直睡到五六点。他问，静如什么时候走？小采好吗？我告诉他静如很开心，因为她的文章登在头条，还有十字架的冰箱贴。舅舅反问，怎么，把巴金钉在十字架上了？”

今天早上八点我问他还好吗，他说还好。下午我又问，他没问题了。

2002 年 11 月 26 日，星期二。

傍晚去阿姨家取诊断书，我骑车去的，到了南沙沟，六点了。上午阿夫去复印，我得到的正是复印件。阿姨说舅舅有二十余项不正常。

北京医院体检总结

杨宪益同志 男　年龄：87　病历号：524　检查日期：2002 年 9 月 28 日

一、各项检查：

心电图：不完全右束支传导阻滞

胸片（正侧位）：双上肺少量纤维灶及胸膜肥厚 b

B 型超声波：腹部：脂肪肝，胆囊多发结石，胰腺不均质改变

甲状腺：囊性及实性结节（右叶低回 1.0* 0.8，左叶 0.6*0.5cm 无回声 –）

化验：

二、主要诊断：

三、建议：

今天阿姨热衷谈出版一本近代百人旧体诗的事。在吴寿

松的张罗下，已凑了不少人。有舅舅、阿姨，还有一位姓张的干部，就是和我们一起在文采阁吃饭的老先生。舅舅说：“怎么有他，他会写吗？”舅舅还问：“有毛主席的吗？”

为此，阿姨找出她的诗二十多首，她告诉我有一百首都在“文革”中烧掉，现在一点也想不起来了。所以师大中文系大家开始并不知道她也会写诗，直到一次诗会，才发现了她有功力。吴寿松一直推崇她，阿姨的书也是他张罗出版的。这会儿她请舅舅看，希望也像对待阿夫那样对她也点评一下。原来舅舅看了阿夫的五十首诗，评价像韩愈的。阿夫回家找书对照后恍然大悟，原来是韩愈的诗念不下去这个意思。

阿姨今天还告诉我，舅舅的诗有两处打错了，要不平仄不对，她已打电话对妈说了。回家才知是“此日”写成了“比比”了。

2002 年 11 月 27 日，星期三。

一早妈和阿姨又长谈舅舅。我惦记给积水潭保健科打电话。对方问我是他什么人，叫我第二天送检查报告。她说如果是前列腺病，只要护士去抽血即可。

2002 年 11 月 28 日，星期四。

昨天与积水潭医院保健科联系，接电话的人说：“你来送一趟，让我们看看，电话里说不清。”然后她要求在九点前，今早我骑车如约去了。这回我凭记忆径自从板桥头条胡同里穿进去，很快就到了医院的北门。再往左拐沿着墙边骑，经过一座古塔，穿过长长的砖道便是保健科小院了。才知道去年那位和蔼的李主任出国了，明年一月才回。但是我很快打消了疑虑，从第一个接待我的瘦瘦的年轻女孩开始，到现任的几位年龄不一的白衣人，她们都对我的倾诉表现了足够的耐心。而在这段时间里，我也几乎是这保健科里唯一的服务对象。她们先是研究我持有的舅舅的检查报告，一项一项。我特别提出前列腺的问题，请求复查。她们竟有泌尿科刘主任的手机号，打过去一汇报，结果和阿夫说的一样，凭这个数字就是前列腺癌，不过加了“高度”两个字，意思是十有八九。因而他认为应该马上住院。现在没必要让他们出诊，要先去抽血复查。我听了心里一沉。她们叫我去泌尿科开化验单，门诊大楼在南门前，楼的北门关着，我必须绕道才能走到二楼外科的泌尿科。但分号的老护士古板，就是咬定门诊大夫都（做）手术去了，无法开化验单。我说是主任让我来的。“主任叫什么？”她问。我只有自己去找，去中楼二层病区先要下到地下室，然后再上二楼。我很快找到了。正打听着，一位肤色很白的男大夫走进护士室。“您是主任吗？刚才保健科给您打过电话吧？”老护士认真核对着。

大夫回答肯定：“是我接的。谁要化验单？”他问。这才知道，他是新提拔的，很年轻的主任。接着他明确告诉我：“这样的数字是高度癌，他这岁数可用激光敲掉睾丸。”

化验费花去一百八十元，出诊费六十五元。

我找了杨炽，请她明天早上留在家里等，因我有事。

事后听说，舅舅并不愿意再化验，他说：“你们以为我要死啦？真莫名其妙，我已经献了一管血了，还让我献？”

沈峻出面劝道：“好了，让你两个妹妹一人出二百。”

“我两个妹妹没有钱！”他反驳道，“赶明儿我还有艾滋病了。”

看来老人家真是火了。

2002 年 11 月，时间不详。

妈发表新文章《爱能征服一切》。阿姨告诉舅舅，她把十字冰箱贴说成“登了一个十字架”。舅舅问：“怎么巴金上十字架啦？”

2002 年 11 月 28 日。

下午舅舅写出小蜂房杂诗一首，但只有一句：“乐不思奥，寿已超英。”

阿姨在电话里念给妈听，让她记了下来。

据她讲舅舅很满意十频道《人物》这部片子。

2002 年 12 月 4 日。

阿姨电话对妈说：“哥说要他住院，就是住监狱。”

阿姨还说：“婆婆[①]最后那晚上，哥去看了，坐了半个钟头，也不说话。他不要乃迭切喉管，去医院也不看乃迭，不说话，没有表情。”

2002 年 12 月 5 日，星期四。

妈妈因腿病，已约二十五天没有出门。今天第一天外出是去看阿姨，我雇陪练车先送妈去南沙沟，然后继续去练车。十一点三十分再回阿姨家，一起看了专题片《巴金》。片中说，巴金不仅是大作家，也是大编辑，扶植几代作家，

---

① 杨氏兄妹的母亲、我的外婆徐燕若。长辈随孩子称呼，叫惯了，便把“外”字去掉了。

体现他的伟大人格。

阿夫在买的三大本新《辞海》上，发现“年轻”变成“年青”。

阿姨给妈一首舅舅的新诗，是写在Hilda的Email打印纸的下端。用蓝色圆珠笔竖写的。题为《咏〈皇帝的新衣〉》：“何必天天要换衣（或改为“唤医”），酒精泡起更相宜。一头钻进玻璃罐，免得将来化骨灰。”

那“皇”字左侧有一圈涂改。笔画大而有力，一气呵成。诗的末了他勾了几笔，一只玻璃罐内有一个着长袍的小人，这小人的头上还顶着一顶像大师傅的高帽子，似在迈步，抬一只脚尖，另一只脚错后。袖子也是一肥一瘦，但从摆动前后方向看像是顺拐。

2002年12月6日，星期五。

阿姨终于忍不住问了杨炽舅舅的复查结果。说是降了点儿，是四十几，仍属于前列腺癌。她怪我妈不问也不关心。妈这回真是想开了，舅舅这样的性格又有什么办法呢，她只有抓紧编乃迭的文集，她对别人说这是她年前最重要的计划。

2002年12月15日，星期日。

前夜杨荧回来了。妈打去电话问，她正被按摩着，舅舅接的电话，妈又只字没提他的病，只是说了舅母文集进展的事。

了解到阿姨安排了大家明天见面的日子，有她和阿夫、罗晏、我和妈。杨荧要她请，她爱吃烤鸭，就决定吃烤鸭。但三里河附近的同和居已大不如前，只好改道去郭林餐馆了。到那儿要两站地，阿姨说我们打车，罗晏和杨荧走去。杨炽怎么能来呢，舅舅不来，没精神来，她得在家。明天的主题就是研究舅舅的病，有一个科学家。我顺着说，那让阿夫主持吧。阿姨说 :“不行，由我和你妈主持，我们杨家人有自己的办法。”我说一想起舅舅的病就揪心，阿姨说 :“不要揪心，一个人他不想活了，别人有什么法子呢？”

杨荧说 :“我爸是不会住院的，我在美国问了，也说不要做任何治疗。钱不是问题。”

阿夫说现在没什么感觉，将来要很痛苦，就是应该让他知道，让外文局知道。

最后决定还是由我去找积水潭的保健科，请求让泌尿科主任出马来和舅舅对话。

阿姨又对杨荧说起去年她爸那次发烧，小采去找了大夫来的事。那天舅舅在电话里发脾气说 :“要我吊瓶[①]，那我怎么小便？我没法去啊！”

2002 年 12 月 16 日，星期一。

舅舅又做了两首打油诗 :“老汉今年八十八，八多宁愿作王八。抱歉老妻早我去，野猫难得恋家花。”“药有三分毒，医无百次灵。癌妖何足畏，臣脑早如冰。”

2002 年 12 月 23 日，星期一。

赶到积水潭医院，差十分三点。站在大门口等杨荧，地面上结了冰，我穿了厚毛裤还感觉寒。我又有点儿担心办完事再去拍后海会饿着，就去门口的小卖部买吃的，但一块巧克力六元，太贵了。杨荧从远处出现了，改穿了一件黑色中

① 即输液。

长大衣，像个瘦瘦的小姑娘，我一时没认出来。

从医院取完药，我们一起走回小金丝胡同。窄窄的路面上冻了，屋檐下挂着亮晶晶的冰柱，她陪我一路拍照片，走到后海边，只见河面上满是打雪仗的年轻人。舅舅一人在客厅坐着，保姆在厨台边忙着什么。他的面色神情有点我说不清的变化，似乎蔫了点。也许我太敏感了。他递给我放在桌边的一张红色请柬："给你妈妈，给我的我不去。"又问："她有没有黄宗江的书？"我说："是不是那本阮若珊的遗作，黄宗江写的序？妈已有了。"

之后舅舅静静听我大侃电影《英雄》热。小猫在他身后徘徊着。我提起那张小猫挠舅舅脖子的照片，杨荧说那是她拍的，不是达悟拍的。说完拿来另外几张证明。

我们爬上了屋顶。两个表姐妹都身体轻巧。保护区的片片瓦顶被白雪覆盖着连成一片，一直延到钟鼓楼顶。互拍了几张照片，从房里穿出去又返回，把湿漉漉的鞋留在门边。

告辞离开，在银锭桥畔我又拍了几张。有赏雪的老外坐在三轮车上，盖着毯子。天暗下来，雪雾中后海畔亮起了点点灯火。

2002 年 12 月 24 日，星期日。

下午为妈送《文汇读书周报》《作家文摘》给阿姨，顺便还掉借她的油钉[①]。阿夫身体好多了，正在看着好多报。他亲自端来柠檬茶，我发现他的手一点也不抖了。阿姨说起舅舅得了前列腺癌之前的事。妈告诉过我，当阿姨得知后在电话中还大哭一气，舅舅马上问："怎么我要死啦？"

---

① 南方人对一种非固定取暖器的称呼。

原来一个月前，舅舅和阿夫在北京医院检查身体后，诊断就寄到外文局去了，可迟迟没人去拿。后来单位打电话给阿姨，这才知道前列腺这一项要复查。但舅舅执意不肯去，把阿姨急坏了。她找杨炽，杨炽说："五姑你动员不了，我更不行。"阿夫在一边说平常人的数字是四，舅舅是一百，这是前列腺癌的数字。他是最讲科学的，今天还抱来厚厚的医学大百科，念给我们听有关段落，最让人担忧的是，此种癌最终要转移到骨头上，那是非常痛苦的啊！

大家都心存侥幸希望弄错了。只有舅舅满不在乎地说，上一次体检他就知道了。"这有什么，无所谓。"他说。

"谁叫我摊上这样的哥哥妹妹！"阿姨无奈地说。又把我家老太太捎带上了。

2002 年 12 月 27 日，星期五，雪后。

上午陪杨荧到北医三院看病。她被诊断为颈椎五六节增生，肩部劳损。

她带给我好消息："我爸爸这次有点反常，特乖，自己主动吃药，晚上吃过了，早上还问'我昨晚吃过了吗？我没有水啊！'"

我也才知道，那天她去外文局联系报销，开始老干部处的头儿还要官腔问，谁是杨宪益啊，到了晚上他们就道歉了，说他们不了解情况，一共来了三个人到家里，一个是副社长，一个是人事科的，还有一个是什么部门的。他们很客气，说没有问题，先报销药费，打针以后再商量。杨荧打算在她回美国前就把针药开出来，我给了她满大夫的手机号。

之后我俩踏雪回小金丝胡同，见到疾病确诊后的舅舅，

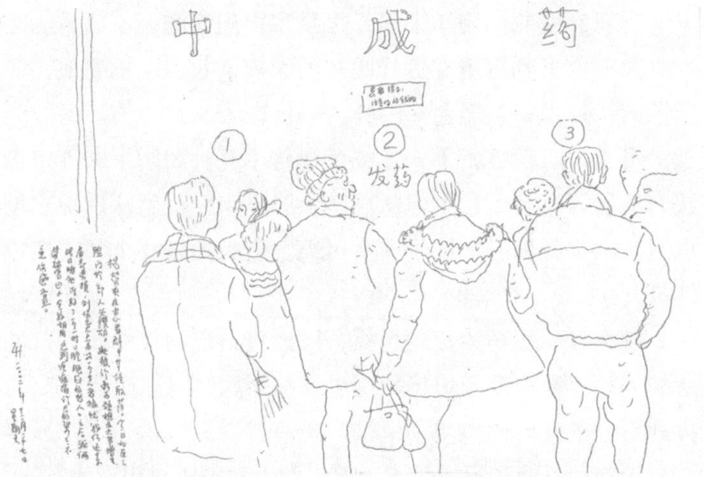

杨荧在北医三院取药

不免伤感备至。

2002年12月29日，星期日。

一天都在过生日，上午为老，下午为小。阿夫和舅舅的生日在同一天，一位八十九,一位八十八。而我的鸫儿已二十九岁了。

杨家再次聚会。小云流产了，只好大家各自供菜。

一进二号门，罗晏夫妇在厨房里忙。替工矮胖，一脸生疏表情。几个不同辈的女婿在对饮白酒。

达悟和易安早来五分钟，他们每人手里都抱着大卷纸物，是外文局送的几本大挂历，自然都转交给了两个姑奶奶。其中一本挂历全是唐诗书法，妈说她只会唐诗，阿姨说会唐诗就不容易了，还是唐诗最好。

舅舅和女儿们姗姗来迟，也是来得最晚的。

第一次见到舅舅穿这样暖和的大衣，长款，棉质地，深蓝色的，外系一条黑色窄围脖。

可是大衣拉链打不开，杨荧也打不开，我蹲下来弄也没法。舅舅等不及了，干脆从肩膀上脱下来，他就从这棉衣堆里迈出两条腿来。那样子非常可笑。后来还是那个替工把拉链打开了。

现在开始服药治疗的舅舅，已经将自己的疾病化为打油诗的佐料。大家都夸舅舅新诗里“前列腺”对“后庭花”[①]，再妙不过了。

饭前，阿姨和舅舅靠窗坐着，两人对平仄对得有滋有味。妈不时插几句风趣话。阿姨提起他们小时作诗的事，先得学对对子，对好对子才能学诗，她还没想出三四句，舅舅早就对完已经在作诗了。明明居然还能记得几句舅舅早年的诗。

这会儿，兄妹俩又背起杜牧的诗句来：“……商女不知亡国恨，隔江犹唱后庭花。”

还有“无事莫写信，写信是非多。公费可报销……”

阿夫催开饭啦。舅舅不要鸡汤。阿夫是唯一的和小字辈一起吃烤鸭的老人。

午后，大家又聊了一会儿。“我爸两点该吃药了。”杨荧提醒道。

我看大家忘了拍照的事，就试探地提醒一下，结果惹出一幕热闹场面。就用我的傻瓜机拍，由小冯掌机。先是拍第

---

① 杨宪益打油诗《米寿宴会》：“且莫乱猜前列腺，不堪重唱后庭花。时人争学鲜卑语，愿作王婆卖自夸。”2002 年 12 月 28 日中午，作于什刹海客家酒楼。

一代四位老人，而后拍全体。不知谁提出女儿们单拍，还要和长辈们一起。达悟说了一句："真好看！"

如此拍下去，再怎样组合呢？

舅舅有点儿坐不住了，他说："可以了吧？"

他们一家先走，杨荧帮她爸穿好了大衣。大家围着，看着，各个辈分，各种眼神，全都明白，这是家族举足轻重的老人，他是魂！

阿姨和妈妈送到外门过道。

我送到楼门口，郭振海跟着到院门口叫出租车。

小冯开车送我和妈回中关村南大街。

2002 年 12 月 31 日，星期二。

外文局来了一堆领导看舅舅，表示道歉。杨荧乘机向他们理论了一下。舅舅笑眯眯地进里屋拿出另一份诊断报告，原来一年前他已检查出前列腺的数字不正常。这下他们有理了。

第四年

医来必有病①

2003年1月2日杨荧飞往美国。前一晚她和妈通电话，她说请小姑放心，打针的事都安排好了。六天后舅舅吃了客人们送的酱鸭四五块当天下午五点开始胃疼，晚上加剧。阿姨说该吃颠茄，杨炽去找，没找到。打了120，救护车来了。这一年，非典之灾降临中国大地。

① 杨宪益2002年12月作打油诗《无题两首》之前一首。原诗为："无病莫求医，无事莫写信。信多事必多，医来必有病。"

2003年1月9日，星期四。

阿姨来电话："你去看舅舅吧，到积水潭找内科主任出诊。"

大夫诊断为胰腺炎，要求立即住院。先在急诊，晚上改为高干病房。据说此病很疼。杨炽值上半夜，下半夜由她公司的员工来值。吴寿松赶来换杨炽回家休息。找了满大夫关照，阿姨说花多少钱都可以。舅舅见了阿姨，用杨荧姐妹的叫法称呼她"五姑"。阿姨说："你糊涂了，我是敏如。"舅舅笑了。阿姨说："你是吃不干净的酱鸭多吃了几块。好好听人摆布，住院多好！"

2003年1月10日，星期五。

早上我九点半赶到医院，通过急诊再到住院部打听到新北楼四层。又穿过迷宫般的长廊，在干二病房里，护士往左边指指一室，我已经看到了躺在二床上的舅舅。

头一回见他躺在医院里，觉得好新鲜啊，从来见舅舅都是在他的住地，无论是在百万庄，还是友谊宾馆、五路居。奇怪的是他依然面色泛红，是这间糖尿病和冠心病的八人病房里气质最不凡的人，虽然那些病友都比他年轻得多。

看护他们的家属们在嘁嘁喳喳地说话，让本该宁静的病房陷入一种类似集市的氛围。

舅舅躺在病床

舅舅正在输液，他的手露在被子外，我情不自禁去摸了左边的手，也是第一次。

“你的汽车怎样了？”他问。

我愣了一下，没想到他先关心我学开车的事，我告诉他下雪后我一直没开，正画画来着。

家属们还在喧闹，惹得我不时回头瞧两眼，发现舅舅也在听，我安慰他说，听一听，也挺有意思。

一个护士叫我们去做 B 超。掀开被子发现舅舅光着脚，没有穿袜子。我掖好被子和杨炽单位的员工大个儿护送过去，因为外文局来了两个干部，杨炽得和他们商量事。

B 超室外候着许多人，一个护士小姐在打私人电话，我上前打断她想和她商量能否提前做，冷面的她不耐烦地说：“谁都得排队！”

回到病房不久，蔡大夫出现了。他平头，有白头发茬儿，还没说几句话，我已感到他可能就是妈要我找的大夫。因为昨天在电话里，妈和阿姨对出了蔡的母亲正是她们天津中西女校的校友。果然他说他是阿姨学生刘大夫请来的，我递上妈的信，他一看便说他母亲叫什么，马上对上了号。蔡大夫说舅舅因为年纪大了有些危险。我跟他走出房门，他说等病历来了他会和这里的大夫一起会诊。

又来两位大夫，一位是女的。我问："您是主管吗？"她说她是。"您贵姓？""我姓宋。"

他们走后，舅舅幽默地评价说：还是第一个有意思。这时他的体温不到三十八度，脸却很烫。睡了一个多小时，睡得很死。

下午小冯先来换我，罗晏后来。杨炽需要回家睡觉了。

护士要让家属签字，关于自费药的事，一天一千多元，但杨炽已走了，罗晏要代签，她不让。只好又把杨炽叫回。

临走前我对舅舅说："您安心养吧，我再来看您，多想一点儿有意思的事。"

当晚沈峻告诉阿姨，抽胃液时，第一次听见宪益这么大叫。

看样子胆结石影响了胰腺。

2003 年 1 月 11 日，星期六，这几天天气反常升温，今天零上九度。

刚在北方交大和德奥分会的朋友们用完餐，手机响了。妈妈说舅舅不好，对罗晏说他要死了。妈叫我赶紧去医院，直接去。今天是周六，一点半过了，门诊大厅一个医务人员都没有。通向住院处地下室的门上了锁。我只好去急诊楼附近找探视入口处。

已换了两人病房。舅舅似睡非睡，一听我声音，抬起了眼皮。我到跟前说："舅舅你受罪了。"他说受罪了。然后又迷糊过去。我看他已换了衣服，是罗晏帮杨炽一起换的。雪白的衬衫，单的，透出里面的汗衫。仍是把手露在外面。两只大戒指，左手是黑色的，戴在右手食指上的是金的。

杨炽说晚上没法睡。我和她提起八个人的病房，她说那儿倒有生活气息，说完她自己笑了，我也很有共鸣。

舅舅一连打了三个喷嚏。我上前撕下一条手纸递给他，他擤着，我说这里没有手绢了，他说还有一条。我对他说舅母纪念文集正在编，他仔细听着。他说上次也是这病，一样的疼，下次可以不住医院。

杨炽说大夫问她爸一天喝多少酒，他说不多。人家问那是多少。他才说四五两。他又笑了，笑得很灿烂。

临床病友也睡着，边喘边睡。三个孝顺儿女围着他。

我向杨炽建议："你排一下名单，把能收罗的亲戚都排上，不就是三班倒，你、罗晏和我，加上孩子们。"她说："明天上午你来值，外文局来人给他做寿。下午我来换你。"

下午阿姨和阿夫竟然自己摸去了，车开到楼后，都见到假山了，两人又走散，她说她只好大叫："沛霖！"阿夫也在找她。

阿夫去向宋大夫咨询。宋说这病不那么简单，是中度，暂时不能吃东西，慢慢恢复。

邵老师每天来电话询问舅舅当日情况。听说单位要来人，又说可别捣乱，这岁数是风烛残年了。

2003 年 1 月 12 日，星期日。

凌晨醒来想起舅舅的病况，心里一阵难过。他再回不到过去的样子了吗？

上午值班，妈同去。八点半出发去医院，天气仍然好，舅舅戴着眼镜正靠在床栏看报。妈很开心，因为舅舅比她想象的好多了。她对他说出版舅母文集的事，引得他满面堆笑，也勾起我的画欲 .

李辉出现，径直走到床前笑嘻嘻地对老人说："挺好嘛！"

床垫有点上高下低，舅舅老往下出溜，我和李辉抬他上移，还很吃力。

我们怕妈累着，李辉叫我妈跟他先走。

输液中，我担心舅舅有我在，不好意思小便，又不放心，就老问有小便吗。

但是护士要求快点去验尿，舅舅只好乖乖让我接完尿，我马上送到急诊室去化验。距离很长，走路匆匆，我只怕泼出来。送到后，才知还要分两次取。

回房后我还是闻到一股尿骚味，半强迫地给舅舅换了裤子和被套。

我去找护士，回屋才发现针头已被舅舅拽了出来，床单上有一摊血。

幸亏郭奕和女友来接我了，要不我一人真忙不转。

傍晚李晶从人大来，我把她安排在明天下午。她的男友徐文治排在她之后，值夜班。

2003 年 1 月 13 日。

鸫儿晚八点半来接郭奕的班。事后得知舅舅叫他先打个盹，他仅睡了半小时，醒来舅公已尿了床。

最绝的是，第二天接班的杨炽推舅舅去照了CT之后，鸫儿在当日九点胃部剧烈疼痛，晚上就在中日友好医院手术，开掉了阑尾。

2003年1月14日。

保姆小董来上班了。

李晶值班后，电话里说情况："我是女孩，他很客气。尿了两次。"

徐文治的反映没记下。

2003年1月15日。

吴寿松特意拿了书和录像带给医院的人看，他们才知道舅舅是什么样的人，表示一定照顾好，但的确没有单间床位。

2003年1月16日。

听说找了何鲁丽。

2003年1月18日。

下午下楼碰巧遇到冀平、苏宁正出门，他们听说我去看舅舅也要去。结果骑车变成了搭乘汽车。苏宁头一回见舅舅，老人却在病榻上。他讲话变得含混，过去那样安详幽默的神采她无缘看到，真可惜！

2003年1月19日。

从灯市东口赶到医院已是下午。带了牛奶、西洋参、两本书和妈的信。妈的信满纸都是对亲爱的哥哥的惦念。

临时在新街口商场买了大靠垫，淡绿色的。

2003年1月21日，星期二。

早上阿姨打电话告诉我医院那边的新情况。她说吴寿松昨天又去了，发现小保姆很累，向他反映夜里爷爷嚷嚷要吃馄饨，让她没休息好，另外医院吃得太差。因而阿姨认为必须另外找个人，就向杨炽说，再找一个，给他五十元专门值夜班，让小董睡几觉。又说必须另给钱，少做就少给，那是外国人习惯，中国人收了钱，他不会肯再拿出。中午最需要人，又要吃饭，又要喂饭。

听完这番话，我说我下午去。

下午三点半才出发，这回骑车去，顺着农科院围墙一直向东，到了新街口外大街再向南。这次我带了蜂王浆、肥皂盒以及给小董的衣服。临走收到郁风的信，恰是写给舅舅的，内有苗子的诗。妈又附上一封信。

乖乖地在门口买了一张探视卡。舅舅正歪着身子眯着眼，小董坐在他身边。“来啦！”他转过身笑着向我打招呼。递上各种信和苗子的诗《鹧鸪天·慰宪益》。我让他留下这张黄永玉画的羊年贺卡放在床头，但他不要。

我还带来舅舅最惦记的舅母的书稿。近日徐坚忠有了音信，他发来了初编的《我觉得我有两个祖国》[1]目录，戴乃迭中英文文存为第一编，其余纪念文章为第二编。“没意见，没意见。”舅舅连连说。

---

① 2003年9月广西师范大学出版社出版时书名为《我有两个祖国：戴乃迭和她的世界》。

我问舅舅："你要含片西洋参吗？"他摇摇头。

"明天让杨炽带毛衣来，不要买新的。"他说。

最后他又叮嘱："你叫你妈妈把书早点儿弄出来。"

当晚李晶说她也收到了目录，她提出加上她翻译的舅母几篇学术文章。妈在犹豫。

2003年1月22日，星期二。

阿姨说杨炽想要让舅舅出院在家养。她问了医生，医生答应了。可是请谁来当护工呢？两位姑奶奶在电话里商量来商量去。

2003年1月23日，星期三。

收到郁风的信[①]，她在信上写道：

因为收到加拿大邮件，意外收到多年前一个侄女辈保存的信件手稿，翻了翻竟发现宪益的打油诗，现抄给你，可能有用，至少去医院念给他听解闷儿。（另，我们写给他的卡片收到了吗？）

① 这是2003年我收到的郁风的第二封信。在我协助母亲编辑舅母的纪念文集时，郁风阿姨贡献了两篇文章：《谢谢你！戴乃迭》和《雪漫什刹海》。1月17日，她写了朋友们给舅舅过生日的情形："今天我们来到这什刹海，就因为杨宪益住在这里的小金丝胡同。不知怎的，到了这什刹海，我忽然想起我三叔，而且觉得杨宪益和三叔郁达夫真有点像！不是长得像，是爱喝酒像，是脾气性格有点像……对了，都爱随时作诗有点像，但因时代不同，杨宪益的诗更多是打油诗。大概让我觉得最像的是他们骨子里有什么相通的东西……一辈子都认定中国文人奉为最高准则的所谓要有那股正气、骨气。"收到稿件当晚，北京真的下了大雪，文里文外，我情不自禁写了一封致谢短信，可惜事后不会电脑的对方并没看见，而我也没留下这封午夜书简。

咫尺天涯系梦思，雪深路滑客来迟。
何当更尽千杯酒，便是春回大地时。[①]
苗子郁风 兄一粲
宪益十日

也不知哪年哪月。

无题二首：

黄叶声繁促反思，花开花落两由之。
惟当共进千杯酒，便是春回大地时。

阵前免胄悲先轸，日暮挥戈望鲁阳。
我自扬杯向天笑，中原龙战血玄黄。
苗子兄一笑

送上两联。全诗还未写（完）：

人同豆腐加麻辣，诗似松花半黑黄。
宁为北里跛行鸭，不作东门替罪羊。

还有：闻丁聪兄有乔迁之喜[②]，还有湘西纪游诗十来首，可能他已收入诗集吧？不能全抄，如需要以后复印吧。

---

① 诗题《待客不至》。

② “闻丁聪兄有乔迁之喜，书此致贺”是一诗题，全诗为：“东瀛载誉乍归来，又得乔迁亦快哉。王粲登楼能作赋，屈平去国自寻灾。七军溺水悲关羽，满地和泥效老莱。幸喜天寒堂易冻，书房可改滑冰台。”丁聪搬到北京西三环北路昌运宫，直至逝世。

再抄一首

沽名钓誉忽经年，一事无成鬓转斑，
身毒谈经真狗屎，牛津铸像野狐禅。
老而不死斯为贼，醉后思淫岂是仙，
岁末惊闻将入党，看来终要绝尘缘。

2003 年 1 月 24 日，星期五。

花去大半天在单位的离退休人员的聚会上。下午我领锅回家后便惦记给舅舅送东西去。在车站发现了 808 路可以直达新街口，可等了许久，买了一份《南方周末》。下车在新街口丁字街以南，还要走好长一段路。

今天舅舅的病房很热闹，舅舅换了装，硬领衬衫变成了医院的病服，加了深棕色开襟毛衣。一位烫短发的中年女士正陪舅舅说话，原来她就是李广田的女儿李岫。舅舅看我们说话，好像要说点什么。

我带去的东西有郁风的信和邵燕祥的诗。还有两种方便粥、麦片和杯子。我问 :“邵这诗你看过吧？”舅舅说没看过。他仍是看完就还给我。过了五点，我问要不要吃东西了，他点点头，小董就喂他吃红枣莲子粥。她不让他自己端着吃，她喂时他吃得很香很急。我觉得自己买对了。一会儿，他说困了，歪过身子睡去。

我陪他说些话 : 妈的病，姐的婚事，我的印度之行等等。他只说 :“还是分开过好。”他老催我回去给妈做饭。

小董和我说舅舅出院她不能看护的理由，因为舅舅说要男的。

2003年1月26日，星期天。

晚上阿姨来电话告诉我舅舅的近况："明天出院，有杨炽公司的小谢，他有一车。他弄个轮椅。那个男看护今天已来，舅舅见了说可以，今天让他先睡觉，明天来上班。我和阿夫下午去。"

接着阿姨告诉我一人一脾气的道理。

2003年1月27日，星期一。

晚上阿姨急迫来电话谈舅舅出院的感想，她有一肚子的话要说："舅舅是上午出院的。早上八点半我打去电话给小董，嘱咐她为舅舅带好东西，不要扔掉，并要她一定向新护工交代好种种事项。小董告诉我爷爷早已坐在椅子上等了，说怎么还不来呢。他很着急。接的人有杨炽公司的小谢，他有车。那个护工也来了，他们还准备了一辆轮椅，可以一直推到汽车边。"

她还告诉我，她和阿夫下午就赶到小金丝胡同，舅舅只穿了一件很薄的毛衣，屋里不暖和，他流鼻涕了，手冰凉。阿姨心疼地絮叨着所观察到的一些细节，她说他们家的毯子太大，她要找毯子，叫我也找。那护工的床就摆在舅舅房里，柜门被顶住了打不开，罗晋买的棉睡袍拿不出来，再说他从来不穿这个。问起小采买的大靠垫呢，大家表情茫然。显然阿姨很忧虑，又没办法，跟我叨叨，说上午没人，意思是希望我能去。

与满大夫联系。下午四点赶去舅舅家等满大夫。他要和舅舅谈病因。

2003年1月28日，星期二。

冒着严寒去看出院的舅舅，先选择去积水潭保健科。没想到见到了久违的李大夫。她说她刚从澳大利亚墨尔本回来，带回了四个课题，要建立首例家庭病床。“你可以向我们提提建议。”她说。她答应和泌尿科的满大夫一起去看舅舅。“我们要求病而不残。”她又说。

舅舅今天依然坐在原先那只蓝色沙发上，膝上多盖着一条旧毛毯。他人瘦了许多，只是很不情愿医院来按摩。“我哪有时间呢？我客人多。”他嘟囔着。我告诉他李主任要来的事，他不容分说地表示，来过就别再来了。

在我的劝说下，他答应先做五次按摩，共花去五百元。

今天是护工小薛第一次来上班。他是山东临沂的农民，矮而壮实的个头，第一印象是黑红脸盘。他说快四十，其实是三十六岁，已有三个孩子，媳妇在老家。我问：“你们那儿还有红旗渠吗？”[①] 他操着山东腔回答：“有。”

当晚几个外国人来了，舅舅叫小薛给客人倒酒，可笑的是护工给每个人倒了一杯酒，包括病人舅舅。

2003年2月1日，星期六。

本不打算大年初一出门的我们母女，在阿姨的盛情邀请下去了三里河。

说是有小云做，其实没有。罗晏来迟，立马儿进厨房和丈夫忙乎起来。我要帮忙。她说：“你去陪她们说话，你是

① 我错把河南当山东了。红旗渠是20世纪60年代，河南林县人民在极为艰难的条件下，从太行山腰修建的引漳入林工程，被世人称之为“人工天河”，在国际上被誉为“世界第八大奇迹”。

客人。”

阿姨今天显露倦意，电话不断，她要不断费劲起身去接。

长子昨晚飞抵，一别祖国四年了，据说要不是到邻国墨西哥拿了绿卡，也许这趟还不敢成行。今天他代替他妈成了主讲，依然大嗓门大发国际议论。我第一次听说“布少爷”（即小布什）一词。

在饭后的聊天中，他们的母亲终于承受不住困意，闭上了双眼。我们这才告辞回家。

2003年2月2日，星期天。

杨家家族聚会。一共十二人，发烧的阿姨没来，阿夫得陪她也留在家里。牛子的西海鱼生送来菜，说是杭州素菜。有包子、春卷，但没有稀的。我做了一大锅西红柿鸡蛋香菜汤。我给舅舅拣了三个包子，一碗汤。他都吃光了。之后他睡了两小时，护工也睡了两小时。还是达悟叫醒舅舅的。

人多，我趁机画画。阳光落在半个门檐上，杨家老少陪在舅舅周围谈天说笑着。又一场关于国际问题的讨论正在用中英文进行。

盆景里的花盛开，听说母猫怀孕了。

下午丁聪沈峻夫妇、郁风苗子夫妇来了。大家问候舅舅，他一见老朋友们，就说他快死了，说着抬抬右手表示自己动不了。结果这右手举得还老高。“哎，你不是可以动了吗？”沈峻阿姨笑他说。苗子说可以选十七大了。丁聪说：“你要有组织性啊！”大家说笑了好一阵。

苗子带来一本厚厚的新出版的大书《艺林一枝》送舅

舅，舅舅立刻翻看起来。郁风在一边介绍着。他们还带来了一个小蛋糕，看样子舅舅能自己动手。期间，妈讲了在我家院里被冻冰滑倒的经历，我赶紧保证下次一定保护好老太太。

后来出现了一个大家都不认识的客人，说是社会科学院搞希腊文翻译的。

沈峻说："我们也该走了。"

我赶紧去找小薛说说话，问他给舅舅洗过澡了吗。他说还没有，天太冷。

2003 年 2 月 3 日，星期一。

妈和阿姨对舅舅的洗澡问题忧心忡忡。

2003 年 2 月 4 日，星期二。

妈很不满意小薛，说他一点不主动。她和阿夫张罗找新的护工，找到一家服务公司，电话没人接，以为没上班，下午再打，人已经另有安排了。

2003 年 2 月 10 日，星期一。

妈自己去舅舅家了，她带了一饭盒包子。事后说司机不认路。

妈向舅舅表示，舅母文章她不写了，写不出来，写了和别人不一样，会太伤感。妈还告诉舅舅赵苏要去爱尔兰的事，舅舅说他去过爱尔兰，原来他有这方面的书，但现在都没了。只是舅舅摇摇头说："不会英文怎么办。"

保姆送妈出来打车，叨叨“木木”[①] 不干活，碗不刷，脏衣服和舅舅的放一起等她洗。

2003 年 2 月 19 日，星期三。

李晶和徐文治今天来接妈去看舅舅。我有事四点才去，只见李晶正在餐桌上挑照片。舅舅仍穿着那件呢外衣，人没坐好，衣服被拧得斜斜的。“木木”无聊地坐在饭桌边，舅舅仍在抽烟。

舅舅家的母猫下了四只小猫。眼瞅着它靠近了金鱼缸，我赶紧画下小猫和金鱼共饮一缸水的情景。它够水喝的姿态很像要吃鱼。

小猫和金鱼共饮一缸水

舅舅慢条斯理地为他的三样病找到了原因：“我的前列腺是罗沛霖搞出来的，胆囊炎是医院搞的，脑血栓是打针打出来的。”

满大夫来了。他劝老人病还是要治。“要不然转到骨头就不好了。”他说。舅舅问：“我可不可以等脑血栓好了再打针？

我送满大夫出去，除了感谢，还为老人的倔脾气向他表示抱歉。

---

① “木木”是妈因小薛木讷给他取的绰号，原是屠格涅夫小说《木木》中一条小狗的名字。

病愈后的舅舅照旧抽烟，小薛照旧看报

2003 年 2 月 26 日，星期三。

下午妈再次只身去看舅舅。我留在家里修改舅母文章，调整目录。

2003 年 3 月 1 日，星期六。

纪红今天去看了舅舅。事后打电话给妈，告诉她宪益腰疼，他还说宪益催乃迭的书快出来。他趁机劝舅舅道：“那你就该好好治病，打针吃药。”舅舅说：“那我就打针好了。”

2003 年 3 月 2 日，星期日。

妈叫我打电话给杨炽，问她知道不知道她爸腰疼。但是她家的电话一直占线，妈说大概是在上网。

徐坚忠来电话说他身体没事，在等我们寄照片，他还问《鹧鸪天》是谁写的。我打电话问邵燕祥老师，他说不是他，还说苗子说《鹧鸪天》是词牌，很多人写。那首《慰宪益》，是他写的。

妈说现在看舅舅的人少了。每次他一按摩，赶上有人来，他就不耐烦按摩了。

2003 年 4 月 2 日。

从印度回来第三天和妈去看舅舅。给他带去甘地像的纪念品。但他不留，要我自己留着。我讲了在印度的见闻，给他看我画的速写。我去的地方，舅舅都去过，不过他很有兴致听。又提起他的自传里写后来出国的事太少。

2003 年 4 月 9 日。

吴祖光去世。

舅舅写挽联一副："生正逢时 曾闯江湖倦游客 死当瞑目 独怜风雪夜归人"[①]。妈记录于敏如阿姨电话。

2003 年 4 月 11 日。

徐文治陪妈妈去看舅舅。后来李晶也去了。

回来说舅舅家的母猫浑身裹着纱布，动了绝育手术。

2003 年 4 月 15 日。

上午去城隍庙买包子，花了六十元。妈自己带去，先去

① 《闯江湖》《风雪夜归人》均为吴祖光剧作。

找阿姨，下午她们一同看舅舅。我让她带上我在香港买的书给舅舅看。她们遇上吴寿松、LXB、张彦。

妈拿回邵燕祥老师的旧作新诗《赠戴乃迭》[①]，还有舅舅不吃的“狗不理”。

2003 年 4 月 25 日，星期五。

今日北京非典病人升为八百七十七人。下午两点陪妈去看舅舅，出租车不敢关窗，如同坐在敞篷车里。舅舅还穿着厚厚的呢外套，我帮他换成了毛衣。这件厚毛衣掉了一只扣子，我又去拿件薄的毛衣先让他换上，好钉扣子。过了一会儿，他问：“我兜里的钱呢？”

他竟问我印度的书写得怎样了。我说只有提纲，八字没一撇呢。

妈和他聊天，我瞧见后院里又架了一个高高的大单杠。我去地安门超市买东西，妈事后告诉我，她问舅舅和池太太的事。妈说听雷音说：“你和她有一段，是初恋，还是暗恋，还是少年维特的烦恼？”“都有吧。”舅舅答道。“你算一段吗？”妈又问。“算一段。”他说。

可这时我回来了，难怪他要对妈说：“还没讲完呢。”

2003 年 5 月 2 日，星期五。

为了安全，预先和傅靖生商量好今早他开车送我们去舅舅家。没想到舅舅刚开始按摩，那个胖胖的按摩师又来了。杨炽夫妇都在家，他们今天要请客，被邀的都是公司的

---

① 写于 1999 年 2 月 8 日，我舅母去世前九个多月。

朋友。达悟亲自烤羊肉。傅对着舅舅左照又照，我沾光，也拍了一些。第一次见舅舅被按摩，很听话很享受的样子，软软的，像一只乖猫，脸色粉红，先坐后躺，在床上他侧身闭眼，任凭她折腾摆布。我们一直等到按摩一小时后，他被搀扶到客厅。我发现其实他能走，他自己说他懒。没坐多久我们就告辞了。

2003 年 5 月 9 日，星期五。

为今天去舅舅家，上午妈摊鸡蛋饼忙了两小时。我因去银行和邮局回来晚了，饭后又睡了一会儿，我们三点才出发。一路很顺，这司机的车玻璃上贴着已消毒的纸片。他路熟，不到半小时就到了。有意思的是后海一带人很多，河岸上排满了轿车，一辆挨一辆，河面上还有游船，出现了这个非常时期不该有的热闹景观。这季节本来是划船的好时光，我对妈说前年和鸫儿也来划过船。

舅舅以为我们不来呢，他只睡了一会儿，一直在等。电视上正放《大宅门》，他问："你们看过《大宅门》吗？"

他看上去仍很好，多添了一件呢子外衣。包子还剩下一些，幸亏我们没再买，带来煎饼，他挺高兴。妈坐下了先聊非典新闻，再聊赵苏在美国的情况。

舅舅只听，面对着我，我观察他的色彩：脸红红，今天有点偏重，但配雪白的、略上翘的头发，杂色衣料，青灰布裤和半高筒米褐色袜子灰皮鞋，还是很协调的。报纸来后，小薛拿来坐在舅舅身旁看报，加入他的淡蓝毛背心，这一画面更好看了。我看了《文汇报》，话题又引到报纸上。舅舅说这报还好看。他对妈说："南京一时回不去了。"妈告诉舅舅好消息，广西二十号要出样书了。他马上说要一百本，要给朋友，国外的朋友。但是五月的书展赶不上了。

我拿出写印度的提纲给他看，他说这要写十几万字吧，我说差不多。舅舅又催我们去挑他的东西：书，石头。我不舍拿他的作品，本来就不全不多。我只挑了苗子的一本书法小书，一块印章条石。他笑我以为能拿多少呢，结果一点点。妈挑了几块小石头，我再去，又发现了《西域之佛教》《词综》《髹饰录解说》《异域录·朔方备乘札记》《扶桑国考证》《广交印度两道考》。我说为写印度挑的，他说光这也不够。他还叫我们拿苗子写的他悼吴祖光的挽联。

妈让舅舅重抄狱中诗，他说再写不一定好，我扶着纸，让他写，垫着我的速写本。我发现他白白的手很软，只是持笔无力。他说他写字没耐心，从小就这样。果然字体趴着，还是繁体，“国”字看不清了。与前一张没什么两样。

今天舅舅主动又问池太太的事，看样子想接着上回的话题谈下去。妈讲她在西南联大时收到过池太太八封信。

最后我还是忍不住画了一幅速写，虽然时间不够了。只涂点色做记号。五点多我们离开，妈叫保姆晚饭热六张饼。

这天晚上，傅靖生发烧了。我上楼送头孢。他怕自己被当作疑似病人送走，一直瞒着。全家笼罩在非典气氛里。

2003 年 6 月 4 日，星期三。

上午陪妈去阿姨家过端午节。早上电话要补上鸫儿，阿姨迟疑后表示欢迎。家务加上南京长途，十点十分出发。出租车上已贴新的消毒告示，我随手记下：“端午”“LS”“非典”，三位一体，难得也！

妈和鸫儿都认为我不该在车上画画，我不在乎，但车颠线条画不直。黄岳、黄夏兄妹俩因去西单民航处来迟，三个孩子多年不见，尤其是两个男孩大概有十几年了。

阿姨嘱黄岳、黄夏多陪外公，她问："你们不觉得他很可怜吗？"然后她讲了舅母嫁到中国的往事："他从来不会说我需要你，他要回中国，也说你去吗。和我一起，恐怕你会住不惯。他不说我想要你也来。但乃迭决心已下，非去不可。我们在重庆本来一个屋两张小床，我和太婆一人一张。她来了，我就和太婆睡一起，南方的睡法，一头一脚。她这么大个儿，睡另一床。一个瓷马桶，帘子一拉，有个女工天天去刷马桶。没有自来水，得打水用。多买一个脸盆，买不到。她爸爸来了，她不说这些，他们在柏溪。婆说不结婚就不方便，就决定结婚。买土布做两身睡衣，买缎子做新娘服，白底一件绣梅花，一件绣凤凰。但取时发现凤是黄的，不是金的，梅花也是难看的红。哥不让拿花，乃迭头发被他剪得像狗啃的一样。结婚前她和母亲住了几日，结婚时我才见到。抗战一切从简，我母亲同意了。"

黄家小兄妹走后，阿姨又谈他们的父亲黄仲爵的事。离婚、再婚，分孩子，等等。这次他在北京病危，黄岳来了，他问："你妈没来？"黄岳说："她是想来，但不知你要不要她来。"他说："我想要她来。"可是已来不及了。六月二日在颐和园，四十余人举行追悼仪式，奶奶来了，黄岳讲了话。他有遗嘱，骨灰一半葬在南京，一半在美国。但因非典，他们不送了。

2003 年 6 月 6 日，星期五。

鸫儿要陪姥姥去看舅公，好让我在家画绘本。黄家兄妹和明明赶回来见他，他们商量要在杨炽家的墙上画壁画，约好明天就干，然后吃烧烤。他还告诉我舅公说画鱼。[①] 他们带回了一本舅舅送我的书，我听阿姨也说过，就是蔡若虹先生的遗作《最后的花朵》。这是一本很棒的漫画集。

当晚鸫儿开始画壁画草图。

还有一事，舅舅又催妈多拿书，好给乃迭的新书腾地儿。谈起 1948 年穆旦的事，他说不大记得了。

2003 年 6 月 7 日，星期六。

下午我主动要傅靖生开车把鸫儿送到舅舅家。他给黄夏打电话才知道有很多人都来画，还有多日不见的仲松。他爹把鸫儿放在德胜门大街的胡同口。事后他说他去时已经开画了，易安画了一条大鱼。还好，他有块独立的地方，就在舅公住房的窗子对面。他画的也是一条鱼，但是鱼头人身，还骑着车。连杨炽、达悟都画了。黄岳画了一个太阳，带笑的。不知谁写了"拆"[②] 字。仲松来迟，将所有的鱼罩起来了。我因不在场，不可想象这一切。据说这天大家吃烧烤，舅舅仍吃我买的叉烧包。

2003 年 6 月 9 日，星期一，阴雨密布。

鸫儿陪黄岳、黄夏冒雨去了北戴河。兄妹俩想怀旧。鸫

---

① 杨宪益儿时曾玩过把酒倒进金鱼缸的恶作剧。写有《宋代的养金鱼》一文，2000 年 1 月又写下"附记"。

② 对北京那几年开发房地产引起的大肆拆迁、毁坏历史文化建筑的讽刺。

儿在电话里说："到了一座空城，住进很奢侈的地方，'密林里的俄罗斯宾馆'，这是他们小时候和外公、外婆住过的地方，至今宾馆有人还记得戴乃迭。"[1]

2003 年 6 月 10 日，星期二。

北京阳光灿烂，鸫儿说北戴河也阳光灿烂。

阿姨电话说她已劝舅舅在静如来时不要抽烟。她每回都咳嗽。他问她为什么不说呢。舅舅就是这样，告诉他，那他就不会抽了。我说我妈为她哥能赴汤蹈火。

2003 年 6 月 13 日，星期五。

这几天老有阵雨，天变得凉快些。早上我和鸫儿去文津街圆梦画廊，回来已是午后一点。冀平上午来访，主动要陪妈去舅舅家，正好我很累，就不去了。他们先去三里河接阿姨，阿夫身体已好了，也一块儿去。三位老人坐苏宁的车。一进门，走在前面的妈对舅舅说："后面还有呢！"一见来了这么多人舅舅很开心。

老人们一起议论窗外墙上的画。有的问鸫儿画上写的英文什么意思。有的问小采为什么不画，她一定画得好。舅舅说："太乱，明天还要吃烧烤，要重画，也许你们看不到了。"

"后来呢？"我问妈妈。妈说还不是阿姨主讲，骂 FZ。舅舅又催妈拿走他的箱子。

---

① 戴乃迭多年保持游泳锻炼习惯，每到夏季，必带孩子们去北戴河小住，直到病重。

2003 年 6 月 16 日，星期一。

手绘了一张地图，记下自己去小金丝胡同前后的路线和方位。我之所以要记，是因为被交警扣了分，罚了款。

我从六部口交通支队办完事后就直接往地安门方向开去。

真不该挤进商场周边的车海里，我没这水平，结果被卡在其中，几辆车向我鸣喇叭，我只好另请高明，请一司机帮我倒车出来，我自己退到一公厕外，可后面又来车了。

我开到银锭桥下，准备上桥。一踩油门，却没能上去。再努力，照样。溜车厉害。周围的行人都瞅着我。有人说真危险。

在桥下，我打了电话给黄夏，她正要出门，说十分钟就回来。

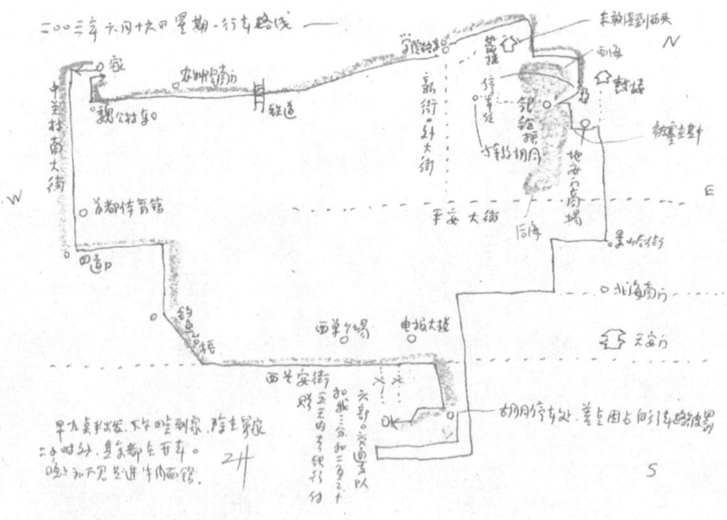

去舅舅家行车路线

我把车停在岸边树荫下，步行过去。远远碰见杨炽夫妇去上班。舅舅已午睡。客厅里易安在看 VCD。黄夏真的很快回来也一起看片。一个假神明的美国片。窗外院墙上垂挂的绿色爬山虎下是巨大的深灰鲸鱼壁画，恰好衬托着这两个有着中西血统的孩子，形成一个画面。

离两点还有五十分，我决定等舅舅醒来，好久没看到他了。

直到我去厨房接水时，身后的门大开，两个一老一少的男人，带着睡的满足，走了出来。老的说："我听有人说话不知是谁。"

我说来给黄夏送东西的。我开车来的。

舅舅坐定后，我发表议论："听你们说画怎么乱，看了比我想象的好些。"舅舅还坚持说："画得很乱。"我说像游乐宫，他说就是。

我问："前几天妈妈和阿姨礼拜六来看你了吧？"舅舅说："不，礼拜五。她们来没说什么就走了。"

"书写得怎样了？"我想这是他最关心的。我说不容易，要画好多记忆画。他想了片刻，问："你有印度照片吗？"我说有很多。"可以画照片嘛。"他说。

"下本书你准备写什么？"他又问。我讲了干校的三部曲和我重返黑土洼[①]的事。

我还说也想去四川，那是我的出生地。《北京青年报》很聪明，派记者下去采访，回来搞三峡移民专版，说是淹没不了记忆，其实也是控诉。

---

① 河北省怀来县城沙城的一个靠近官厅水库的村庄。1969 年秋冬，曾驻扎过文化部"五七"干校两个连队。当时我在农影连队。

说起妈什么时候回南京，我说等北京开禁后，主要是南京又热了。他说并不很热。又提给妈箱子的事。舅舅说他有三个箱子，我进屋却只见到一只黄色的，而且是小小的。他说还有一个帆布的，一个皮的。原来是被叠扁的手提包，就塞在黄箱子旁。我说等我妈来了再挑吧。

我告诉舅舅徐坚忠发来邮件，说放心，已发来合同和样书。他说没收到啊。

我提起黄仲爵病逝，他才比我大五个月。舅舅说他不该回来的。

黄夏今天一身背心短裤。她问爷爷热不热。他说："屋里还好。"我才注意到他今天穿了一件白灰色的衬衫。

我和黄夏一起出门。她明天回美国，要再去银行，还需要买软键盘，可她钱包里只有二百元，明天还要付出租车费和机场建设费。于是舅舅说："不要去银行了，我这里有，下回再说。"黄夏推脱着："不用，我银行里有的是钱。"

舅舅急着冲外面唤道："小薛！小薛哪去了？"小薛进来，听从指挥。舅舅命道："把我的钱包拿来！"

钱包拿来了，他掏出四百元递给黄夏："还是身上带点钱好些。""这么多，太多了，谢谢爷爷！"黄夏害羞地说。

最后舅舅说："你们一起走吧！"

告辞时，舅舅说："问你妈妈好。"

外面依然很晒。我和黄夏在银锭桥下拥抱告别，然后各自朝去向走去。墙上的布告告示小金丝等胡同将于近日进行改造。

2003年6月19日，星期四。

午后开车去阿姨家，去取她给我妈备的银丝卷和牛肉。

我早到了半小时，只好在二楼门外的院子里捱时间。两点一过，我去按铃，其实阿姨刚睡，满面睡痕。上午阿夫上医院照肠镜了，中午才回。聊天中她高兴地提到舅舅最近开始走路了，是杨炽公司小谢的推动。而他责怪了护工小薛，小薛都不想干了。现在舅舅每天由人搀着在院里散步。有天阿姨打去电话，舅舅正在散步，阿姨说："我们都希望你做大家喜欢的事，好吗？"舅舅说好。

阿夫醒了。一点没有刚照过肠镜的样子。得知舅舅已开始天天在院子里走路了，我也很开心！

2003年6月22日，星期日。

广西师范大学出版社寄来《我有两个祖国》书稿三校。封面设计得太差，照片也排列不行。对于一向认为这家出版社不错的我来说，这是完全没有想到的。妈妈立刻通知李晶，她说下午四点四十来，后来又叫来徐文治，一起吃饭，一起研究怎么修改。当晚还给徐坚忠打电话，他说和他说没有用，叫我们直接和责编联系。

2003年6月23日，星期一，大太阳。

昨夜大雨后风凉，又被火辣辣的太阳给淹没了。为了下午能让舅舅校对书稿，上午装册九本，并将图片进行了调整。基本都要改动，但只能凭大感觉，直到两点才匆匆整完，为早点让舅舅看到清样，我和妈妈觉也没睡，就急忙奔到小金丝胡同。

自然妈还不敢坐我的车，只好打的，花了四十几元。今天是一位女司机，开车二十多年，上银锭桥时，一下子就骑上去了。

舅舅依然像前年那样一口气地校稿，我在一旁做着记录。他头脑清楚，对英文字母多一个少一个都一眼能看出。书稿中毛病记了一大篇。末了，舅舅认为李晶整理的译作目录太乱了，需要重搞。“恐怕这个月出不来了。”他最后说。

我们不到五点就撤了。怕塞车。果然在四道口一带塞了好久，公交车站上没有一个戴口罩的人了。车上的“今日已消毒”是七月一日的。司机说可以撕了。眼前的车水马龙和这热浪滚滚，表明“北京已完全从恐怖中回到生活”（李辉语）。

2003 年 6 月 29 日，星期日，大太阳。

杨炽公司员工全体加上部分家属去北戴河。

两天里，家里只剩下舅舅和小薛。在妈妈的请求下，傅靖生答应送我们去小金丝胡同，再次去给舅舅拍照。

我把车开到电梯口，妈和他却不让我驾车了，还是让傅开。妈说我开车她会紧张。

2003 年 6 月 30 日，星期一。

上午谢绝了阿姨陪妈去她家吃饭。妈自己去了。下午回来说见闻。一是今天外面车很堵，还有一个好消息，阿姨说：“舅舅找到了合同。他一共和外文局签过两次，一次是全部，他没签。这最近一次是二十几本书。娃娃也参加了，这就好了。”

2003 年 7 月 4 日，星期五。

妈的腿又瘸了。她为不能去看哥哥有点沮丧。

2003 年 7 月 10 日，星期四，晴热天。

十点半出发去看阿姨，她昨天过八十七岁生日，我们迟了一天去祝贺。昨天下午在双安找不到合适的礼物，今早想起最好的礼物是我自己的作品，于是准备了一张苹果画印刷品，背后写上："向阿姨学习，健康长寿，老有所为！"她很高兴地放在钢琴上，果然光彩夺目。

这天路上，太阳厉害，堵车也厉害。司机叨叨钱给当官的挣了，私车那么多，哪来这么些钱？

姐妹俩自然没完没了地聊。今天主题是小苡。

阿姨透露，给舅舅按摩的师傅说舅舅大多时候不快乐。

2003 年 7 月 11 日，星期五。

恢复去看舅舅，妈妈很开心。带去热的蟹黄酥和春卷素菜包，还有《颜惠庆自传》和巫宁坤的《一滴泪》[①]。

小金丝胡同六号有点热闹，杨炽夫妇都在家，舅舅的小屋有点漏，正找人来修。他们还打算在院里加晾台，越来越丰富了。今晚他们还要烧烤，大个儿也在。我对杨炽说："你在建自己的理想花园。"

舅舅给妈一重活，要妈代替他评选香港华人翻译奖作品，还一再表示此事交给妈太好了。他还是重视，只不过自己力不从心了。

---

① 翻译家、学者巫宁坤 1993 年在纽约出版的英文自传体小说 *A Single Tear*，轰动西方世界，迄今已有日、韩、瑞典等国文字以及中文繁体等多种译本出版。

据杨炽说，她爸现在能走到院子里，在伞下喝牛奶。我看他状态是挺好，今天还换了一双漂亮的黄色皮鞋。我给他试鸫儿买的布鞋，他穿着嫌小。

在舅舅那儿，我翻阅了邵燕祥新出版的自述，第一次见他犀利的文字同图片排在一起，画是罗雪村的胡同速写，有些相当好。我对舅舅说："邵老师把一生的经历都变成金子了。"

离开后，母女俩逛了地安门超市。买了两套便宜的睡衣，我才知道这是她向往已久的东西。

2003 年 7 月 18 日，星期五，多云凉爽。

午前妈亲自摊了鸡蛋饼，总共十三张。她说："十三不好，这回我给他十四张。"

出发晚了，三点多才到。有外文局老干部处孟女士在，她来给舅舅送证书和一百元稿费。说是写金鱼的文章。

"我可以抽烟吗？"他客气地问我们三个人。

我们等孟一走，就开始向舅舅交代各种事。又试了鞋，这回很合适，一点不小。妈请舅舅看看香港华人翻译奖的评选材料。我乘此画了一张。

我还带来刚赶写出来的电视剧《翡翠传奇》故事梗概征求他的意见。结尾安排那只翠鸟最终到了故宫，我瞎编："也许在北京，也许在台北。"舅舅马上说："台北不好。"

舅舅还提了几点意见："'笑'字不好，'勐''郦'太偏。姓'戚'的太少。垂长辫不要。昌黎火车站不停，太小了，那时有没有通车，恐怕连汽车也不通。盐商恶少可以，那时有火车吗？'乌贝因'对吗？其他还好。"

末了，舅舅还认真地问：“小傅要拍一百天吗？”

今天又给我们一摞新书。他的签字很小，笔画都挤到一起了。

听说六号大门又要重弄。

小薛送我们出来，在银锭桥边找到一辆出租车。

一路很堵，我说下次不要星期五来吧。

2003 年 7 月 24 日，星期四，多云。

第一次开车送妈去看舅舅。有向利华在场，她才放心。这趟路线，沿二环向德胜门方向开，我多次走过，跟着出租车，早已烂熟在心。只剩下银锭桥能否开过去，我还有顾虑。我让她们在桥前下车步行过去，我只身开车上桥会轻松

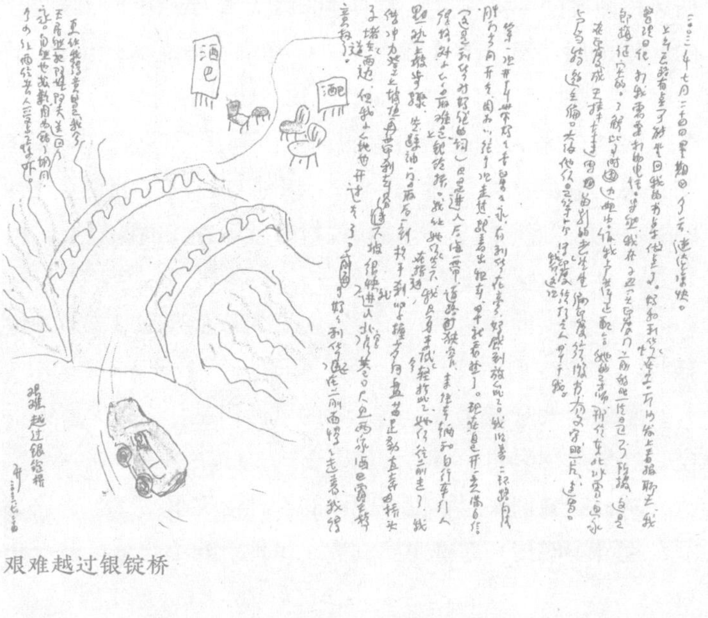

艰难越过银锭桥

许多。随后我紧握方向盘，先轰油再放手刹，一鼓作气就开上了桥顶。瞬间，我看到桥上桥下的人都在看着我，我不敢有丝毫松懈，稳稳地踩点刹车往坡下驶去。妈和利华的背影出现了，她们还是赶不上车轮。我得意地从她们身边开过，从北官房胡同直到小金丝胡同口。

妈又做了十五张鸡蛋饼带来。

舅舅依然。原先的红门正在被拆掉，门口堆满了碎砖碎瓦，几个工人骑在门框上，怪不得阿姨电话里说又大折腾了，叫妈走路小心。我妈倒没问题，阿姨来了可不得了，我让工人清理了门前。

一进门，小薛就拿出布鞋告诉我，上回我们买的鞋又小了，舅舅穿了顶脚。

今天还有李岫来，她染黑了短发，穿一件印着方形波斯风格图案的绸衬衣。她带来她的第二本书，关于外国文学的，她想用和舅舅的谈话作序。但舅舅不同意，他说："不大好吧，好像自吹自擂。"而且妈和阿姨也不同意。

阿姨带来为小苡结婚写的词，由阿夫书写。大家都夸奖，舅舅让阿夫也为他写一张，用他自己的打油诗对子："乐不思奥，寿已超英。"阿姨说暂时就贴在正面的窗上，挡住外面难看的壁画。舅舅说好。

又研究王世襄的对联。说写文章的每个人都写错了，包括我。

李岫叫大家猜北京师范大学的歇后语是什么，大家猜不出，这是阿姨编的，叫"没戏"。

就此，她们聊起学校评职称的种种可笑事。

屋外不时传来敲砸声。真像是工地。我心想舅舅是否受得了。原来要换的是买来的明代式样的老门。我想不知日后还有没有门檐。

妈告诉舅舅，广西师范大学出版社来电话说，八月出版乃迭的书。

走前，我斗胆问阿夫要不要坐我的车回家，他说他听阿姨的。阿姨一口答应，我知道最大考验是如何钻出胡同。

果然，出了北官房我往左转，马上进入狭窄的胡同。曲曲弯弯，我熄过火，会过车，在出最后一条胡同口，又遇上一辆大货车从胡同口外迎面开进来，为躲闪它，我把自己的车头撞到了墙。最惊讶的是，此刻阿夫坐我身边，一声不吭。我知道早在留学美国时他就会开车，回国后才从此不再开车。

终于将两位高龄老人安全送回三里河。我怕他们受到了惊吓，直说："让你们受了惊吓真是抱歉！"阿姨反问："为什么呀？"她反而祝我勇往直前！

2003年7月31日，星期四，多云闷热。

上午阿姨来电告诉我，舅舅昨天有点恶心，反胃。他们家阿姨去买了吗丁啉。她叫我今天去也别问。下午我要去办车税卡，我让妈先自己打车去看舅舅，我办完事再去接她。赶快办完卡，再跟妈联系，她叫我别去了，她自己可以回去。

妈妈回来说舅舅家的新门已装上，但台阶没了，换成一个坡。太陡，对老人很危险。舅舅说都是达悟搞的。晚上她又向阿姨讲她的担心。

她还带回舅舅的意见："就让赵苏待在美国吧。"还说：

“你现在不能走，南京太热，起码半个月内不行。”妈说舅舅消化不好是老坐的缘故。他倒是老揉手，右手有点肿。舅舅还问：“小采写的翡翠怎样了？学开车花了好多钱？”又叫小薛从屋里拿了一信封钱要给她。妈没要。

2003 年 8 月 1 日，星期五，闷热。

昨天我没去成舅舅家，他的鞋也没换成。妈希望我今天去一下，非说他拖着一双破皮鞋。下午我三点动身，一路不敢开空调，热极，满脸都是汗粒儿。我把车开到地安门商场门口，停车很费劲。我很顺利换成了一双四十二号鞋，步行去小金丝胡同。舅舅惊讶我来，他试了鞋说这双合适了。新大门果然安上了，没有台阶，接有陡坡，是为推轮椅用的。卯翼门檐也换成了由瓦片砌成的空花格。只是没安锁，现在临时保留着门闩。舅舅说干了不到一个礼拜。

小薛在饭桌上看新词语词典。

舅舅问我忙什么，我拿出带来的《四弦琴》[①] 结构稿给他看。烟缸里正冒出刚抽过的烟味，他看了一遍明确地嘱我就先干这件事，其他事以后再做。我说是打算这样，这样效率高。他说是的。

我告诉他出版社要求有巴金内容。他说：“巴金是要有，就写你妈妈和他的通信，她现在写的那些文章。”他还说印度不要，那是另外一件事。“巴金要，印度不要。”他重复了几遍。我问婆婆结婚有没有红盖头。他听错了，以为我问的是舅母，于是说没有。我问：“穿红袄吗？”他说是袍子，

① 三年后出版的《下一班火车几点开？》最初的名字。

粉色的。这时我才发现他听错了。看来他不反对我写家族，还挺支持呢。

忽然他提醒我说："你可以写开车。"我说："对啊，我怎么忘记了，我还画了好多速写呢！我在驾校，开车不灵，画画倒有名气。"他笑着说："开车也行嘛。"

聊着天，我发现他的手有些肿，便马上问他怎么回事，他说没什么。可我分明看见他的右手真的比左手肥点。显然，久坐不动，连他的腿都变瘦了。我问："这裤子是新的吗？"他说还是以前的。

瞬间我想到了爸。

2003年8月8日，星期五。

前天阿姨就和我商量这周五一起去看舅舅。她不知道我的车去修了。她却说："我不是不敢坐你的车。"

昨晚又商量了一次。我先去办我的事，妈自己去三里河，同阿姨和阿夫一起去。中午我在外没给妈打电话，心想她一定已动身了。

等我三点赶到北官房胡同，已远远看见小金丝胡同口停了一辆出租车，正慢慢下来几位老人：阿夫后脑的稀发，妈的正面，最后，也是动作最慢的阿姨。我向老人们摆摆手，但他们谁也没看见。事后妈说："我老远看见一个怎么这样像赵瑞蕻的女孩。"阿姨反驳说："不像，像你！"

在舅舅家，他们都向舅舅讲一路上有趣的事，原来妈并没去三里河，还是阿姨、阿夫来接她的。车到了德胜门，妈说走美之园（美容店名），而阿夫说该走柳荫街。结果七绕八绕就来迟了。

舅舅还是端坐在那张深蓝色沙发上，左边是大妹，右边是小妹，对面是妹夫。我坐在阿姨对面，阿姨说话时总瞅着我。舅舅说黄岳在美国订婚了。妈问还是原来那个女友吗。舅舅说还是那个。于是大家就议论1973年生了哪个孩子，谁大谁小。妈的记忆就是1972年已生了小彧。舅舅不参加议论，他又说去年女方的妈妈来过中国，挺满意。看得出他为外孙这件婚事很高兴。

舅舅又提译林的LJD来电话的事，妈说她已寄信去了。阿姨插话表示讨厌李，说还写什么，别写了。“他自己错误，还拉一个陪绑，就是你。”她对我说。

聊到最近播的电视剧《大栅栏》。舅舅说看过，没有清代的气氛，再见说拜拜。阿姨说不该叫《大栅栏》，应叫《大杂拌》。

我提起第三代已有两对离婚了。阿姨说罗晏说大的、二的离了，是不是该第三了。舅舅说小彤没找杨炽，杨炽愿意代办她的离婚。后来她找了一个同学代办。小冯打了辞职报告，杨炽没同意，让他接着做下去。小冯感到很安慰。阿姨说小冯走时，说打搅了这些年。她也难过。她说她嘴笨，还是阿夫说得好：“不做亲戚还可以做朋友。”她说：“我怎么没想到这句话呢？”

窗外，小薛在扫院子。

阿姨说起小云在三里河买东西，遇到一件倒霉事的详细经过。吴寿松知道了要去找人理论。阿夫去找了，但没法查。

舅舅在一旁听着这些琐事。我发现他不太专心，有点走神。也不是烦。

我去叫车前，电话铃响了。后来知道是一个解放军出版社的人来电话要舅舅写东西。他说他已不写了。临走前他对妈说："今天你没有说话，下次吧！"

我在地安门商场门口找的出租车是蓝色的。司机非说上银锭桥是违规，不肯开过桥去接。我没敢告诉他是接谁，怕他拒载。后来他一见我领着三个老人走出胡同，自个儿都笑了。

一路上这位司机老问这问那，最后递了一张名片，说有事可找他。他希望生意做长。

2003 年 8 月 14 日，星期四。

妈为李斧和舅舅见面，打电话约时间。舅舅说欢迎欢迎，什么时间都可以。李斧说赶前好，星期四吧。于是今天下午我们先去他下榻的花园饭店，很好找的，就在牡丹宾馆对面，一路又不堵车，我们早到了二十分钟。李斧很快出来了，他的公司就在附近。他叫来车，我要坐前面，他说我坐前面可以，但他来付钱。

进入胡同，见到有几拨老外在参观。小金丝胡同六号大门的左边墙打了洞，大约要安锁。舅舅已午睡起来，仍坐在沙发上，这沙发越来越破旧了。

李斧入座，他叫舅舅为杨爷爷。舅舅第一句话："我走不了路了，医院搞的。"

舅舅问："你待几个月？"李斧说了自己此次回国的行程，他说每次回来都要去看四爷爷（巴金）。舅舅说他和巴金是在沙坪坝书店认识的。

舅舅说美国他不熟，去过几次，都是短时间的。

谈到生日，舅舅说："我八十八。沛霖要过九十，要我也跟着大一岁。"又说齐白石活了九十九。

谈吃维生素，舅舅说他一天抽两包二十根，还指着香烟包说："这上写'抽烟有害'"，说完自己都笑了。

说起这些年搞建设，北京全毁了。他们还聊到要开三中全会了。

舅舅说他想党不会变的。

最后总是送书。舅舅说："送书叫'同志'，你要就送给你。"

有淘书癖好的李斧说，杨爷爷为《新观察》写的花卉文章，他看到了。

不知什么缘故，李斧忽然说张爱萍老人很好。

回来路上妈向李斧回忆起大李伯伯[①]。李问："杨奶奶，你说三爷爷不爱吹口琴，还不爱什么？""川剧。"妈肯定地答道。

"一个月他写两封信，我写四十封。装在一个盒里。天津沦陷，我母亲不知怎么办，就烧了。"妈回忆道。

2003 年 8 月 16 日，星期六。

今天是妈的八十四生日。她这代人都习惯过阴历生日，换成阳历年年不同，所以做儿女的常常记不准。

今年妈的生日又变成是 8 月 16 日了，在阿姨的操持下，借此又一次杨家家族聚会。安排次序是我和妈先去她家吃中

① 大李伯伯是我们从小对李尧林的称呼。李尧林为巴金的三哥，曾在天津南开中学教授英文。受其弟巴金托付，1938~1945 年和我妈有过交往和通信。

饭，有她的一双儿女夫妇，共八人。下午一起去舅舅家，和舅舅一家一起吃蛋糕。几天来阿姨为此次活动，反复核实，她就喜欢热闹，喜欢张罗，这是她的性格。

但是因为李斧突然出现送来鲜花蛋糕，我们去迟了。按我的评价语："他是个做事效率高却又很懂礼貌的人。"

我们十一点半到达阿姨家。罗晏迎出。她送妈一件深色短袖衬衣，妈穿了很好看。真是人是马，衣是鞍，在照相时，我妈立刻就比阿姨好看多了。罗晋和简莉负责买蛋糕，他们来迟些，买了两只，一只上写杨，一只上写苡。阿姨家就是热闹，嗓门一个赛一个大。有阿姨在，我不能画画，但听一耳朵也有收获。

饭前饭后大家聊各种话题，更多的是中国的政治改革。

阿姨送我一本刘自鸣的大画册，是这位聋哑女画家送给她的。

下午三点，我们一行人分坐三辆出租车前往小金丝胡同。我这辆因阿夫带路晚到了一会儿。舅舅今天显得有点邋遢，仍穿自己的旧皮鞋，看来他不会再穿我买的布鞋，我也不好提了。我们大家围着他说话，我和简莉坐在饭桌边，没听见他们说什么。小院已结大枣，盛了一大碗摆在沙发前的条桌上，很甜。但阿姨怕没洗干净。

舅舅催大家吃蛋糕。由老寿星开始切，一个巧克力，一个橘色，然后简莉帮切完，我打下手。

阿姨去院子里坐了。舅舅又要我们去拿书，我说英文版自传只有一本了，他不信，要小薛扶着亲自去书房查看，书柜里果然只有中文七本，英文一本，《三家诗》一本，《银翘集》一本。本来一柜子的书，少了很多。这回他服了。我叫他不要再送人。他没吭声。

回家是和妈、阿姨、阿夫坐一车。罗晏夫妇先走了。罗晋他们要再留一会儿。阿姨在车上问妈："今天还行吧？没法子，对哥哥也只能这样。"她又说大个儿薛要去美国了，有他在，舅舅好得多，杨炽也对他好。

2003年8月22日，星期五。

真是秋老虎，近日北京的太阳又变得火炉一般。我因急着去版权保护中心交翡翠故事大纲，下午一点才备齐所需材料，我让妈先自己去舅舅家。我和她打车到大明眼镜店，取了舅舅的眼镜，由她带去。

回家路上我打电话问妈："舅舅眼镜合适不？"她好像又希望我去接她。我叫司机掉头往德胜门开去，那一带堵车厉害，让我多花了三十二元。

小金丝胡同六号有杨炽的大学同学在，他说见过我，我一点不记得了。他们正议论他写的一篇长文《演出该收场了》，是批评一本书《在宋美龄身边的日子》的，占了一整版。舅舅说："你这样写，等于为他宣传。"

客人走后，舅舅对我说："谢谢你，眼镜很清楚。"他拿起戴上让我看。

四点过了，又来了两个客人，倒是预先约过的，都是人民文学出版社的。一位年轻的叫李建军，在电话里听过他的声音，另一个有浓重的口音。

坐下先谈……他们说，一个杨老，一个李慎之，中国骨头最硬的知识分子。

舅舅说："……后来BBC打电话要我谈看法，我很激动，就说了。没想到他们广播了我的话。我也没去过，我没有第一手材料。我就去谈了。”

李说事后他们好多人都不想写了，很痛苦。

妈问起现在出书要掏钱的事。

文人在一起爱聊文人轶事。

舅舅仔细听着这所有的议论，不发表意见。他只是说他认识萧乾是在伦敦。

李问舅舅：“您见过毛泽东吗？他是一个怎样的人？”舅舅说：“他的手肉很多，握手有力，手好出汗。”

“那您见过蒋介石吗？”李又问。舅舅说：“我没见过。”妈说她见过两次，“他是我们的校长”。接着她侃侃而谈当年几次见蒋校长的情景。[1]

最后大家一致认为，只有在杨老面前说话没有顾虑。

2003 年 8 月 29 日，星期五，晴天。

阿姨差点要为我们不去她家吃饭生气了。我问晚点行不行，她说行。我们约好十一点到。我不能不去，因为阿姨说她一人要去舅舅家，没有阿夫，她腿脚不灵，我得照料她。

妈临走从冰箱里拿了菜肉春卷带去。

今天太阳特别亮，前日下雨带来的凉意，又消失了。

阿姨给我们看罗晋拍的妈生日聚会的照片，又给我们看她的新窗帘，衬着窗外的绿荫，窗帘在阳光照射下甚好。

我跟阿夫到他书房，他扫描我和他的合影，我请教他关于翻拍扫描相片的办法。

---

① 1942 年我妈从西南联大转到重庆沙坪坝的中央大学，翌年蒋介石出任该校校长，为时不久。

她家的新保姆做菜越来越好，我们来等于增加营养了。

两点，四人一起去舅舅家，挤在一辆夏利出租车里，阿夫仍坚持走他的路线。刚走到小金丝胡同六号门口，李景端也刚好出现在胡同里。阿姨变得拘束，忍着不说话。李一人大声讲他为杨绛遭到一位先生写非议文章抱不平的事。我才听说杨为翻译《堂吉诃德》自学了三年西班牙语，翻译了三年的事。李说杨要自己用笔名写反驳文章。

舅舅今天脸色更粉红。他细听这些好像很专心。

李看了他身后的王世襄写的对联，才知是舅舅和阿姨把“自古”改成“从古”。[1] 李解释说他是根据记忆。阿姨不以为然地说：“其实宪益书上就有。”李还不服气，又对我说：“你也错了。”舅舅一边笑而不语。

李对舅舅说：“你和乃迭的事应拍成电视剧，多好的题材。”舅舅问：“谁写？”李指着我说：“她可写。”

阿姨劝舅舅练手：“你得听话！”李问阿姨：“你和杨老谁大？”阿姨说：“我们差一岁半。他是1915年大生日，按阴历是1914年，属虎。今年是88岁。”她又指妈说：“我比她大三岁。”

鸫儿来了。我们去院子里说话。一群鸽子正从房顶飞向鼓楼方向。

客人一走，舅舅叫我去他房里拿书，我拿出一本新送来的大画册。他说还有好几本。我又拿了《寻根》，妈说是给阿姨的。我翻看画册，阿姨说：“小采你不是不能画这么好的，你不能四弦琴、六弦琴的。”鸫儿一旁插嘴：“妈还写电

① 王世襄书赠杨宪益的联语为：“从古圣贤皆寂寞，是真名士自风流。”“从古”原是“自古”，后由获赠者更改。

视剧。”阿姨听了吃惊地问："啊，什么？”舅舅笑说："那有什么不好？”

聊到一生做的事，阿姨对舅舅说："你和乃迭有这么多书够好了。"

妈说该腾个地儿，将来乃迭书来了好签名。

妈提出为舅舅出译文上下卷的事。她说人家出版社说杨宪益的书有卖点。可舅舅不愿意。“太麻烦。”他说。

我找小薛搬出折叠台板架到舅舅膝上试。可沙发宽了，台板老要倾斜。

五人一人吃一块鸫儿带来的巧克力。舅舅自己剥纸吃，他说："我这没核儿。"只有妈吃到了核儿，但她最讨厌这个。

我出去没叫到车，司机不愿进胡同，说是单行线，要违章。我们只好走到地安门大街上打车。阿姨胖，走路吃力，我一路小心搀着她，一辆车开在她身边，她竟没听见。

到家七点半了。

2003 年 9 月 4 日，星期四，下雨一天。

真的没时间出门，况且今天的雨一时停不了。可妈非要一人去舅舅家，还要带这么多书，也真够呛。中午赶出了写附中的最后一篇：张萍实之死。九百字，这样我就主动多了。

妈早准备好在等着我。都快两点了，她还问我是不是还要睡觉啊。

冒雨出门，把她留在传达门岗旁，我去找车。一辆富康正往这边驶来，我招呼过来就扶妈上车，我们先去城隍庙买包子，开到跟前才发现这家店从今天起装修三天，关门了。

只好作罢，叫司机直接驶向德胜门。下雨车堵，后海水汽朦胧，难得的人少，以为不会有旅游团，可到了小金丝胡同口，还是看到一群披雨衣的参观团涌进了一家小院。

门铃已按好，妈照旧叩了几下门环。舅舅没想到我们雨天还来，他已穿上毛衣，棕色的那件。领子不平整，蓝沙发因老坐更破更脏了。

妈拿出我买的黑色垫板，舅舅一看说这好，马上摆在膝上试笔，写上“我喜欢”三个字。这是妈回来告诉我的，当时我竟没看到，因为他写的字很小，缩成了一团。他试过后便让小薛把垫板拿到屋里，还说起码今天下午不会用。

舅舅问起《一同走过》[①] 还有几本，我说八本，妈替他保存。妈说不要随便给人了。我抱书送到里屋柜里码好。妈还带来黄永玉的《比我老的老头》。舅舅说他听说过这本书。另有卢冀野的书，舅舅说他死得太早了，才四十几岁，又说这本书应该还多。妈对舅舅说，人家家属是把关于他的一部分拿来的。

舅舅问我 :“小采你的书怎样了？”我说在写呢，有了几万字。他说 :“那好。”

我问婆出嫁有没有坐轿子。他说恐怕不会坐轿子，那时地位很低，和丫头一起，是在日租界。妈说是花园街八号。我说最近又看舅舅的自传，写得很坦白真实。妈提起翻译的毛病，把婆称为少奶奶了。舅舅说不会叫二太太，应该是姨奶奶、二姨奶奶。妈说昨晚对我讲过去搬家地名的事，于是他们兄妹就开始对起他们这一生住过的地名。我在一旁边记

① 写的是杨宪益与戴乃迭的故事，李辉著，大象出版社出版。

边问。

舅舅回忆道："南河沿中段，对面是大甜水胡同，再出去是东四大街，从前有家红星电影院。南河沿几号，记不得，五二年底到五三年底。先去天津再到北京。在那（南河沿）一直住到五四（五）年。外文局房子刚盖起来，就是百万庄。再去船板胡同，再回去住是爱泼斯坦的房子，三室的房子，一直住到搬到友谊宾馆。之前住的是四间（可能指百万庄寓所），现在全拆掉了，听说还划到外面去了。"

又聊到舅舅解放初买过的南京的房子，他说："当时很便宜，两百美元，不值钱。后一个是买的，我们要是住在东四十三条，也不得了。"

聊到认识的南京老人：罗亘泽、郑造、蒋虹丁。

舅舅接着和妈一起回忆："蒋虹丁的父母住在我家旁边。他们在英国使馆帮我忙。使馆压死人那次，我的两个孩子都在车上。我到使馆领人，私了，花了二十担大米。当时是车倒车，小孩到车底下玩，司机是中国人，出问题不找那司机。蒋的父亲帮我做工作。后来他们答应了（免于诉讼）。"

舅舅马上不动声色地说："从前娘给我看了很多金币，我没要。"

妈又说了催广西书的事，告诉舅舅这月十五号准印出。

舅舅叨叨两遍："今天怎么老下雨，我以为下午该停了。"

说起老饭桌被扔了。舅舅说："饭桌不是老家的，是我自己买的。"

小薛一人在屋里看书。

保姆给我看她学编的尼龙线包。

舅舅说："小猫跑了几天。现在尽长肉。"我问："公的母的？""母猫。"他说。

雨停了。我们告辞回家。在地安门商场门口，遇夏利车拒载。再打一辆富康：2132673，北汽司机自白了一路。他原来开过公交车。

2003 年 9 月 9 日，星期二，晴。

在妈妈的策划下，今天在舅舅家二李终于见面。二徐也在，我倒是区别开他们了。二李是李辉、李晶，二徐是徐坚忠[①]、徐文治（即李晶的男友）。李晶一直惦记见比她年长近二十岁的李辉，他们翻译过同一篇文章，都说曾由舅舅校对过。李晶先一步发表，李辉挺后悔。李晶挑李辉的书《一同走过》的茬儿，说那上面尽是乃迭自己写的。见面后，李晶说跟自己原先想的不一样，原先以为李辉高大，没想到是这样。我说小个儿，还挺可爱的是不是？对徐坚忠的感想，她说也不是想象的那样是白面书生。我说和徐文治一样黑。她笑了。李晶对小薛很羡慕，又闲，又能看书。她说她要顶替他。我说那不好办，得和舅舅共寝一间小屋。那徐文治怎么办？两人大笑。

---

① 据徐坚忠后来撰文，2003 年秋赴京是来参加"怀柔山中纪念梁宗岱百岁诞辰学术研讨会"。九号在小金丝胡同见面后，离京前，他和几位友人又去拜访了杨宪益。他这样写道："先生说起了一九七九年他与梁宗岱先生的再次见面，也是最后一面——那年外国文学学会在广州开会。梁宗岱忙着跑上跑下推广他研制的特效药，还送了我一大瓶他自制的说是可以壮阳的药酒……后来听说吴宓死了的消息，梁宗岱的眼泪一下子下来了，哭得很厉害……先生吸着烟。四周寂静一片。"又，杨宪益曾在自传《漏船载酒忆当年》里回忆 1943 年冬和梁宗岱错把煤油当酒喝的趣事。

2003 年 9 月 16 日，星期二，奇怪的闷热。

妈和萧关鸿约好下午两点半在“烤肉季”门口见，一起去看舅舅。妈的车顺，早到十分钟。我因要陪查英传去看江瑞熙叔叔，还要送他去北京站搭乘去天津的汽车，所以只能最后再去接妈妈。其实我只比他们晚到半小时。

萧比妈年轻得多，却一直叫妈“大姐”。他说：“惯了。”他又约妈的稿子，说：“不敢催你，这个年纪。”

萧要我的书，问：“还有吗？给我。”他这样向舅舅自我介绍：“这次来是和上面沟通，希望多支持。”“您还有什么要出的书，翻译的也可以。”“《鲁迅与我七十年》[1] 我们出的。我们就要真实。”

聊后，舅舅叫我陪萧进小屋，他随我去看了看。我发现舅舅已在用写字板练习写字，而且写了诗，正放在桌上。

2003 年 9 月 20 日，星期六，又回暖了。

罗晏明天五十七岁生日，罗晋明天回美国。今天在阿姨家聚，一为罗晏，二为我妈要走了。

我们到后，先送礼物，再看阿夫去沈阳开会拍的照片。

还是罗晋夫妇负责买蛋糕。他嬉笑他妈以前过的是富人生活。

吃饭时，阿姨又讲她小时候吃饭是怎样分配鸡的，还提到婆说的阿姨和舅舅都是小眼睛却有区别的老话。

她说：“父亲二次得伤寒是因着急儿子得了白喉和猩红

---

① 周海婴著。

热，半夜抱，着了凉。”

今天的蛋糕名叫“沉默是金”。最后照相。

下午六人去舅舅家。我开车带妈和阿姨走滨海胡同路线。阿夫和罗晋夫妇打车早到一会。

舅舅翻看新出版的《我有两个祖国》，表示可以。但他又说：“照片东一个西一个，杨烨小时候到大的照片，不在一块。”

阿姨提到近来有人说杨绛书里有硬伤的事。舅舅指指手里的书笑着说：“这里也有硬伤。”

妈带来的拖鞋还是买小了。

大家招呼舅舅吃蛋糕。妈叫我去拿纸巾给舅舅，他拿起又放下了。

后来香港中文大学的金圣华夫妇来访。她认识阿姨，第一次见妈。她感谢妈帮舅舅做的工作，她说她是评奖主席，要妈去香港开会。她还带来两本书请舅舅签名。

我向杨炽借了我的速写，是我画的小时候的她。准备扫描后用在书里。我还建议她给院子那个旋梯涂上绿色漆。

2003 年 9 月 26 日，星期五。

下了一天雨。下午妈打电话对舅舅说：“今天去不了了，过几天一定去。”

2003 年 9 月 30 日，星期二，多云。

妈希望今天下午能去舅舅家，我想上午多打点字出来。家里正收拾妈的行李，很混乱，我们三点半才动身，幸亏我开车快，不到四点就到了。

舅舅已穿上呢外套，还是那件咖啡色的，里面显得很空，但他说穿了毛衣。无论他衣着怎么邋遢，依然脸色好。

刚坐定，他又叫我们到他屋里去拿书。我说："还拿吗？今天我们刚把妈带的书运走。"但他还坚持让我去拿，说在桌上。我进去看到桌上有一摞东西，有书也有信，就抱给他，让他自己一样样挑选。其中有李景端的信和他新写的文章，发表在《文化交流》杂志上。舅舅说了两遍写得不错。我看了一下，是评论舅舅的打油诗。他自谦是短文，其实有三页纸。这本杂志印刷也不错，就是设计太花哨。

另有妈的三表姐的信，我说像是过去的小学生作文。信里提到新中国成立前日本人和国民党时期的苦难，还用"罪恶滔天！"的字眼。妈表示不要这种东西。她不喜欢拉亲戚关系，说要留给五姐看。妈又和舅舅说起李晶要出他自传译本的事。舅舅明确表示："李晶这样做不好。""这样的书只出一本就够了，没必要出两本。"他一再说。

他问妈回南京的票买了吗。妈说小苡说现在火车太挤。舅舅说过了节假日再走好了。

我看他脚下有一瓶二锅头，问他是不是又喝酒了。他说不是他喝，是小薛的。他照样抽烟，呛了一下，挺难受，但一会儿又接着抽起来。

舅舅问赵苏怎样。妈和我就说他们想摆摊的打算。妈说赵苏说美国福利好，又说他爱怎样就怎样。舅舅没表示看法。

妈去卫生间，我告诉舅舅自己已写了六万字。他说那好。

杨炽的同事大个儿薛出现了，他正帮杨炽弄院子。我问梯子搞好了吗。他叫我跟去看。真的已完工，连那个大台子。已经上了防锈漆，只是土红色。大个儿得意他做的花圃墙，开头我没听懂，因为它太矮了。我问他什么时候走，又说他将来会怀念这个花园，因为是他亲手劳动的。他好像也没懂我的意思，只是说他到哪儿也会搞，只是美国那里的地儿太小。

回屋看见小薛手里拿着电饭锅，一副不知所措的神情。我问 :“保姆呢？”他说她男的生病了，昨天回去了。我又问 :“什么时候回？”他说明天。他叨叨自己从来没干过这个，不知米够不够。我问 :“淘了吗？”他说还没有。我就接过来放在水龙头下洗起来，再盛上水，小薛在一边看着，大个儿薛也过来说没弄过这个。“菜呢？”我问。小薛说还有。冰箱里还有剩饭。我帮干了一会活，天暗下来，五点多了，我们起身回去。

2003 年 10 月 7 日，星期二，多云，傍晚阴冷。

下午是妈在京期间最后一次看舅舅。前几日与李方见面时商量过今天一块去，由他的司机唐师傅开车，也省我事儿了。

李方迟到半小时是因找盆景去了。他竟买了两盆高高的花抬上楼送妈。红花绿叶真是好看，可惜下车时碰坏了两朵。三点我们到达小金丝胡同，没想到过了一会儿，苗子和郁风出现了。

舅舅对苗子说 :“你脸色好，好像喝了酒。”郁风笑着说苗子舍不得买红塔山香烟。舅舅说他现在三包烟改成两包、一包。

郁风说自己本来准备进监护室，结果在电梯里醒过来了。她发礼物给舅舅，有茶叶、黑枣。她说李辉逼她写序，她写不出来。她说今天写了五百字。

苗子带来给舅舅的诗一首。他说："你还能记得吗？对仗真好。和一首吧，不限时间。"

"我的一本画，一本书法，一套的，给你没有？不错的。我没出什么好书，设计不成。"他又说。

聊起一本新书《晚年周恩来》，舅舅认真听着。

郁风问我："你还画画吗？"我说出版社有个约稿，速写里的故事。

她说："我都没弄这些。到时你给我寄来吧。"

几个人议论最近死了谁，不知谁说的，又死了两个，朱家溍也死了。三个人名气都大。

大家一起瞅着看窗外的涂鸦壁画。郁风问："墙上有窗吗？"我介绍说："不是窗，是大鲸鱼，易安画的。你们看，那眼睛的位置恰好是个窟窿。"

郁风说，摩洛哥就邀请各国艺术家去画壁画，随便画。

舅舅说李辉写他有错字。"写我翻译了《水浒》，他太快了。"他说。

李方一直在一旁照相，在老人们面前，显得有些拘谨。

郁风问李方："你高寿？"李方答后，她感叹说："你真年轻，我以为你二十几岁。"

聊完大家都去参观后院。

然后苗子、郁风告辞。我把老人们送上车，这回不是电视里的画面了，而是目睹了这对老夫妇走在胡同里的情景。郁风右手扶着我的肩膀，左手拄棍走出窄窄的路面。

2003年10月18日，星期六。

昨天阿姨电话里告诉我，舅舅说我还没送书给他，他很惦记。于是我改变了原计划，今天先去广安门车站货场取书。

之前我打电话问货场休息不休息。对方说什么时候都有人。事后才知责编段海风明明在销售清单上写明："请于十月十七号运至北京西客站。可晚两三天发货。"但是他们十二号就发来了，害得我因超期被罚二十一元。

货场很大，足可以掉头停车。办完手续，叫我到四货场领。一个工人指指孤零零撂在台上的大小两包裹说，就是它。我把车停到跟前，一看如此之重，就请他帮我抬。他竟说这不是他分内的事。我说我家男人出差了，我一个女流之辈怎能抬动？他无法再拒绝，就下来帮我抬，纸是最重的，我们两人费劲地抬上车后座。包裹满是土，土带进了我的车。我载着这二百五十本书，一个急刹车，包裹重重压在我的前座后背上。

我担心书太重，会影响过银锭桥，但我还是顺利开过去了。在胡同口，我打电话请小薛带推车出来帮助运。他推来小推车正好可装那大的一包。舅舅意外我送书来，他们家正有四个外国朋友在场。他叫我坐下，看我犹豫，便告诉我他们都会说中文。

打开一包，送给客人，其余放在舅舅书桌下。

客人走后，我对舅舅说了南京的大概情况，妈要再来过冬，只有一个月了。他又说她其实应该去香港开会。

我去看了院子，遇见小冯坐在绿伞下和易安、达悟聊天。我爬上旋梯，朝鼓楼望去，它一半被树遮掉，但后面的另一幢楼完全暴露在阳光下。这完全是一幅画，我想有一天我会画下它。

2003 年 11 月 1 日。

送书给阿姨。阿姨说近日有三人去世，其中有王世襄的夫人袁荃猷。她和王世襄出书二十多本。

阿姨告诉我，《人物》栏目重播《杨宪益和戴乃迭》。许多人打电话给阿姨，他们说："我们怎么不知道你有一个这样的洋嫂子？"她认为这片子修改过了，其实一点没动。她说舅舅也看了一点，他挺高兴。

饭后陪阿姨去看舅舅，又走错路了，倒了四次车。议论作协改选事，传说王蒙要当主席。

舅舅送我书，宋诗、《空灵丛书》等十二本。

2003 年 11 月，日子不详。

我告诉舅舅广西说出版社有稿费，还有几个外国人写的也有。他说不用给他们吧，给李晶吧，她翻译了那么多。

我还告诉他，电视台答应把《人物》光盘给舅舅。他说好极了。

2003 年 11 月 9 日，星期日，晴，开始化雪。

阿姨昨天告诉我今天是杨炽生日，她和阿夫，还有罗晏、郭振海去，问我去不去，不去也行。我哪有时间啊，就谢绝了。事后阿姨说他们过得很好，她带了包子，罗晏买的蛋糕。杨炽自己动手做饭，那天没有保姆。她还说舅舅走到饭桌动作已挺快。只是小薛春节要回家半个月，舅舅希望找个男工，不要女的。少洗澡倒不要紧，就是大小便需要人。那天阿姨、阿夫还爬上旋梯到屋顶上了，她说能远眺到鼓楼。可惜舅舅上不去。

2003 年 11 月 15 日，星期六，晴。

上午我打电话找到编导蔡一凡，他说已录好光盘，马上寄来。我又告诉舅舅这事。但稿费还没来，我已去问了两次了。

我问舅舅：“明天郭奕结婚你能去吗？”他说不去。听阿姨说，舅舅也给了钱。

随后到“天成”为“红男绿女”苹果画配框，这是我送的礼物。

2003 年 12 月 3 日，星期日。

两点赶去三里河接阿姨去看舅舅。开到接近北海时，因走入左行道，被扣两分罚五元。倒是没走错路。

在舅舅家又见到杨炽同学，他找到了新中国成立前的旧报纸上舅舅、舅母和阿姨、阿夫当年的结婚启事。上有数个证婚人的名字。阿姨惊喜极了，但舅舅不留，都给她了。舅舅还叫小薛拿来几本书给阿姨。阿姨又讲王世襄夫人的事。趁他们聊天，我到院里拍了几张照片。很快就到五点了，本来就雾大，天黑得早，阿姨说我们是不是该走了，我说是。我去倒车，小薛搀阿姨出胡同上了车。

2003 年 12 月 20 日，星期六，北京风和日丽。

今天是舅舅八十九岁生日，阿夫还有六天九十岁，两个老人今天再次一起过生日，全家族在西海鱼生隆重聚会。早上我去花市扎了两把郁金香。这耽搁不少时间，造成我最后一个到。不过上回阿夫指的路线很对，只是一路塞车。

一进门，大家都叫起来。我送花后又把小苡的礼物带到。包间有两桌，阿姨和罗晏在我们这桌，都穿了新做的唐服。舅舅是由小薛推轮椅再坐牛子的车来的，他脸色特别好，完全可以坐到席上自己吃东西。他一见我就问："你妈怎么样？"

另一桌大多数人说英文。菜非常丰盛。小姐穿着蓝印花布衣裤，每上一道菜都要介绍一下。

窗外是西海，岸边有泊船。牛子趁机介绍说北京有六海：前、后、西、北、什刹海、中南海。阿姨接着再次说了两段笑话："一次舅舅看了我和沛霖写的诗说我的一般，沛霖的像韩愈的。沛霖很高兴，回家找来韩愈的诗看完说他明白了，他的诗看不下去。"另一段是："罗昕老说弟弟不是，我就说手心手背。他还骂小彧，我就说你的孩子比我的好。"

餐后照相先分杨家、罗家，只有我一个赵家的，我和三个老人照了一张。所带的相机有五六台，这时聚会气氛到了高潮。

席散了，小薛才出现，他不肯进来吃，是在大餐厅用餐的。舅舅戴上帽子，穿好衣服，又坐进轮椅，被推了出去。阿姨、阿夫由罗彧送回家。我问谁搭我的车，没人应。大家都选择走路，杨荧说她吃得太饱，要遛遛。我想八成是怕我是新手的缘故吧。我干脆回家，很累，腰又疼了。

第五年

从此胸中无块垒

当初阿姨动胆结石手术，舅舅还写过打油诗（ ）既鼓励又打趣呢。[1]没承想后来他自己也必须去做切除术了。不巧我正要出国，回来去看他，他却平静如水，说一点不难受。小薛拿结石给我看，问我要不要留，那几块五彩的石头！

① 《敏如患胆结石住医院 以此慰之》写于1995年11月。诗中写道："大妹今朝挨一刀，医生手术果然高。位卑未敢忘忧国，病愈重听捉放曹。从此胸中无块垒，无须会上发牢骚。他时重赴民盟会，应有嘉言颂圣朝。"

2004 年 1 月 12 日，星期一。

给舅舅拜年。早知舅舅上午十点就按摩完，我上午就去看他了。

杨炽和我聊买邻居房的事。

2004 年 1 月 19 日，星期三。

阿姨电话里告诉我，有个小摄影家送给舅舅一张舅舅抱白虎的照片，是这孩子拍的。就此事谈小孩，阿姨讲起我和大姐姐小时候的事。她说："在天津，一有客人来，你妈就叫你们出来见。你们穿得好看极了，还给客人唱'解放区的天，是明朗的天'，还有'你是灯塔'。你妈好打扮你们，还要我从北京给你们买头发卡子。"

阿姨还说，其实杨炽小时候画画好，也有弹钢琴天才，但舅舅不让她学，把老师回绝了。

最后她说沈峻打来电话又要聚，在"西海鱼生"。舅舅不去，不想吃，嘴不馋。刘子说写个匾，就不要钱。她这样劝舅舅："你不吃好了，看我们吃，好不好？朋友是看你，都想你。郁风开了三次刀，有子宫瘤、乳腺瘤、肾瘤，还非要去吃，从医院出来去吃。"

2004 年 1 月 24 日，星期一。

因为天冷，过节后第一次出门。有点风，但空气清新。原计划又看舅舅，又取相机，杨炽一句“你来吧”让我径直开到后海。本来就对上银锭桥发怵，开上桥头，一个穿羽绒服的老者正从对面上桥，我赶紧鸣笛，他毫不理会，我只好刹车。最怕坡上停车，一停就会溜车，踩脚刹的脚不敢撒开，一撒就溜，只好把车倒回坡下，重新启动。

舅舅还那样，看不出有腿疾。杨炽难得和我闲聊。我坐在她和舅舅之间，找着话题，近来关注的听来的各种消息都拿出来议论。

从舅舅家回来，天边飘出晚云。浅蓝色西山悬在过街桥后。假如我有相机，肯定会一手开车，一手按快门。

2004 年 2 月 8 日，星期日，晴朗无风。

过十二点才到三里河。因为车开到白石桥才想起忘拿《收获》了，只好掉头又回去一趟。明显回暖，春天真的来了。想带阿姨、阿夫去看舅舅，但二老没睡午觉，不想去。

在她家遇上阿姨叫二嫂的来送蛋糕。

下午只身开车去小金丝胡同。后海冰上还有人玩。车仍很多。

舅舅白发灿灿，显得很健康。他刚接到妈的信，妈说她也想要黄苗子的字。

想出一堆新起的书名，写了一页纸，请他帮我选。

今天我问舅舅：“您能站起来吗？”他说可以。“那走一步呢？”我鼓励他。他说也行。

在那儿，和舅舅、杨炽夫妇一起看了《人物》电视片。

还遇上国家图书馆的人来找舅舅签字。

2004 年 2 月 9 日，星期一。

阿姨电话里说舅舅的看法："静如还是跟你爸爸好。"

她的感叹来自妈最近发表的文章《梦李林》。她看了，又睡不着了，她说写得好，早该写。

2004 年 2 月 11 日，星期三。

阿姨电话，打得很长。

她说："在天津，有人对你妈说：你躲躲吧！你妈喜欢书，把新文学的书都扣上'晓戴'[①] 的章。她很害怕，怕日本人来搜查，想法用笔涂掉。其实她并没有高尔基的书，只有巴金的。她做噩梦。燕京没考完，发了高烧，是生带状疱疹。南开大学是保送。不行，就走吧，上联大去吧。那儿分数高。"

然后她又发表对大李伯伯，对我爸的看法。进而扯到我和傅上。她认为爱情必须伴随品德，加一起才叫爱情。要慧眼识英雄，她只肯定舅舅、舅母，还有阿夫对她怎么好，在她受审查还没"解放"时，就去学校问情况。

她说舅母爱舅舅，不是因长得好，他细眼睛，不爱他有钱，爱他聪明。

最后她说："杨宪益一辈子，我哥一辈子，难得的舅舅！"

2004 年 2 月 19 日，星期四。

阿姨说，"三剑客"[②] 今天来她家吃中饭，饭后一起去舅舅家。舅舅吃药已渐好，跟从前一样。病情没有发展。她说

---

① 我妈年轻时用过的一个笔名。

② 姨妈杨敏如的诗友王湜华、陈有升、吴寿松。其中吴寿松字瘦松，是舅舅在外文局的老同事。杨宪益早期出版的不少译著的装帧设计均出自吴手。

他们谈时事，提到毛主席的“北国风光”。提到舅舅与毛主席讨论过诗。提到聂绀弩有一大本诗。提到黄苗子近来身体不好，丁聪病了，胰腺炎犯了，住医院查，限制了吃。还有王世襄一个人过，等等。

阿姨还说，一到春天，小金丝胡同的东西就发霉，舅舅的小屋要修。杨炽希望爸爸一块吃，但舅舅不愿意，就算了。杨炽说她也忙，没办法。

2004 年 2 月 25 日，星期三。

在小金丝胡同画了舅舅打电话的情景，还有一只懒懒的小猫。寥寥几笔。不知为什么，纸上关于舅舅的情况一字未写。

舅舅和猫

2004 年 2 月 29 日，星期日。

阿姨电话又提罗晏、杨炽在“文革”受苦的经历。还有舅舅又缺书了。

2004 年 3 月 3 日，星期三。

阿姨说她昨天与妈通电话快乐极了。她问我：“听说你让舅舅定书名，不是《四弦琴》吗，现在叫什么？”

下午看李辉写的舅舅狱中回忆。

2004 年 3 月 12 日，星期五。

阿姨昨天的电话让我感到给舅舅送书拖得太久了。她说：“都几个星期了，你还没送啊？”无形中给了我压力。一路堵车厉害，警察们就占了一个车道，原来今天是政协会闭幕日。

见到舅舅时，他正有一个年轻的客人，是外研社的，送来两大本词典，请舅舅写书评。舅舅客气地拒绝了。客人很拘谨礼貌，看来敬仰老人久矣。我和他聊了几句，原来他认识师妹诸钟英。

我带来的书正好供舅舅回赠，十二本一下子变成十一本。客人走后，舅舅再次关心我的书怎样了，我说多写了一些内容。他说应该的，要不别人看不懂。

2004 年 4 月 6 日，星期二，小雨转晴朗的天。

继续奇怪的晕感，伴有人中的微麻。

下午一点半开车先去买包子，与东兴联系后去月坛北街接他。我们再一块到中国银行与黄乔生碰面，三人于二点半到小金丝胡同。小薛开的门，舅舅脸色依然红润。

天完全晴朗了，阳光射进客厅里。我坐在西侧沙发上，观察窗外的风景。东兴请舅舅为他的法国太太买的一套《红楼梦》英文版签名。对于书市上出现了多种版本，舅舅一无所知，按理亏大了。

不一会一对英国夫妻来访，后来才了解到，男的叫闵福德（John Minford），英国人，牛津毕业，现在澳大利亚任教，是《红楼梦》后四十回的译者，书名为《石头记》。他的导师，英国汉学家，后来成为他的岳父的霍克斯（David Hawkes）翻译了前八十回。

闵先生中文没的说，但今天他用英文说话，夫妻俩字正腔圆，我听懂一部分，已很过瘾。东兴、乔生都参与聊天，唯有我一言不发。

到最后，他们才得知我的父亲是范、黄的老师，我是赵瑞蕻和杨苡之女。闵说 1981 年到过南京，并说我爸去过香港。我说："Four Times。"

五点了，我们告辞出来和向梅母女会合，一起吃饭。

回程，路灯闪烁，我听《向左走，向右走》插曲。奇怪，一下午，竟没有发晕。

2004 年 4 月 7 日，星期三，晴。

刚向阿姨汇报昨天见到舅舅的情况，让她快乐。好景不长，晚上七点妈就来电话告诉我，舅舅胰腺炎复发，又住院了。我叫杨炽指挥，再轮流值班。舅舅一病，大家心里添了忧虑，让一南一北的姑姑们更加惴惴不安。

舅舅写诗："再赴民盟颂圣朝，位卑未敢忘忧国。"

2004年4月8日，星期四。

今天去陪床一天。一早我的车被堵在胡同里，积水潭医院几乎近在咫尺，但我无法靠近。车包围着我，人包围着我，太阳包围着我。我唯一能做的就是画下来。

这真是开车的悲哀！

为疏散拥堵，医院门口多了执勤的“白衣天使”。不一会，我被允许驶入，算算大约候了一个小时。往下极为荒唐的是，我见到的舅舅，正躺在一间不分性别的病房里，房间名为观察室。一个老头和临床的两个老太正在午睡。反正他们都是治病要紧，其他顾不得那么多了。

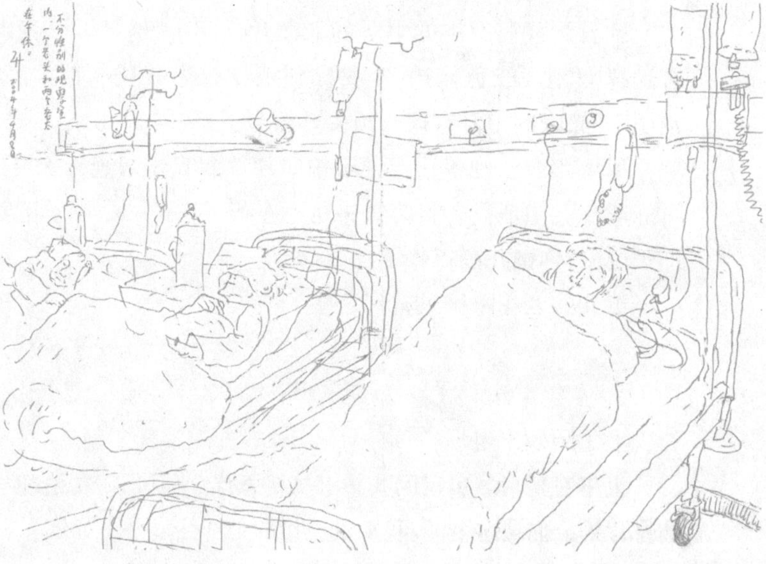

不分性别的观察室

2004 年 4 月 9 日，星期五。

陪南京来的董宁文到三里河看阿姨，送给她黄裳书信集一本。刚进院门，便碰见阿姨在院子里散步，她立即拉我们走回家，一进门就接到一个电话，说到舅舅的病她呜咽了。

告辞后，近十一点，我们去同一大院的六号楼，拜访杨绛。

照顾老人的阿姨开门后，我们走进客厅，见杨绛正坐在书桌边。

自我介绍和敏如阿姨的关系后，问及房间简朴的陈设，她说："我不装修。"

她说："我是一滴水，没有肥皂，所以吹不起肥皂泡。"

听说我是画画的，她便说："你很幸福！""我很羡慕会画画，我二姐早早去世，大姐画油画。"

她看到我写欧洲的书上的老照片，问："这是谁？我也有这样旗袍。三道蓝边。"我提到现在旗袍开衩开得太高，她说："旗人的袍没有衩。顶多开衩膝下。"

董要拍照，她不让，说不拍照片。而我要画她，她说："你画吧。"于是我大胆而匆匆地一连画了三张。她看了正面那张说："你把我画年轻了。"

可我的老花眼里只看到这些。

2004 年 4 月 14 日，星期三。

上午阿姨来电话。

下午看舅舅。舅舅问我新书写得怎样。他说："章诒和写的有背景，你缺这个。"我知道他指的是《往事并不如烟》。

晚上阿姨来电话问情况。

2004年4月30日，星期五，晴，空气宜人。

妈说原来舅舅是自己要求出院的，他病并没好。我顿时忧虑起来，可我像有心无力似的，不好主动多过问。原因众所周知，舅舅是杨炽的爸爸，不是我的父亲。

高艳华[①]叫我别赶。二审对书稿评价很好。她更有信心，好像连“文革”内容她都能接受。

2004年5月4日，星期二，晴朗天。

五四运动八十五周年纪念。

今天中央台《人物》重播舅舅、舅母。叫妈也看了。给舅舅打电话说这事，有点心酸。

记录几段采访：

舅母：“我来中国，不像别的外国人去为革命或为了学习中国经验。我来中国是出于对宪益的爱。”

舅舅：“我们在牛津上学前半年就认识了。1954年成立外国专家局戴乃迭确定为外国专家。”

杨炽：“我们那次去英国，周总理特批，带一个孩子。”“人家真了不起，吃的也好，穿的也好。”

舅舅：“（出狱后）四年没人住，只有耗子。仙人掌成灰。”

杨炽：“我妈（出狱后）变化不大，不会跟人说话，总自言自语。”

舅舅：“（杨烨）脑子里有了幻想，总觉得要回英国去，

---

① 高艳华为天津百花文艺出版社的编辑，是她首先约我写了后来出版的《下一班火车几点开？》。

他不是这里的人。”“(杨烨姨妈) 圣诞节走了一两天，就在这一两天他就自杀了。”

敏如 :“叫我别告诉妈，我说妈已经知道了。”

舅母 :“我母亲说如果你嫁给中国人肯定会后悔的，假如你有了孩子，他会自杀的。但我从来不后悔在中国度过了一生。”

2004 年 5 月 17 日。

陪巫宁坤看舅舅。

我先去巫下榻的李阿姨的表妹家接他，开车走了好长的路，因为我对从丰台到后海的路不熟。今天两位老朋友各坐一沙发叙着旧，话题很多，却并不多语。只是舅舅感叹一句 :“可惜乃迭不在了。”

我们离开后到后海畔的客家餐馆，与一位《纽约客》美国记者先生会面并一起吃饭。

2004 年 6 月 20 日，星期日。

上午阿姨电话，得知杨炽家被窃的详情。盗贼不止一人，翻墙进屋，到各屋都转过。(后来) 发现什么也没少，只是丢了达悟新买的数码相机。

对南京的事，她听完说 :“你没有错，但你不会说话，在你们这代人中你最不会说话。”

2004 年 6 月 22 日，星期二，端午节，间有阵雨。

下午先到城隍庙买了粽子，直接去看舅舅。到达后海已经三点。不知为什么，河边桥上胡同里满是人。汽车、人力车、洋人。我就怕过桥，有心理障碍，一个老汉正迎面走来，还好他耳不聋，我一鸣笛，他闪过身去，我开过去了。北官房胡同口一家酒吧的主人主动指挥我倒车一米，等于让我的后轮开到坡上。我正犹豫，前面挡道的车开走了，这样我才可能跟在后面开进胡同。只见一溜胡同游人力车排成一条龙，小金丝胡同口停泊了四辆汽车。我只好开到远处靠墙边停车，自己从右座钻出车门。闷雷在响，眼看要下大雨。舅舅穿着长袖衬衣和旧皮鞋坐在深蓝色沙发上，小薛和保姆都在。保姆说老人可以吃肉粽子，还拿出家里北京的粽子给我看。

舅舅又问："你的书完了吧？我知道你回来了。"我先讲在南京的情况，让舅舅看我的数码相机里妈的照片，他们仨一起欣赏一通。舅舅就此谈达悟的数码（相机）被偷了的事。可笑的是盗贼光顾时，六号院里诸位均在熟睡，那贼到各屋都转了，看过他们的睡容，居然谁都没醒！

2004年7月22日，星期四。

中央电视台《大家》栏目为拍舅舅专题片来家采访我。三个人相当年轻。我问："你们拍九十岁的人能理解多少？"

2004年7月25日，星期日。

上午终于看成了舅舅。傅主动要送我去城隍庙，让我受宠若惊。买了一批上海小吃打车去了小金丝胡同。舅舅的咳嗽已好，又恢复粉色平和的面容。明明和李晶（与"二李"之一的李晶同名）都在，保姆已做好了饺子。看样子杨炽他们不回来了。

一切太平。和舅舅在一起，总是我主聊，我要找话题。今天他对李辉写他的自述反映说："莫名其妙，登这干什么？"

才知昨天《大家》栏目来这里拍了一个多小时。我后悔没来看看，否则老人接受采访的印象总是空白。我经常犹豫不决，真是误事。

我留下吃了饭。

2004 年 8 月 1 日，星期日，晴天。

稍稍午睡后，决定去看舅舅，因为今天他那没有保姆。

舅舅刚洗完澡，头上戴着瓜皮帽，粉脸白发，很是好看。李晶在午睡，我带来的葡萄让舅舅吃，他吃了几颗，说："这葡萄好是好，就是不甜。"

聊了这那，很快到了四点半。可是罗晏夫妇来了。今天才发现她还是像她妈，说话滔滔不绝。她详细讲了她四十几岁时拔牙的事。

2004 年 8 月 6 日，星期五。

妈来电话，明显流露出对傅要护送舅舅赴宴的赞扬。

2004 年 8 月 8 日，星期日。

几天前李辉约我陪舅舅赴宴的计划在今日成行。我怕我车小，请傅开他的车一起去，我和小薛搀扶老人坐上了高高的副驾驶座。

这次地点在朝阳区百年翰林食府，聚餐的动议是庆祝郁风和丁聪八十八岁大寿。结果弄出十桌，大多数人彼此不认识。进入豪华大厅后，舅舅的轮椅几乎是被四个男服务员在自动扶梯上架上去的。

小薛大大方方陪舅舅坐在第一桌的上座。韩美林也赶来了。郁风主讲，从她是小姑娘时讲起，谈到抗战，谈到夫妻老伴忠诚之必要，非常率真而幽默。我当场做了记录。

郁风说："吓我一跳，这么多朋友、首长、记者，真把我吓了一跳！我认为李辉完全是阴谋，这么大场面，有生以来第一次。我第一次过八十八岁，我昨天刚回来，过了一礼拜清闲。刚回来，生命不能承受之热，受不了，受不了也得受。早上起来，想这么多朋友在一起相聚太不容易。

"我们都是很馋的人，尤其是丁聪，喜欢吃肉。可他得一种病，不能吃，结果变得很瘦。韩美林退了飞机票，一下到我们这些七老八十的人中，很不容易，当然还有年轻的，认识很多年了。"

她接着说："很多朋友，数不清了。经过三十、四十、五十、六十多年了，我们孩子，再也不会像我们一样，他们在各奔前程。"

她把话题转到坐在一旁的舅舅。"杨宪益好久没出来，他做了这么多。有人问：杨戴以后，中国就没有文学了吗？《中国文学》停刊了。那时宪益、乃迭准备糖果好酒，我们经常聚会，这情景就在眼前。"

听到这儿，我鼻子发酸了。

"其实，我生日已过了，丁聪没到，选这日子，选中间这天，我们是同年生。谁要你们活到这么长，谁叫你们不早点死？活着就有负担，就不可避免被人问这问那。"

"她曾是个顽皮女孩，好吃好东西，最馋。爱看好画，对好东西喜欢赞美。"（显然她在说自己。）

末了，她说了最精彩的一段话："我们都有好老伴，我们几十年没有换过，现在最时髦的是离婚。非常遗憾，老伴之间，老了吵嘴，但谁也离不开谁。对丁聪、沈峻的采访，印象深刻，太不容易太不容易！韩美林的是小伴，他有福，他有不同的感受，希望不要再换了，这回白头到老！"

离开后，我问舅舅感想，他说太热闹了，没有意思。

2004 年 8 月 24 日，星期二，雨转晴。

妈来电话说她已收到雷音的书[①]，正看呢。她夸雷音写得好，因为是舅舅提供的情况，史料准确，议论也好。

2004 年 8 月 25 日，星期三，小雨转多云。

早上看天阴凉爽，寻思要不要去看阿姨。三里河离木樨地不远，看完了还可以到复兴医院看住院的湘头。带上四只粽子，尽管开着空调也怕捂坏了。阿姨家一直占线，只好愣上门去，她反而高兴我这样，和我说话很亲热。

两位老人多日不见，均健康精神。一个在新添置的桌上翻看报纸，一个说话没完。我把在南京拍的数码照片给他们看了，这引起阿夫拿出他的两架数码相机。看来他也有摄影瘾。他东试西试，让阿姨直嚷嚷。和她聊天话题自然是南京，妈妈、小苡、赵苏。重又提起妈和爸的事。阿夫说："你妈写信到延安，说自己认识了一个诗人赵瑞蕻，怎么好怎么好。给阿姨的信上还画了你爸爸的侧面像。他们说你妈

① 雷音所著《杨宪益传》，2007 年在香港明报出版社出版。因其素材来源于现场录音和对当事人的采访，真实地展现了杨宪益一生的重要经历，成为迄今为止唯一的较为完整的介绍杨宪益的中文传记。

是小说思维来讲自己的经历，像祭祖，阿姨回忆的舅舅留学走的那天，根本没有这件事。”

2004 年 8 月 29 日，星期日，晴，最高温度三十（度），高于南京五度。

在我入睡后，中国又获四块金牌。

“他一天天数着香港回归的日子，但是没能等到。他嘱咐将他的骨灰撒进大海，让它们拥抱香港、澳门、台湾。”——邓小平女儿邓榕发言。

妈晚上电话说，舅舅并不赞同雷音这样写他的政治倾向。他说这样写就出版不了了。

她说彼时此意，一言难尽。舅舅内心复杂，作为他的亲属亦然。

2004 年 10 月 23 日，星期六。

腾出一天时间去看阿姨、舅舅。十一点整到达三里河，阿姨正与黄宗江通话。原来是他刚去出席南开中学百年校庆，说是等级真不得了，主席台上坐着的都是天津官员，他和一些老校友坐在下面第一排。这所学校除了周恩来、温家宝等，还有三十多位院士，阿夫是其中一位。抗战时期南开中学迁到重庆，阿姨去教英文，她的弟子现在已逾七旬了。末了，黄问起静如，就是我妈，说她比谁都疯。晚上我转达给妈，妈说他才疯呢！我觉得这些老头老太真有趣。

今天带去刚从澳大利亚带回的各色小礼物让阿姨开心，她让阿夫先挑，阿夫像个小孩真的认真挑起来。我对他们客气地说，买这些东西时没想到临走前卖了画，所以抠抠搜搜。

分到给舅舅的礼物时，阿姨非说舅舅不会用那条蓝手帕，要我送给杨炽。我没听她的。告辞时，阿姨忽然动情地说："赵瑞蕻、杨苡就出你这一个尖子。"我连忙说："都是迟到的。"

一个月不开车似乎更娴熟，顺利到达小金丝胡同，载洋人的三轮车依旧横陈在胡同口。舅舅简直不像做过胆结石手术的老人，正坐在客厅的沙发上候我。沙发套全换了，淡绿，淡黄，明亮鲜艳，舅舅坐的是唯一的绛色，十分别致。

我向舅舅喋喋不休地介绍此次澳洲行的见闻，他很有兴致认真听着，我似乎比他当年和舅母去的地方更多。他还仔细翻看我带回的画册，忽然说："你将来不得了。"这把我吓了一跳。我们谈到今年的中法文化年，舅舅竟问："这次他们总统来，你没见到吗？"[①]我心想，是舅舅真的这样看得起我，还是他老糊涂了，我小采只是稍有造化，离成功还差得远着呢。关于我的新书，当他听说出版社不出了，他告诉我不出了。"他告诉我："假如北京天津都不行，就去找上海出版。王以培的两本三峡书就是上海出的。"中国青年出版社出版的一本叫《白帝城》，多好的书名，连鸫儿也这么认为。

2004 年 11 月 8 日。

胡丹娃和原小民来北京了，今天约好去看舅舅，还要逛逛胡同。小民多年有随时发现随时抓拍的习惯，今天见了

① 法国前总统雅克·希拉克，1997 年曾收藏了我的一幅油画《苹果和叶子之四》，与我通信和互赠贺年片十年。

现在的胡同，感叹道："这灰墙太难看了，不是我原先的印象！"我说："真有和我同感者，那年他们刷墙，我就大叫，快打住！"

一起走进小金丝胡同六号，舅舅早候在沙发上。今天从事文学美术的客人们显得有些拘谨，不去聊本应该多得很的话题，让我有点不解，只好想法引双方说话。

没坐多久，舅舅就叫我带他们去院子里参观。

我们自然要登上旋梯，远眺钟鼓楼的景致使两位来自江南的夫妇大为惊喜，一通拍摄，却谁也没提和舅舅合一张影，以致成了永远的憾事。

2004 年 11 月 9 日。

阿夫今天下午四点动手术。一小时出来对罗晏说："一点不疼，我睡着了。"我觉得阿夫太了不起了！他对自己身体很科学，没事也要去检查，一年做一次胃镜。

要是舅舅学阿夫一点儿也好啊。

2004 年 12 月 15 日，星期三，晴。

开车去三里河，带上没择完却已发黄的芦蒿。阿姨在洗澡，阿夫坐在满满当当的书房里。我接着择菜，这是妈布置的任务，让她的阿姐尝个鲜。我边择边与二老聊天，阿夫的动作稍显迟缓。

午饭后，阿姨在阳光下接着和我说话，准确地说是在照射进来的光线下，她的这张表情生动的脸上流动着光斑。她先说和我妈的分歧，比如妈夸罗斯福、林肯钞票好看，尽气她。又重新回溯一遍八舅的长女在美国自杀的来龙去脉。

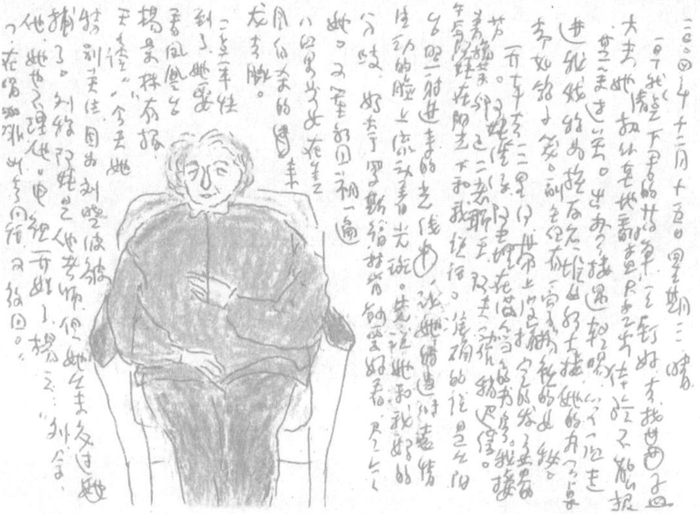

姨妈在阳光下说话

两点半快到了，她要看凤凰台杨锦麟的“有报天天读”。今天她特别关注，因为L被捕了。L称阿姨是他的老师，但阿姨从来没有教过他。她也不理他。电视开始了，杨云：“L、Y在喝咖啡时被叫去问话……”

2004年12月30日，寒冷的天。

难得三人一起去看舅舅，和杨荧事先约好今天去拍她和舅舅照片。

我们午前出发，车子开往银锭桥，滨海胡同的牌子仍未恢复，我小心去辨认，没有走过。先走进鸫儿介绍的街边餐馆，一蓝色调，一橘色调，蓝色调锁门。这家老板很有创意趣味，餐桌小，满墙是画，粉墙刻有浮雕。

饭后鸫儿去找黄夏，我跟傅去河边拍酒吧。天真寒冷，手冻得端不住相机。只好提前结束，一起去小金丝胡同。六号的主人们都在午睡，一会儿杨荧下楼和傅握手，她穿了一件蓝绿色毛衣。再一会儿，舅舅起床，被小薛搀扶入沙发上。舅舅关心傅的影视计划，我对舅舅说了出版书的事。傅便支起带来的三角架，开拍起来。他一拍就没完没了，各种组合的，眼看舅舅始终沉默随他摆布，逐渐显出乏味。而在这一过程中，小薛一直在饭桌前静静地读着报。

黄夏、黄岳夫妇、鸫儿，以及杨荧的亲家母出现了。一下子，客厅里热闹起来。

黄岳的美国岳母住在波士顿，1937年生人。这次来，想去看北京的画廊。我提出正展出的十届全国美展，人家没有兴趣。如果没有舅舅在场，我会和她用英文交谈更多些。

我发现号称学了多年英语的傅在这一场合却一言不发，只是在拍摄中会偶尔冒出一两个单词。

我们一直待到四点半方才告辞。

下次见舅舅，该是明年了。

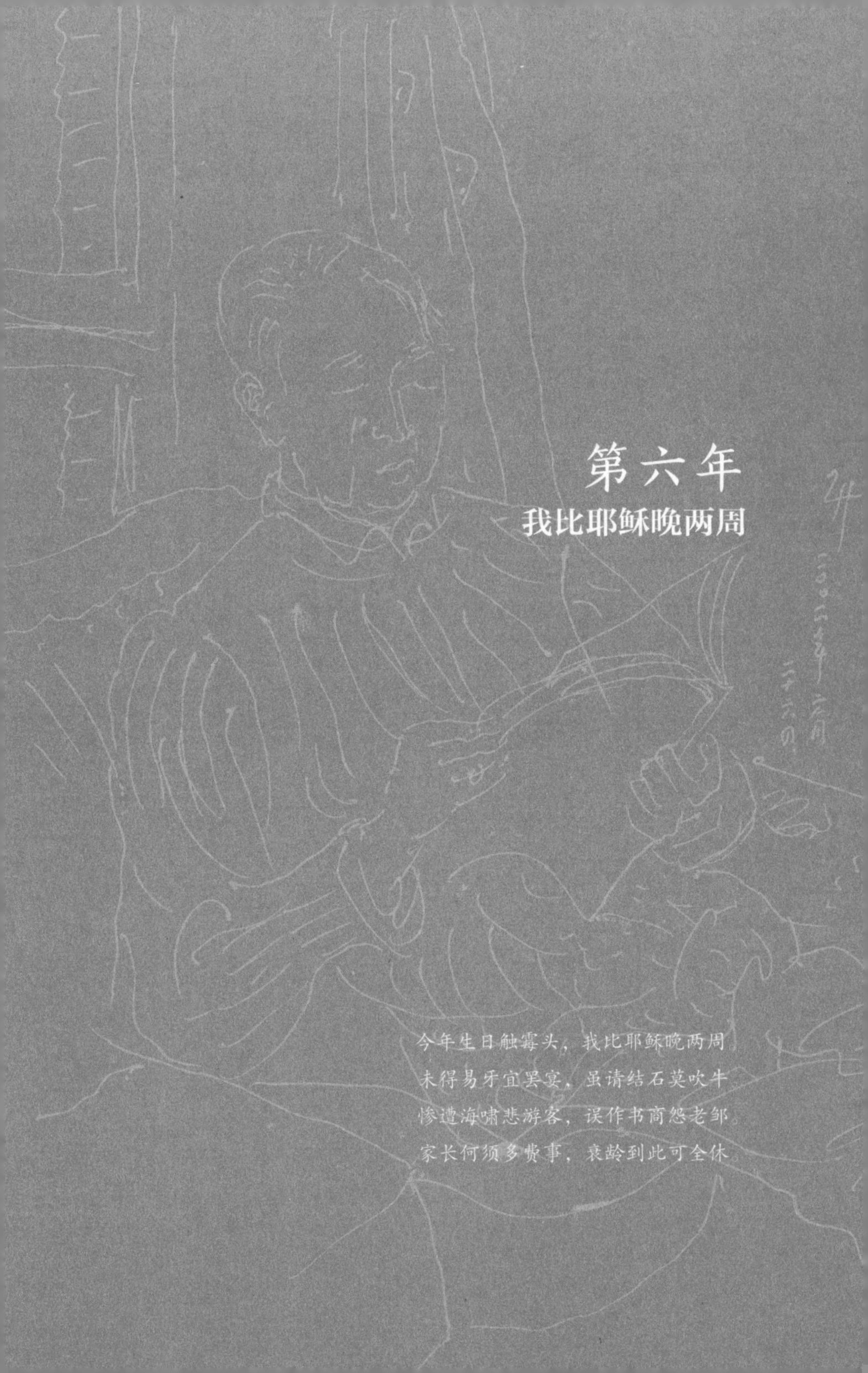

第六年

我比耶稣晚两周

今年生日触霉头，我比耶稣晚两周。
未得易牙宜罢宴，虽请结石莫吹牛。
惨遭海啸悲游客，误作书商怨老邹。
家长何须多费事，衰龄到此可全休。

2005年1月7日。

今天是我亲爱的舅舅九十大寿。为迎接这一天，去年他刚闯过一关。

何止是去年，自从2002年查出他患有前列腺癌后，他一次次和疾病作抗争。他更多的是满不在乎。正如当年年底他在《米寿宴会》里这样自嘲："且莫乱猜前列腺，不堪重唱后庭花。时人争学鲜卑语，愿作王婆卖自夸。"

2005年1月22日，阴冷。

老赵一个消息，让我们仨去悼念了一位老人。

上午十点，傅的雷诺停在离灯市口半站路的地方。先陪刚做完直肠癌手术的老赵去世都百货方便。

路口往西，街面格外清冷。

傅走向他熟悉的胡同，我们随后。

离胡同口五十米远有个院子，门很小。一院子的花圈，满是人。被引去签名，领了一张遗像照片。再转入书房，随人们三鞠躬。傅在我前，深深而缓慢地向墙上的帅老者告别，一回身，我睨见了他泪水盈眶。我这早憋不住了。

年轻的家眷肃然立着，一律不握手，只互敬礼。傅表示想拍照，让拍，因太紧张，闪光灯失灵。"别着急。"有人小声说。他再试，拍成了。我再换拍他。

进入侧屋休息室，有人在写悼言。右墙有两把椅子，一张台桌。又有大照片，还是一样的，可以坐着和他合影。有一挽联，落款是首都部分新闻工作者。

约半小时后我们离开，径直去了小金丝胡同。老赵第一次见舅舅，我们详细向老人描述了这次的经历。舅舅极为认真地听着，听得很仔细，看样子他赞赏我们的勇敢，但并不表态。

2005 年 1 月 24 日。

日前，师弟许琢来电话表示想去拍我舅舅的书房，还要我陪去。今天上午，舅舅在电话里同意了。随即我通知许下午三点在银锭桥西畔见。许琢自称，带来的相机绝对专业。随他一同来的是文字编辑。他们要组名家近况图文稿件。太难得了，舅舅今天竟然很听话，许琢想拍老人书房，舅舅哪有书房，就是那间小的卧室，他真去坐到桌旁了。第一次见到这情形，让我好激动。还有他能坐在客厅南窗下的沙发上，我也从没见过。

于是这位有心的师弟获得了好多特棒的摄影作品，还用了广角镜头，几天后在《人民日报》(海外版)见了报。

2005 年 2 月 24 日，星期日，大雪转晴。

一早大雪纷纷扬扬地下。外出拍雪景，一路走，一路拍，拍下了大雪中匆匆有点狼狈的行人们，他们有的上班，有的送报，有的送奶。人人缩在厚厚的衣服和围巾帽子里，我感到清新的生活，如同这雪中空气。

十点后，太阳出来，再后来雪融化了。早上的景色一去不复返。

回家想躺在床上看北青报，才发现冯亦代走了。老人九十二岁，因肺部感染，近日一直昏迷。几乎整版报道他的翻译和出版成就。

我从未见过他，但自然会想到舅舅。

2005 年 2 月 28 日，星期四，外面真的春天来了，仅在几天前，还下过一场大雪。

约好今天上午新的小时工来，等到十一点，才从阿姨电话里得知是她听错了，是明天才来。从小时工聊到冯亦代去世，再聊到我新近发表的文章《真正的诗人》[1]。阿姨不喜欢，还指出有两个致命的错误。

下午的计划是看舅舅和阿姨。舅舅依然红润健康，他也提到我写杜运燮的文章，并不以为不好。但他说起北京出版社删掉他自传一部分，让我对自己未来的书有点心悸。

在阿姨那儿，畅聊国情和动态。老太太真爱国，真为咱党往好处想。

2005 年 3 月 1 日，小雪。

早上有小雪，地上薄薄一层，街上有除雪机开动，很快就化了。心想这场雪是为冯亦代下的，今天北大医院将有遗

---

① 写杜运燮的诗。杜运燮，中国现代诗人，成名于 40 年代初期，写于抗战时期的《滇缅公路》等诗，得到了闻一多的赏识。他的诗作《秋》因为"朦胧"曾被诗评质疑，之后"朦胧"一词逐渐演变成诗歌史上的专用名词。我妈曾赞扬自己这位西南联合大学的同学是真正的诗人。1997 年与张同道一起主编出版《西南联大现代诗钞》。

体告别（仪）式。

昨天在舅舅家看到冯亦代的讣告，历数他曾经的头衔和身份：全国政协委员、民盟中央委员、出版家、作家、翻译家。代表译著有海明威的《第五纵队》等。

又一位老人走了，初春了，生活在继续下去。

2005 年 3 月 21 日。

才早上七点，阿姨的一个电话，顿时打乱了今天的计划。原来是华君武手里有四张中法艺术展的票，老人想起我，要我去他家拿。本来我约好人民日报文艺部的人去舅舅家的，这样一来只好把这次采访改到明天。

上午去了华老家，华老说："我不懂油画，去看是浪费。"在他家我看到墙上挂着两幅林风眠的原作。

然后我去敲了阿姨家的门。

2005 年 3 月 22 日。

再一次陪记者们采访舅舅。这次是人民日报文艺部。他们有四人：副刊组组长徐怀谦，编辑杨少波、罗雪村、李舫（女）。我的马来西亚女友陈春美也随同来了。

大家围坐在这位一点架子也没有的老人周围，毫不怯生，问长问短。

人家问着，舅舅答着，不紧不慢，全是实话，从不投其所好，含着幽默，并不是所有人都能会心地笑。

杨少波在一边，举着高级专业相机，以各种角度噼里啪啦给老人拍了大量照片。

但我一开始怎么也画不像。纸面一片模糊。

采访中宪益舅舅的样子

把舅舅画年轻了，至少减去十岁。

舅舅又说：“你们可以到院子花园去看看。”每到这时，我就领路前行，俨然一副主人姿态。我们从旋梯登上，远眺红灰相间的钟鼓楼，灰色瓦顶延伸四周。我又说起那天的经历，黄昏时分，邻家的鸽子就飞回来了，先在你头顶上盘旋一阵再回窝。

是不舍这难得的拜访，还是春光里都有点倦懒？离开小金丝胡同之后，大家不约而同地想在河畔酒吧小坐。结果挨宰了。

舅舅不止一次对我说，他曾被塑过一次像。是意大利的雕塑家所作[①]，塑完后那人想再铸铜，但太贵了，就没做成。听了这番话，我感到老人的遗憾和期望。于是我又不止一次地对鸫儿叨叨：你是学雕塑的，只有你能给舅公塑像，抓紧时间做吧！

2005 年 4 月 5 日，星期二，清明节，却未见雨纷纷。

和鸫儿一起去王府井买《红楼梦》中英文对照版。预先问了舅舅，杨宪益雕像上刻什么书，他定了《红楼梦》。第一次在外文书店看见货架上有这么多舅舅、舅母的译著，很是激动，他本人一定不知道，我一一拍了下来。

2005 年 4 月 7 日，星期四。

约雪村去舅舅家，九点半见，却被绿霞一个电话绊住，十点多才到。以为天凉，出门才知很热。舅舅的脸色像映在强光下，泛着红。

今天为自己想写的下本书《他们仨》难以得到杨家两位老太太的支持一事，在电话中对阿姨突口而出："我是大关，我妈是小关！"让阿姨顿时觉得对不住我。于是情势大变，阿姨答应我去她家录音了。

---

① 据纪红记录杨宪益曾作打油诗并提及雕塑旧事，如下：

"下午青年出版社有同志来，说已请邹霆同志给我写一本二十万字的传记，感赋'沽名钓誉忽经年，一事无成鬓转斑'（原注一：从英国回来，大家说我的头发又从白转黑了不少）。身毒［原注二：去春在印度（身毒）曾讲过'古代中国的婆罗门教'，内容是我的祖先隋炀帝一家根据小名考证，应都是婆罗门教徒，颇被印度人欣赏］谈经真狗屎，牛津铸铜野狐禅（原注三：在牛津有一位雕塑家给我做一头像，颇神似，下次你来，我给你看照片）。老而不死斯为贼，醉后思淫岂是仙（原注四：有些朋友说我是酒仙，其实不过是贪酒好色无耻之徒耳）。岁末惊闻将入党，看来终要绝尘缘。"

2005年4月16日，星期六。

鸫儿来几乎待了一天。他揭开晾台上泥塑的薄膜，这才发现因潮湿，舅舅的脸上已长出了蘑菇！耳朵上一只，左眼上一只，让我好一阵恶心。

今天他要再修修，整出很像大褂的中装。中午他爹来了，在底座上粗暴地画出字形，说就这么排像水流，倒给我启发，感到舅舅所有的翻译作品都大江东去了。

2005年4月20日，星期三。

鸫儿一早来，要和我一同去舅舅家。终于要把他做的雕像搬过去，照真人修改。这雕塑特沉，搬出门真不容易，门小，车门也小，鸫儿和雕像一起坐在后面，我小心开车，生怕颠坏了。

在小金丝胡同六号客厅里，鸫儿细细地塑着舅公的脸庞。老人安详地坐着，大概是眼睛有点痒，他一直在挠。小薛好奇又惊喜地瞅着。

"你还要做多久？"老人问。

"一天，明天再来。还有签字的事。后天找车搬走。"鸫儿回答。

"舅公，您能笑一点吗？我好……"他正在塑那张嘴。

为了保湿，雕像头顶上还半裹着一块塑料布。

我说像是舅公在躲雨。舅舅淡淡笑了。

2005年4月21日，星期四。

说一天完工，可已进入第二天。今天早上，鸫儿做了大褂盘扣。更多精力花在底座上。来前他爹发了火，不同意把底座做成书形，说太俗。鸫儿顺从，一到舅舅家，就刮掉了昨日好不容易塑出的书堆，舅舅在一旁看着，直嫌可惜。但他从来不会干涉别人，怎么都可以，他总是这样说。

我在一旁建议着：假如把手下的打字机变成一个键，上有英文字母呢。

我还给鸫儿在本上画了老式襻扣的样子。

2005 年 4 月 22 日，星期五。

下午三点我们去舅舅家搬雕塑。鸫儿要直接搬走，而我

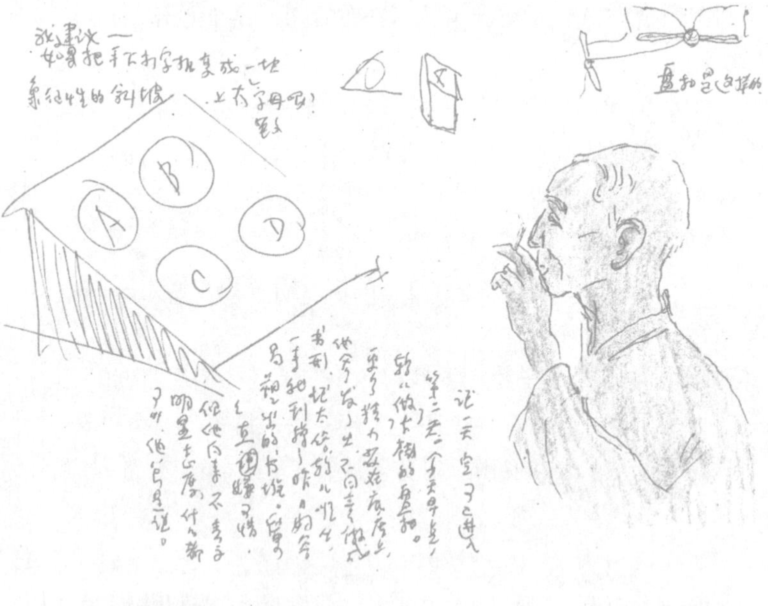

舅舅的塑像还处在泥胎中

要他解开薄膜，再补拍几张照片。

这尊雕塑又拉回家，父子二人开始排字，我怕他们排乱了，可他们说在找有意思的感觉。

五点多，雕塑厂的师傅抬走了雕塑。

铸铜有望。

2005 年 5 月 8 日，星期三。

午休后精神大振，沉思片刻，决定先查前日给舅舅录音的带子。一切完好，我很兴奋，马上在电脑上记录起来。虽未完成已初具规模。二月份的约稿，今日才真的正式投入工作，不免惭愧有加。想出下一步进行步骤，细翻雷音著作数页，可列出杨家宗族表。明天希望去采访阿姨，昨天妈告诉我，阿姨都急了，嫌我还不去录舅舅（她不晓得我已录过一次），说他记性越来越不好，印度之行，澳洲之行，都需要快点记下来。这真是一份抢救文化的工作，我理应有责任担当起来。

第一次试录舅舅谈早年天津生活的笔录：

时间：2005 年 4 月 21 日

A 面：

父亲是行长。到他办公室去过一两回。

他穿大褂，加个背心，缎的，头上有时戴帽子。理发到家里来。去世时就记得磕头。应该有灵堂吧。和我母亲去照相。

没有不同感觉。每年过年过节都要磕头。爷爷奶奶像是画的。去留学前也磕头。磕头我排第一个，给长辈磕头。

不记得几岁认字，谁先去上学。

对母亲印象是她管生活，一块看电影，看外国片，都有，美国片，好莱坞，《三个火枪手》。一个礼拜一次。看戏也有，看电影多些。有车送。母亲脾气很和气，没发过火。很漂亮。她裹过小脚，后来放了。吃饭喜欢拣菜。吃饭每天做得一样。中式。牛奶不喝。

家里有单杠。举重，开头四十斤，后来五十、八十斤。每天下学回来举两下。中午回来吃。上午四节课，下午顶多两堂课。运动有男佣陪，二十几岁的。

晚饭后听唱片，晚上看书，没有规定时间睡觉。房间里有一保姆。比较自由，大姐有书房，她大我几岁，那时已结婚了。房子比这儿大得多。楼房就一层。不知道她们（两个妹妹）是否在一屋，我没去过。

B 面：

天津租界以外很少让我去。有时佣人偷偷地带我去，看戏，到戏院。有两三次吧。没有去过郊区。反正是安全，除了租界，很少出门。香山我去过一次，住了一两个星期。天津租界外很少去。没有全家去玩过。（我问：婆婆哭过吗？）大概有吧。

留学原因：考过清华，燕京考试没开始。北京就是清华、北大比较好。（去上海）坐软卧去。住锦江饭店。轮船是加拿大皇后号。有个中国朋友，他和未婚妻。住一个来月。（母亲）送我后就回天津。好像是夏天吧。到英国时是秋天。路上经过美国，路上走了两个月。我写信比较少。开始联系一月一次，后来不止一月。没大事不拍电报。妈很少来信，没有通话。家里有电话，没有打电话的习惯，（电话样子）电话一般颜色是黑色的，大概一部，我接触的是一部，放在客厅。

不记得父亲生病情节，有几个外国医生。

（父亲病逝后）也就是三叔七叔来看我们。

（住过）花园街、日租界、法租界、英租界。（兆丰里。）

（同父异母大姐）结婚了离开了，后来神经有毛病。和她见得多，有这个关系，也有年龄关系。在这个家庭长大的看书多。大小姐在南京上过学，无所谓搞文学。二姐是肺病死的。娘是老式太太，对我挺好，说淮安话。南方口音的普通话。家里吃的都是淮扬菜。家里习惯是淮阳习惯。（淮阳）也不远，没去过。

（爷爷辈）可能在北方，一个在四川做过官，父亲没有去过四川。

几个叔叔分别去留过学。家谱泗县有。

天津沦陷在报上看到的。沦陷前已抗日，婆婆（母亲）不反对，家里就抵制日货不买。和日本浪人打过交道，他们说中文，在中国待了好多年。日本特务，叫土肥原。[①]（在英国）有日本学生，有一次英国人起哄要把中国人和日本人放在一块。那时国内已经打起来。我当学生会主席，是大家挑选的。

好逛书摊，有一个书店，福建人开的，光卖外国书。零花钱自己不拿，他们算好，我不管。她们（妹妹们）不去，你妈去过一两次。阿姨（大妹杨敏如）从来不去。和你妈有时候一起去。也可以说崇拜诸葛亮。

---

① 土肥原贤二（1883—1948），日本战犯，中国通，曾任日本驻天津特务机关长。

不去教堂。童年挺幸福。

也让阿姨（大妹杨敏如）去留学，说过那么一句。

婆婆（母亲）结婚十五岁。

池太太（我的英文老师）吃安眠药（自杀）。

军训过十三个月。（那时的）中国地图差不多。黄蜀芹的父亲当过校长，那时很年轻。

最后讲了近年情况：

“讲翻译，去外文局讲了，北大请我去讲过。雷音发生兴趣找我，后来都是五姑讲得多。”

2005年5月9日。

终于与阿姨约了上午去拜访她。到达已十点多，她正打电话，电话很长，事后才知是舅舅的老朋友董乐山打的，打到最后，聊到身后事，阿姨哭了起来。

电话终于停了，我劝慰，她说“甭管我，我的眼泪容易出”。我说像我姐姐。她又笑了。

录音开始，她有准备，对我这事一点不反对，又提“不当大关”。接着，开始讲她和阿夫从相识到相恋到婚姻漫长的故事。

2005年5月17日，星期二，雨转多云。

下了一夜雨，准确地说，是从昨天下午开始下，好久没有这样持续地下雨，天被浇亮了，我的车也被浇净了。

想想上午去看舅舅，时间有点紧张，改成下午。从电话里听出他盼我去。我许诺带这个那个，他在等。

舅舅家保姆说又病了，已经近三点了，小薛去买东西。我陪舅舅聊天并录着音。

他真和阿姨不同，阿姨不用问，她可以滔滔不绝。而舅舅，你问一句，他挤出一句，我一时问不出太多，几本书（自传和传记）上好像什么都有了，我就是怕重复，想另辟蹊径。我觉得自己挺可笑，昨天还在拍卖失败的漩涡里，今天却坐在舅舅身边，听他讲上个世纪二三十年代的故事。略有点走神，进入情况欠点。

也许是对我的惩罚，回家想听回放，竟一点声音也没有，我忽然恍然大悟，记起自己下午在录音时的确没有按下录音键，我按的是回放键！幸好自己尚有记忆，马上在电脑上追记，打出两千字，直到深夜。

舅舅部分经历回忆笔录：

关于体育运动：

我那时走路走不好，小时是这样，鞋带开了，给我系上。别人给我扣扣子。后来大了些，家里安排体育器具是我提出的。有篮球架，有单杠，石滚举重，开始四十斤，后来一百斤。还有石（？），练臂力的。每天放学回来就练，一个男佣和我一起练，他比我大一点，是天津找的。他在另一屋里住，有五六个人一起。从1927、1928年开始，一直到1934年。刚上中学，一个同学，个子大，摸我脸摸我屁股，我把他打翻在地。后来他们发现我知道得多，就对我很尊敬，再后来把我当中心。考代数，我抄了二十七份答卷，用糨糊贴在老师的背上，大家答的都一样，老师发现了来源。我承认是我干的，要不然他们就会不及格，后来这个考试都不算数了。

关于读《三剑客》等侠客书：

中国的这类书我也看。佩服他们帮助弱小的人，家里的男女老少都喜欢看。自然喜欢当这样的人。（我问：后来倾向爱国、共产党，和这些有关系吗？）也许吧。

关于和罗沛霖：

和沛霖熟了后，一起唱过美国好莱坞歌。

关于读报和抵制日货：

上学时，报送来了，放学后回来看。主要有两种报，一是《大公报》，一是什么，上海的，忘了。1931 年在报上看到“九一八”，东北三省被日本人占了，那时没有收音机，有唱机，是摇的那种。这件事大家都知道，我知道得更早些，她们（妹妹们）知道晚些。

抵制日货，不用牙膏，用牙粉。那时的牙膏是日本的，中国还没有。我们家向十九路军捐了钱，有十几块吧，是银圆。

关于回国的经历：

坐了三等舱，因为没钱。是加拿大邮轮，皇后号，和去时一样。走在太平洋上，经过大阪，一艘日本军舰听说我们船上有中国人，命我们的船停下，上船搜查。他们把人赶到甲板上，问我去哪。我说去香港。问去找谁，我说找中国银行，我父亲是行长。我们用英文谈。（我问：害怕吗？）不害怕。

在香港找到乃迭父亲的朋友，帮助我们买了飞机票。他是中国人，是和乃迭父亲一起工作的。

（我问：为什么去贵阳教书？）总得工作嘛。去了一年多，我不大爱教书。去西南联大开始是吴宓、沈从文请我们去，我们没去，第二年再让去，我们不好意思了。乃迭丢了护照，申请过加入中国籍，但英国不赞成这么做，没有批下来。后来没有再申请。

关于结婚：

去过她家，那时还没订婚。没有住下。订婚时请了几个同学喝茶，乃迭父母没有参加。

（我问：和母亲这么多年不见，见了面，她哭了吧？）

那当然了。到重庆几星期后，我们是过八月节到的，第二年的二月结婚。乃迭的父母都来了。在一家饭店，证婚人有罗家伦。衣服都是婆婆（母亲）做的。

关于去过的国家：

在牛津上学时，假期去了法国。还有一次去游了地中海。去希腊、意大利、葡萄牙的里斯本、西班牙。都是自己一人。出国都是住旅馆，也有住朋友家的。有一个挪威朋友还请我去过挪威，也一起去了丹麦、瑞典和芬兰。去过挪威两次。那时没有坐飞机，有时坐火车有时坐船。和乃迭一起去过一次法国，其他是自己一人去的。什么都看，听过歌剧。（我问：是不是花了很多钱？）是的，在英国生活很贵。家里两年寄一次钱。

去日本是在战后，有日本朋友请我去，住了两个月。大概是50年代初。去美国只待了四五天。只去过旧金山。是外文局几个人一起去的，是里根当总统时，他请一个中国女运动员留在美国。我们抵制，就提前回国了。

去印度，好像和尼赫鲁大学有关，是他们请的。（我问：是国际翻译会吧？）好像是的。（我问：你发了言吗？）说了点。从北走到南，太妃庙（泰姬陵）什么都看了。（我问：喜欢印度吗？）我哪儿都喜欢。

关于编译馆：

卢冀野介绍我认识了梁实秋。他是编译馆的馆长，后来他去了北京，我接替他的职务。他建议我翻译《资治通鉴》，我同意了。卢冀野很胖，是个胖子，他爱写诗词。1952年他死了。

只见过胡适几次。（去台湾）走的人很多，我不走，我已是民革的人，他们不知道，我只说我喜欢南京。解放后，编译馆解散。1952年我调去北京后，去了一次天津，娘已死了，东西都卖光了，只有大姐在，她还认得我，她的神经已有病了。我没拿什么家具，只有一件白色柜子。后来也没了。百万庄的家具是我后来买的。（柜子）这个是我在隆福寺买的，才四块钱。

2005年6月8日，星期三，下了几乎一天雨。

今早鸫儿去交电话费，我继续卧床做事。先给舅舅打电话，完成李晶托的事。她所在的外研社领导已默许出版杨宪益的译文集，机会难得，她找我去外文局问版税的事。可我只是外甥女，近来腰又不好。舅舅倒是同意我去办。

晚上李晶来电话，说此行已被我妈否了。妈的意见还是让杨炽去办，她怕我费力不讨好。

2005年7月23日。

从南京回来。打电话问候阿姨，她说："你回来啦。我打电话你那正讲话。带什么东西？不要。妈妈好吗？我听说她检查了身体，很好啊，我很开心。我也检查了，都很好，舅舅也很好，我想我们都能长寿。"

"热死了。没电两天，你想什么滋味。我一直没去看舅舅，我想等你回来去看舅舅。这又下雨了。他一直穿长袖，才脱了里面的背心。他们家高，空调一直开着也不管用。每个屋都有，开着不关，一个月用电费上万。我弹琴没有空调不行。杨炽给她爸买了一种很贵的席子，几百块。你妈说便宜不会好。给她寄钱她会给人，我准备给她买一个。"

"你妈问送不送花圈，找舅舅也是一个结果。冯亦代去世他很难过，也不表示什么。舅舅说小薛不在，我不能去。"

"《穆旦传》你看了吗？我不留。看了也挺可惜的，但不能说他写诗最有才。人死了，也出了传，可以了。巴金说死了还活着。比起别人，舅舅就不错了。小薛说两天后就回来。先不洗澡，不要紧。"

2005年8月31日，星期三。

为下午要陪阿姨去看舅舅，去都灵沙龙修了车。幸亏谢绝了阿姨的午餐，因为回家已过十二点。

下午到阿姨家早了一刻钟。推推门，反锁上了，没敢打搅，坐在车里等。刚要做什么，一位梳理得干净整洁的老太太探出头来。

2005 年 9 月 27 日。

舅舅被一堆客人围拢着，默默吸烟，淡淡地笑。其实他很高兴，因为老朋友巫宁坤又回来了。“可惜乃迭不在。”舅舅再次感叹。

早上我又一次开车去丰台北大地三里十六号院干休所李淑润家，接了巫叔叔，陪他去看舅舅。

今天注意到巫叔叔的发式，灰白了，还不少，有点飘逸之感。我边听他们聊天，边画画，但没画完。巫叔叔宽容地说：“已经看出模样了。”

2005 年 12 月 2 日。

陪李晶去小金丝胡同校稿，自然我当车夫，全程陪同。这件事来源于天津百花文艺出版社，一位女编辑愿意再出版舅舅的自传，不过用的是妈妈和李晶的译稿。有几个人都自称曾翻译过这本自传，但舅舅答应了北京十月文艺出版社，让他们多少有些遗憾。舅舅几次跟我叨叨没什么新内容，再出版没意思。所以现在的译者们必须多补充，自传本人又非得配合，可他说“全忘了，不记得了”。

我画下了一老一少工作的情景。少的画得比较像，近在咫尺的老人似乎画大了，变成了一个巨人。

护工小薛仍在读报，旁若无人。

舅舅被一堆客人
围拢着，默默吸烟，
淡淡地微笑。其实
他很高兴因为老
朋友宁坤回来了，
可惜力迭不在，"他说。
2005年5月20日

舅舅坐在沙发上抽烟

2005 年 12 月 6 日。

山东电视台来人准点出现。为首的是和我通过电话的女编导，个子高挑，一脸诚恳。另两位也是女性，也是高个儿。还有两个男孩，摄像和录音。

从今天开始，他们要拍摄舅舅，说他是系列片《数风流人物》文化类第一人。

我讲了舅舅对我们小辈的好，我们定下明天到小金丝胡同拍摄，我提议请几位舅舅的小友一起协助。

2005 年 12 月 7 日。

顺利地请到了李辉、毕冰宾、韩敬群，各位一听是杨老的事，都肯帮忙。李辉、毕冰宾自己去，我接了韩敬群。

灯光布妥，采访开始。女主持人找词儿问，舅舅慢慢吞吞地回答着。其他人在四周静静地守着、拍着和听着。我画我的画。

问："入狱是怎么回事？"

答："我以为他找我问点事儿，就跟他走。我跟着到办公室，他们说是军管会的，叫我上车。往西往南走，我记着路线。到了一个大房子，是监狱，叫我上楼，把衣服拿掉，带我去犯人住的房子，十二点了，有很多犯人，有的还没处理掉。有三十多人，一炕睡二十来人，挤在一起，我就睡在那儿。睡前问小便在什么地方，说有一个桶，我就小便了，就睡了，第二天起来，一个犯人问'你喝了什么酒，这么香？多少钱一两？'我说买了一瓶，喝了半瓶。他说太可惜。我们处得挺好。

“回去衣柜成了老鼠窝，从英国带回的西装被咬了一个洞一个洞。老鼠看来了人很生气。后来我们打扫了卫生。我只养了仙人掌，我摆了一个人头（骷髅），每天浇点水，这阵没人浇，一碰就变成灰了。”

问：“您这一生最大的遗憾是什么？”

答：“本来我们说好白头到老一块儿死，结果她先死了。”

都说舅舅、舅母相爱，也从来没有听到过这样直截了当的表白。第一次亲耳听到，心里一颤，顿时感到古今中外，所有的爱情，都会在他们的旷世之爱面前黯然失色！

问：“把自己的书都散光可惜吗？”

答：“对别人有用处，也不可惜。”

舅舅说：“现在对诸葛亮的幻想也没有了。”

“有个作家叫谌容，她说我是散淡的人[①]，是指诸葛亮。那句唱词是：‘我本是卧龙岗散淡的人。’”

问和中秋节的缘分：

舅舅说：“回国在中秋节。从四川回南京也在中秋节。

① 女作家谌容以杨宪益为生活原型所著小说《散淡的人》，曾发表在《收获》上并获奖。

好几次都在中秋节。我有两个女儿，一个儿子。儿子已经工作，从北京工业大学念完就到湖北工厂工作。我们从监狱出来，把他调回。我的女儿也从河北、东北调回。大女儿从清华大学毕业，学机械。小女儿中学毕业，在东北工作两三年调回北京，后来上大学念完历史系，到美国念书。”

问到杨烨：

“他（杨烨）不做中国人，他认为妈妈是英国人，他爸也一定是英国人。跑过几次（英国大使馆），我们对他没办法，医院不接受。乃迭姐姐来劝我们送他到伦敦去……”

问：“她（戴乃迭）是不是一直想证实母亲的话是错的？”

答：“是。”“反正（杨烨之死）对她刺激比较大。”

问：“对您来说，这一生什么最重要？”

答：“戴乃迭是第一，朋友是第二，烟酒谈不上。乃迭最重要。”

舅舅最后说：“我总希望中华民族好一些，现在这样，我还比较满意，共产党现在做成这样，这些政策，还满意，我可以死了。”“个人嘛，有酒，有烟，不重要，已足够了。”

头一次听舅舅对记者说了这么多话。他抽口烟，看着四周忙乎拍摄和被拍，一定觉得很有趣。

毕冰宾一直在翻看书。过一会李辉被叫到小屋接受采访。韩敬群没什么事，沉默一旁。

这时杨炽夫妇回来了，对家中来了这么一大帮“不速之客”略感诧异。女制片人一听是杨老的女儿，赶紧采访。杨炽勉强入座，但捧着茶杯一言不发。只好又问洋女婿：“你对中国的认识是什么？”达悟不假思索地答道：“就是她。”

她就是杨炽，我的表妹。正坐在他身旁。

附：访谈杨宪益的一次笔录

关于英翻中的经验：

> 如果翻成《滑铁卢桥》，就没上座率，不好，就翻成《魂断蓝桥》。

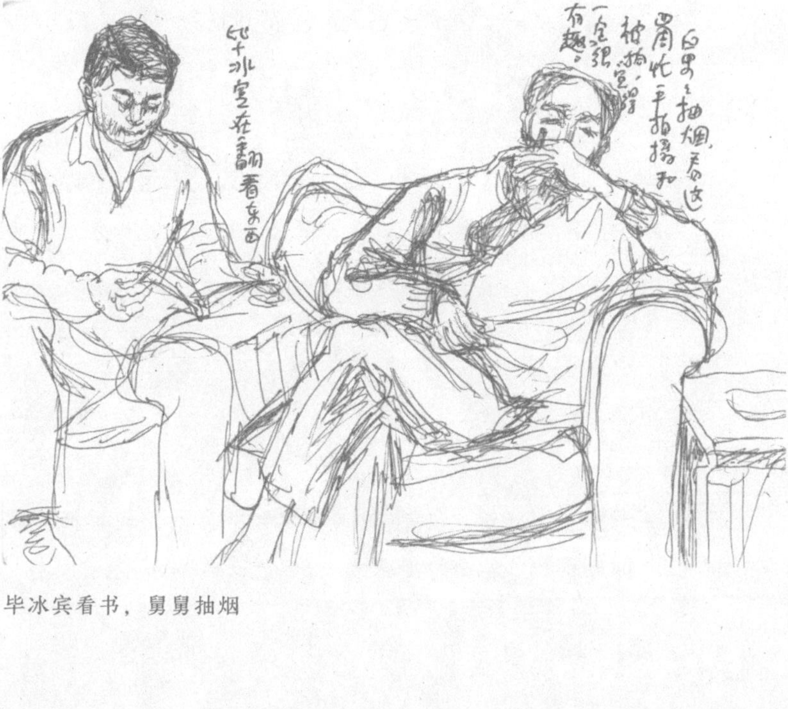

毕冰宾看书，舅舅抽烟

光求“达”，就不“信”了。

“天上银河”翻成“牛奶路”，人家就不懂了。

（翻译要）“信达雅”。光“信达”就会碰到一些困难。

关于剑桥大学和牛津大学的区别及其学习内容：

剑桥比牛津开通些。牛津重文采，剑桥重科学工程，不一样。我在时，中国人去剑桥多，因为重视工程科学。留学牛津不过三四个人，剑桥一百人。我常去剑桥，乘火车，三角区，要换车。两地都不错，都很熟。我去，华罗庚也去。我在莫顿第一名。（莫顿学院）最早成立，是13世纪成立，资格最老最早，占地盘不少。

学古代史，中国历史，外国历史，文史方面。分荣誉学位、普通学位，四年是荣誉学位。先考一年拉丁希腊文过关，包括英国人在内，念过可考，普通学位先念半年，上本科。

关于选择工作：

念书时没考虑将来工作什么，家里比较富裕，凭兴趣学，完全凭兴趣。

关于音乐节奏与翻译关系：

对外国西方音乐有兴趣，经常听音乐，学一点东西，什么交响乐了。喜欢很多，贝多芬，很多人喜欢，后来对巴赫也有兴趣。中国人后来对柴可夫斯基兴趣大。

音乐节奏与翻译没有关系，听不见达的意思，乡下人和绅士不一样，比如翻萧伯纳的《卖花女》，本来很活，就模仿乡下女，口气就不一样。和音乐没关系。

关于一生中快乐的阶段：

在牛津很快乐。牛津以外，在编译馆比较愉快。当然那时抗日战争没结束。到一九五二年去外文社（之前），也许有四十年（加上出生到留学之前的快乐时光）。

关于《中国文学》[①]为什么停刊：

没人，经费有，钱没问题。我们依靠人，党的书记何路身体不好，我爱人戴乃迭身体不好。我离休了，除此之外，四五人都不行，没人了。

关于今天为什么培养不了大师：

---

① 据杨宪益自书《年谱》："52年，来北京外文社，先在外文图书编辑部任专家……54年《中国文学》季刊并入外文社。任《中国文学》英文翻译……81年《中国文学》主编矛盾〕》逝世，任主编……84年……改任顾问。"1985年起不再担任顾问。

看的书少。我不知道为什么，现在看书少了。

关于体育运动、爱好及其他：

中学跑一千五百米，篮球、足球都不行，乒乓球还行。画画不行，雕塑不行，书呆子，比钱书呆子（钱锺书）程度小点。兴趣又广，文学艺术都喜欢，历史，我都有兴趣。

（大学时）兴趣在抗日战争，抗日宣传，对共产党有兴趣。

最早读的英文作品，如《海底两万里》《金银岛》，还有《三个火枪手》《铁面人》等，后来就搁下了，那时不到十岁，后来又重新读了。

> 我看别人翻译的很少，直接看原文。我当时在南京编译馆，取消我做民主党派工作，钱锺书通过向达要调我和他一块翻毛选，我拒绝了。原因正常，我正搞统战工作，关系融洽，买了一个房子，住得舒服，懒得走。他（毛主席）是政治家，我对政治兴趣不大，我那时对毛主席挺佩服，不是不尊敬。

关于现在平常做什么：

> 我现在老了，什么都不做，看电视看书。

第七年

三径就荒甘寂寞[1]

① “文革”后，杨宪益建议出版“熊猫丛书”，专门介绍有代表性的中国文学作品。该丛书包括《聊斋志异》《老残游记》等古典文学作品，以及《边城》《春天里的秋天》《蝴蝶》《绿化树》《芙蓉镇》等现当代作品。在当时的西方社会畅销一时。

题《敏如得句云“虎落平阳酒一壶”命续成一律》全诗为：“虎落平阳酒一壶，梦回身化老狸奴。虽无肉吃能贪睡，没有人来便打呼。三径就荒甘寂寞，一生难得是糊涂。行年八十何称庆，家宴还须待无姑。”

2006年1月9日，星期一，一九天。

午睡后去舅舅家送书。师姐郝惠芬的画册请舅舅校对的事复杂化了，送来的字太小，又发不过来。

我留下来吃饭，和杨荧、杨炽、罗晏、杨原一起。今天他们一人捧一本我的书看，我以为自己写得对，不知他们做何感想。

开车送罗晏回师大。

2006年1月14日，星期六，午后下雾。

约好下午去给阿姨、阿夫送书，这一带堵车，到达时已四点。

阿夫看书，阿姨和我聊天。

墙上挂有新书写的："食无求饱 居无求安 敏于事而慎于言 就有道而正焉"。

她开心两件事，第一件事是《鸿雪诗刊》第三本登了她的诗。第二件事是过年后，她将给大院老头老太讲诗词，一个礼拜一次，最大九十几岁，不要报酬。

虽然一进门我就道歉，为自己在书里把婆的姓写错的事，仍引起阿姨不悦。进而，她看了北青报，我说婆毅然留下的一句话又一次惹了她，她说："婆是普通人，没那么进步。我们跟国民党跟台湾有什么关系？"

2006 年 1 月 19 日，星期四。

接到妈电话，得知阿姨看了我的书非常生气。具体生气我哪个地方，听了半天，只知道一点是我说婆美丽，另一点是我把书送给了杨原，杨看后打电话给罗晏说，“这书不能给你妈看，她准不高兴”。

阿姨说我只比老鬼[①]好一点。还说，早知道傅在“文革”这样，就不让他给小牛介绍对象了。

两位老太太都问我为什么不事先征求她们的意见。我心里明白，一征求，准给我否了，起码否了我的那些另类标题。

妈说早在 1991 年就提醒我，不要和杨家搅在一起。

2006 年 1 月 24 日。

陪卫建民看舅舅。他开车来接，又送我回家，临别前甩下一句话：“你不考虑找个老伴？”

2006 年 2 月 20 日。

守华想去看杨老，我答应她，今天成行。

事先我打了招呼，舅舅不问是谁，就说欢迎。我们走进客厅，老人稍稍欠了欠身微笑地说：“很抱歉，因为右腿不方便，不能起身迎客。”

守华说她不算正式采访，但毕竟是资深记者，从始至终一直在小本子上记着。

她对舅舅说：“为了这次拜访，跑遍了京城的书店也没

① 名作家杨沫之子，2005 年出版《母亲杨沫》，引起巨大反响。

刘守华采访舅舅

有找到您的传记。”舅舅马上让小薛到小屋看还有没有存书。守华有运气，小薛真找到了一本，还有最后一本《一同走过》。她请老人签名并替老人拿花镜。舅舅说："不用，眼睛现在没什么问题。”舅舅签着，守华一直观察老人的手，欲问又止。舅舅还解释说："我这个人不用功，比较懒惰，没有人找我，我也不会主动找活儿干，所以眼睛一直保持得不错。”

先签我带来的李斧委托签名的舅舅自传，舅舅问称“李斧同志”好不好。我笑了，说人家现在是美籍华人了，干脆称“小友”吧。轮到给守华签名，舅舅说，这回可以称同志了。她说还是称“小友”吧，她喜欢这个称谓，亲切。当发现舅舅在写“指正”两字，她赶紧说："千万别写‘指正’，我岂敢给您这样的专家指正，还是写‘留念’吧。”舅舅却坚持说："一定要指正，一定要指正。”

守华提起舅舅被人称作酒仙，舅舅说已经不大喝酒了。他告诉我们上午邵燕祥夫妇来过，聊了一会儿。还说前一阵丁聪跌了一跤，摔得很重，已经住院，昏迷了。又说最近又有一个老朋友走了，叫戴爱莲。他认识她很早，40年代，那时候她还是十几岁的小姑娘。现在可以一同喝酒的人没有了，所以放弃了这个几十年的嗜好。

聊到翻译《红楼梦》，舅舅说："1968年我和乃迭翻译了八十回，用了几个月的时间。后来就被关进监狱了，出狱后又翻译了后四十回。旧小说里，我承认《红楼梦》是写得最好的，但是可能是和个人性格有关，我并不是最喜欢这部小说，对《儒林外史》反而更感兴趣。但是我们与《红楼梦》还是有点缘的，刚回中国时，我们在四川的学校里，别人都叫乃迭'外国林黛玉'，可能是因为她年轻、瘦弱、美丽的缘故吧，那时她只有二十一岁。我们翻译的时候，一般都是我说（口述），乃迭打字，再由她润色加工。乃迭比我勤奋用功，上学的时候就是这样，她功课好。"

接着说舅母："乃迭在中国出生，六七岁时才回到英国，在英国受完了教育，1940年跟我一起回到中国。当时英国的大学里华人并不多，可能是乃迭在中国出生的缘故，她爱上了我这个中国人。还好，她父亲比较开明，没有反对。乃迭在英国的时间不到二十年，大部分时间都在中国度过的。'文革'以后，我们到英国去了几次，每次都住一个多月。"

这时舅舅突然问守华："你也写书吗？"她说真是很惭愧，功力不够，还需要磨炼。

我边听，悄悄地掏出本开画起来。舅舅马上发现了。守华一抬头，也发现了。舅舅说："她在画你。"弄得守华不好意思了。

舅舅接着说："'文革'中他们抓我也没什么理由，说我认识的外国人多，又是官僚资产阶级出身，想当然认为我这种人肯定会有问题。关起来的几年只审过一次，问我都认识哪些人，跟他们都说了什么话。林彪事件以后就没人再找过我了，后来把我放出来，拿来一大包我的档案，问我要不要，还向我道歉。我说：不要，你们销毁吧。要是这些东西留下来，也是很珍贵的。我这个人不留信，可能是和性格有关吧，看过就撕掉了，有的真是很可惜。"

小薛来续茶。守华对他说："你很幸运，每天都能和大师朝夕相处。"舅舅马上说："是我很幸运，没有他，我就活不成了"，非常感谢小薛。

一晃将近两个小时过去了。我们准备告辞。舅舅表示感谢守华陪他聊天。他让小薛拿过一摞贺年片，对我说："你妈妈喜欢收藏这些东西，你都拿给她吧。"

我告诉他自己在三联书店签售的事[①]，舅舅说："没想到签了两回，我要是腿好也会去的。"

2006年3月23日，星期四。

前日韩敬群打电话说《北京日报》女记者孙小宁想采访舅舅，约好在今天上午。我接他，孙小宁自己去。

---

① 2006年2月10日在三联书店举行了《下一班火车几点开？》发布会暨图片展。范用给我妈写了信。他最后写道："前不久，收到赵蘅小妹寄赠的《下一班火车几点开？》，一本图文并茂的非常好看的书。以前还收到一本《拾回的欧洲画页》。赵蘅是个多才多艺的作家。我很久未见宪益了，他搬了家，去他那里很不方便，车子开不进去，只能通通电话……"发布会后书店经理杨进先生也曾寄来贺卡表示祝贺。

当韩的车夫总要出错，熟人有的是话题，尤其我的书刚在他的出版社出版。今天竟绕到美术馆后街口了，好容易绕回开到时，小宁已先到了。

这是个短发文静的女孩，却很有采访经验，很快就和舅舅聊得投入。舅舅对谁来都一样说话，谁能有所收获，能体会点什么，就看本人了。小宁属于有感觉有悟性之人。

2006年3月27日。

再受人之邀，陪看舅舅。今天是《三联生活周刊》主笔李菁。李斧再次赶上机会。还有纪红，有日子没见他了。正好代广西师范大学出版社给他五百元稿费。李菁年轻美貌，和小宁不同。究竟有什么不同，也说不好。她刚去南京看了妈，妈说李菁聊完天和她拥抱。今见此人多了一份亲近。

他们谈话中不知怎的提到三个姓杨的，只记得中的是杨人楩，小的是杨宪益。大的姓杨的名字没记住。[1]

舅舅喜欢提老朋友卢冀野，今天他又说："卢冀野原想在南京大学做教授，后来病死了。"

2006年5月30日，热得像夏天了。

正要出发，接到惠芬电话，她一听我去看舅舅，也要去。我们约好十一点见，他们直接开过去。

舅舅依然很好，但我发现瘦了点。

惠芬对老人帮她校对画册英文，深表谢意，又过意不

---

① 舅舅在《回忆钱锺书兄》里写道："当时中国人里有三个姓杨的。我年龄最小，所以大家都叫我'小杨'。"钱锺书说过除了向觉明（向达）外，只有"小杨"还可以谈谈。因此舅舅接着写道："我听了这话，当然也很高兴。"

去，他们带来好多营养品，可舅舅不会吃的。

香港华人文学协会王一桃先生突然造访。我正向舅舅汇报马来西亚之行，被打断了。王的折腾又可笑又有意义。末了，舅舅顺从地在名誉会长聘书上签字，王一桃捧走盖上印章的新书《译余偶拾》六本，倒让舅舅高兴，在他看来，拿光才好。

2006 年 6 月 7 日，星期六。

继续接收纪红发来的《银翅集》[1] 新版文件，来往畅通。不是我要揽舅舅的事，是大家爱找我。现在一部好几万字的书稿全部进入我的电脑，只要哪家出版社接纳，随时可以出版。

2006 年 6 月 30 日。

鸫儿的铸铜完工，可以送给舅公了。

在我看来，给舅舅送塑像的最佳方案就是三人一起去，今天终于得以实现了。九点一刻出发，傅又拉上助理王涵帮助抬，因为有两尊，特别的沉。四人沿着后海前往小金丝胡同，傅平时开车就肉，这一路格外钝。

舅舅显得健康，只是右眼下方出现一块不小的色斑，他说是自己挠的。舅舅挑了打磨过的那尊黄铜像，留下的正好是我本来就喜欢的青铜。

舅舅答应在每一尊铜像上都签上名。我们要他用金色金属笔，签的地方安排在雕像做打字动作的右手指底下，这需

① 杨宪益的打油诗集。最初在香港出版，2007 年福建教育出版社出了大陆版。均由纪红收集并编辑。

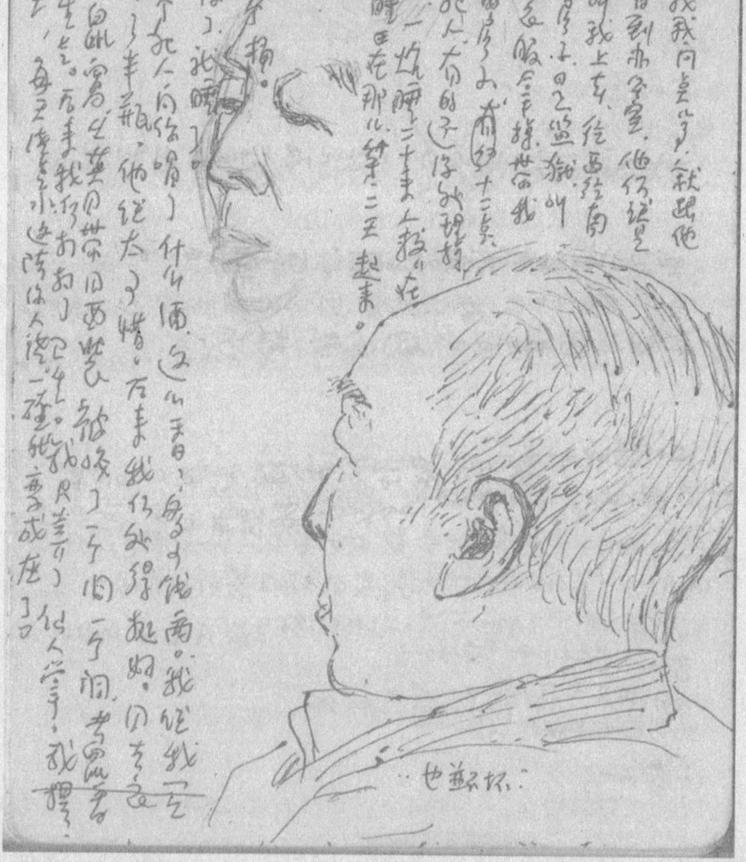

舅舅回忆那些年

要把笔够进去签，挺难的。

我迅速画下这一情景：老人那样专注的样子，可爱得像个孩子。他一点不嫌麻烦，低着头，微微俯身，有点吃力地一笔一画往自己的塑像上写着自己的名字：杨宪益。还有年号：2006年。我生怕他会被累着，又让我忍俊不禁。

此刻雕像就摆在老人的面前，犹如这间房里，有两个杨宪益正在对话。他满意吗？是他原先的心愿吗？

傅在一旁猛拍照。

一小时后，他们仨男士撤了。

我留下来陪舅舅再说会儿话。小薛招呼我一起吃面条。饭后我见按摩大夫没来，舅舅午睡，我离开。在桥畔买发卡一枚，拍了学生画写生一组。

2006年7月9日 星期日，多雾。

阿姨事先通知我十一点一刻到，为了不迟到，我十点就动身。尽管西直门一带因地铁施工堵车严重，我仍顺利脱离很快到达板桥头条“西海鱼生”酒家。停车后被迎入，我很快发现自己来早了，本来就忘带速写本，一时有点懊丧。亲戚们认识不认识的陆续来了，几乎一半是生面孔，因老太太的寿辰硬凑一起，吃罢抹抹嘴，难讲再见可能。

老寿星敏如阿姨终于被搀扶入席，为谁坐哪儿一通小折腾后，我还是被列入照顾舅舅饮食的位置。我做到了。接着众人被满席佳肴填满，一道又一道，奢华至极！阿姨不断起身去各桌敬酒，阿夫叫我拍照。我不是很尽心，因为在其中我的礼节多于亲密。近两点，从舅舅开头，一拨人一拨人散去，我独自驾车回家，算是完成一件任务。

2006年7月23日。

邵绡红和我约了在德内大街路口见。怪不得晚了点，老远就看见她拎了一袋大馒头。她说在方庄她家那儿买的，给老人吃，特别新鲜。

她第一次见舅舅。这些年从事医院工作的她，一直致力于写她父亲邵洵美，今天的话题自然主要围绕她的父亲。可是舅舅非说新中国成立后他见过邵洵美和项美丽，绡红说不可能，因为她在40年代后再没回过上海。他们一问一答探究着，我半懂不懂，一个下午把我带入那个久远而凄美、早被人遗忘的老故事里。

2006年7月27日。

昨晚一夜没关电脑，为发新版《银翘集》给徐坚忠。因为文字过后是各种图片，发得很慢。一共四批，只剩一篇黄苗子写的《说杨诗》需另去扫描。

2006年10月30日。

画时纸上模糊一片，愣画感觉。

舅舅正在和妈通话，用我的手机。妈大概以为是座机，一个劲儿说。她劝哥改点吃的花样。“我没事，只是牙床疼。”做哥的也一再说。

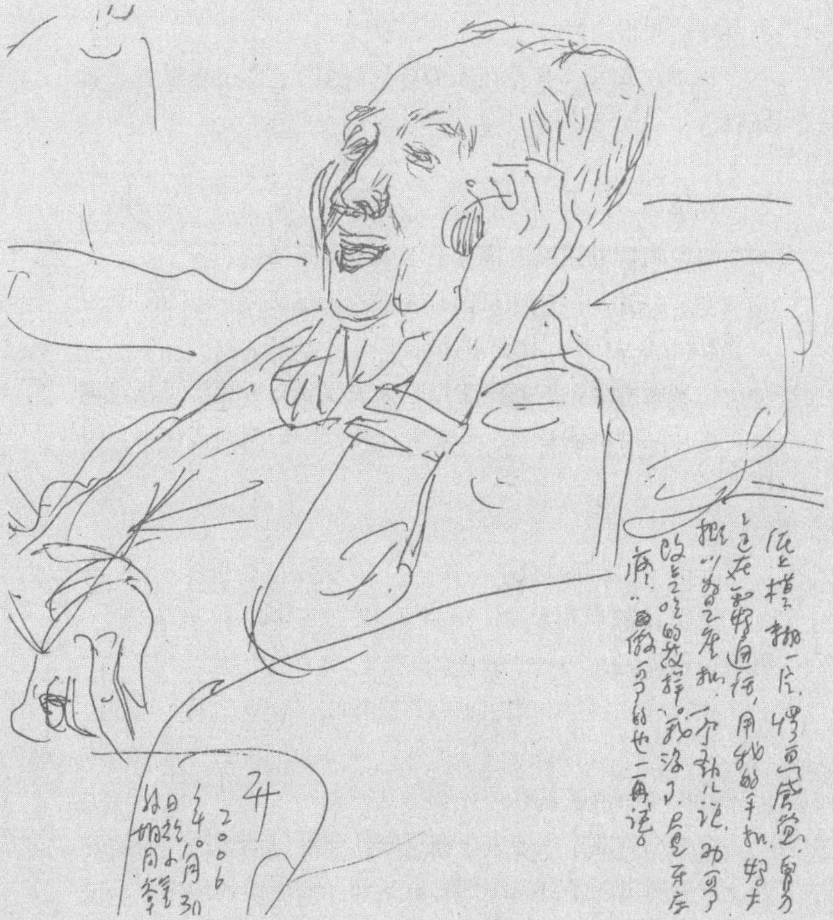

舅舅在和妈妈通话

2006 年 11 月，日子不详。

听说舅舅喉咙疼，去看他。看他比我想象的好得多，脸色挺好，我很高兴。

临走，我说“有空再来看你”，他说“你还是早点去看你妈”。

2006 年 11 月，日子不详。

妈说阿姨电话说活检结果出来了，是鳞癌。

2006 年 11 月，日子不详。

传来新消息，肿瘤医院年轻大夫说没有办法，见都没见过。这样高龄不能开刀，不能放疗化疗。但阿姨说住得高级极了。

2006 年 11 月，日子不详。

舅舅说鸫鸫给他做了一个雕像。阿姨问 :“像不像？”舅舅点点头。

我问妈 :“舅舅小时内向吗？”“内向，从小就这样。”她说。

2006 年 12 月 1 日。

今早回到北京。要紧急商量零八年展览的事，一时走不开，没有舅舅的消息。李辉打电话要肿瘤医院的病房号，说他明后天去看舅舅。

2006 年 12 月 2 日，星期六。

鸫儿昨夜从四川飞回，我帮他找冬衣，还要铺床，起晚了。傅又要我送东西上楼，下来已十一点。我无论如何还是得去医院。

事先打听了开车路线，是在西便门路东。正要出门，妈来电话了，说舅舅昨晚已出院了，杨炽没说，把阿姨气坏了，说杨炽还笑，因为是她爸自己非要出院的。妈不叫我今天去，我等不了，但也要到下午去更合适。

这次我想走平安大道，从文采阁穿过去，一路红灯，见了文采阁左转，却在该左拐的地方右拐了，结果跑到了银锭桥西岸。这里人多，车多，一家酒吧门口摆出糖葫芦摊子，一步远的对面还在装修。

舅舅和白霞在小金丝胡同

我有意穿红大衣去，想给舅舅带点喜庆。叩门时才想起，我竟忘了来前打电话了。重病的舅舅还坐在沙发上，表情没变，也掩饰不了他受过折磨的痕迹。一张口，言词含糊不清，声音很苍老。我心紧了一下。

过了一会儿有电话打来问这里地址，舅舅说是白霞夫妇马上到。

今天主客聊着聊着，白霞干脆坐到舅舅腿上了，头枕在老人胸前。舅舅一点不反抗，反而笑呵呵地搂着她的腰。她的爵士丈夫站在一边直笑。

达悟出现，原来他并没出去，说在修电脑。杨炽也回来了，她变得瘦瘦的，头发剪得很短。白霞和他俩分别拥抱。

我问杨炽药的情况，怎样才能止痛。她说什么也没用，已经是晚期了。

我最后一个走出六号。路上打开广播，昏黄的街灯，一首歌曲唱起，忽然我泪下如雨……

2006 年 12 月 5 日，星期二。

打去电话，阿夫说阿姨上课去了，十点半回。我约十一点左右到。先去欣久家，是先约好的。她家就在同一院子北门边的一号楼，很方便。我和她交换了一本书，她送我的是《他仍在路上——严文井纪念集》，人民文学出版社编。聊天话题自然全是她的父亲和她写她父亲。

每次去看阿姨、阿夫都被留下吃饭，经过这一年周折，有几次的静场，彼此都在搜寻话题。我了解自己依然尊敬他们该尊敬的地方，但有些看法难以沟通了。老两口又忙碌起自制贺年片，我得了一张，阿姨称我的大名了。

舅舅浴后

2006 年 12 月 22 日。

打电话问候舅舅，小薛接的，他用山东口音说："还问你呢！"我当然明白他指的是舅舅惦记我。

舅舅的惦记突然让我产生一种动力，我决心振作起精神画《红墙下的午睡》[①]。

2006 年 12 月 31 日，再次下雪。

2006 年最后一天。

上午去看舅舅，心想今天再不去，就见不到 2006 年的舅舅了。先和杨荧约好，这次她回来，我们只见到这一次。

① 我的一幅油画新作的名字。

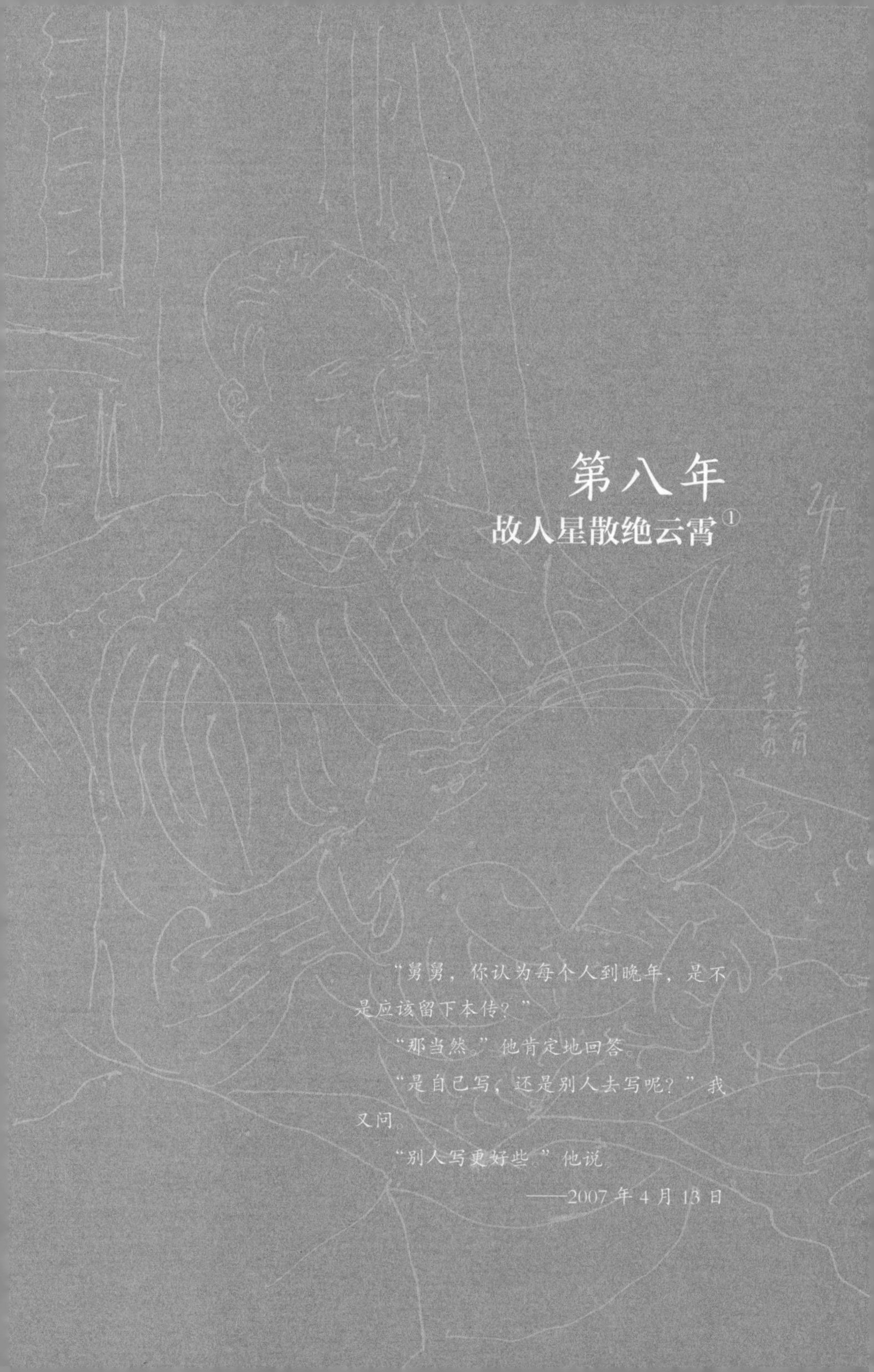

第八年

故人星散绝云霄[1]

“舅舅，你认为每个人到晚年，是不是应该留下本传？”

“那当然。”他肯定地回答。

“是自己写，还是别人去写呢？”我又问。

“别人写更好些。”他说。

——2007 年 4 月 13 日

① 杨宪益诗《无题》。全诗为："故人星散绝云霄，入梦焉能慰寂寥。无事不登三宝殿，有缘早毙九仙桥。白丁白发惭虚活，青山青史可并抛。可惜玉泉营太远，难留花底饮花雕。"据福建版《银翘集》诗注，"地名酒仙桥，因求对仗工整，改为九仙桥"。

第八年

故人星散绝云霄

2007 年 1 月 15 日。

今天舅舅的九十二大寿是在宁静的小金丝胡同六号度过的，只有三个人，舅舅和小薛，还有我。我想为舅舅做很多，比如买只小蛋糕，买条红围巾，或带份状元粥来。后来又想到为他画张像，所以端去一筐彩色铅笔。但所有的设想都未实现，而且因走神开过了德胜门出口，绕了一大圈才到，已是十点半了。舅舅当然还端坐在那只绛色沙发里，不过他今天格外整洁，好像特意梳洗过的。

2007 年 1 月 21 日。

妈说阿姨问："小采还恨我吗？"

周四下午杨炽电话中告诉的医院，今天亲自走了一趟，发现并不难找。所谓的冶金医院，早已易名为"中医大三院"，牌名立在一幢土黄色的九层楼顶上。车好停，就放在大门内。

三层没错，走上去，走廊两边有的病房门开着，有的闭着。我不知道门号，只能瞎转，想找护士问也不容易。

我心里清楚这是肿瘤病区，我所见到的病人及其家属，显然都在因癌魔忍受着煎熬，舅舅加入其中，他躺在二号中床上，平静而安详，和在家中一样。小薛照样在一边伺候着，屋子狭小简陋，邻床明天就要来人，会更转不过身来。我陪舅舅说话，话题自然又是重新出版自传的事。他不想重复，觉得重复了太不好意思。一边要再版（出版者愿望），一边旧版本易主翻译，加点内容，图多些，不论怎样，舅舅并不赞成。

电视在我提醒下打开了，机子悬在进门处，要躺着看，必须低下脑袋。“没什么可看的。”舅舅说。“还有凤凰台呢。”我说。正在播《美女私房菜》。小薛瞅着，舅舅躺着，不时瞟一眼，表情平静，看不出有癌痛迹象。我细细观察他面部的细节，小心翼翼地在纸上描绘。还是太匆忙了，总是画得没有他老人家好看。

临走，记下了主治姜医生的电话、外文局的联系人孟文平的电话，护士办公室的电话。

2007 年 1 月 26 日。

陪薛鸿时去医院看舅舅。他带去自传里翻译好、出版前被删掉的三章。还有他自己写的访问文章，是登在加拿大华人报上的。我没让他拿出删节文章给老人看，因为来前问过妈，她怕病中的舅舅再受刺激。

舅舅躺在床上看薛的文章，对赞扬他的东西从来不得意，只是客气地说“谢谢”，或者说“哪里”。薛满含尊敬陪在老人身边，一再表示他愿意舅舅的自传多几个译本。

但我心里明白，无论作者和译者，都希望有那么一天，被删节的文字能重见天日！

舅舅在病床上阅稿

2007 年 1 月 29 日。

今天舅舅开始做放疗，时间迟迟定不下，我上午打去电话请护士找来小薛，小薛说具体几点还不知道。那护士态度很坏，小薛还没说两句就被打断，还对我说下不为例。

看舅舅拖到下午三点后，到达医院是三点四十五分。舅舅病床空了。临床病友告诉我放疗室怎么走。我慌忙奔到了地下室，只见舅舅已被搀上床（像担架），即将被送入一架巨大的仪器里。他脱得只剩一件汗衫，一声不吭，整个脸部被罩在一只造型奇怪的面具里。顿时让我想起《铁面人》。

我和小薛坐在外面候着，治疗过程约半小时。再进去搀舅舅下来，帮他穿好衣服。

问他难受不难受，他说，“没什么”。

2007 年 2 月 1 日。

舅舅今天进入第四次放疗，想到舅舅的营养，最让妈牵挂。下午我没去成医院。让小倪熬了一盅鸡汤。

妈来电话说，将来舅舅不在了，她没有必要再来北京。要看我，我可以去南京。

2007 年 2 月 2 日。

《抗癌之战》在凤凰台播了一周，共五次，最后一次没看成，不知为什么，凤凰台突然没影了。这次收看，意义别样，舅舅正接受放疗，真是立竿见影。才知道人类一直被癌魔所困扰，2015 年，全球将有九百万人死于癌症，到 2020 年达到一千一百万以上。癌症分穷癌和富癌，源于自身的细胞基因的变异。抽烟无疑是一个根源，舅舅不例外。尼克松1971年宣布五年内战胜癌症，当时正陷在越战泥潭。三十六年过去，总统显然食言了。迄今为止，科学家们的巨大投入也未见结果。

上午陈冰和易燕的不守时，害得我炖好的鸡汤给舅舅送迟了。还好，医院开中饭十一点半，我赶到时，舅舅已坐在轮椅上候着。鸡汤洒了一多半，他还是喝了，谁知他爱吃不爱吃。以后午前送来，起码增加点营养。

有一个好消息，说有可能换到单间病房。

回家已一点，饥肠辘辘。

2007年2月6日。

上回送自家鸡汤洒了半罐。想起一个法子，去买“真功夫”现成的。

今天终于有机会实施了。帮鸫儿交完电话费后，直奔那里。未到中午，顾客极少，营业员帮我选了花旗参鸡丝汤，还添了鸡蛋羹一客。然后快步捧回家，取车，只用二十分钟赶到医院，舅舅仍坐在轮椅上静候开饭。小薛很高兴我来送汤，并且说以后每天都来送，不订饭了。舅舅说太麻烦了。

2007年2月8日。

紧赶慢赶，今天送汤因为停车耽误了，赶到医院，偏偏今天中午开饭提前一刻钟，我捧着包冲进病房，舅舅已吃过了。

舅舅在医院里，坐在轮椅上喝汤

2007年2月10日，星期六。

昨晚去超市发买保温筒。早上和鸫儿一起去医院，因为之后我们要一起去铸铜场。

登上三楼直奔病房，却听见小薛在身后叫我，一回头，只见舅舅和小薛正在楼梯口过道的窗前，一个坐窗台，一个坐轮椅。舅舅的两腮上画了红叉，小薛说每天都画这记号。“有九次了吧？”我问。他说：“十次。”

聊天中我告诉舅舅，傅在筹备拍《武松》影片，英国人要投资。他显得有兴趣。我问：“你怎么看潘金莲？”舅舅说：“恐怕不那么简单，她的行为有些道理。”我说英国人也会这么想，傅是编剧，他擅长编故事。舅舅说还要编什么，都现成的。

谈话间，舅舅一直托着腮帮，显然还很疼。

2007年2月12日。

今天去医院，变成了三人。李晶、傅和我。我先去“真功夫”买鸡汤，却因不到十点半，只有米线。

老病房的四床空了，临床病友已知舅舅不简单，直夸老先生为人平易。舅舅挪到隔三间房的单间里，这儿大多了，还有沙发和桌子。

先让李晶和舅舅讨论自传译稿。舅舅在床上倚枕看稿，我注意到他戴上了眼镜。他边看边谈意见，李晶记录着，老少二人这么研究着，俨然病房是编辑部。

我在一旁急促地在本上捕捉着画面，没有一张画得好。

最后傅递上自己画的杨宪益油画肖像请舅舅签名。

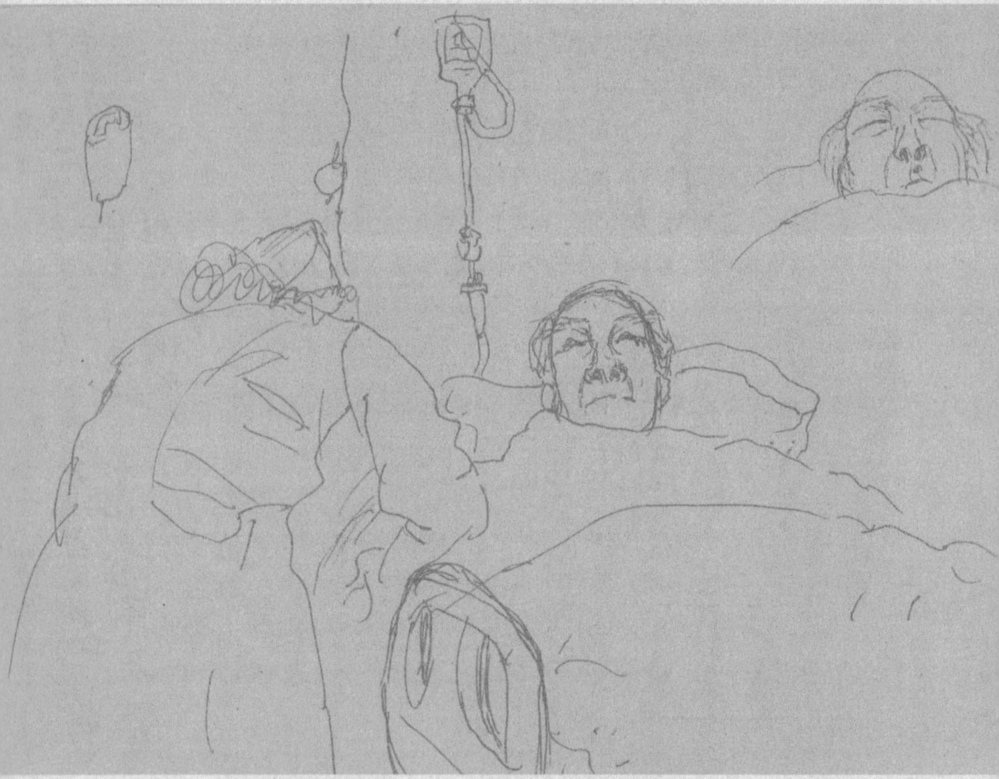

护士给舅舅输液

2007 年 2 月 14 日。

后天要赴宁，今天带小时工小倪去医院送汤，让她认认路。这次是小倪做的，还有蛋羹。

舅舅那有个外国朋友来看他，个头很高。他们坐在沙发上说话，舅舅介绍我，含糊不清，人家也没听懂。我自我介绍了，才知他会说中文。

小薛告诉我舅舅要回家了。我很惊讶。他说 ：“医院放假，初三就回来。汤不用送了。”

等于白约小倪来。

2007 年 3 月 13 日，星期二，多云。

昨天傅问我明天几点去医院，我因考虑买汤的时间，一时不能明确回答，惹他又急了一通。后来我发短信告诉他十点二十出发，先去“真功夫”买汤。惜字如金的他回信 ：“好。”

傅只去一次已路熟，连上三楼找到单间病房都是他在前面带路。十号门漏个缝儿，他轻敲了两下，只听见舅舅和小薛惊讶的声音伴着傅说的“小采来看你了”。我随后走进去，舅舅坐在靠床的沙发上，穿着米色的毛衣，人有点变化。是瘦点儿，还是弱点儿？

舅舅见到我第一句话 ：“你什么时候回来的？”又问 ：“听说你要开刀？”我知道他关心我的腰病。

不忍细看舅舅的脸，想到他受过放疗的“摧残”。

我拿给他妈妈托带的肉松，还有吸管杯碗，蓝色的，是赵苏从美国带回来的。

小薛说 ：“快走了，今天最后一次。”三十次了，我心想，总算熬过来了！“礼拜五走，回去一个月再来，做纤维治疗。现在可以了，缩小了。”今天他的话显得多些，挺有信心。

“还疼吗？”我问舅舅。“不疼了。”他说。

傅在舅舅面前很乖，也很有耐心。有舅舅在跟前，我可以当他的面放松地侃侃而谈，而不会被打断。

他对舅舅说：“我六十多了。”舅舅望着他笑：“你不像六十，像四十多。”

他劝舅舅每天找高兴的事，舅舅说没什么好电视。

我问李菁来没来，她曾表示过想要看舅舅。舅舅说没来过。我说她正怀孕，劝她别来。

舅舅说：“一位台湾歌手来看我了。还有一个写小说的，来了几次。他说我很惦记你，可来不了了。”

舅舅突然偏过头转了话题问我：“你又有什么出国计划？”我说这两年没有，计划零九年去美国。

傅借此向舅舅告我状：“她像她爸，不像你，也不像她妈妈。你看舅舅什么事都无所谓。”又说他自己才不出国呢，得攒点钱。舅舅听着，并没表态。

聊到拍《水浒》的事，傅说要拍三个人，先拍宋江。他还对舅舅许愿：“我再给你画张大的。以后文学馆里总应该有你的画像。”

十一点半了。我们张罗舅舅吃饭。遗憾的是今天仍没买到鸡汤，只有米线鸡汤。打开发现像面条一样粗，小薛还得用勺捣碎，可那儿没有叉子。

我问凉了吧。小薛说不凉，正好，不能吃烫的。

舅舅瞅一眼碗里说：“好久没吃肉了。”我听了好心酸。他嚼了嚼，连鸡肉也嚼不了。

“现在吃什么都没有味。”他说。

傅马上下楼去买来袋装酱油和盐，再去找微波炉热，他说等凉点再吃。

2007 年 4 月 5 日，清明时节却无雨纷纷。

我的生日又赶上清明节。昨天看报才知清明前一天叫寒食节。

阿姨那边给我一惊喜，她差李冬来送吃的，有三只微波罐：烤麸、炒面、鸡汤。附上一纸条，上方是我的地址电话，下方写着英文的生日快乐，中文是：“既然生病，就要耐心，安心，一定会慢慢好的！”落款是：“阿姨、阿夫、舅舅。4 月 5 日。”

显然是阿姨写的，还代表了舅舅。她的字这样好，难以想象出自九十岁老人之手。我打去电话感谢，阿姨竟问我每天打针傅靖生陪不陪……

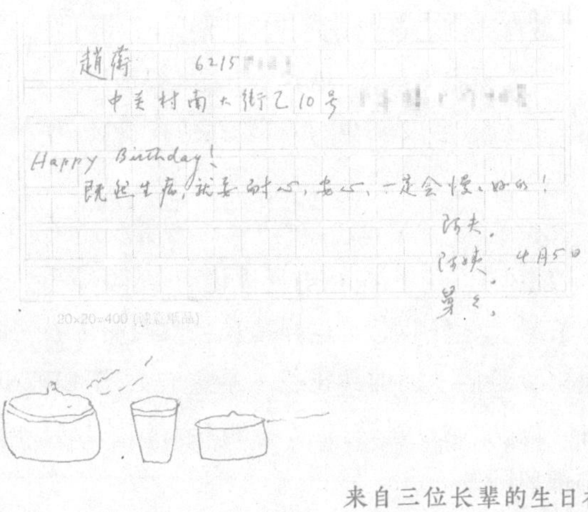
趙蘅 6215[redacted]
中关村南大街乙10号 [redacted]
Happy Birthday!
既然生病，就要耐心，安心，一定会慢慢好的！
阿夫，
阿姨，4月5日
舅舅。

来自三位长辈的生日祝贺

2007 年 4 月 13 日。

第一次去看出院的舅舅，他又坐回绛色沙发上了。其实他该卧床休养的。

前日妈打来电话，一口气给我念了三首舅舅的打油诗新作。其中有这么一句："生日已过九十三，无妨再等九十四。"

下午，几个朋友走后，一边继续给舅舅画像，一边和他面对面地聊天。这次的画总算比较完整，上了颜色，还有他暂离开沙发时的背影。但没记下是出院第几天。

舅舅告诉我："苗子太太的身体不行了。"他语气平静，对于老朋友一个一个离去，冯亦代、吴祖光、严文井……他都这样看得开，其实他都很难过惋惜。

沉默片刻，舅舅忽然说："你应该给你的爸爸写本书。"我愣了一下，马上问他："舅舅，你认为每个人到晚年，是不是应该留下本传？"

"那当然。"他肯定地回答。

"是自己写，还是别人去写呢？"

"别人写更好些。"他说。"王世襄最近有本书，就很好，是苗子他们，朋友们写的。"显然他在赞扬。

2007 年 4 月 17 日，晴，室内仍阴冷。

"郁风走了！"妈在电话里说有一个坏消息，令我震惊。是十五号，她怪我总是这样拖拉，没及时去看。我知道她指的是未见最后一面的秦爸爸（秦宣夫）、李伯伯（巴金）、严文井。她认为我应该写点。我也早有预感总有一天会写我喜欢的郁风阿姨。

李辉约稿来了，要得很急，是为香港的《城市文艺》。他说："就是要逼你。"

2007年5月16日，晴云天，刮风，下午减弱。

先去买包子，洗车取消了。总是想做的多，实际做就打折扣，原因很简单，时间不够。

下午就要和一毛见面了，原约好两点，改为四点，她说她朋友有司机，不让我开车去。

到达小金丝胡同已四点，紧接着一毛她们来了。她穿着一件短款玫瑰红小旗袍。她的女友叫范玮丽。两人崇拜舅舅久矣，今日真见了老人，陪在两边，十分幸福乖巧。我再次俨然以主人姿态带领她们参观这那。一毛带给舅舅一本她自己的书，书名叫《暴风雨中一羽毛》。

期间和正在南京看我妈的杨荧通了电话，舅舅和大女儿讲话时，我拍了照片。

可惜今天来不及画了，杨炽夫妇下班了。

2007年5月18日，大风过后。

一毛在我这住下第三天。妈的电话，她说舅舅在电话里连连说："这书（指一毛的书）写得很好。"

2007年5月26日。

高温达三十五度。今天才收到《人民日报》。《蓦然回首》登在22日副刊版上的最上方显著位置。傅的油画印得不错。文章嘛，重读一遍，还行。

恰好妈那边也接到同样的报纸复印件。是老先生曹明送去的。妈看完立即打电话发表看法：“还好，没什么毛病，至少我没发现。但不知阿姨的意见。不管她，曹明说很不错。”

傅中午来取报，说我写得像温水，缺乏锋芒，怪我总是看重语言通顺。由此扯到写舅舅的书，他一向认为我最有条件，却迟迟不动手。“要写就写出老人的内心，他真正的失落在哪里，看穿一切，把一切都看得淡，等等。”

看来我真的缺乏和舅舅的深入谈话，只要他愿意向我掏心窝，我愿意听，并写出来，就行。

2007 年 6 月 6 日，升温至三十六度，超过以往同期半个月。

昨日赵旸、丫丫的航班在上海出故障，只好转虹桥机场另择飞机到北京再回纽约。妈的意思是让我和鹓儿去机场想法见个面。还真的做成了。

今天领他们去小金丝胡同，旸旸叫舅爷。这孩子开朗，坐在老人身旁，毫不拘束。他还在胡同口主动和从不言语的堂弟易安打招呼，从车窗探出头，主动握手：“你好！我是赵旸。”

算不清舅舅有多少年没见这孩子了，来来去去，在他面前，所有归来的晚辈，他既不特别兴奋，也不冷淡，司空见惯。

他又胖了，脸色仍旧很好。

2007年6月26日，星期二，高温天三十七度。

外面很热，出门真有点发怵。几天前听妈在电话里说小薛要回家了，他儿子要结婚。好像就在26日。所以我今天无论如何要去一趟，好赶在小薛走前，有个叮嘱之类。

三点后，仍选择走积水潭桥，但是进入德内大街，修路还在进行，进滨海胡同不久就被施工工地拦住走不通了。只好掉头重走德内大街，进定阜路穿柳荫街恭王府。按老习惯快到才打去电话通报，免得老人等急了。舅舅却告诉我小薛刚走。

一进门得知范玮丽帮找来了小王临时替班。年轻人正看报，人很殷勤。

舅舅向他介绍我说："她是画家也是作家。"

天这么热，舅舅还穿着长袖衣裤。不过脚上是一双新皮鞋，镂花的，很漂亮，说是杨荧送的。

大家一起吃西瓜。

舅舅说："这里要拆房子了，你妈不来就不来。"他问妈的散文集出了没有。

问及最近李晶来没来，舅舅说李晶不会来。他说："你们出我的书我当然高兴。小时候写那么多，有什么用，像儿童读物。主要是解放后，有解放前一些。有些不让写。"

他又提雷音的书也有错。

让他和妈通了电话。

晚上阿姨在电话里说："我非要舅舅表态，到底我入党他赞成不赞成。他说赞成，于是我很高兴。"

阿姨还说："舅舅刚听说小采是党员。"

舅舅静坐在沙发上

第八年

故人星散绝云霄

2007年7月20日，星期五，多云，不算太热。

昨天妈在电话里得知我没有给舅舅打电话，有点失望。尽管我解释说因为赶画，三天没有下楼，但自己也觉得自从陪赵苏看过舅舅一次之后，就再也没有去过，也过意不去。今天是周五，我决定跑一趟，而且上午就去，免得下午塞车。

临走打了电话，小薛果然已回来。他让舅舅接电话，我问按摩的时间，他说中午十二点到一点。放下电话又后悔这个电话打早了，因为开车到他那儿，起码需要花四十分，舅舅又该等急了。

只有平安大街这一条路，我可不敢再走柳荫街了，上回把车停在河边，被罚了两百元。

一路红灯，从文采阁往北拐，进入河边就到了银锭桥北岸，再左拐入北官房胡同，迎面都是老外和胡同游三轮车。还好，小金丝胡同外有停车地儿。

舅舅笑着坐在沙发上迎我，他好像有点瘦。房间挺凉快，原来开着空调。我带来了一提兜《北京青年报》，全是遗迹考典专栏文章。还有两本书《世界简史》《历史大趋势》，一本杂志《芳草地》，西瓜一牙。他只留下杂志和西瓜，其他说什么也不要。他说他看过《世界简史》英文原版。

“你妈妈怎样？”他问。我说她今年秋天要来。“真的吗？”他显然很高兴。

他问：“你的展览怎样？”我知道他指的是我正张罗的国际女画家展。

“锺灵死了。”他说。在电话里他也提到。他又问：“你看晚报了吗？邹霆写了文章。”他让小薛马上拿给我看。

“最近死了不少人。侯耀文我不认识，我认识他父亲侯宝林。他怎么有这么多钱？他爸爸没有多少钱。”

我问舅舅坚持吃药没有，舅舅说他一直没吃药，都扔了。小薛说什么药也没吃，八月再复查。

问及上回放疗花了多少钱，说花了两万。

还知道了按摩一小时四十元。

我问舅舅：“你这有巫一毛的书，还有穆旦的文集吗？”舅舅说没有，说也许让五姑拿走了。

他又说：“你要什么书自己去拿。”在他的催促下，走进他的卧房，在一西一南两只小书柜里，我找出季羡林的《病榻杂记》和《起来！中国胜利了》。

回到客厅，我说季羡林有两点有名，一是在“二战”时在德国十年，一个是梵文。舅舅点点头。我又问：“在中国，季羡林的梵文是不是第一人？”舅舅说：“不是，有好几个，金克木比他好。”“金还在吗？”“早死了。”他说。

他还是嫌我拿得太少了。他说要不五姑都拿走了。我说许多古文书我又不懂。

这时面熟的鄂力出现了。他主动跟我打招呼，还对我说吴霜说见过我。

他带来点消息：黄宗英推助步器了，摔了一跤，在夜里，睡觉的时候。

按摩的周大夫提前来了。我只好告辞。

回来向妈汇报。她说EL那人太不好了，就是他以舅舅名义发文章，上回杨炽在网上告过他。

2007年8月8日，星期四。

一连几天的阴天雾天，今日突然放晴。

鸰儿即将和导演阿甘合作第三部电影，昨天他说是借西班牙塞万提斯的小说《堂吉诃德》之名讲的故事。我告诉他这部书的中文版是杨绛翻译的，引起他和导演访谈的欲望。我正犹豫如何帮助他们联络上杨绛先生时，他来电话说导演说算了，老人高山仰止，不好谈什么。最好找到五六十岁的专家。于是，鸰儿又求我去找舅公，请舅公介绍一下。

其实我昨晚就问过妈，妈也说是杨绛翻译的，而且说只有她一人。妈对翻译协会的意见要追溯到上个世纪80年代。那次翻译协会在青岛开会，她和爸带了两个小孩，一个孙子赵旸，一个便是我的鸰儿。他们对妈很不尊重，好像她就是来看孩子的。

在鸰儿的一再催促下，今天下午我拨通了舅舅的电话。小薛接后，回答我现在没有按摩，也没客人，随后马上转给了舅舅。我又好久没去看他老人家了，先是问候他好吗，他说挺好，然后我提出鸰鸰拍《堂吉诃德》的事。他听完也说是杨绛翻的。又说恐怕杨绛不好找。

“那你能说说吗？”我问。“我不大懂。”舅舅说。

“堂吉诃德是一个很可笑的武士，他要去和风车作对。我没看过。”他又说。

“你没看过？”我很惊讶。

“是的，没看过。我对翻译是外行。我不认识什么人，我认识的老人都死了。你们来我也只有说这些。”

2007年8月27日，星期一。

昨天听妈说舅舅很闷。杨炽夫妇去澳大利亚了，阿姨对我很久没去看舅舅很有意见。

妈电话里说，舅舅家来客人了，阿姨没去成。

本来想要在舅舅两点午睡起来后就出现的，结果过了两点才睡醒。带上预先准备好的书和一包太平饼干。

想想还是走平安大街，但文采阁换了粤菜馆，差点不认识了。今天又恢复晴天，柳荫街一带洋游客很多。

舅舅有点胖了，脸色尚好。他穿了厚袜子，灯芯绒鞋。

带去几本书给他一本接一本递上，他要看什么就留下什么。他挑了《我的笔名》，翻看了一会说，里面有不少他认识的人。还有一张报纸。别的就不要了。

他又叫小薛去拿书来，我也挑了几本，其中一本是《想念启功》。

我还带去康师傅的饼干，他装上假牙吃了一块。

吃完他发表意见：“我想你妈妈还是不要来了，太麻烦了。他们都要她来，我认为不来算了。”

我得知易安要出国上大学了。

这时苗子打来电话。

舅舅告诉我董令生来谈合同。

我问：“是天津的编辑吧？”

舅舅说：“我也搞不清是哪儿的。”

又谈出自传。舅舅说：“解放后的好多没写。有错误。”

“那你记得吗？”我问。

“不记得了。”他说。

又提雷音书里有错误。

明明和他的太太出现。我第一次见到她，是他的中学同学。明明现在还在美国教中文。

算算有十一个杨家人在美国了。

我问明明："你爸爸怎样？"他说还在爬长城。[①]

聊到康阿姨（严文井后妻）。

提到小花园长出果子了。好像是梨。明明说杨炽还是像姥姥，愿意弄这些花园。

我拍了几张阳光下明明小两口和猫的照片。

临走，舅舅又说："我想你还是跟你妈说，不要管我生日，太麻烦了，还是不要来了。"

2007 年 9 月 19 日。

和玮丽约好一起去看舅舅。舅舅送她书，她候在一旁。我画这一场面，可是舅舅画不像了。

2007 年 11 月 5 日，星期六。

今天是舅舅九十四岁生日。下午我去看他，桌上摆着外文局送的巨大蛋糕。舅舅说太大，吃不了，问我："你有没有本事吃？"

2007 年 11 月 11 日，星期四。

今天终于打电话给舅舅，从杭州回来一直没联系，太不应该了。可今天想去也去不了，没车，腿疼。

---

① 严文井的儿子严欣强，外文出版社编辑，爱好拍摄长城。

我对舅舅说，我在《北京青年报》写的郁风文章，上面把郁风画的舅母画像印成我画的了，真对不起！舅舅却说：“没什么。”

他真是不凡之人！

第九年

而今往事成遗迹[1]

亲临过太多对舅舅的采访，没有一次能听够。老人所经历的苦难和不公正，被他本人轻描淡写到惊人的地步。然而对他这一生做出的巨大贡献，却被本人说得同样轻描淡写得让我们这些听者都感到汗颜。

假如人人都像他这样思维，这样说话，这样做事，这世界该是什么样儿了？是不是没那么多的打打杀杀、是是非非、钩心斗角，更多一些仁爱、平等、诚实、宽容，更多一些修养学识和对社会的奉献了？

① 杨宪益打油诗《往玉泉营买草籽，路经白纸坊》。原诗为：“忆昔当年八角楼，牢房枯坐四春秋。同床惯窃谈‘雷子’，共屋流氓说‘泡妞’。警卫放风何日有，官家提审几时休。而今往事成遗迹，白纸坊前可暂留。”

2008年1月8日，星期二。

凤凰台《冷暖人生》的编导张宁来电话找我时，我才知她是南京人。我直言："你们《冷暖人生》早该拍我舅舅了。"约好今天下午陪她去采访老人，原来他们凤凰会馆就在人大的对面，她开车过来接我。

我带去我仅存的《漏船载酒忆当年》，借给她时叮嘱一定还我。

舅舅今天说了好多话：

"我原来念的是新学书院①，还有南开、耀华，是天津有名的三个学校。英文老师朗万那年回国一年，问我母亲你的孩子要不要去英国留学，我可以帮助他。我家有留学传统。到了英国，我问老师哪个学校好，剑桥、牛津哪个好？老师说牛津比剑桥好，但进牛津比较难。我就决定上牛津。我念的是英国文学。那是'九一八'之后，考上后我就想回来抗日。在天津念书时我做过短期军训，训练绑腿，我想不一定当兵。"

接着他回忆了与舅母回国的事：

"我见了她母亲，给她买了白金戒指，找同学喝酒就算订婚了。我没认识中国女孩。她喜欢中国，愿意做中国人，

---

① 天津新学书院。英国教会学校。英文名是 Tientsin Anglo-Chinese College。戴乃迭的父亲戴乐仁曾在此任教。戴乐仁原名 J. B. 泰勒。

她说她有两个祖国。她知道中国在打仗。西南联大约我们去教书。那时日本侵略，我没钱了，钱不够用，他们家帮我买的船票。她母亲反对，说你们结婚将来孩子要倒霉，后来我们的儿子死了。她英文名字 GLADYS，格莱缩成乃，递就是迭，戴是她父亲的中国姓，戴乐仁，泰勒翻成戴。

“困难不是很大的问题，住罗家伦房子。西南联大叫我教拉丁文。我没有特殊本事，那时西南联大就是南开、清华、北大，都跑到昆明去了，在那教书当然好。但母亲让留在重庆，后来不想待了，就去贵阳了。

“（抗战胜利后）按国民党说法叫‘复员’，我就跟着去南京了。之前我没去过南京。”

张宁问：“你太太什么性格？”舅舅说：“很温和直爽，很简单。”

张宁进屋看了郁风画的舅母画像。问起舅舅手上的黑戒指。舅舅说：“在国外买的。”张问：“多少钱？”“一镑。我就给他一镑。我想拿下来，可拿不下来。”

提到戒指，老人说：“1940 年前，我买过两个戒指给她，自己没有。请了十几桌，在重庆，父母亲都参加，都在重庆。两个校长是证婚人，国民党中央大学校长罗家伦，还有一个南开大学校长张伯苓。”

问他那时谁做家务。舅舅说：“没什么家务事，帮小孩子洗尿布，一般那时用保姆。那时和一般大学教授生活一样。”

对“文革”中受到的冲击和坐牢的事，舅舅说：“也没什么冲击，我也没参加国民党，也和官方没关系，也许是乃迭的关系。运动是很平常的事。我也没受罪。至于进监狱，是平常事，搞运动，把很多人当作右派。就是坐牢，也没什么奇怪。我不坐牢，就会划右派，关起来，不关起来一样，实际上做右派有时还会被打，坐牢实际上不是什么了不起的事。只是和家人没有来往，没法通信。我问过，他们说家人都挺好。具体没告诉我，我也没办法。后来我才知道我们在一个监牢，但不能来往。我在一个房间，她在另一个房间和外国人在一起。我比别的知识分子好，坐牢比他们还舒服，他们有的人自杀，被打死，比待在监狱里难受。我认识南京博物馆馆长，她就自杀了。我的好朋友向达划了右派，被他们整死了。在外面吃苦更多。运动中是另外一回事，无所谓想得开，每天三顿饭，也不用工作，关起来，没有自由，在外面也没自由。那时不是抓这人就是抓那人，搞运动不奇怪。早晚被抓。

“那天晚上和乃迭喝闷酒。八点她睡觉去了，十点我被抓起来，被抓以前自己不知道。

“在监狱里有人（管我的人）问要不要离婚，我当然不会。有少数人是国民党党员，劝他们也有，也有的关起来后自己要求离婚。一般和做官的有关系。我爱人不是国民党，我没当官，戴乃迭也没有。当然不会想到待多久，不会想，别人也不会想，让待就待，也许两三天，也许几个月，两三年。审问我一次，以后就没审问。审问叫我交代，不交代就枪毙。我无所谓，没什么可交代。大概怀疑我给英国人做事，怀疑是英国特务。

“出来说你有错误，是好事情，以后往好方向发展，再见，就完了。告诉我乃迭晚出来两个礼拜。后来告诉我，女儿回来了，单位帮忙的。

“从监狱回来，没什么心情，把封条打开，屋里有很多耗子。我一回来耗子没了。衣服被耗子咬烂了。那天我们晚上喝的酒，还摆在那，变黄了，我没喝，白酒变成黄酒。仙人掌变烂了。两天收拾好了，吃晚饭就跑到外面，喝点酒，单位也有一两人帮我忙。我爱人晚回两个礼拜，也许是让我先把屋子整理干净，才让她回。”

后来谈到翻译工作。舅舅回答：“就是搞翻译，一般，我喜欢翻译。”

“梁实秋是我到外文局以前认识。他在国立编译馆，我在国立编译馆。”

舅舅一而再地强调他没吃什么苦，他做的事没什么。

他这样说：“书中有许多东西，也有许多夸大（的）东西，比如坐牢，其实无所谓的，比划右派舒服点。我没做什么，我也没划右派。他们说你是漏网右派，漏网右派就漏网右派。她和我一样说话，更直爽一点，别人不爱听。国民党有个年轻三青团，我爱人说不赞成三青团，像德国的纳粹，他们不爱听。总的来说，解放后很多人吃了很多苦，我没受什么苦，一直不感到受多少苦，比较舒服。当然我家庭受点影响，儿子精神病自杀了。”

最后他建议这位年轻女记者：

“传中有很多后来事，你有兴趣去看看，解放后大家经历的差不多，我算没受过太多苦。”

他最后说：“我觉得自己很平常。我爱人很不错，英国小姐跑到中国吃了苦，没有牢骚，还是工作，做了不少事。”

2008 年 1 月 27 日。

《闯关东》今晚剧终。我哭了一通，不一会儿，妈来电话问我看没看，蛮感动人的。她说："这个片一定会得奖，个个都演得好。阿姨也看了。"她还告诉我："1931 年 9 月 18 日那天，我第一次去国民饭店，姑公、姑婆都去了。楼下是舞会，楼上打室内台球。回来路上听说了，很难受，尤其我们是正玩的年龄。我们学校都戴了黑纱。我们是教会学校，首先教我们爱国。大家说从此不看电影了，因为是外国的。舅舅坚决不看，可我过了一阵憋不住想看，后来还是看了。舅舅是爱国，这是家庭教育的。"

2008 年 2 月 1 日，星期五。

走在风和日丽的北京大街上，我忍不住想说："这太不公平了！"（中国南方正遭遇巨大雪灾冰灾。）

上午打车去鼓楼中医院找崔大夫，车停在鼓楼西大街胡同口，害得我走了很长的路。令我惊讶的是这家医院竟坐落在地安门大街附近，本来就要去看舅舅，这下好了。

但是我忘带片子了，半只眼的崔大夫边按摩别的病人边询问我的病况，看样子很有经验。他约我下周一再来。我忍着疼，走着去小金丝胡同。舅舅坐在沙发上，显得瘦了点，很闷的样子，他和小薛正在看《闯关东》，一定是别的台。

我很少上午去看舅舅，和往常一样，我在舅舅家里，用手机让他和妈通话。舅舅话少，妈话多，一南一北，兄妹浓情看在我眼里。

走前赶上按摩周大夫来。

回去腿疼得不行。

舅舅理发后

2008 年 2 月 10 日。

妈晚上来电话，告诉我一个坏消息。贵州一大学来拜访舅舅，说起要设纪念室，想立杨老一雕像。舅舅竟主动介绍鸩鸩做的雕塑，并慷慨相送了。两个妹妹大为反对，因为都认为此雕像很像。

妈在电话里还告诉我，舅舅对李辉说想聚聚。

2008 年 2 月 12 日，大年初六，星期二，阳光甚好。

原约好我和鸩儿、安静一起去给舅舅拜年，结果先是安静有事，昨晚鸩打电话来说他还是没有空。考虑到再等他们就错过了拜年的意义，今天上午我一人去了。

开过德内大街出口，只好绕道旧鼓楼大街。银锭桥上游客比前几天更多了，一堆人包围着我的车，一个不要命的男的顶着我的车头说："怪吓人的！"

胡同尚清静。

带来南京香肚交给小薛，教他怎么做给舅舅吃。

还带来几份报纸，舅舅翻了两下说他不看，他的报纸已很多。

再递上一本《散落的珍珠》，天津百花文艺出版社出版。作者陈小滢，舅舅说书中写的人他认识，几十年前的事了。他在英国，给他签名的有好多人，有胡适、蔡元培等。

没等我问，舅舅主动告诉我："贵州师范大学来看我，说要我的雕像，我就说我这有，让他们来看。他们就搬走了。"我听了直为儿子的心血之作心疼。

我问舅舅："您是在那里教过书对吧？"他说是的，很早以前。

“那他们有收条吗？”我问。舅舅说有，让我去小屋拿。果然，原先摆雕塑的柜子顶上空了，只剩下牛角标本。小薛马上说：“东西拿走了，要什么收条，没有没有！”舅舅脸红了，坚持说有，还欠身要自己去取。

最终找到了那张收藏证和校长的感谢信，我问能不能拍一下，舅舅说：“你拍吧，”又说，“你需要就拿走好了，我不留，没什么用”。

我看看杨炽，她微笑着，没什么反对表情，也说“你看重就拿走，我们不留”。

中午舅舅就香肚吃萨其马。两只盘子摆在他胸前。

2008 年 2 月 14 日。

李辉突然来电话，说老人聚会定在十六号，有十几人，在车公庄国谊宾馆，原先的国务院第一招待所。李让我去接舅舅，还有小薛。他还说告诉舅舅后，舅舅说很好啊。为到时开车方便我打了 114，查到了地址。

2008 年 2 月 15 日。

傍晚李辉又来电话问：“你怎么还不通知你舅舅？他都着急了，说没人接他就不去了。”还说是杨敏如催的。地点改到隆福寺街“娃哈哈”酒家。我赶紧给舅舅打去电话，小薛接的，后又转给舅舅，我跟他约了时间，他说好。妈惦记有没有黄宗江、袁鹰、姜德明。李辉说没有，坐不下了，每家都有两三个人。

2008年2月16日，星期六，天很好，上午有点风。

越是有事，夜里反而睡不着。上午过十点我出发去接舅舅，天好，一路畅通。本想走新修好的德外大街，像以前那样穿滨海胡同，却发现路口被堵上了，只好改道定阜街。

舅舅说："我们早点走吧。"十点半动身，走的是景山沙滩—美术馆—东四隆福寺这条路线。可笑的是我一路开着车，一路给舅舅介绍北京景点，像个导游，几乎忘了老人对北京再熟悉不过了。甚至心想以后就这么经常带老人出来逛逛，该多好!

结果我们第一个到，不知为什么一会换了另一间。服务小姐问喝什么，要了普洱茶。

苗子第二批到，是李辉夫妇接来的。接着是丁聪夫妇。沈峻阿姨说螃蟹落在车上了。我去取来。

唐瑜夫妇出现了。

李辉请北京晚报记者高立林讲话，高说自己不够格。

李辉又请邵燕祥讲开场白。邵老师讲得很简明，可惜没有记下来。

舅舅主动说："今天对我是重要的日子，是我结婚的日子。和我一起结婚的还有我的妹妹杨敏如。"

记下到场名单：高汾、张宝林（高汾女婿）、唐瑜夫妇、杨宪益、苗子、丁聪夫妇、高立林、李辉夫妇、邵燕祥夫妇、张颖、张敏、骆玉兰（女记者），最后是本人和小薛。

张宝林送书给大家，书名是《生命的记忆》。

黄苗子也即兴写了诗。[①]

---

① 黄苗子《戏呈宪益》："年年年尾尾巴长，银锭桥边坐老杨。有淡芭菰能过日，辞威士忌免伤肝。老来少得狐朋聚，佳日难将鹊渡忘。南国风光冰雪惨，秦皇汉武费思量。"

沈峻给大家说丁聪的糊涂趣事。比如："照这一路好下去。""我想我大概活到六十几岁。"

还比如：问他"你几岁？"他说："过年我两岁。""越学越不会这一套。"众人大笑。

舅舅用笔写出："年年年尾尾巴长，银锭桥边坐老杨。"

先拍九十岁以上合影。再拍七十岁以上合影。最后照全体合影。

期间我匆匆几笔企图画下这些欢乐。画了张颖，隔我两个座位的老太太，现在还如此清秀，当年一定是大美人。她认可，也签了名。我还画了邵燕祥，当时他在读张宝林的文章。

临走差点丢了眼镜。

把舅舅送回，他下车时对我说："谢谢你，要不我去不了。"看他们走进胡同，即被胡同游车队淹没了。才想起，他把饭钱落我这了，一千元，人家根本没让他出。

从美国归来，一心想写杨戴之恋的范玮丽，自己都料想不到，她后来成了老人最后的粉丝。谁都是来看过杨老后就忙自个儿的事儿去了，唯有她每周一次走进小金丝胡同六号，风雨无阻。看得出，舅舅也渐渐习惯，每逢这天，他会盼着。

2008年3月7日。

陪玮丽去看舅舅。半年来她已经养成规律，每逢周三必去看望老人。

我发现他们俩已经聊得很深入了。

舅舅说："解放初，1952 年到北京，洪深找几个人印了这本书，给外文社印一些书。1952 年后有我们翻译的书，60 年代创办 *Panda Books*（《熊猫丛书》），当代有，古典也有。后来印得乱七八糟。外文社换了很多社长，现在叫外文出版局。从前翻沈从文的。"

玮丽对舅舅说："我不想写全面的传记，我想写爱情。就像 90 年代美国流行的《廊桥遗梦》。"舅舅听了，微笑着，点烟。

玮丽问起坐牢的事。舅舅又重复说他近来爱说的看法："我在监狱里比较舒服。"玮丽问："你给犯人讲故事吗？"他说："讲，念唐诗。"

"六六年到七二年，我没被划右派，没事。"他又说。

今天舅舅叫玮丽挑几本英文旧书，皮子很破，但极有文物价值。玮丽说先帮舅舅存着，舅舅说："不用，送你了。"这让玮丽激动不已。随即我记下书名：

1. LAO SHE：*Beneath the Red Banner*

2. LAO SHE：*CRESCENT MOON AND OTHER STORIES*

3. Mao Dun：*The Vixen*

2008 年 4 月 20 日，星期日。

因为忙展览，好久没看舅舅了。听妈说一周前他病了，这回的现象是小便尿不出来，又少。看了医生，说是晚期前列腺癌症。今天才了解他现在正在服用比尔鲁胶片，一天一粒。一月还打一针，名叫醋酸戈舍瑞林缓释植入剂。诺雷得 36 mg。这是北大医院开的。

易安开的门。

杨炽出现。过来摸摸我的茶杯水热不热，然后坐下看我带来的画册。

舅舅说："上回吃饭，我要给钱的事，为什么五姑知道？没必要。"

我知道他不愿别人误会我，就说："人家没让你给。那天回来你和小薛下车走了，我才想起，叫你们，你们走远了。后来我又忘了。没事，小事。"我倒劝起舅舅来了。

一会儿，胡志挥和他的学生来访。

研究舅舅看病的事。

老人还是坐时间长了，我发现沙发湿了。

2008 年 5 月 6 日，星期二。

昨晚玮丽提醒我了解一下舅舅的检查情况。上午打电话去，没人接。直到近中午才通。小薛说他们刚从医院回来，但没检查成。

2008 年 5 月 7 日，星期三，阴天。

打了电话才知舅舅又是刚从医院回来，是去换导尿袋。小薛说一个月换一次。我问："要每天清洗吗？"他说不用。"那不会感染吗？"我又问。

昨天没去成舅舅家的玮丽，今天又把惯例的上午改成了下午。我本来就想近日去看舅舅，正好和她做伴儿。我们约了两点，她早到了，我晚了半小时。胡同里在拆房、挖路，到处是沙土、水泥。尘土飞扬。车不好停，靠边停斜出一点，有人就打 112 查到我家电话，还是我家小时工小倪来电话通知我挪车的。

玮丽正和舅舅谈得投入。舅舅脸色还好，只是有种受过病罪的痕迹。玮丽面前是一堆书，想请舅舅签名。其中有舅舅翻译的《长生殿》，是外文出版社刚出的中英文对照本。《二流堂纪事》是她母亲买到的，也带来了。玮丽还试译了舅舅的打油诗，给老人看。

她带来一罐豇豆饭和素包子，说也有我一份。

舅舅在吃木瓜，看样子挺爱吃。

玮丽问舅舅："阳光卫视您看了没有？拍您的有半小时。应该跟他们要带子。"

我递上爸的《离乱弦歌忆旧游》，他捧着翻看说："其实我也可以有一本这样的书。"我马上说："当然可以，有几家想给你编散文随笔集。但是你的东西在哪里呢？很难找。"

我想启发他的回忆，问他从印度回来写什么没有。舅舅说写了。"发在哪儿？"我问。"记不得了。"他说。

他叫小薛送我们每人一本新版《银翘集》。我问舅舅："你喜欢这个装潢吗？"他说还可以。

他告诉我，苗子写了郁风文章寄来了。

玮丽问他要不要看电影《窃听风暴》[①] 的光盘。舅舅说："我年轻时什么都爱看，现在不想看。"

2008 年 5 月 16 日，星期五，多云。

妈催我给杨荧打电话，我上午打去，她去医院取结果了。晚上七点她主动打来，说她爸的骨头扫描后没有发生异常。这真是太好了！几年前阿夫查医书，就知道前列腺癌最

① 德国影片。

后就是入骨，会非常痛苦。舅舅不听医嘱，不肯服药打针，导致病情发展。表姐妹俩聊了孩子后，我问："你怎么样？"她心照不宣答道："还一个人，挺好。你呢？……"

她这次能住十六天，而后南下回美国。

之后打电话向妈汇报，占线。妈再打来，还是杨荧回来的事。

2008 年 5 月 27 日。

玮丽夫妇来看傅的画，我上楼作陪。聊画选购画之前不能不谈汶川地震。关于玮丽采访舅舅的事，傅提出了很多精辟的建议和忠告，四人在江南经典人家二楼包间午餐时，席间的恳谈也几乎完全是这一件事。

傅夸她先生事业有成。他说还不算，要等玮丽完成了这件事。看得出来，他们这家人把写杨宪益当成一件很重要的事业来做。

玮丽说到她对舅舅的崇拜，很动情，她说和杨老认识改变了她许多，她觉得他太伟大了，可是待遇很不公正。这也是我们都认为的。她原来只是写舅舅和舅母爱情的初衷，已在两个月的接触中逐渐拓展和深入。她说她对舅舅说，以后"LS"平反后，他就是大英雄了。杨老只是笑了笑。她听说敏如在阳光卫视采访时说，母亲愿意她的儿女都入党，当作一个归宿。可舅舅说他不知道，他母亲没这么认为。

对杨烨的死，玮丽说舅舅一直不提。

她说莫娜去英国上学，她要去伦敦拜访舅母姐姐。

傅本来约她下周四再去拍照片，但她希望是周三。因为她每周二去女儿学校，可以买到新鲜的吃的东西，周三送去。

2008 年 5 月 30 日，星期五。

前日在妈的提醒下给杨荧打电话，原来她的北京两周行已过了大半，再不去看她，就看不到了。我们约定周五上午见，她说早一点，早一点凉快。

但是今天我没能起早，昨晚还是睡晚了。八点半到九点，迅速洗漱，准备要带去的东西，挑选后定下带给舅舅一罐花生米、一罐菠萝罐头、傅靖生的《美术论坛》。给杨荧的是我爸的新书《离乱弦歌忆旧游》和国际女画家展览的画册，还有一个绣包。

在小金丝胡同口，我叫出小薛来帮忙停车。

舅舅瘦了，理发了。

和舅舅提他散文集的事。他说《新观察》[①] 那时发表他不少文章。

杨荧去超市买东西回来，给她看了照片。她告诉我杨炽带公司的人去划龙船了，大家都喜欢她。

今天舅舅想拖延睡午觉，我们劝舅舅还是去睡了。

两人聊天。杨荧说 :“别告诉你妈和五姑，免得她们着急。不要让她们紧张。其实已经转移了。在肋骨和腰上，一点点。发展慢。如果几年前就治，早好了。不过他年纪大，不会因为这个就怎样。”

谈到将来的生活，杨荧说以后她们姐妹俩一起过。

她认为家里的照片丢得太多了，应该扫描。

说到她妹妹，她说 :“你们别以为她没做什么，她做了很多。杨炽答应翻译，可我爸老了。”

---

① 中国著名期刊。刊名袭用了储安平主编的《观察》。1950 年创办。主编戈扬。1989 年停刊。

“现在就看他能不能自己小便。”她无不担忧地说。

2008 年 6 月 5 日，星期四。

上周就和玮丽约好这周四一起去看舅舅。傅靖生负责为玮丽未来的书拍照。今天是玮丽带司机来接我们，三人第一次一起出行，傅再次催促玮丽快动笔。玮丽说她带来了一篇英文序，已在傅的提示下定下小鸟和灯塔的主题。

小金丝胡同到了，傅给她拍了叩门进门姿态。舅舅已在等着，他的样子比上次见时又好了许多，穿了一件驼色毛衣，因为沙发软，人窝在里面，领口被扯歪了，照相时老要帮他扽一扽。

傅架机器选角度，我还坐老地方，玮丽交代了带来的一篮子食物，有洗净装在食品盒里的木瓜和葡萄、豇豆饭，她说这回软多了。舅舅握叉吃点木瓜，她拿出新版《银翘集》等书本，看样子有备而来，开始一对一的采访。

我听她和舅舅聊天，当然也会参与，开场后很快掏出了本儿，想尽可能多记些。

谈话先从她的这篇序开始。

玮丽说：“你是 Lighthouse。”

舅舅说：“我不知道我是 Lighthouse。”他又说，“我不知道我是谁。”

两句话顿时把我们逗笑了。也许他觉得还不够，又添了一句：“我没给谁指路。”

玮丽说：“巫先生说你是中国人的良心，中国知识分子的骄傲。”

舅舅又反驳：“你愿意说我是什么就是什么。”

“是什么，不管是好是坏吗？”我不依不饶地还问。

“都行。”他说。

玮丽说：“雷音说见到你，如沐春风。”舅舅不再反驳，笑了。

谈到这一生所挨过的整，舅舅说：“我根本不知道谁整我。”

玮丽问：“听说乃迭不喜欢友谊宾馆。”

舅舅说：“我并不喜欢，也不是特别不喜欢。”又补充说：“它不像中国（的）地方。不记得了，有很多树，招呼我们（的）有两个人，一个王，一个阎，阎早死了。”

谈到舅舅年轻时的诗，玮丽问：“你怎么这么小就能这样？”

舅舅说：“没什么，年轻人想学大人。”

问他（早期打油诗）怎么保留下来的。

他说：“怎么保留下来，不知道。大概是廉士聪拿去抄了，给沈从文看，给吴宓看。”

“你早就失去了父亲吧？”

“我对父亲没什么印象。”老人说。

“您能说说一生中值得怀念的事吗？”

“很难说，在英国念书一段，在北碚教书一段，对我来说印象都比较深刻。”

“你对自己有骄傲的事吗？”玮丽再问。

舅舅答道：“我觉得一样也没有。”

聊到那次广播谈话，舅舅说：“这是 BBC 搞的，BBC 把我的话传出去，和我一点关系也没有。”

“可有些人不会说，而你说了呀。”

“您这一生什么让你难过？”

“乃迭比我去世早这么多，当然 grieved。儿子去世对她有影响。”

“她住医院，要你去看她吗？”

（赵：舅母要舅舅每天都去看她。）

“当然，反正每天尽可能都去。”

“她走时没人在身边吗？”

舅舅说：“当然，很可惜。”

“你们没有安排留骨灰墓地什么的？”

舅舅回答：“人死后没什么关系。我不考虑这个问题，我根本（觉得）我死后什么都不管了。”

玮丽告诉老人，她也不喜欢《红楼梦》，听了他的话就宽心了。

舅舅说：“也不是特别不喜欢，翻译它是外文局的选择。我还是觉得《红楼梦》是中国小说里写得最好的一部，但是写得最好并不等于喜欢。《三国演义》《西游记》，我都比《红楼梦》喜欢。”

玮丽说她在网上看到还有《熊猫丛书》，还订了。

舅舅说《熊猫丛书》的事情要问外文局。

玮丽说：“它停刊很可惜啊。”

舅舅说：“也没什么，停了呗。”“《中国文学》停了以后，停了《熊猫丛书》。”“是中国文学编辑部搞了这个东西。”

玮丽问：“《我有两个祖国》（乃迭未完成自传）是英文写的吧？”

（赵：是放在抽屉里的，只写到解放前夕）

舅舅说："是的。"

"还在吗？"

"乃迭（的）姐姐那儿会有。"他说。

"这几年，你寂寞吗？"

老人说："都没关系，好朋友也不多，很熟的人也不多。"

（赵：来过的人，做了几年食客，后来很有名，都不来了。）

聊起见过和认识的人，舅舅说："有的见过好几面，有的见过一面。胡适见过一面，顾颉刚见过好多面，沈从文见过好多面，沈从文送我诗，我都丢了。"

玮丽问："陶行知你见过吗？"

"我不记得，我还在中学听他讲过，有一点印象。"

接着聊他的老朋友。舅舅说："我的一个中学同学廉士聪比较好，因为我的原因参加民革，（解放后）在天津在民革做事。"

"黄苗子不是老朋友吗？"

舅舅答道："黄苗子是后来认识的，丁聪也是后来认识的。"

"廉士聪解放后在天津，民革给他一个事，做秘书写过诗。"舅舅又补充一句。

聊到玮丽每周送吃的事。舅舅说："其实我都有，你送的东西我都挺喜欢。"

我插话问舅舅："汶川地震的电视您看了吧？你怎么看法？"

舅舅说："地震看了，都是地震，宣传做得不错。"

"那舅舅你经历过地震吗？"

“经历过，唐山。”他答道。

窗边的花木被阳光照得甚好，玮丽说：“那是我送的花，这么长时间了，开得真好！”我问她这是什么花。她说叫兰花。

玮丽问到舅母的病和喝酒的关系。

舅舅说：“有一次乃迭酒喝多了，我打了她一下。

“她后来是酗酒了吧？

“因为我儿子死以后，也不大说话。”

“她写信给国外吧？”玮丽问。

舅舅没有回答。

谈到玮丽未来的书。舅舅却说：“出一本纪念乃迭的书吧。”

我问舅舅对她的书有什么要求。

“没要求。”他说。

玮丽告诉老人自己八月去伦敦要去看乃迭的姐姐。我说，杨荧说她眼睛快看不见了，现在不能开车了。

“恐怕她要死了。”舅舅说。

十一点了，玮丽提出是否舅舅该吃中饭了，小薛正站在外面。后来他进屋，我们都催他给舅舅热饭。问舅舅今天吃什么，他说吃萨其马。玮丽劝舅舅吃她带来的江豆饭吧，很软的。小薛站在客厅外，示意我们在老人不会吃的。这时我睨见舅舅身下的尿袋已快满了。

尽管我们还想多坐，还是起身告辞了。傅忽然俯身去抱舅舅，我掏出相机按下这一令人百感交集、也许是唯一的瞬间。

走出客厅，我一回头舅舅正偏着头笑眯眯地摆手。想到傅画的《蓦然回首》，我感叹地说："其实这个画面也很好。"

2008 年 6 月 8 日。

今天端午节。我以为舅舅全家在一起过，晚上才听妈说，舅舅一个人，很闷。原来杨炽带公司员工去赛龙舟了。他们分成几条船，由郭振海当裁判。

本来我也有机会去一趟舅舅家的，阳光卫视的任爱群说要通知我她去的时间，她去是为还照片和送光盘，我要她做五份，她同意了。我傻等了一天，也不见电话打来。

妈说今天阿姨的电话特别长，情绪好极，因为她已转正。她说以后要对所有的人宽容，当然包括我。她向妈打听我的情况，问我忙完没有，她愿意我去她家，并保证什么也不提了。聊到易安留长发，阿姨问鸫的头发长不长。聊着聊着，这对老姐妹就又为政见不同，不高兴了。妈夸温总理多好，阿姨打断说，"不要提个人，这是党中央统一的部署"。

2008 年 6 月 16 日。

去对外友好协会前，我就准备好了带给阿姨的东西。离开对外友好协会是五点，往三里河路开车，不那么容易。打了好几个电话，一直在占线，也只好愣去了。敲门时阿姨还在打电话，阿夫开的门，他变得更老了。阿姨向我摆摆手，继续说话。阿夫告诉我他便秘的事。后来才知是因为保姆李东走了一个礼拜，去陪她女儿高考，找了严欣久家的保姆做替工，那保姆很忙，做了饭就走，造成阿姨两人一个礼拜没有吃水果。

阿姨是和一个崇拜者通话，讲的是《红楼梦》课的事。

阿夫带我去看对面的房子，阿姨电话终于打完，也过来一起向我介绍，一间房一间房地讲，包括将要给妈住的屋。

回到西单元，阿姨突然拉起我的手，眼睛含着泪说："小采，我对不起你，我让你这么不痛快，我对你太不好了！"我说："没什么，我一直很尊敬你们。"但她听岔了，重复说"你很尊重我们"。

接着她恢复平日的语气说了下面一番话：

"我很开心，舅舅长胖了，也真奇怪。那天下雨我去看他了。"

"我和阿夫都捐了三千。我认为你妈捐得太多了。"

最后她说："我不留你吃饭了。"

2008年6月18日。

今天玮丽去看舅舅，问起谁写过舅舅，她要找李辉电话，告诉他乃迭的姐姐翻译了他的书。

她定下自己未来的书名是《雀落灯塔》，但舅舅不愿意用巨人，还说"落"字不好。听我说明天我和叶廷芳约了去看舅舅，她说她也来，想听听我们的谈话。

晚上她告诉我，舅舅精神不如前时，小金丝胡同修路一塌糊涂。她也告诉他我明天要去，他说欢迎欢迎。

2008年6月19日，星期四。

今天我第一个到，打车走平安大道到银锭桥口，再走进北官房胡同。发现路已铺平了，完全可以开车来。倒是小金丝胡同又在翻修了。推门进去，问小薛："知道我今天来吧？"他说知道。舅舅穿着毛衣坐在沙发上冲我笑，衣襟又是歪七扭八。我没去洗手，像往常一样，先掏出妈的稿子给他看，并挪近落地灯，再把老婆饼送到厨房，问小薛有没有烤箱。

舅舅从头至尾看完稿子说："写得很热闹。"但对稿子结尾提到的李之南表示不认识。

我很诧异。只好又用以前那招儿，递上手机让他和妈通话，让他们自己商量吧。舅舅把手机举到嘴边，自然听不见对方声音。我给他移到耳朵边。我妈问："可以吗？""可以，没问题。"舅舅说。他又提李之南："我不认识他，我没说过。"妈说："那是你记性不好。"

我企图画下舅舅认真的表情，但没如愿。还发现舅舅的眼睛很黑。

玮丽来了。带来女儿做的蛋糕，给舅舅两只，给我两只。这次她不坐舅舅身边的椅子，而坐到我坐的这张长沙发上。

小薛递上一张来自澳大利亚的明信片，是个中国人写的，却写了洋人的句式。

玮丽说阿傅建议用《雀吟灯塔》，舅舅说都可以。我问："用'栖'呢？"他说也可以。提到"巨人"一词，他皱皱眉说巨人不好。我说只说名字杨宪益呢，舅舅说那可以。我又说还是用"巨匠"吧。

这时玮丽带我看客厅楼梯下书柜里的希腊古籍。它们都被挤在一堆佐料瓶子背后。玮丽说"杨老让我拿走这些"，指着柜内空出的一块地儿。她说想在家里搞个书架，替老人存着，谁来看都可以。我说可不能谁都给，要好好藏着。

叶廷芳近十一点才来，背后的衬衫都给汗打湿了，一进门就讨扇子。我让他坐在舅舅身边，小薛递来的红茶放在他带来的八宝粥盒子上。我介绍他和玮丽互相认识。他夸杨老比上回好，脸色很好，和以前一样。

他对舅舅说："我看了您的自传，薛鸿时送的。"

舅舅又说删了不少。

今天叶谈到赵萝蕤："上世纪60年代初她和我同一教研室，不同专业。但她和我成了忘年交。她把她的一辆英国女式自行车借给我骑了两年半。那时她住钱粮胡同十九号。我在那里吃过饭。见到过她爱人陈梦家。她家里都是明代家具。"文革"开始后她一直住在美术馆后街二十二号，和她父母、弟弟、弟媳住在一座明代大四合院里，直到去世。她父亲是著名神学家，她一个在美国的弟弟是著名航天专家。她自己以翻译艾略特的名诗《荒原》和《惠特曼全集》闻名。90年代初她应邀赴美国芝加哥大学讲学，《纽约时报》用了整整半版篇幅报道了她。我在《梦留燕园》一文中写到了她。美术馆后街二十二号后来被强行拆掉了。拆的那天我约了新华社记者王军和人民日报记者李舫一起去看看，想做个目击者和见证人。但我们两次被粗暴地推了出来！我们气愤地向附近武警报案。对方说'我们是来保卫他们拆的'。我们相对无言。"

又谈到政协，他说："杨老从监狱出来后，当了全国政协委员（1983—1988）。他的老同事沙博理也是，是由统战部提名，单位认可后产生的。其中共产党员占总数的百分之四十，多数是副部级以上。我作为无党派当了两届，分在社科界，贺龙女儿贺捷生也在这个界别。政协委员可以一人提案，涉及部门必须作答。今年的提案共有四千多份。会后一个星期，全国政协秘书局让提案所涉及的各部委派人来领取。大部分都应付。去年我联名二十九位委员提了一份要求尽快停止独生子女政策的提案，计生委客气地请我去沟通了一次，后写了份答复初稿，问我能不能同意。我把它驳回了。但最后还是没有接受。”

叶近日写了文章《后海双璧》[①]。

舅舅听完却扯到民革，说给他寄了通知。没有不让他是（民革）。

十二点了，我去叫小薛给舅舅弄饭。我们要起身。叶说“我请你们”，玮丽说应该她请，我说“我请两位吧”，舅舅最后说“我应该请”。大家都笑了。舅舅问：“你们吃完还回来吗？”我问：“你想让我们回来吗？”他说，“你们都没谈什么问题”，他特别对叶说“你来一趟，都没谈什么问题”。

三人在地安门大街上的家常菜馆用餐。服务很差，结账时我忍不住要对一女服务员提意见。

下午陪玮丽去外文局舅舅的原住地，我才知道这栋房子并没有拆掉，而是包了一层难看的白瓷砖。几株大树尚在，单元门也保留着。当年进进出出无数次。西套间的门已封死，只剩下楼梯。那熟悉的楼梯口通向二楼，虽然我从没上去过。

我们只好扒着外墙窗往里看，原先的房间都堵上了，只露出一小间空屋，堆满了笤帚铁锹。

难怪那位北青报记者无法找到！幸亏我还认得位

① 后海双璧指都住在后海一带的杨宪益和沙博理。

置，身边是急切想了解杨老一切的女友。我只能凭记忆形容当初这墙皮里发生的一切：

顶里边是间饭厅，有一张古色古香的硬木大圆桌，墙上挂着黄永玉大幅墨荷，我从干校回来探亲曾和傅在这里住过几天，常常听见杨炽在洗澡时哼歌。

一进门左手边是舅舅、舅母的卧房，常年铺着墨蓝色厚厚的床罩，两个小外孙洗完澡，裹着湿淋淋的浴巾在上面蹦跶。

饭厅对面是客厅，有盏落地灯，总是投下暖暖的光……

而那些和舅舅独处、对着他画像的时光，那些高朋满座、口无遮拦的日子，已全部化为乌有！

《人民画报》暂时搬来了，就在左侧楼里。小保安要带我们去找人问。

再走进前面的办公楼，好不容易找到人，我说："我是杨宪益的外甥女"。她们好像都不知道杨宪益是何许人！

图书处里一个女士在忙碌。到处是工具书。

最后一间办公室是总编室，接待的是李芳。玮丽和她谈话后留下联系信息。

2008年6月23日，星期一，闷热，一连下了几场暴雨。

廷芳兄回信，再次赞扬了舅舅的骨气……千百万中国知识分子里，只有他做到了这点。

2008 年 7 月 8 日，星期二。

后天就要去南京了，每回走前都要去看舅舅、阿姨，想想还是今天就去。打电话给阿姨，第一次没人接，后来是持续的占线，我差点改成先去舅舅家了。

给我开门的是李东，好久不见，她漂亮了，问起她女儿考得怎样，她肯定地说考得不错。阿姨和阿夫在客厅里各坐一把高背椅，我说："以后打不通电话只好乱闯了"，阿姨说："这不叫乱闯，我家早上的电话就是多。"她招呼我坐在一把摆在中间的椅子上，我拣边上的坐，因为好看得见阿夫。我问阿夫的便秘好些吗。阿夫话很少，动作有些迟缓。

阿姨说妈送她一本书，是乔冠华的第一个夫人的女儿写的。她反感当下总好提谁是谁什么的风气。她愤愤地说："干嘛呀，她有没有自己？要是这样，我就是杨宪益的妹妹，名作家杨苡的姐姐。我自己的成就呢？那多没意思，现在我们这里不知道，只知道杨苡，杨静如没有了。"

我说那是出版社炒作的。阿姨说"那你自己就应该不同意"。我说现在好多事都倒回来了。阿姨打断说："你是党员，不要这样说，要不你妈又要笑话我们。"

她留我吃饺子，李东包的，我推说要去看舅舅，不留下来了。阿姨带我去里屋取书，纸箱子里堆了十几本《银翘集》。我说妈要二十本，她要多给我，我没都拿。我还拿了四本《杨宪益传》。阿姨说问舅舅有没有，要没有留给他几本。她想看哥哥。我说："那今天我带你去吧。"她有点想跟我去，就问："沛霖你去吗？"阿夫说："我不想动。"阿姨说："他走路不行，我要陪他。"

告辞出来，李东帮我把书送到车里。我问她女儿报志愿了吗，她说还没有。

一路有些堵。推门推不开，小薛帮开的。

舅舅坐在沙发上，头发有些光。我递上两瓶果汁。

他马上看叶廷芳的文章。他说我和他不熟。边看边对文章里提的事发表议论："监狱里的犯人，人很杂，小偷也有。我教他们《长恨歌》，没那么热闹（指文章里描写的监狱生活）。""沙博理来上海，原来是律师。《水浒传》没出版吧。我们年龄是一样，都娶了外国人，他娶了中国人。我家是富。但其他，不大一样。都可以，怎么写都行，就是太夸张了。"

我问舅舅："你没细写过监狱里的人吗？"舅舅说："他们和我没关系。"我说"那也是你看到的呀"。

我告诉他《悦读》快发表他的信和妈的文章了。说徐坚忠怎样细，非要弄清他写信的时间。舅舅说也许杨荧记得。我问："你看婆是出来当天看的吗？"舅舅说不是当天，过了好几天。我又问："杨荧和杨炽什么时候回来的？"舅舅说："我不记得了。"

十一点半，我催他吃饭，吃什么，还是萨其马。

舅舅挑了橙子的果汁，要了点饼干。在我接电话时，他吃呛了，连打喷嚏，拿手绢擦。小薛在一边看他，我叫他过来管。喝完橙汁后，那饼干再没吃。

他说刚才邵燕祥来了电话："他没事，问候一下。"

还有明明回来了。

小薛说明天要去查血。过几天看结果。叫范玮丽明天不要来了。还说每次推车去医院，二十分钟就到。

易安还在睡觉。他不上学，在网上学。

我对舅舅讲各种新闻。看了凤凰台的《消失了的南斯拉夫》，四川籍的抗日将士……

我还告诉他女画家联谊会马上要换届，我要辞职，以后帮爸爸编书。舅舅说："是啊，出了几本。"（指我的书。）

和小薛一起吃包子时，我又让舅舅和妈通电话。

午前下起雨，回去时雨更大了。

2008 年 7 月 29 日。

今天是单号日，我可以开车出门了。上午去对外友协开会，午后去美术馆看国际双年展，再订画框。下午四点后，从美术馆去看舅舅。

这是舅舅摘掉尿管后第一次看他。我反而觉得他不如以前脸色好看。我带了一大袋东西，有书三本、苏州酥糖、照片、《扬子晚报》、北京新地图。讲南京的事。他还给我《悦读》。

又让他和妈通电话。

杨炽、达悟下班回来。

和杨炽聊了会儿天。

五点半回家。

2008 年 8 月 7 日，星期四。

前日傅突然一个主意，把上次拍舅舅的照片印出，要我今天就送去签名。

我抱去一大摞，舅舅很惊讶他被拍了这么多的像。小薛也过来看，都夸拍得好。

我“指挥”舅舅签名在指定的位置，他顺从地一一照办。最后圆满完成任务。

末了，我又画了几笔舅舅看书和打电话的样子。

2008 年 8 月 27 日，星期三。

由于昨天打电话是黄夏接的，得知她和明明、易安今天要去北戴河玩。可能是中午的火车。我立刻变了今天的计划，决定上午就去看舅舅，早点去，还可以见见她和她的男友。可昨夜赶画，一点才睡，早上醒来已是八点。走前打去电话，小薛说他们七点半就走了，真遗憾！

走前还接了北京十月文艺出版社胡晓舟的电话。

今天去还带了一个不小的任务，就是要请舅舅校一下张昌华写他和舅母的文章。两篇都很长，即将分别在北京和台湾杂志上发表。

我先请小薛找来垫板，夹上稿子，好让舅舅一页页看。我趴在沙发后和他一起校，开始是舅舅自己来改错，后来他写不好了，他就只管说，我替他记下。

“太啰唆！”他说，“写那么多干嘛？”

又说：“我有这么多事？我都不晓得。”

中午我和小薛共进午餐。舅舅说他还吃萨其马。

2008 年 9 月 2 日，星期二。

几天来一直和南京译林出版社的编辑於梅联系，今天上午陪她去和舅舅签订合同。一共五本书，有鲁迅的三本：《呐喊》《朝花夕拾》《鲁迅杂文选》，沈从文的两本：《边城》和《湘行散记》。

我们约好在地安门商场门口见。她很年轻，又是南京大学毕业的，交谈并不拘束。

舅舅大概牙疼不舒服，一直用食指顶住门牙。这并没有影响他在於梅安排下正式在合同上签字。一会儿，合同签完了，他听於梅介绍社里的出版计划并谈些翻译行内的事。

於梅问："翻译《彷徨》《野草》、杂文选是怎么回事？"舅舅答道："也不敢说全，那是冯雪峰选的，他选哪篇，就翻哪篇。他不是外文局的。"

"有没有流散到国外？"

"国外的，我记不起来。"

"订过合同吗？"於梅问。

舅舅回答："订过合同，早过期了。《儒林外史》以后英国人也翻过。"

聊到舅舅翻译的法兰西史诗《罗兰之歌》[①]、荷马史诗的《奥德修纪》，都是上海译文出版社的。

於梅问老人现在在做什么。舅舅说他在等死。还说他哪个朋友死了，哪个朋友还在。

又提到日本福田和美国闹台风的新闻。

於梅问到老人和毛主席对话的事。舅舅说："魏巍拉我到毛主席桌上敬酒，朱德、周恩来也在。周说主席不喝酒，我替他喝。"

於梅问："萧乾熟吗？"舅舅说很熟。"文洁若呢？"他

---

① 译者译本序："《罗兰之歌》就是这种欧洲封建时代史诗中最著名的一篇。由于这种文学来自民间，所以原作者是谁，写成于什么时期，也都无法详考。原作者大概是法兰西的不列坦人，后来史诗又经过诺尔曼的文学加工，这是从史诗的文字和其他方面可以断定的。"

说也认识。“萧乾在时我还见过，萧乾不在了，就没见过文洁若。他们翻了《尤利西斯》。”

於梅又介绍他们社出版的《老人与海》《飞鸟集》《了不起的盖茨比》《吉檀迦利》，中译外的有《人间词话》，还有《道德经》《论语》。

於梅还说，现在《双语译林》《名著译林》《名著译林诗选》等有一百多部，市场好。软面精装。“但没您译的，用别人译的。变味了。”

说到《芒果树上的小屋》，舅舅说他都没看过。他提到他翻译的英国诗选。

合同一式两份，给舅舅留下五份。新来的替工小王告诉他，合同收进了第一个抽屉里（舅舅卧房书桌）。

2008 年 9 月 14 日，星期四，中秋节。

第一次为中秋节放假，从今天起，三天。上午和玮丽约好，把我们从天津书展买回来的书，一起带去请舅舅签名。我还是晚到了。杨炽也在，仍短衣短裤，坐在东侧沙发上，洒满一身阳光。我脱口而出：“娃娃越来越像你妈了！”她笑了笑。

舅舅已穿上栗色毛衣，不是很精神。玮丽正给他看从英国讨来的牛津莫顿学院入学大合影。一律极考究的西服，锃亮的皮鞋，每人肩上披一件什么，舅舅说都有，是围巾，还是外衣，他也说不清。反正年轻的杨宪益肩上也有一条。最可笑的是，他除了认得他自己，其他人是谁，他都记不清了！

玮丽移交我俩一起买的舅舅的译著，当时她怕我带太重，暂存在她家。译者本人反应却淡淡。聊天话题自然转到外文局，因为我们在天津书展上曾过问杨宪益的稿费问题，对方竟然反问："那他有工资吗？"

杨炽在一旁说："虽然是职工，也该给稿费，爸爸自己不要。"

然后我们谈希尔达的译文，都想帮这位高龄老太太在中国出版，完成心愿。但舅舅说李辉写得马马虎虎，也有错，变成英文不值得。听了他的话，我和玮丽成人之美的热情顿时降温。杨炽说，Hilda 的女儿说她们想自己印，散给大家。

时间近中午，我匆匆对舅舅讲了妈和小苡下月来北京的安排。杨炽说，五姑家有的是房，她不让罗晏住，罗晏也习惯自己住，住一起一举一动都要受管。

今天是连续的晴好天，客厅里阳光充足。舅舅坐在其中，也像一幅画。

问小薛什么时候能回来，替工小王在这儿待得闷了。得知小薛这次回家主要是陪儿子看病，他儿子焊接时伤了眼睛，另外他女儿结婚。

今天我带去老婆饼、绿葡萄，还有两瓶农夫果蔬汁，番茄汁和橙汁。杨炽说最近她爸又不爱喝果汁了。我说明天要去云南丽江，杨炽马上进屋拿来一本丽江风景画册，掸掸灰递给我。我这个表妹还是很善良。

舅舅送我黄宗江的新书，是黄昨天下午从 798 黄苗子画展上送过来的。舅舅说："有张请柬要给你，上礼拜你没来，没有给你。"他叫小王取来给我。画展昨天开幕的，下午三点，方成也去了。想象一定热闹得很，去年郁风阿姨走了，一年多，苗子伯伯还办画展，足见老人身体精神没问题！

2008 年 9 月 15 日，星期五。

今日赴昆明。十七点五十五分的东方航空公司的飞机。

董宁文催传舅舅文章，都是打印纸，用数码（相机）拍了，忙了一上午。

译林出版社的於梅来电话，她对他们主任说了，还是愿意出版《一同走过》。但是要了解大象出版社有没有版权问题。我找了李辉，并告诉了舅舅这事。妈知道了很开心。

2008 年 10 月 23 日。

拖延两年零八个月了，终于答应带姚亮去见舅舅。这个我连模样都记不清的年轻人，一点多就闯进我家。当时我和阿文正在午睡，他毫无歉意，只是死板地说："不是要两点出发吗？"

他收集了七八本有关舅舅的书，令我吃惊，如此用心，这也是我大方地让舅舅给他签名的原因。

阿文也一同去了。一进屋我俯下身对舅舅说："他们看你来了。"然后一个一个介绍给他。舅舅沙哑的喉咙里吐出"欢迎"二字。他跟他们一一握手，并客气地说自己的手不好了。

我还是勉强老人为两位客人签名，因为签字可以使他练手劲，于是他开始签了。

阿文对舅舅有些浮肿很敏感。事后说这不是好现象。舅舅送她两本书：普劳图斯作品和《近代英国诗钞》。

我那本他翻看过的介绍东巴文化的书，舅舅还惦记玮丽给我没有呢。

2008 年 11 月 4 日。

中午给阿姨打电话，问她同不同意为梁实秋女儿的书提供照片。阿姨问我："你知道舅舅的事吗？""什么事？"我问。她说："他的脖子右边又长出一个，是杨炽说的。我打电话去，他说，上次是左边，现在右边又长一个。他不愿住院。原来的三院不行，积水潭也不行。还是住北大医院，近些。可他说等过完生日再看。现在暂时还没什么反应。以前都是我送礼给医院，杨炽她反对。我只有一个熟大夫，姓刘，他出国去了。明天或者后天回来。我想让他到家里去看。"

"你妈这次来北京，是 Last time！"她最后叹道。

晚上打电话跟妈说了此情况。妈说这是早晚的事。她并不急于早动身，依然和我谈她的文章。

2008 年 11 月 6 日，星期三。

玮丽今天照例去看舅舅。晚上来电话说："收到你的信了，你舅舅还那样，我没问他，只问又去医院了吗。小薛说昨天去了。问是打针吗。他说不是。你舅舅主动告诉我他脖子右边又长一个。我问他难受吗。他说没什么感觉。小薛说明天还要去。也许要放疗了。"

她还说，她问下周要不要先打电话再去，小薛说不用。"我说那我从英国回来再去看你，你舅舅说'那时也许不在家了'。"

2008 年 11 月 7 日，星期五。

惦记舅舅昨天检查的情况，我问自己："今天去吗？"今日立冬，太阳却格外好。想到报上说这个周末要变天，明天周末杨炽他们在家，要看舅舅就该今天去。九点半打去电话，小薛说昨天去医院了，结果还没有。明天杨炽去拿。他把电话交给舅舅，因为反正舅舅已告诉玮丽了，我也不忌讳，问他怎么样，有感觉吗，他说没感觉。我说"你会好的"。然后我再问今天有人来吗，按摩吗。他说刚按摩完。我问："那你说我上午来还是下午来？"他停了一会，回答是都欢迎。"要带什么吃的？""不用带。"他说。

还有，他说小金丝胡同六号改了电话号码。

十点半出门，忽然突发奇想，完全可以带阿姨一起去看舅舅呀，天儿这么好，让他们兄妹见见面，一定很开心。趁等红灯打通了阿姨电话，难得的不占线。她犹豫了片刻说："今天就不去了，我知道你的好意，我这有客人。明天看结果，不会好的，我们让他好好过过生日，他现在就想过好生日。我希望你常去看他。"

因为联系阿姨，我放弃了走二环。平安大街红灯多，到小金丝胡同已近十一点了。

小薛开的门，我自己总推不开，他说我没使劲。屋里有电视声音，他说没看什么。

舅舅样子挺好，脸色好，头发整整齐齐。我今天什么吃的都没带，家里也没啥。我带给他一摞照片，有泸沽湖的，有张家口的，他看了都说好。他看了大姐在昆明出生的医院，说他没去过。对西南联大旧址，他好像也没我想象的热情。看完照片他说："你该把它们写下来，出本书。"我说要接受舅舅教训，“多写多画多拍，免得以后忘记了。但我不能跟你比，你这么伟大，我们这代人被耽误了，没有你们有学问。尤其是外语”。

“不能那么说，你已经很好了。”他说。

小薛又主动抱来一堆书，让我挑。

我挑着问舅舅：“你会拉丁文吗？”

他说：“会一点。”

我又问：“玮丽在英国拜访了一个你的英国同学，你还记得他吗？”

“还记得他，不熟。”他说。

想想还是主动问了他新添的病兆。小薛坐过来，示意我看舅舅的脖子。真是从脖子右侧鼓出了一个足有鸭蛋一样大的包！小薛按了一下，舅舅直缩，看来有点疼。我小心地用手指轻轻触碰了一下，软软的，明显的鼓胀，舅舅却说没感觉。

接下来他不再提自己的病。

他说：“郁风开了四次刀，后来死了。”“杨莹要回来，黄夏也来。”“昨天来了两拨人。上午是送日本书的，八十多岁。下午是外国人。”

一直聊到美国选总统，舅舅说：“奥巴马和我们没多大关系。没什么看的。”

我说我妈在南京过得挺舒服。

中饭他又吃包子了。我和小薛吃面条。电视开着，他一人坐着，背朝着我们，又抽烟了，不知在想什么。

走前从小屋的门缝看，舅舅脱衣躺下了。

2008 年 11 月 8 日，星期六。

一天都在惦记舅舅的检查结果。下午妈来电话问了解了没有，我说等晚上舅舅睡觉后再问杨炽比较好。因为我不想让舅舅听见我们的谈话。也许我多虑了，舅舅并不在乎，不在乎任何事。

八点过了半小时了，舅舅此刻一定去睡了，我拨通了6××××××5，等了一会儿，杨炽的声音 :“喂。”我顿了一下，问 :“杨炽吗？我是赵蘅。”很快我搬出我妈作为自己打电话的理由。杨炽说她今天去取来了报告，全是看不懂的数据，是从 CT 室取的，还没看大夫，没确诊。我问是囊肿还是癌。她说恐怕还是原来的那种，又长到右边了。他们说长了两个月了。我说那天我摸了，有四五公分大吧，她说差不多。她说她后天要去海南，十八号回，回来再去医院。我本想让她允许我代她去找医生，但听她说这东西长得很慢，便打消了这一念头。电话里我还表示不要等过完生日再去治疗，放弃这一个多月治疗很可惜。即使住了院，生日那天也可以出来嘛。她说这不成问题。我还要求她记下我的电话，她记了，和所有人一样，也是一时找不到笔。终于留下我的座机和手机。我最后说 :“你一人如忙不过来，随时找我。”

撂下电话，我不等妈来电话，主动打过去汇报。

2008 年 11 月 12 日，星期三，阴天多雾，有点寒。

为了和即将赴伦敦的玮丽见上面，今天的约会从兰会所改到了舅舅家。

我之所以今天要去看舅舅，还有一个很重要的原因，妈托李海燕快递来的一包书和信昨天收到了。妈希望越快送给舅舅看越好，我当然要照办。生怕有什么闪失。舅舅一向不愿留信，走前忍不住扫描了妈的信，但图像不好，又到楼上重做。

舅舅一见我马上问："你带来什么？"显然他想马上看到。他果然不但马上让玮丽看信，还要立刻把信送给玮丽。玮丽自己倒很礼貌地问："我能看吗？"舅没等我回答就说："看吧，这里没什么。"眼看妈妈的原信要拿走，我赶紧阻止说："妈说你不留就还给我。"

玮丽说："你能扫描吗？你给我发吧。"

舅舅对我说："《一同走过》不用给按摩的（按摩师傅），你送去吧。"并再次评价这本书。

我问他："妈给你寄来的剪报看完了吗？"

舅舅说："我都看完了，不留。"

"她写二姐写得怎样，妈想听你的意见。"

"写得挺好。"他说。

我带来本《史记》对他说："舅舅你动动手，给我签个名。"

"又有一个我们认识的人死了。"舅舅签完名后告诉我。

"谁？"我马上问。

他说是袁可嘉。

我马上反应："他是九叶诗人之一吧？"

舅舅说："是的。"

小薛拿来检查报告给我看。

再拍了几张照片。

我们都说该走了，您吃饭吧。

舅舅说没事，刚才吃了包子。

附妈给舅舅的信[①]：

哥 der!

寄上民间杂志“书乡”五册，希望你没事时翻阅一下，有一些还是关于你的熟人、朋友的。以后“书乡”还会陆续寄上，供你消遣。

另一册“藏书”是新出的民间刊物，封底恰恰有你和卢冀野的照片，很有意思！

还有一块剪报是《扬子晚报》登载的关于南京博物院所藏国宝的连载。甲骨片与你有关，也许你可能有兴趣。

---

① 2010年10月3日母亲杨苡为收在这里的四封信写下“附记”：

赵蘅在整理有关我哥杨宪益的纪念文字时，检出这四封信，是我在2008年秋天写的。我哥一向不留来信，在看过这四封信后陆续交给赵蘅保存。如今我哥离世已十个月零十天，我仍无法平静地写出点文字来悼念他，“记忆”里的故事太多太多，也许只能永远“封存”了！

女儿想把这四封信收进纪念集里，代替文章。我说谁能懂得这个“哥 der”的来历。她叫我写点附记，现在我已91岁，那还是我七岁左右时留下的笑话。那时我哥同七叔和八叔家的两个堂哥都开始学习英文了，我却连一个字母也不认得，他们拿我寻开心，教我模仿念英文，叫我喊“哥 dear”；我嘴笨，怎么也不会准确地念“dear”这个英文字，虽然我懂得了这就是“亲爱的”意思。可我只会叫“哥 der”。八叔家的堂哥最调皮，他说就这样叫吧，从此我就习惯不停地叫“哥 der”了。以后我在八岁时上了小学三年级，也开始学英文了，学到十八岁中学毕业。我十五岁时，哥出国求学，我还改不了这个称呼。我们再见面已是抗日战争初期，兄妹三人都已结婚，成大人了，再也不好意思大叫一声“哥 der”！但到我们都老了，偶尔写信，还是忍不住这样称呼，以博我哥莞尔一笑。

2009年4月我即将离京返宁，临别时我拥抱了这几年坐在沙发上没法动弹的哥，我轻声说：“今年冬天见，哥 der！”那会儿我忽然有一种不祥的预感：总不至于是诀别吧，毕竟我们不能扭转命运！这是 irony of fate……

另一张纸是《文汇读书周报》徐坚忠（又名舒也，即这一版的责编）特为你印的样报，可看清楚些，我的打油诗给他看着玩，他认为可以发表，因为外面一些读者关心你。我写的全是我的真心话，诗写得不好，当然有点含沙射影，总有人看了不舒服的。而我一向是 ironical 的，一笑！

《悦读》第四期听说已卖完，我这边有两本，又送掉一本，所以先复印一份寄你，咱们的童年确实过得挺快乐的！你好像都忘了，可我都记得！你如不反对我写，我还会写下去。可以吗？

我过得挺好，一点也不寂寞，只是牙齿不好，另外就是发现由于长期咽喉常发炎，忽然一点不会唱歌了，只好每天回忆歌词。明天 9.18，记得的人不多了，我却记得那年姑父带我们去国民饭店，第一次看室内高尔夫球，我们在楼上，楼下那个大舞厅里在奏着 Toselli 的 Serenade[①]（like a golden dream in my heart ever smiling…）。那天还是 9.18!

（2008 年）9.17 写

信没写完，夜里忽然眼睛剧痛，大概是看电视由于我右眼不好，临时坐近了，一个晚上看了三集电视剧《金婚》，又看音乐频道的“经典”（Classic）。我这人兴趣太广，有病也是自找的。剧痛之下只好叫我的钟点工去买药，正赶上台风下雨，几个小时后雨也停了，剧痛早已 over，一共痛了五个小时。

小苡去桂林旅游，前天（二十号）夜里才回来，我恰恰是她不在家时得了急性眼病，可我始终认为做人不能依赖，还得靠自己！妈妈去世已十五年，这十五年在生活上对于五姐也是挺可贵的锻炼，罗沛霖很能干，但这几年恐怕不那么健步如飞了！

你、我、五姐沛霖都垂垂老矣，“老而无齿（耻）早该死”，只有五姐可以真正快乐地发挥她作为一个“共产党员”的作用。哈哈！

另附香港《大公报》才寄来的剪报，还有两张照片送你，但不是今年的，今年已经老得像 old witch 了！

希望十二月见，按目前我的状况看，我可以去北京住一个月！

祝好！ Miss you! 我的哥 der！

静如

（2008 年）9 月 22 日

托人寄信，约好今天来。

哥 der!

我非常想你！可是没有完整的时间写长信。你看我还是喜欢写信的，比如说：可以喊你一声哥 der！反正没人能懂，正如乃迭喊你 Coon，也没人明白。

我现在精神状态挺好，每天早上醒来发现自己夜里没死，还能活到第二天早上，就有点开心！因为我又可以 enjoy my life again！我有时夜间心脏不太好，但我不紧张，总不会像谢晋那样吧。

要写的东西很多，全是支离破碎的。巴金先生在 1997 年 11 月在上海跟我说的最后的话，只有两个字“多写！”这两个字从他口中吐出真的十分吃力，现在他已去世三年了。(2005年10月17日!)我的健康情况也比骨折后恢复多了，我希望我能活到姆妈的岁数。(96岁!)

所以你必须健康快乐地活下去，因为你这个大宝贝哥哥一倒，我们三人便会像多米诺骨牌一样都站不起来了!(一笑!)

寄去两本《百家湖》和一份《二姐》打字稿。希望你耐心地看看给我提点意见。值得回忆的故事不少，但写出来便有顾虑，但我是并不怕闲言碎语的，我没那么封建，我想你也是。咱们活了一辈子，见过的听到的太丰富了，那么多故事、好人和坏人、可悲的和可笑的……我的“绛舍的故事”也写完了，可能《悦读》会发表。我不喜欢接受采访，也上过当，希望你也警惕那些沽名钓誉，唯利是图，用MP3偷偷记录你的随意聊天，然后乱写的年轻人。

还有一本“一同走过”，你还有没有?五姐说她从来没见过，真不可思议!你就交给她吧!我还为你保存着两本。你翻翻看，有没有错(不符事实的地方)。译林出版社打算出中英文本的。(把Hilda译的排在后面，因为照片太多，没法把英译夹在中间，不好排。)如果上面批下来，就跟李辉直接联系，这是件好事，李辉也很乐意。他告诉我大象出版社也没问题。

《悦读》连续发表我写的东西，这当然是由于你和巴金先生的名气大，我可说是“得天独厚”。可惜我又特别“低能”!五姐假如不那么“左”得可爱，成就也会大多了!当然，姆妈和中西的十年教育是最最重要的，不过巴金确实给了我极大的影响，如今他已逝世三年，我至今不能忘记他对我的鼓励!

另有两份复印件，我不知道《悦读》你是否每期都收到，所以先寄你复印的。徐坚忠（即虞非子）写的“杨家兄妹与‘坚强的人’”可读。这些年徐坚忠非常帮助我，我真没劲清理旧稿。李辉也是给我很多鼓励与帮助的小友。不久《雪泥集》即将重新出版（即巴金给我的六十五封信），全是徐坚忠编的，出大本子。至于我的散文集，我不着急出，也由徐坚忠编。

信太长了，你没事时看着玩，最好看完交小采，别给五姐看，我可不想惹她不高兴，我是“孺子不可教也”。

匆祝你一切一切好！如有不舒服的时候千万告诉“娃娃”（杨炽）！这信写了好几天，干扰太多！

妹静

2008 年 11 月 5 日写完

哥 der!

上封信写了好几天才写完，干扰太多，有时盼望下雨、刮风，可也没用，来的小友多是风雨无阻。

昨天董宁文来，他将把他编的目录寄你（由我寄）过目，我想你是可以等到这些书出版的，因为你基本上健康、乐观、自信而且有耐心！即使身上又长出点什么小玩意，不过是跟你捣捣乱，你只要治疗，使它不至于撒野，拼命长快。

老人长什么也慢，我期待我活到 96，那时你过了 100 岁，多么美妙！

今天下午宋词要来聊天，好久不见了。曹明、黄宗江、宋词都是八十岁的人了！现在苗子、丁聪、范用也都垂垂老矣，这是自然规律！我现在连感伤也没了！如果有来生，我还愿做你的“小叭狗”（这是孙以夔那样嘲笑我的，我叫他“小猴”），你还是我的哥 der！

托人寄信，希望小妹早点给你送去。

祝一切好！平平安安！我至迟十二月上旬到京！你如需住院，没关系！我照样去看你，何况你住几天治疗一下，就又出院回家了！

妹 Lucy

2008. Nov. 11

2008 年 11 月 18 日，星期二。

下午询问杨炽回来没有，找医生问了住院事没有。舅舅说不想那么早去医院。杨炽说恐怕要去三院，但不在院本部，搬到党校那里了。

2008 年 11 月 19 日，星期三。

打电话向妈妈汇报。一天通话两次。

2008 年 11 月，日子不详。

我还没有去问杨炽医生的意见。我答应妈了解了情况就给她打电话。妈先来了电话。妈说阿姨打来电话说已经确诊，是淋巴癌，有七八个瘤子。要用注入法，两个礼拜就好。舅舅答应去医院了。但现在没有床位，要等到下周。

妈的意见是，何必让他受罪，到这时候应该让他舒服。应当吃中药，可是舅舅不肯吃。

2008年11月22日，星期六。

下午打电话问住院的事，小薛说还不知道什么时候去。杨炽不在。舅舅接过电话说："下周吧，礼拜二三。"问他哪儿不舒服，他回答："没什么不舒服。"

2008年11月24日，星期一。

下午三点多，打电话到小金丝胡同，问小薛有床位了没有。他说有了，医院来电话了，明天可以去。

我问舅舅明天怎么去，他说他不知道。我问杨炽在不在，他说不在。问什么时候回来呢，说两个小时吧。我问："那明天你们怎么去呢？"他说："不晓得，你不用来，会安排的。"

我又问："范玮丽回来了吗？"

他答道："不晓得。该回来了吧，她说一周，早过了。你告诉她，这周不要来了，我要住医院。"

最后我又问舅舅："你现在有什么不舒服的呢？"

"没有，挺好。"他说。

我撂下电话就去拨玮丽电话，是她接的，果然回来了！我先告诉她舅舅近况，她说她昨天回来的，这次收获很大，她在大英图书馆看到了乃迭的信。是她写给英国亲友的，信很多，写得很具体，有"文革"，有唐山地震。我问："有杨荧和黄仲爵沿着铁轨步行回北京的事吗？""有啊，"她说，"但都是手迹，有些字很难看懂。"她想抄下来一些。图书馆很严格，不许拍照，借的资料，都用透明袋子装着。不能用圆珠笔，只能用铅笔。她每天都在那里抄。她还说她还看到写我的内容，她问我是不是去过辽宁。我说："是啊，在果园。"玮丽说乃迭信上说："MISS 从辽宁果园回来了，她原来极左，现在不那样了。"

过了五点，我想杨炽该回来了吧，打去电话，她却还没回。我想把玮丽告诉我的好消息转告舅舅，刚说到玮丽找到大英图书馆，有个英国先生要编舅母的信的事，他忽然对我说："这里有客人，细事再说。"因为舅舅从来没有打断过我说话，我听了两遍才明白。

晚八点，终于和杨炽通上了电话。出乎我意料，不用我费口舌，她很快表示要我也去，并约好明天一早打车去。她说："需要你的车，要运东西，有小薛的床，轮椅。"她还说她的公司也来车，八点半出发，我答应之前一定到。

2008 年 11 月 25 日，星期二，晴天，太阳很好，早上略有点寒意。

昨晚傅答应明天他叫我起床，我也想早睡，好早起，却事与愿违，平时迟睡，想早睡反而睡不着了。又是一点！今早六点半，叫早的电话铃响了。不敢恋觉，赶紧起床，七点半出发，我选择还是走二环，走定阜街。八点一刻我走进了小金丝胡同六号，杨炽、小薛和舅舅都在客厅里，打好的包裹搁在饭桌上。杨炽说："你倒先来了。"

不知是否因为今天要住院，舅舅的脸色有点苍白，不如平时好看。我坐下，和他们讲今天太阳不错，只是有点寒。杨炽说她公司的人住在北五环，一定堵车了，果然后来打来电话说堵在德胜门了。杨炽说其实不着急，还要等外文局人送支票，他们不来，也住不进去。我问上次放疗花了多少钱，杨炽说一万多吧。“全报了吗？”“那当然。”她答道。我才知上次的注入治疗效果非常好，医生看了片子说恢复得好极了。

我先去放东西，杨炽搬折叠床，小薛提包裹。我关上院门，问他们带钥匙了没有。他们都说带了。今天我的车停在胡同口以东一百米处。

坐在沙发上一声不吭的舅舅看我们进进出出忙着，只说了一句：“麻烦你们那么多。”

车来了，我叫舅舅去方便一下，他说不用。我从厕所出来，舅舅已穿好了那件深蓝色的羽绒长大衣，扣在头上的帽子，出了门就被他拽掉了。我在前面走，不时回头看看，坐在轮椅上的舅舅白发白面，光着手，小薛说忘戴手套了。我拿出我的半截手套给他说：“我有手套，但没有手指。”他说不要。要是杨炽不在，我真想拍下舅舅出门的情景。

在胡同口我见到了来接的车。我说对司机说我道不熟，跟他走。他叫我开到银锭桥等，而他从北官房胡同口沿河边转过去。我开到桥北岸，那辆黑色轿车已上了桥，我一时没反应过来，车子已在桥对岸冲我按喇叭了。

我顺利地跟车一直开到德外大街，绕到箭楼后，不料两辆出租车隔开了我和黑车。是进高速入口还是走辅路，茫茫车海，我无法判断，进去又怕出不来了，便选择了辅路。这一下黑车连影儿都没了，我完全跟丢了！没有对方的电话，杨炽不用手机，无法联系，彻底断了念，也好，我自己来判断怎么走。

很可笑，我很快走回自家门口，沿着北三环，上了万泉河桥。记得傅说过，中央党校在颐和园那边，我就往那个方向开。给傅打电话他不接，找冀平，也不在。突然我想起了向王旭东求助。王证实颐和园方向没错，他还补充在北门，靠西的。于是我死盯颐和园路，经过了国际关系学院、西苑，再往前又有点糊涂，一时还开进耸立着颐和园高高的石墙的道里，在保安指路下，掉头，回到主路，终于看到了党校的大门。我想它的对面一定是颐和园的北门了。下车，问门岗，他客气地告诉我去医院要在第一个红绿灯右拐，走到第一条道再右拐，就是党校的后面。“还在院里吗？”我问。“是的。”他说。现在心可以踏实了，我老老实实照此开着，只是没料到绕到后墙，又出现一片工棚，以为又走错了。

终于与杨炽一行会合。三院肿瘤专科便设在党校大院一幢楼房里。

同病房家属主动介绍老伴八十二了，然后指指舅舅反问：“他呢？”我说九十五。她惊讶无比：“真的啊？瞧他脸色多好！”

安顿后，舅舅再次提到，袁可嘉死了。

来了大夫。他说他姓曲。测了血压，正常。曲又叮嘱道，星期五去门诊做（注入手术），问他有车吗，才知医院没有车送。曲大夫说：“你们打车吧。”

还发现此院没有病号饭，要自己解决。我跑到院外小铺买了包子，小笼包子，一两两个，一屉十个。舅舅一连吃了五个，他八成饿了。

2008 年 11 月 26 日，星期三。

一气呵成写出致温总理的信。洋洋洒洒两千余字。

2008 年 11 月 27 日，星期四。

早醒，先继续修改致温总理信。十点半才赶紧出门，想买包子、蛋羹未成。想买充值卡，未成。径直开上万泉河桥，在颐和园西路跟着一辆 534 公车到了党校北门。又绕了一圈方找到，就在党校东侧。

舅舅坐在轮椅上，午饭已吃完了，说又吃了五个包子！早上也吃了五个包子。

我安慰说早点出院就好了。

小薛先去吃饭，我再出去给自己找吃的。买了充值卡，再吃馄饨和蒸饺。给舅舅买了小毛巾、巧克力派、方便盒、湿纸巾。

和舅舅谈国际坏消息，孟买近日发生连环爆炸。我和舅舅都去过那里，那是怎样一座繁华的港口都市啊！

让舅舅上床睡会儿，但他一直处在半睡半醒状态。

下午邻床的病人要去门诊部做放疗。我诧异他出门要这样折腾：西装、大衣、呢制礼帽，一层层穿起，尽管十分吃力。他的喉管切了一个口，并不影响他认真照镜子，尽管脸色焦黄黑斑无数。

病友走了，也带走了从他喉咙里日夜不停发出的呼噜声响。

病房安静下来，我和小薛小声聊天，陪坐在床尾。那栏杆上挂着小卡片，上写着“北京大学第三医院 杨宪益 男 右侧磨牙后……主管护士雷媛”。

舅舅半睡半醒，看样子，这过了点儿的觉没法睡了。黑色的瞳仁时不时闪露，不知舅舅又在想什么。

想画，有点犹豫，因为想起婆在世时仅给她画过一次像，也是躺在病榻上的样子，只有巴掌大小，偏偏被妈发现了，还斥了我一顿。

忍不住还是画了，神态近似在香港中文大学荣获荣誉博士那一刻。

不知为什么后来聊了几句稿费的事，舅舅说他没稿费。“《红楼梦》的稿费是用我的工资顶的。出狱后，没有还乃迭的工资。”

三点半离开。

2008 年 11 月 28 日，星期五，晴天。

近八点方醒。电视里在继续报道印度孟买的恐怖事件，死亡一百多，伤数百人。此次行动针对英美西方人，住在五星级酒店的富人们倒霉了！

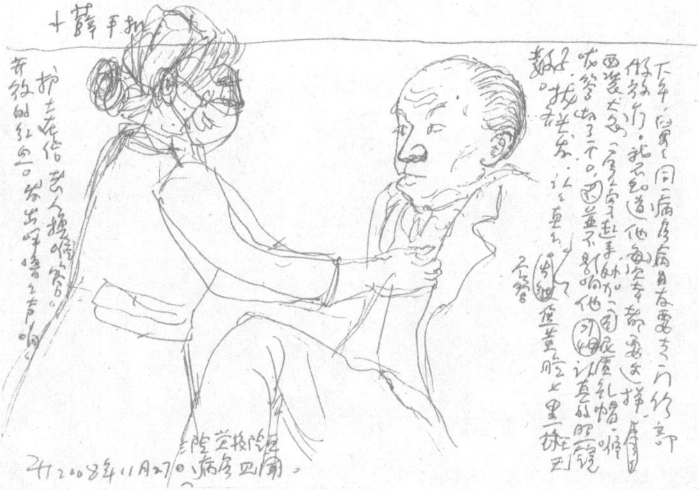

护士给舅舅临床的老人换喉管

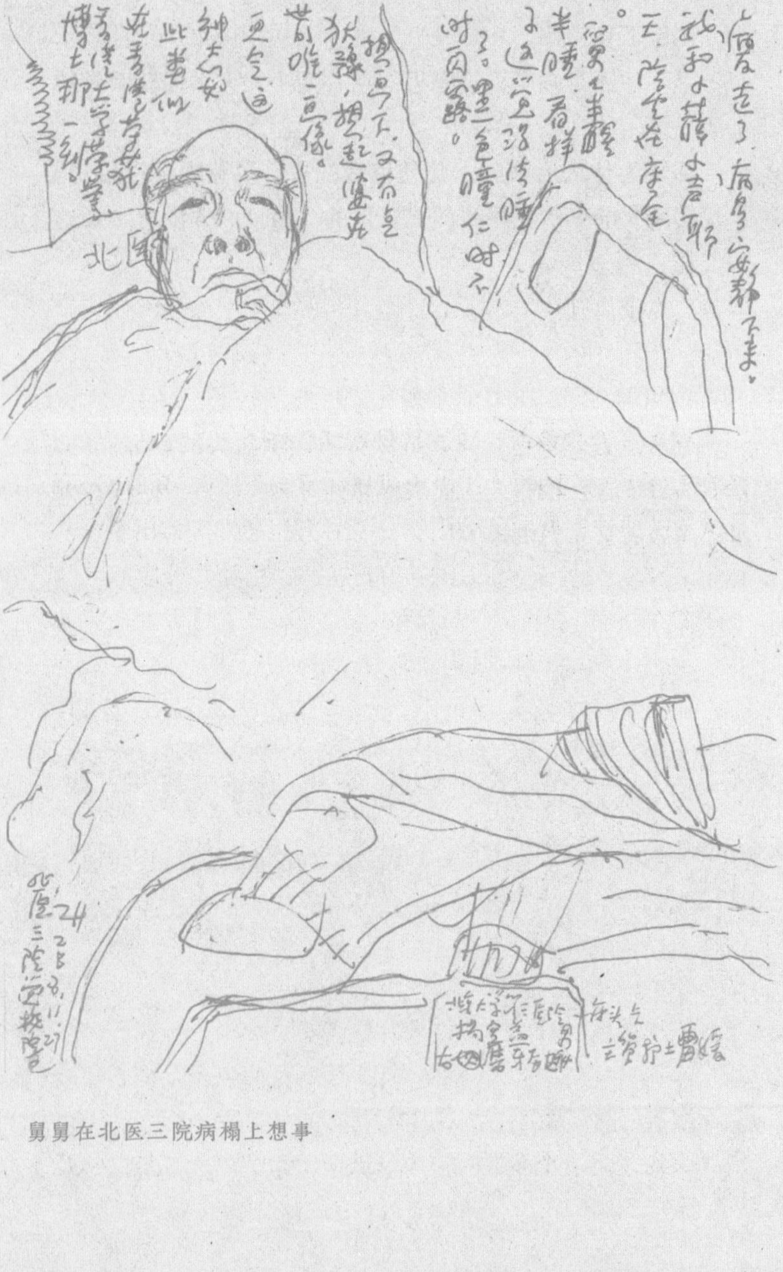

舅舅在北医三院病榻上想事

又在致温总理信中加了病房没有冰箱的细节。叶廷芳凌晨来信表达对杨老的挂念，他也递不到温总理手里，他的取消独生子女政策的提案就没呈上去。他说到可以找党校熟人询问。中午他又来电，熟人回复说，本院是校内卫生所，本不该住的。他还说我政治上幼稚，这封信不该写。

按傅的安排，信又发给了雷蕾，请她想法递上。没空和她沟通了，我得赶紧走，今天舅舅将去三院门诊部做手术。听医生说是下午一点，我扒了几口饭，十二点多就打车去了。

到了三院门诊部，居然是我先到。打通小薛电话，他们还在等车（出租车），还没出发呢。只好枯坐在B超室外，走廊里全是病人和陪来的家属，不时有担架推进推出几个危重病人和老人。一个男人的呻吟声很大，更添几分凄楚。

我到外面又候了一会，张望着西来的方向。又折回B超室，问了几次，不告诉我下午有否姓杨的老人登记在册。

倒是接到了雷蕾的电话，让我心存感激。“不大容易。”她说。

总算等到了舅舅他们，在熙熙攘攘尘土飞扬的大街上，老人被搀下出租车，小薛推进院。接着又是等候，舅舅淹没在塞满走廊的候诊病人中间。他一言不发，平静如水。

后来，他被推进去，但坚决不许家属跟进去。舅舅无助，我们奈何！

杨炽提出到外面待会儿，我随她走出大门。人行道上摆了一长溜“古董”藏品地摊，我们象征性地瞅瞅，聊着她的童话故事《九龙生子》的插图问题。

大约过了一个多小时，舅舅被送出治疗室，说是打了几十针，一个瘤子上要注射几针。问他难受不。他淡淡地说不难受。

无法知道他遭的罪！

再回党校，叫来一辆出租，又拒载。这样的高龄老人，也难怪，谁都怕担风险。

2008 年 12 月 1 日，星期一。

因为家里装修晾台，今早我还没来得及和医院联系，玮丽已打来电话询问情况，因为她要决定是否去送饭。她家阿姨已在昨晚新做了包子，她想送去。我叫她自己打电话问，

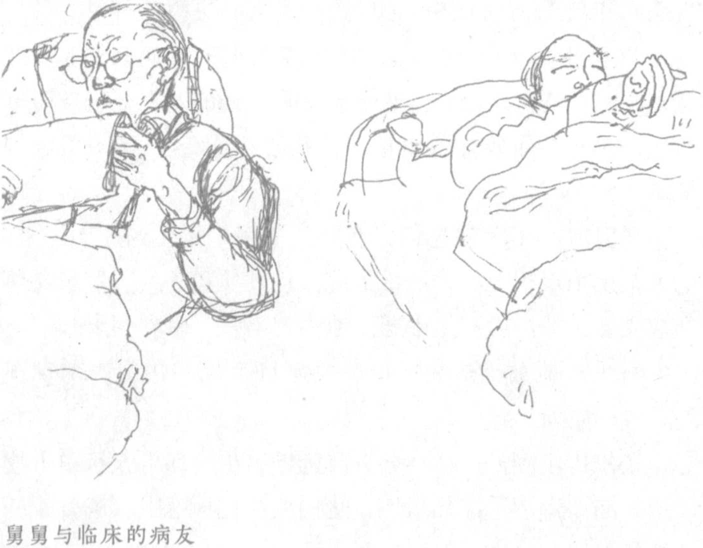

舅舅与临床的病友

她打了，但没通，事后才知道当时舅舅到地下室去做CT检查了。

玮丽还是去送饭了，她再次对我谈她的印象："你舅舅显得很疲倦。"我告诉她，舅舅一向不喜欢住医院，他不像我妈，喜欢住院，喜欢观察人，交新朋友，找各种乐趣。

意外的是，傍晚打去电话问候，小薛说："检查很好，我们已出院了。"我担心那么多东西怎么拉回来呢。小薛说，都拉回来了。我问："杨炽也去吗？"他说去了。这事真让人奇怪，因为进院那天可是浩浩荡荡开了两辆车啊。放下电话，我马上告诉妈和玮丽。她们自然和我一样惊喜，感叹一番了。

2008年12月15日。

前天妈到北京了，第二天去看阿姨，第三天看舅舅。兄妹俩五年没见，妈主动欠下身去拥抱舅舅，不禁落泪。舅舅被搂着却直笑。出院后他精神好多了，好像癌魔从没来光顾过他。舅舅看妈带来的各种剪报，尝了一点儿她带来的各样南京点心。

2008年12月17日，星期三，刮了一夜风，白天也能感到略降温。

妈的晕车好些，我劝她这两天别出门，好好休息。

李辉来访后，鸫儿和女友安静来看姥姥。他们很快要赴美国过圣诞节。

阿姨和小苡的电话没完。阿姨今天担心杨荧、杨炽去海南，舅舅没吃的。问了小薛，其实他们家保姆根本没走，虚惊一场。

2008年12月19日，星期五。

李斧本来说一起去小金丝胡同，结果打来电话说走不开，不来了。下午两点半我和妈出发第二次去看舅舅。妈又带去好多材料。

回来赶上下班高峰，堵车厉害，妈又晕车了。

2008年12月22日，星期一。

细读登载在《传记》上的采访记。舅舅拿给我们看的，看来本人还满意。其中的思想观点令人意外。

2008年12月24日，星期三。

今天是舅舅九十四岁阴历生日。我和妈，还有傅一起去给舅舅拜寿。昨晚我到“金凤成祥”买了西点一盒。

杨荧开的门，迎我们进屋，小薛在拖地，家里归置得很干净。杨荧示意家里有客人。

果然正撞上民革中央来了五个人，坐满几只沙发。大蛋糕摆在饭桌上。我们只好在客厅外候着。人家见状只好寒暄几句告辞了。我们一行三人马上占座。

老寿星开吃我买的小蛋糕，叫小薛给他脖子下塞条手绢，我引他尝这块再尝那块。

一会玮丽也来了，她是第一次和妈见面。妈说：“我早听说你了，谢谢你关心我哥。”两人聊起共同认识的巫宁坤。

玮丽又展现莫顿学院的学生合影给妈看。小薛拿来外文局送来的汉英明代诗给我。

看着我们忙着收捡他的材料，舅舅自己倒反问：“你们在干什么？用不着！”

杨荧坐一旁，和他爸一个态度，也笑着问：“你们留这些干什么？”

傅一直在拍照。

最后拍了合影。

出了小金丝胡同，长发少年易安突然出现，我主动打了招呼，一群人便往银锭桥方向走了。

2008 年 12 月 27 日，星期六。

赵苏、向利华昨日到京。商量又商量的家族大聚会终于在今天实施了。后来才知其实并没有第三代人参加，各带吃的，结果还是以荤的为主。

两代人一共十四位。阿姨、阿夫由赵苏、利华陪着第一批到，我和妈随后。再后来是罗晏、郭振海。因堵车，年龄最小的罗晋迟到了。

我们带去三个肉菜和云南水果。阿姨带的是粽子，又叫了两套烤鸭。罗晏做了最拿手的沙拉和狮子头，这是几年来大家一致称快的。

阿姨重念了舅舅的对子：“前列腺对后庭花，徐剑生对快枪毙，陈水扁对赖汤圆，马英九对刁德一，沙博理对土肥原”，惹得众亲戚哄堂大笑。

老人们先上桌，舅舅最先入座。我想让他坐主位，小薛推开了最外边的椅子，也许这是惯例。舅舅坐下戴上“围嘴”，我为他卷了一张烤鸭饼，盛了一碗牛肉汤，我还鼓励他尝了一点狮子头。他自己先闷头吃起来，周围再热闹，他不参与，他现在的任务就是“消灭”面前的食物，而且不抬头不停顿地一次完成。

饭后，吃蛋糕前，在阿姨的指挥下，大家冲着舅舅齐唱了中英文的“祝你生日快乐”。最后照了大合影。其实各种组合，有喜欢抓拍的赵苏和赵蘅在场，自始至终没有停过。

阿姨和妈今天表现得特别顺，尽情让我们拍他们仨和他们四位老人的亲密笑容。我不知道这是否是他们欢聚的最后一次机会，我也只管尽情享受这一切！

老寿星在吃我带来的小蛋糕

下午两点大家陆续散去。

带来写舅舅的《新京报》被本人留下了，妈妈向他要回了《烈日之下》[1]。

然而赵苏拍的一段录像画面，永远定格下来。

① 建筑学家刘光华的回忆录。刘是中央大学毕业生。

第十年

即此亦千秋[1]

“一个人和另一个人的对话困难到了这种地步：手势和眼神，眉头和耳朵，全要派上用场……”

——2010 年 11 月 27 日

“我们中国，我们中国的知识界，多么需要像杨宪益这样的人，敢说真话，敢于担当的人，不以物喜，不以己忧的人……”

——邵燕祥：《悼杨宪益》，
2009 年 12 月 1 日《大公报》

揪心裂肺的一年啊！

① 杨宪益诗题："一九九〇年元宵节许以棋兄邀宴，以已故赵丹兄遗墨见示命题，情意难辞，怆然感赋。"全诗为："睹画想风流，才高志未酬。遗言见肝胆，即此亦千秋。""警卫放风何日有，官家提审几时休。而今往事成遗迹，白纸坊前可暂留。"

第十年

即此亦千秋

2009年1月5日，星期一，都说天好，到晚上才知今日小寒。

感到有点冷，细想是因为累了。

暂别画得正旺的画架，陪妈赴三里河，昨天杨荧说五姑约她十点到。我和妈走前事儿多，十点半到的，这还忘带了苗子给舅舅的台历和半只蛋糕。

杨荧明天回美国。加上阿夫，五个人围坐客厅桌旁，这里的贺年片上百张，已成两条长串悬挂在头顶两边。我们带去一盒乌龙茶，一板巧克力。杨荧带的是一大盒美国巧克力，每一块各有英文说明，她陪阿姨读了一块便打住了。然后一人吃一块。

聊起老人坐硬椅子好，两个姑姑都叫杨荧给她爸换。还讲了好多舅舅吃什么的问题。杨荧对我说，叫范玮丽别带粥了，她爸现在不愿吃了。都问："那吃什么呢？"杨荧说"萨其马"。大家由此很担心。杨荧说她爸不听，嫌麻烦，杨炽也没办法。

我带来的赵苏拍的阿夫生日照片光盘给阿夫，杨荧先说要，后又说不要了。但阿夫仍然去刻，在电视上放给我们看，有二百多张照片，从饭前放到饭后。李冬做了四菜一汤：茭白红烧肉、蚕豆瓣、素什锦、糖醋鱼、白菜排骨汤。米饭很软，但妈仍吃得很少。对了，还有蒸红薯。饭后一人一碗梨片。

杨荧要到杨炽公司游泳去了。她和两个姑姑拥别，谈吐极像英国淑女。留下的人把话题转到前政当政的官员身上。没想到正统的阿姨也幽默，描述得入木三分。她说中国人有一毛病，“捧官”，我说是恶习，她马上赞同。

近两点，我催妈出发去看舅舅。我说十分钟到，却开了半小时。到了胡同口，我再次叫小薛出来接老太太们。

舅舅胖了，脸色超过两个妹妹。我心想这哪像光靠吃萨其马为生的老人呢。先把打印的散文集文章给他这位作者看，我一篇篇翻着，让他一目十行地看。“这个不像我写的”，“我没写过这篇”，总共十来篇，最后只认定七篇是他自己写的。

末了，他皱皱眉叨叨了一句：“出版这些没什么意思。”

今天他讲的翻译《红楼梦》的事，我第一次听说。

舅舅说：“让我和乃迭翻译《红楼梦》八十回，吴世昌来帮助，查原版，做了一点。可报上登的是我们坐牢后吴世昌发现了稿子，东一点西一点散在地上，是他收集起来整理。可这不是事实，为什么要这样呢？”

一向温和的老人说着说着，显然愤懑了。

我听了只感到触目惊心，为这些胡编乱造的伪事实。

这时鄂力又出现了。

2009 年 1 月 7 日，星期三。

玮丽告诉我，她约陈丹晨和赵学林今天去舅舅家。两个男士都是外文局老同事，被玮丽联络到一起。陈说起他发表文章被删的事，还有那场风波。到十二点了，玮丽怕影响舅舅吃饭睡觉和上厕所，就催他们走，舅舅却说没事。出来，她请他们吃了饭。

2009年1月19日，星期三。

李斧约我们一起去看舅舅。我带去张昌华发表的文章，一篇在台湾的《传记文学》上，另一篇在北京的《人物》上。

舅舅大概都忘记自己校对过了，好像第一次看到。他边看边发表感想："这人材料真不少，连我自己都不知道。要我写写不出来。"又说："真很不错！"

他专心看着，我和妈，还有李斧坐一旁一声不吭陪着。

舅舅的一种神态

是我叫妈别打搅，因为我了解舅舅看什么总要一气儿看完。

文章太长，终于看完了。

妈首先发表联想：“那时叫我写劳改日记。”我问：“你写了吗？”

“没让我写，”舅舅说，“我从来不写日记，我什么东西都不留。”

问起舅舅在监狱里的交代材料，他说：“他们不给我，我出来后说给我。又处理了。”

下一件事才轮到李斧。他从包里捧出一堆书，约有七八本，请舅舅签名。事实上只签了两本，其他盖了章。也许老人很感动，突然要小薛搀他起来，亲自去卧房书柜里找书送李斧。我追了过去，一个劲儿抓拍，因为这情景太令人激动了！

柜门打开，舅舅面对一整柜子的书。第一次见到他如此认真地审视自己的译著，而且不为别的，只为了送人！这才知道近来外文局表现不错，竟送新出版的样书来了。

这一审视不要紧，结果书摊了小薛一床。妈和李斧这时也跟进来，小薛趁机帮腔劝我们多拿。“要不然也送别人了。”他说。

回到客厅后，舅舅继续给李斧签名。

在他翻到扉页一刹那，我匆匆画了几笔，又画年轻了！

接着兄妹俩一言一和聊时下胡编的趣事。他重复地说：“胡编还有，一个女编辑来采访我，结果后来写我翻译《红楼梦》，说我被送进监狱后，稿子乱七八糟……”

胡编者拙劣，议论着却觉得好玩。要不怎么会晃腿抽烟，如此洒脱！

临走，舅舅问妈："你需要钱吗？"他说外文局送来了稿费。

2009 年 1 月 28 日，星期三。

上午十点出发，去三里河阿姨家。她请我和妈吃午饭。

下午两点我开车陪三个九十岁老人去小金丝胡同看舅舅。今天我就像托老所的保姆，小心翼翼，责任重大，又充满自豪感！

在胡同口，我向后面的车摆摆手，示意请等一下，好让车里的老人们慢慢下车。

本来也约鸫儿见见面，结果他的车被堵到新街口，我叫他别来了。

阿姨开讲杨家旧事，三个老人和我一旁听着，都不打断她。

她说杨家有三个翰林，不是四个。

讲到外公去世前对婆婆说的一番话，阿姨说着说着哽咽了。

来前妈说阿姨讲的，舅舅又长了三个癌瘤，在脖子另一边。

2009 年 2 月 1 日，星期日，多云。

一句客气话，让我再次开车去三里河接阿姨、阿夫，还有罗晏，一起去罗彧餐馆。本来我和妈完全可以在十一点半再出发的，这下可好，我们必须立刻就动身，而且因为要绕路，还得先去加油。动身前妈叫我看看黄历，上面赫然四个字："诸事不宜。"妈笑了笑说："那你就开车小心吧。"

下楼，妈等在门外，我去取车，却不料我的车位旁停了一辆白车，它的车身超出车位两尺，害我倒出来很费劲。幸亏碰见邻居，请他帮助，他干脆亲自驾驶。妈说她等得冷了。我心想别再出麻烦，还好，后来的事挺顺，十一点半接出罗家三口，直奔地安门东大街。

阿姨要求和妈坐在一起，阿夫坐前面。一路上她向妈讲宋觉如给她的老照片。我听一耳朵，后来看到了，照片上是我的外曾祖父杨士燮和他的七个儿子，他的姨太太及四个儿女。几年前高龄故去的姑婆在照片里还是小不点儿，足见这张照片有多古老。

看来，我放弃走二环路对了。从平安大街到地安门，在鼓楼城楼下，右拐一百米就看到一座牌楼，牌楼上方有灯，灯上标有“连理树”三个字。开进牌楼里，是两幢一灰一红的建筑，让我想起现在的美院校舍。

九年前这个家族热闹和谐的气氛又重现。点菜时，阿姨说舅舅最爱吃土豆泥了。罗彧说达悟和杨炽、易安来吃过。只可惜舅舅不能来。

席间，妈说她已找到南京的画家来给杨炽画插图。阿姨说她看过杨炽写的，好极了，让她一会哭一会笑。

阿姨又说小薛要走的事，是周大夫告诉她的。

聊到开这家美国餐馆，阿夫出了五万。

今天给我们打九折，花了五百零一元。

回到三里河，阿姨接着说话。“你妈（小时候）最没有气节了，她太好吃了。”

妈说舅舅一个人能吃四个麻酱烧饼夹火腿。

阿姨要送我工艺戒指，我挑了红银两样。

去的路上妈讲婆年轻守寡后的怪脾气。回来一路，妈又讲姑婆的事。

2009年2月9日，星期一。

阿姨来电话：小薛走了！

晚上玮丽电话里告诉我，她今天去看舅舅，见到新来的护工了。他姓连，五十一岁，邯郸人，曾当过经理，下岗了，需要一份工作好养家。我问他知道不知道老人是个什么人物，玮丽说恐怕他不了解，要不然怎么会问玮丽，杨炽是孙女还是女儿。

舅舅说小薛走前整理东西，发现几本书，有《一同走过》，还有《漏船载酒忆当年》。舅舅送他《漏船载酒忆当年》，玮丽把《一同走过》借给小连看。

舅舅还好，小薛走了，虽没办法，还算面对了现实。我想，后天去看舅舅，我要好好和小连谈谈，告诉他照顾杨老先生是一件很有意义的工作。

2009年2月12日，星期四，阴天。

昨晚失眠，三点睡着。今天妈开大电视声音，八点半自然醒来。如果按计划十点和叶廷芳在小金丝胡同见，还有一小时就得出发。

起迟。走前显得匆忙。才发现两人只有一片面包。我说煮馄饨吧，妈说吃点心。几小块宫廷御点下肚，而后去小金丝胡同。

又有车堵在我的车旁，倒不出来。

快到定阜街等红绿灯时，我打电话给舅舅，但奇怪无法接通。

今天胡同口车多，我把车停在北官房胡同里一家餐馆门口。

迎出来的是新来的小连。我介绍我，指指客厅坐着的人说那是我舅舅，我妈是我舅舅的小妹妹。

意外的是，他说“我知道你们是谁”。

叶并没早来。而我打的电话原来错了一个数字。

舅舅稍显惊讶。他脸色很好，好像胖了点。达悟正在沙发上打电脑。

舅舅说小薛走前他洗了澡。小连说每周六洗，一周洗一次。

先给舅舅看带来的点心，摆在他腿上让他自己挑。舅舅说：“小连，拿假牙去。”妈说吃豌豆黄吧，他吃了一块，又

叶廷芳拜访舅舅

吃了一块。

杨炽回来了，我告诉她，她的童话稿已寄给南京的原小民，等他回音。

舅舅说找到妈要的画轴，在大衣柜里，让我拿走。

到厨房和小连聊了一会。我说："你知道老人的情况吗？他很伟大，你的工作很有意义。"小连说："我了解了一些，看了书。我原来做瓷器生意，现在下岗了。我媳妇也在北京，给人做家务。"

叶廷芳来了。他送妈一本书，送我的是《扬子—莱茵——搭一座文化桥》。舅舅直言问他："你为什么不给自己写一本传？你写了这么多本，这么努力，应该写自传。"叶回答说太忙了。

叶带来一份文件。舅舅看得很专注。叶说写得很好，这就像当年的戊戌变法，会在历史上记上一笔。舅舅静听妈和叶谈话，显得很有兴致。

妈问舅舅要不要看邹霆太太。我把她的名字忘了。妈说好像姓李。舅舅说叫李路。还有个何路，那时去延安的女孩都爱叫"路"。

又提他认识冯亦代。

我向叶介绍三代家谱，一个生三个，三个又生九个。

舅舅说："还有一个哥哥。"

我马上问："谁？"

"杨烨。"他说。

我愕然。静场片刻。

临走我要来杨炽的电子邮箱地址。

出来我们带叶去了"连理树"。席间，叶又提独生子女政策反自然，反生态。他告诉我们，上次开会和彭佩云[1]坐在一起，她还听了他的看法。

叶胃口极佳，他说："我什么都吃。"

从连理树出来，发现下雨了。我高兴极了，一百一十天不下雨了！后来才知道这是人工降雨，用郊区的雨催来的。

2009 年 2 月 17 日，星期二，下雪了。

夜间开始降雪，天亮后也没停。妈问路上好走不好走，因为前几天就定下今天要到阿姨家聚会。出发前阿姨还来电话告诉妈，妈的同学张定华不来了，其实妈昨天就知道了。我们十点多出发，妈要在单位物业那里等我去取车，我叫来傅帮我清除车上的雪，等我们搀扶妈进车之后，我还是把一纸袋礼物落在门外的台阶上了。袋里有杂志（《传记文学》）、书（《呼啸山庄》《离乱弦歌忆旧游》）和土耳其糖等，都是妈昨天就细细准备的。我直到南沙沟阿姨家门口才发现，只好把妈移交给阿姨家保姆李冬，自己又开车回去找。幸好我曾托单位清洁工照看，他见我不在早把那兜东西交给了物业，使我顺利取到送到了各位长辈手中。和我妈见面的是俞欣阿姨和高狄华阿姨。严欣久因身体不好不能久站，先回家去了，我没见成。本来送她的书转送高阿姨了。

俞欣是俞平伯的女儿，比妈小两岁，前几年跌了跤，现在出门要坐轮椅。高阿姨原是清华的校花，妈说她很有才，丈夫也是院士，前两年去世了。高一见我就说自己九十五岁了，说认识我妈也见过我爸，说了两遍我像爸。两位阿姨都

---

① 彭佩云曾长期担任国家计划生育委员会主任。

耳聋。高阿姨戴了假发，却不爱戴助听器，说话声音很大。她挺幽默，说自己是爱听的听见，不爱听的听不见。吃完饭，我送她回家，她家就在前一幢楼里。两个老太走后，阿姨和妈议论吴宓追过高阿姨。我发表感想，说人还是要做事，有追求，所以那两个老太太都不如妈和阿姨。阿姨很赞同。

聊天中，阿姨说舅舅小时被惯得不行，去上学怕他着凉，给他戴一种帽子，嘴和头都挡上，只露出眼睛，脖子上还绕了围巾。结果舅舅走到佣人房里就全脱掉了。劝他，可了不得，他不会听。谁敢说，谁也不敢说。等下学回来，舅舅又穿戴好去见娘。娘说谁给小少爷戴的呀，戴得这么不好。

妈借给阿姨看的《天津老教堂》，她看完还妈了。阿姨说书中有舅舅上的新学书院。我翻了一下，有校址老照片，文尾提到书院的爱国传统，不免想到难怪舅舅当年会那样慷慨激昂地抵制日货。书里还有中西女校的介绍文章，有妈和阿姨的大姐和二姐的照片，拍摄于 1925 年，女生们都穿着白衣黑裙。阿姨说那时她们都那么穿，但那时她和妈还小。看来这本书真值得回家细看。

2009 年 2 月 21 日，星期六。

妈打电话问候舅舅，舅舅第一句话是：看了晚报，李辉批文怀沙。妈告诉李辉，邹霆要提供文怀沙的材料。李辉要邹的电话，妈叫我发给他，我发了短信。

2009 年 2 月 22 日，星期日，晴天，天气预报说明天有零星小雪。

上午看了报，我对妈说："明天又要下雪，今天我们去看舅舅吧。"妈当然乐意，决定下午就去。妈习惯先打电话，这时是九点半，妈说舅舅该起来了吧，又顾虑他会不会在吃饭或是上厕所，就把电话先打给了阿姨。阿姨马上要妈先去她那里，说他们家要开会，罗晏和罗晋都想让小阿姨去。其实他们家是每逢周日儿孙都来聚聚，阿姨可笑地称作"开会"。

妈再次要和我一起下楼，又遇一辆外来车堵在我车旁，连妈上车的地儿都没有。我只好让她在外面先站一会。我倒出半截，就再也倒不出来了。想找傅帮忙，却联系不上。妈先已经慢慢走到西头楼门口。这时五门里走出三口人，男的我面熟，他一见我的车况，分明意识到自己的车堵了我的车，连忙说对不起，他开走。我下车说了他几句，他再次道歉，把车开走了。

到南沙沟刚过了十一点。我去停车，进门时妈正和阿姨解释来迟的原因。今天我们没给阿姨带什么，只带了昨晚从网上下载的文怀沙事件的文章，共二十六篇，还有这两天北青报的有关报道。阿姨说："我这几天不快乐，现在快乐了。李辉这件事做得太好了！"她说："你知道他为了……，给人家吃一种迷魂药。他坏极了。"阿姨说前几年出了一本文化书，有舅舅，有文怀沙，舅舅挨着文怀沙，舅舅说他感到羞耻。

小云先到，和阿夫说印照片不顺的事，看样子阿夫那次过的生日还没完。然后是罗晋。罗晏夫妇也到了。罗晋问谁是文怀沙。阿姨说他隐瞒岁数。罗晋笑着说那太好了。阿夫闷头看材料。我们和阿姨商量下午看舅舅，阿姨说本来准备明天去的，动员沛霖一起去。我说那我们三人今天先去吧，明天要下雪。罗晋说北京人就盼望下雪，其实下不了。

阿姨又对妈说她看了《传记文学》，“咱们的哥太好了”。

十二点半，大家都到对面租下的套间的餐厅用餐。妈和阿姨坐南边，我挨妈坐。阿夫坐阿姨旁边。我们对面有罗晏和郭振海，郭奕和小云。罗晋一人坐在东边一侧。几只镜框凌乱地挡在地上，罗晋说今天他要挂画。

罗家的餐桌上真是热闹极了。个个都是大嗓门。议论政治、文学。阿姨说：“你们让我说话好不好？”阿夫一言不发，闷头吃。

饭后，我到隔壁卧房眯了半小时，为下午开车去看舅舅养精蓄锐。但是当我起来后，妈要先打电话问舅舅家有没有人。阿姨说不必打，她从来不打就去。妈坚持打，不料杨炽说家里来了两拨人，小谢，还有谁。杨炽问我们出来没有，阿姨说还没有。杨炽说：“那你们最好今天别来，没地儿坐。”

下午的计划放弃了。罗晏走前向她妈交代文章打字的事，妈早就想看的阿姨写的《我的母亲》了。于是几个人开始传看。我忘带眼镜了，也眯着眼勉强凑合跟着看，一共已写完九章，给我们看八章。我连看了七章，第八章，因为阿姨叫阿夫张罗下午茶给打住了。之后我和妈就该回家了。所以只知道第八章是讲她和舅舅、妈妈几个姊妹读书学习的事，没看全。应该说我很震动，阿姨写得这么好！条理清楚，娓娓道来，一点虚辞都没有，语言非常干净。她从婆被卖到杨家开始叙述，再细细交代杨家从高祖到曾祖，再到祖父一代，父亲一代，到十二页又转回到婆的婚姻来。祖父去世前后写得尤其动人。

期间，阿夫捧来一厚摞稿子，他也在写自传，用差的打印纸。两个老人都在写长篇巨制，真了不起！

妈说她不想写了，手有腱鞘炎。阿姨说弹钢琴就能好。她给我找调琴师的电话。我在翻看时，妈和阿姨一直聊旧事。阿姨还给妈的文章提了意见。

阿姨挑了几篇关于文怀沙文章，而拒绝看骂李辉的文章。

2009 年 2 月 24 日，星期二，阴转晴，并没下雪。

说下雪，并没下。昨天阿姨本来说好和阿夫去看舅舅的，结果她洗澡后感到疲劳，就没去，也没打电话，今天才听小连说，舅舅等了很久，老说，“怎么没来呢？”舅舅自己对妈说，“我知道你们不来”。我想因为他知道我昨天不能开车。

今早妈还没起床，阿姨就来了电话。她说今天下午他们去，叫部里的车。妈听了有些心动，她也想去，尤其希望听到阿姨和舅舅聊阿姨写的《我的母亲》，其实我也是这个心思。

妈起来后，傅来电话想约妈出去转，妈犹豫来犹豫去，直到快十一点表态说：“我还是想看舅舅。”午饭后我匆匆睡了半小时，先下楼弄车，车位旁又出现另外的车。好不容易退出来开到门口，再让小倪陪妈下楼。

妈特别好玩，到今天才知道我每次带她去舅舅家，都是走西二环的高架桥。她说：“太奇怪了，我怎么不记得呢？”

为了让她明白，我边开边给她讲路线到哪到哪了，这下她不言语了。今天一路畅通，到达后海边，才三点半。我向路边一辆警车里的警察打听河边能否停车，对方表示不知道，要我问交警。当然我不会停车在那，妈不能走那么多路，我必须停到小金丝胡同口。幸好还有空位，事后才知道和我前后泊车的车正是送阿姨、阿夫来的那辆。还以为我们晚了呢，原来他们也才到，因为司机走错了路。

进屋时，小连迎出来，帮我们找衣架挂大衣。客厅里，阿夫在窗下坐着，阿姨正站在舅舅面前，给舅舅看带来的吃的，一罐羊肉，还有我们托她带给舅舅的一盒起酥。舅舅好像变胖了，脸色真好！人也干净了许多。后来听小连说帮舅舅一周洗一次澡，洗澡时他很费劲，而舅舅说他洗得很好。阿姨第一次见到小连，说："你看，我们三人是一个妈。"

妈先发带来的栗子，一共四包，她还给杨炽一包。坐下来后她就提李辉批文怀沙，舅舅对妈说，文怀沙的事很好玩。他说那时候有个什么劳动，文怀沙给毛主席磨过墨。他还比划画作。我说是挖十三陵水库。舅舅说是十三陵，又说了一遍文怀沙磨墨给毛主席。

"我们家分成两派，"阿姨看着我说，"罗晏本来对你印象很好，但她说赵蘅为什么要印这么多材料？文怀沙这么大年纪了，不该这样。万一气死了呢？"舅舅忽然说："他不会死的。"阿夫也这么认为。"我也是这个意见。"舅舅又说。

小连也插了几句嘴。阿夫说，李辉提出有三个质疑，第一个，他儿子回答了。第二条，他不回答。他不是"文革"中被抓的，是以前。他说自己是反江青的。

阿姨把她写的《我的母亲》递给杨炽看。

舅舅大声说："写得很好。看开头就很好。最重要的是送我去上新学书院，送我留学。还有在重庆看我，后来到南京看我。这些是最重要的。"

阿姨说她会写的，还没写到呢。

阿姨绘声绘色讲了她莫名其妙地被划入胡风外围组织，影响了罗晏入团的事。我也是第一次听到罗晏在"文革"时受过的苦。她被分配在一家工厂。辘轳把牙打坏了。阿姨说她只好走后门，找了阿夫单位的人。"人家听了，马上写了信，信上说沛霖的组织问题已恢复。其实哪恢复了，他说写真话，就走不了了。不能写真话。"

她再次惋惜组织不让她再教书，她说自己教《红楼梦》正教得好好的。

舅舅说："国民党也没开除我，共产党也没开除我。国民党（民革中央）还保留我。我不知道我还是。"

阿姨打断他说小组会上已举手通过了（开除党籍）。舅舅非说："我不知道。"

阿姨又说 FZ 这人也很坏，提他在政协会上发言的事。

从阿姨文章聊到杨炽的童话。第一次听到舅舅讲女儿的作品。他说："写灶王爷可能更容易，比龙生九子更快些。"杨炽说她正在写。

走前，我们都感谢小连，叮嘱他多关照老人。小连满口答应，并恭维地说："我回家肯定要说的，我照顾的是什么人。书我都看了，很了不起！认识你们这一家很光荣。"

当晚我收到李辉发来的文章《我为什么要质疑文怀沙？》。十点，妈写了回信，要我打好发走。在这封信里她写道：

李辉：

《我为什么……？》收到。很高兴你坦率地说出来龙去脉，文章可以算是 excellent，但今天报纸上却一字不提了，大有挂上免战牌的意思，我想上面也是希望如此，算是好意吧，总不会是鸡蛋碰石头，毕竟人家是惹不得的！

我下午去哥家，姐姐、姐夫都去了。哥说了一番风趣的话，又一次得意地玩对仗，说："WHS" 可对 "傅抱石"，不过这不合适，WHS 是坏人，傅抱石是好人！我哥还提到当年挖十三陵，文怀沙给毛主席磨过墨。我姐说她开始喜欢你了！我姐姐又告诉我们，她女儿忽然悲天悯人，说："这孩子（指你）何必呢，人家那么大年纪了，万一气死了呢！" 哥连声说："不会的！他死不了！" 意思说他一直骗人不会生气的，死不了！罗老说："《辞源》上讲 '私淑' 解释得不对，李辉没讲错。" 又说："骗人的死不了！" ……总之我们过了一个好玩的下午，我也说了一句听过的粗话，说起 50 年我第一次听过这样的话（当时是针对剥削阶级的）"茅屎坑越掏越臭"。今天报纸 "西线平静无战事" 了，总之，正如 "皇帝的新衣" 一样，当那个天真无邪的孩子喊出皇帝没穿衣服时，众人哗然。我不相信孩子会因此挨骂。而你却也被泼了一点点污水，不必在意！ Anyhow，we are proud of you！

现在注意休息，健康快乐，这时应当开始想到：Silence is gold ，Eloquence is silver!

晚安！应红均此！

杨苡

24 日晚 10 时

2009年3月5日，星期四，晴天，有北风，下午更大。

昨晚并没下雪，地倒是湿了，显然夜里下了雨。我问妈还去看舅舅吗。妈说当然去。可已经是八点半了，窗外的树叶在晃动，说明起风了。母女俩赶紧分工忙乎，她给小倪写条，准备要带给舅舅的书和点心。九点半我们出发，妈先打电话，自称小姑姑，我猜是杨炽接的，只听到她说欢迎。这次我坚持自己先下楼去挪车。今天很顺，很快挪好车，再接妈下楼。

也许预报要刮风，街上人和车都不多，十点半就开到德胜门外大街了。路上妈发表感想："杨炽退休了，可以常在家，太好了。"

柳荫街天蓝树黄，我告诉妈等树叶绿了时，会很好看。

舅舅刚理了发，头发推得短短的，像个白色的头盖，很洁净。自从小连来了，房间也干净了许多。今天光照格外好。

我把点心拿给舅舅，小连说刚吃过东西。带来的一纸兜东西，一一拿给舅舅看。妈先递上文怀沙的材料，舅舅马上说，"这个好看"。"这个人我认识。"他边翻边说。过一会他又说："这个人到过我家几次。"我问是五路居还是友谊宾馆。他说很久以前。我说是甘家口吧。

递上邵燕祥的新书。

再给舅舅看《孟小冬》，我问舅舅："你知道她吗？"妈说怎么会不知道。舅舅问妈："你还看这个？"妈说："我什么都看，这是我这个礼拜看完的。"舅舅没翻几下就还给我们了。他说："别留我这，他们一拿，就会丢了。"我们都笑了。

舅舅让小连拿来一厚摞书稿[①]，青岛出版社的编辑送来的，没留姓名和电话。是叫舅舅校对，他说送来一个月了，自己已校完。编辑说三月要来拿。妈想带走这稿子去整理。舅舅说："你拿走了，等他来我就没有了。"

但妈坚持要拿走，要不然叫我马上去复印，她的语气还很激动。她还发现了一些问题，比如她和李晶整理过的头一段，上面没署名。舅舅听着，并不反驳，最后只好让步说，"你拿走最好"。

我主动问舅舅："阿姨写《我的母亲》写得怎样？"舅舅说："她写杨家，也该写徐家。比方说我回国以后的事。"并且说书稿已经让周大夫还给阿姨了。

我告诉舅舅，今天是温家宝做政府工作报告，舅舅说他看了一点。

又提郁风说外面的鲸鱼壁画是个洞。

舅舅说有个消息，上边领导看沙博理去了，说他的房子不好，要他搬到政协去住。

今天我画了舅舅的侧面像。一个没戴假牙的舅舅。

我问小连吃了什么，他又说萨其马。小连问我们要不要留下吃点面条。妈说我们回去吃。小连说他会做饭。看他端上一碗带菜的面条，自己吃起来。

十二点了，妈说走吧，我想让舅舅吃点我们带来的点心，他说没戴假牙，太麻烦了。妈说她和舅舅一样，不想当别人面吃东西。

---

① 《去日苦多》的稿子。《去日苦多》是杨宪益生前出的最后一部书。据董宁文撰文，确定书名时，老人曾随口说出"去日苦多，读书恨少"。

2009 年 3 月 10 日，星期二。

李斧的姐姐叫李芹，他们夫妇俩从美国回来很想见见舅舅，托李斧请我们安排一次。妈一口答应了。

第一次见到李芹，觉得她比她弟弟长得好看多了。她的丈夫驾一大车，像个野战军人，听说他是上海汪先生的晚辈，不由得想起两岸著名的汪辜会谈。

同样的拜访、聊天、参观花园露台，最主要的是见到了仰慕已久的老人，李芹夫妇好开心！

我不记得大家都细聊了些什么，我只顾画画，今天画了一张大点儿、像点样的淡彩速写，把舅舅、妈和李芹都画进去了。

回程一路，李家姐弟俩争着回忆小时候在北京上学的点滴。那也是舅舅年富力强的年代。

李芹拜访舅舅

2009 年 3 月 15 日，星期日。

董宁文迟到半小时。本来可以松松快快出发，又变得急迫而紧张。他这次来是为青岛出版社要出舅舅书的事，现已收集齐了，算是样稿，只等作者本人来校对了。

凡是舅舅的事，妈从来摆第一。董宁文几乎忘记她也已高龄，要我和妈陪他去。

再次看见舅舅捧着一厚摞打字稿查看起来。

2009 年 3 月 19 日，星期四。

阿姨、阿夫在电话里谈看法，波及我们晚辈当年在“文革”的所为。妈又打电话叫舅舅看报。舅舅说这一点不奇怪，没什么奇怪的，那时都是冤案。

2009 年 3 月 22 日，星期日。

昨晚刮了一夜北风，今天放晴，但早上仍较冷。一天当车夫，上午去阿姨家，为给大姐接风，中午阿姨全家一起聚餐。

下午三点，我和妈、大姐及同生去小金丝胡同。李辉夫妇和汪曾法表示也想去。

李辉为《谁把聂绀弩送进了监狱？》突然发表打乱了他的质疑，非常激动气愤。而我最担心舅舅听了会受刺激。相反，舅舅听大家议论时一直不言语，末了忽然问：“聂绀弩和文怀沙什么关系？”接着他又说：“为什么这时发这样的文章，好像有关系似的。”

逗得生气的旁观的都大笑了。

我问舅舅：“你觉得奇怪吗？”舅舅说不奇怪。“这没什么。”他说。

李辉说邵发来短信：“寿长辱多。”

他说邵五个月没去看黄苗子了。

舅舅又说了两遍早上妈打电话让他看报纸，他让小连去买了。

过了好久，他又重复地问：“聂绀弩和文怀沙什么关系？”

真是没有不散的宴席。又一对老朋友断交了！

晚上李辉请全体吃饭。在“九头鹰”友谊分店。

回家后妈答应劝劝李辉。

2009 年 3 月 29 日，星期日，报道说今天是入春以来最冷的一天，最高温度才五度。

妈醒迟，第一句话却是：“我真的不想去。”

阿姨得知急了，因为早就策划好的今天要给三个人过生日，其实大姐等三个晚辈的生日都不在今天，未免有点可笑。

阿姨搬来阿夫，阿夫以他有心康灵为由，把妈说服了。我们十二点四十才到“连理树”，一桌子亲戚已开吃了。

我挨着妈，小牛[①]坐我身边，第一次给我拣菜。他忙前忙后，热情似火。而妈一脸苦相，下馆子如同受罪，但席间一提 M，顿时精神起来，语惊四座，令阿姨无可奈何。

阿姨没请杨炽夫妇，怕舅舅一人在家孤单。

散后，罗晏陪大姐和同生去看舅舅。我陪妈回家。晚

---

① 表弟罗晋的小名。姨妈的小儿子。

上健平送来《晨报》，又登舅舅消息。文中称杨宪益像奥登，云奥氏有烟斗，杨氏有酒烟。撰稿人黄灿然。起因是一篇专访引起黄对老人晚境凄凉的感叹。其中有错，但文风甚佳。

据说舅舅讲，上次光听李辉发火了，没和小苡好好聊天。

阿姨在电话里对妈讲舅舅不懂李辉为什么发火，文怀沙和聂绀弩有什么关系？他还说看来二流堂要分裂了。

2009 年 4 月 3 日，星期四。

早上醒来，发现两只胳膊可以伸到被窝外了。下午舅舅说今天气温三度，真的升温了。

想脱掉穿了半年多的黑色长大衣，被大姐阻止。

本来看舅舅是上午，不料前晚妈打电话告诉舅舅，昨天上午要和邵燕祥夫妇去看他。电话是杨炽接的，她说昨天上午有人来，是外文局来人。而下午邵老师又不行，所以改到下周二下午见。

可妈还是想去看舅舅，我就约了大姐和同生一起去。临行前给舅舅打印了炒得沸沸扬扬的网文。妈备了起酥和小点心。

一路很顺，有灰雾。柳荫街的杨柳绿了。

接近小金丝胡同，我叫大姐先下车看看有没有车位。她却傻里傻气瞎转，不知所云。

又一周没见，舅舅头发长了，毛衣拧巴着，正端着盘子吃萨其马。原来早上来人采访，又拍录像，没吃早饭。我掏出了网文材料，吸引了舅舅，他不等给他就伸手要看。他说这比外文局报好看。看头一篇，他就笑了，下一篇，他仍在笑，直说真热闹。妈在一旁又讲李辉生气的全过程，舅舅听着，并不表态，有点不解的表情。我说开头还有点怕刺激舅舅，后来发现并没什么。舅舅说是没什么。

妈指着我对舅舅说："她说我向着李辉，其实我是说那时不叫告密，叫汇报。"舅舅说是啊。我忙解释说主要怕老太太投入了，会影响自己身体。

接着舅舅却说了这样一句话："那时也叫我揭发赵学林，找我好几次，我没理。"

2009 年 4 月 7 日，星期二，更热了，坐在小金丝胡同南窗下，都要冒汗了。

和邵燕祥夫妇一起看舅舅终于在今天成行。昨晚谢老师说是下午，妈记成是上午了。于是谢老师说他们十点准到。妈想早到半小时，以便提醒舅舅不要提李辉。

实际上我们还是晚了点。五个人围坐在客厅里，邵谢夫妇对坐，我对着舅舅，妈坐在舅舅身边。我观察这一场面，如同观察一台戏，心中的复杂，自己体味。可舅舅还是全然不顾地问了一句："你们见到李辉了吗？"

在场的没有人回答。

四个人从小金丝胡同出来去客家餐馆吃饭。谢老师点的饭菜很可口。没人提热点话题，我只希望这些经历过苦难的文人们都平安和睦！

2009 年 4 月 19 日。

妈本是来向舅舅告别的，我鼓励她下周挤出时间再来一次，比如周四上午就可以，但小连说周四山东台要来采访。

今天主要是向舅舅汇报我们近日的天津之行。舅舅听完后一再问："花园街怎样？""新学书院怎样？"

可那两个地儿，我们一个也没找。

从猫谈到兄妹俩曾经养过的小狗花花。舅舅留学后，花花交给妈来管。妈再一走，她说就不知道被什么人拐走宰了吃了。

舅舅今天再次问我："你在画什么？"马上拿给他看，解释说自己画他，是从脚往上画的，好锻炼自己，可总是画不像。舅舅宽容地笑笑。

刚画到头部，大姐催我走了。本来挺好的感觉又被冲了，于是就成了这个样子。

杨炽的同事们出现了，其中有变胖了的小冯。我们彼此寒暄，舅舅笑得蛮开心。

2009 年 4 月 22 日，星期三。

今天是妈在北京最后一次看舅舅。说好大姐他们陪阿姨、阿夫从三里河走，我陪妈单独去。

一直等待苑茵出院好去看她，昨天终于有了消息，这样我们上午先去了苑家，打算中午不回家吃饭，再直接去看舅舅。车开到车公庄才恍然大悟，今天是星期三，我不该出车的。可已经出来了，再回去，一是时间不允许，二是警察不会因为我知错就改会少罚我。何不干脆错到底，办完事再甘心受罚。

苑阿姨毕竟是九十岁的人了，她的指路把我弄到了官园桥东，其实她家在桥西，满拧了。还是她的孙女说得清楚，很快找到了车公庄中里外文局宿舍，确实有黄黑隔离柱，街

三人校对

对面便是苑阿姨说的税务大厦。

她家保姆出来接我们，一个中年河北阿姨，她上车带路进小区，让我们在一幢半旧楼房前停下，苑阿姨住在十二楼一门一号。保姆搀妈先走，我停好车跟进去。我第一次见苑阿姨，有点惊讶她人高马大。她的瓜子脸、高挑眉，比妈形容的还漂亮，尤其是她竟像小姑娘一样留着刘海，雪白的头发往后扎成马尾辫，还别上深蓝色丝绒发卡。恰好墙上挂着一幅油画，画上是苑阿姨和叶君健夫妇并肩站在安徒生像前。画里画外，一对佳人。

妈在苑阿姨面前显得瘦小得多。两个老太太虽然几十年没见，先感叹了几句都不认识了之类的话，妈动情地说我们那时多年轻！但很快，攀谈变得喋喋不休，越聊越有兴致。因为她们共同经历的事实在太多了，苑阿姨提一个人，我妈就表示认识，她再说一件旧事，妈又能插上话，这让这个东北老太高兴坏了。几年前苑阿姨写了一本书，叫《往事重温》，三十三万字，写了她和叶君健的一生。原来她第一次见到叶先生，我舅舅、舅母还在场，还有一个新西兰人。有趣的是，当初苑阿姨找对象的条件是不找湖北人，而叶君健则是不找东北人，然而自从叶见了苑后，却食言主动写信表示好感了。

叶先生后来得的是骨癌，很痛苦，苑阿姨夜夜把他搂在怀里。临终前叶将儿女叫到跟前，却没让苑阿姨在场。事后苑阿姨问孩子们："爸爸跟你们说什么了，为什么不让我听呢？"他们说："爸爸说他走后你不要改嫁，如果非要改嫁的话就搬出去住。"

苑阿姨一再要我们留下吃饭，妈开头拒绝，直看我。苑阿姨说都是农家饭，很简单的，妈也不坚持了。

饭前参观了晾台。和室内一样的简朴。

两点多，我催妈走，我们告辞离开，直奔小金丝胡同。

我们竟然先到了。

今天我大胆拍照，因为这是阿姨特别希望我做的事。

照了许多合影。只有阿姨不笑。

临别的时间到了。阿姨、阿夫先行一步。轮到妈和舅舅告别，她忽然欠身抱着舅舅大哭。搀扶两位老人的我，眼泪哗哗地流下来。

走出胡同，上车前，阿姨和妈拥抱，阿姨说：“你要再来，要不然我要死了。”

2009 年 5 月 6 日，星期三。

昨天立夏，其实几日前天气就明显变热了。走进小金丝胡同六号，怕热的小连仅穿一件汗背心，一向端坐在沙发上的舅舅已经换上衬衣了，当然还是那件半旧白色的，不知穿了几年。

小金丝胡同的屋顶：那天谁也不知道日后会花开满园

今天来看舅舅是临时决定的。因为要到东四十条送护照，想约逢周三必去看舅舅的玮丽碰面。可在去的路上给她打电话，她却说今天有事不来了。

等我在对外展览中心办完事，已是十点半。还早，我叫出租车师傅径直去地安门。

舅舅见我进来，叫小连关了电视。

感觉今天舅舅好像不大精神，我便问理发了吗。“刚理过，”小连答道，“理了三四天了。”看舅舅直摸胡子，难得看见舅舅胡子长。我问：“怎么没刮胡子呢？”小连说：“没刮，他自己刮。”我瞅着老人的头发找话说：“你的头发和妈的头发都多，我像她，妈发际线很低。”

没坐几分钟，舅舅就叫小连给我拿书，是新近出版的舅舅译著《维吉尔》，上海出版的。我请舅舅给我签名，他又做出写字为难的表情，问写什么。我说就写小采吧。他忘了怎么写采的古字同音字，写错了，我赶紧在本上写个样子，叫他抄。他签名时写了全名。

他还一再要我进他小屋拿书。

我挑了又挑，最后挑的都是历史地理类，捧出来让舅舅过目，并一本一本解释自己为什么要挑选它们。然后我问舅舅：“这些书，你都读过吗？”他说都读过。他淡淡的肯定让我简直难以置信了，不由得感叹道：“看有这么多知识我都不知道，自己太渺小了！”舅舅笑了笑。

杨炽带我去后院，看她刚买下的邻居家的房，她说有四十平方（米）。隔壁的一年轻女子立马出来，唤杨炽“老太太”。杨炽跟我聊她买房的种种麻烦，舅舅一边听着，一言不发，没有态度，好像这些事和他一点关系没有。我谈到装修时舅舅去哪儿住的事，我提到范玮丽家，他说太远了。

我说赴也门前争取再来看他，但我知道，不大可能了。

我落下帽子回去拿，看到舅舅正被小连搀扶着往厕所挪去。马上后悔刚才说话时没有提醒舅舅去方便。

2009 年 5 月 27 日，星期三。

从也门回来，还在倒时差中。一早八点被妈的电话惊醒："丁聪去世了！"

2009 年 5 月 29 日，星期五。

今天《丁聪伯伯好大胆》见报。和刘心武排一版，他写的是亡妻。正好和黄夏约好下午去小金丝胡同，可以带一份《北京青年报》给舅舅看。

玮丽带一美国女孩汉娜来看我的画，十一点多才出现，汉娜当场要买我的《红门小院》。去小金丝胡同的时间拖到下午五点。

开车倒很顺，一进客厅，舅舅正低着头在饭桌边吃晚饭。他并没抬头，第一反应却是催促小连去小屋给我拿东西。小连抱出一堆书报，让我挑。我发现有登傅靖生画的《美术论坛》。黄夏发现上面有"爷爷"的画像很惊奇，她是第一次见到。我说："这是送给你爷爷的，他不要，给你得了。"她很高兴地留下了。

现在很后悔没有在迪拜机场买那只烟盘给舅舅，当时并不是因为贵，是嫌花纹设计不够艺术，像旅游产品。后来又发现金属挂盘，却是印度制造，也没买。等于这次出国，什么礼物都没给他带。临时拿了两块也门肥皂，和一只绿珠手镯送给黄夏。

舅舅又一口气看完了我的文章。“挺好，这么快，幸亏你写了。”他说。

我问他最后一次见丁聪在什么时候，“是上次和郁风一起过生日时吗？”舅舅说那是一次，后来还见了一次。

我接好了笔记本（电脑），给他们看也门照片。

和黄夏聊天时提起鸫鸫的婚礼，她说她肯定去，不过不打算坐赵苏的车，要坐飞机。

舅舅坐着坐着从沙发上出溜下来了，黄夏到他身后扶他坐好。我找小连，他在小屋抽烟，烟味很大。

六号今天很安静，尚没有施工，但是原先有猫洞的门打开了，挂了帘子，通风多了。

我还是主动问舅舅要不要搬走，舅舅说不用搬，也许明年才搬，搬到三里河。

杨炽过来坐，她拿来报纸看。舅舅说：“你看小采写的文章，这么快。”

2009年5月31日，星期日。

几年前李辉为吉林电视台策划的《回家》，是一部专门拍摄文化老人重返故里的系列片，其中有杨宪益专题。李曾约他们兄妹仨去天津，被拒绝，理由是太麻烦了。后来舅舅不能走路了，“回家”成了回不了家。

妈来电话，李辉也通知了我，今晚首播杨宪益的回家。

2009年6月4日，星期四，上午大太阳下午零星小雨，伴着刮风。晚上又热了。

凌晨才睡，没有忘记……

昨天就找出了白色短袖衬衫和黑裙子，衬衫皱了，叫小倪用水弄平晾起。这是玮丽的叮嘱，我们说好今天都穿白衣服。玮丽还约了王以培，他说尽量也去。我们一起去看舅舅，他们先到一会，我打车晚到几分钟。先看见达悟和杨炽，在客厅见到王以培，多年不见，他变样了，完全的光头，个子高了，壮了，也穿了白衬衣，是长袖的。玮丽是无袖镂空白背心和一条黑色窄裙，加上舅舅一向都穿白衬衫，等于今天小金丝胡同六号有四个白衣人。

王以培见到我，热情地打招呼，大声说话，夸我尚年轻。他送我两本书，都是三峡的内容，一本是长诗《新田白水溪》，刘欢配乐。一本是摄影明信片《沉入江底的三峡古镇》。我们讲话时，舅舅则和玮丽说话。玮丽带来打印的关于那场风波的材料，还有她写舅舅的书的第一部分给舅舅看。我没看，也不会全看懂，听他们议论，舅舅还满意。有了这个开头，舅舅就有了新的盼头。

王以培从赞扬舅舅的品格，谈到舅舅这代人越来越少了。他说舅舅这代人很像竹林七贤，大讲起他现在正研究竹林七贤，并且要马上动手写本书。他说给玮丽听，舅舅听着，并不插话，以培赞扬他，只是报以浅浅地一笑。以培说完，问舅舅他说的对不对，舅舅点点头，他听了很开心。

我招呼小连出来给我们四人拍了照。四个白衣人。玮丽对舅舅说“下周要去上海了，不来看您了”。我说我来。

三人出来去了对岸河边的越南餐馆吃饭，在二层临窗，要了河粉、牛肉卷等，玮丽只喝冬瓜汤。餐馆人很少，只有三桌，一桌在我们对面，三位时髦小姐，晚来一点却早于我们撤。另一桌，在我们身后较远地儿，是一对洋人男女。我们高谈阔论，包括议论今天的日子，惹得那两个洋人直看。

王以培又送我和玮丽一本他太太写的书，书名叫《我的勇气就是找到你》。他太太叫何欣，也是他在国际关系学院的师妹，玮丽是他的师姐，这么巧，又都写东西，很快成了好朋友。以培说何欣这本书早就要写，“你”是一个抽象的符号，不是指哪个人，也是四川，也是老师同学。

我们继续说玮丽写舅舅的书，她说她的书名是《雀 × 灯塔》，副标题是“从大英博物馆到小金丝胡同”。但雀什么，是“吟”还是什么，没想好。我说：“你的材料足够了，就写你自己的感受。”我告诉他们，在长辈里，自己最能放松的，想画就画，想拍就拍，只有在舅舅面前。以培说玮丽有得天独厚的条件，这也是我认为的。以培特别强调要写细节，说这是文学的关键。我以为所言极是。然后他们两人分别回忆青年时代读的书，玮丽那时只有《欧阳海之歌》。以培小几岁，到了“文革”后，改革开放时期，已能读到中外名著了。关于玮丽要不要再补中文，我们都发表了看法。我们还谈到书的人称设定，第一人称好还是第二人称好。

最后以培抢着付的账。他递出四张票，真贵！

玮丽送我回家，到家不久下起零星小雨。和当年那天一样。

2009 年 8 月 7 日，星期五，上午闷热，午后憋雨。

四点二十分我从“仟佰合”理发出来，开到联想桥桥北，即中关村东路海淀交通大队附近。雨下来了。等领完体检表，往北走一百米去体检时，雨势已变猛烈。再返回交通大队交表，获得凭证，被告知不必每年换证，盖个章便可。躲在香烟小铺的看车师傅免了我的停车费，撑着伞开门上车，都难免淋着。

雨越下越大，视野外白茫茫一片。车窗上满是水珠，必须不停地动用雨刷。也真神奇，广播里正宣布："此刻是十七点零一分，立秋了。也就是说，从现在开始，天气会逐渐凉快……"

立秋了！今天立秋了，我对不止一个朋友这么说，在电话里，短信里，Email 上。特别是和舅舅通电话时也告诉了他。他还意识不到，"哦"了一下。他的嗓音没变，只是听起来很弱。两个老太太担心癌症转移到肺部，杨荧说上周只是感冒不大舒服，现在好些了。已找了刘大夫，请一个医生来家看看，因为他不肯去医院检查。我在电话里有意向舅舅讲了些马来西亚的见闻，比如在马六甲海峡见到鳄鱼爬上岸，吉隆坡集会游行交通瘫痪等趣闻。

小金丝胡同近日很热闹，有外国朋友夫妇来住，杨炽把自己卧房让出来，自己睡电脑室，达悟睡沙发。明天上午明明带人来参观胡同，而十八号易安要在他爸的陪同下赴加拿大留学去了。

经过商量，巫宁坤公子巫一村来访定在这周日下午，玮丽也去，我也去。玮丽问可不可以一起用晚餐。

2009 年 8 月 9 日，星期日，上午闷雨，下午再次大雨。

两点半我到了小金丝胡同六号。玮丽和一村已早于我来了。我以为会像妈妈描述的会看到舅舅的病容，结果令我欣喜，他反而变胖了，气色还是那样好！

一村我头次见，长得高大，却有和他爹一模一样的声音，连表情也那么相似，神了！他刚从南方回来，全家旅行，访亲探友，自然去看了我妈。他第一次见舅舅，舅舅礼貌接待，因为是老朋友的儿子，多了一点话题。

2009 年 9 月 24 日。

从美国回国第三天，我去看舅舅。我把笔记本（电脑）带来了，给他和小连看鸫儿、安静婚礼的照片。我还给他看我在美国画的两本速写，他看了一会，便说这些都可以出版。

2009 年 10 月 8 日，星期四，寒露。

前天上午主动与玮丽联系，约好一起去看舅舅，并让舅舅给鸫儿新翻制的杨宪益雕像签名。

发短信给安静，嘱她多穿衣，因为她也去。她上午有课，定在下午两点半之后。

当我和玮丽的车先后刚停泊在地安门商场车场里，安静也出现了。洋儿媳上个月刚举行完婚礼，也是代表鸫儿来向舅公汇报。今天一见老人，就用标准的汉语自我介绍："我是安静，怎么说呢，就是傅鸫的老婆。"舅舅含笑听着。看着她那瞪着蓝眼珠认真的表情，我们都笑了。

舅舅告诉她自己去过美国，时间很短。安静说："谢谢舅公送我的书。"（我把舅舅给的有关历史的书转送给了正在美院读美术史的她。）

舅舅再次在雕像上签名。这尊像属于玮丽，也是青铜的。然而舅舅的身体大不如三年前了。他的字儿极小，笔画又挤到一起含糊不清，这还让老人吃力不小，使我们都于心不忍了。老人和年轻貌美的安静合影，更显得苍白孱弱。这张照片我始终存在数码相机里，以至于我每次回放都生怕会让安静淹没了舅舅。

2009 年 10 月 10 日，星期日，阳光和煦。

真是太难得了，杨炽主动打电话向我求助，当时我正开车前往美术馆，我们附中同班几个老同学约在那见面。杨炽说："你今天的车能开吗？我爸爸今天住院。"

一点半我匆匆辞别同学赶到小金丝胡同六号。杨炽隔着窗子看见我进门，她睡完午觉，刚从沙发上起来。

不一会舅舅被小连搀出来，先在沙发上坐了一会儿，小连说已收拾好要带的东西，无非是一堆洗漱日用品，极为简陋。

他们说和外文局人约好三点在医院见，我说早点去吧，已两点了。

杨炽带路，她坐在副驾驶座上。小连把轮椅塞到后备厢里，露出半个轮子。他和舅舅坐后座，车小，一个胖，一个个儿高，显得很挤。

这回我的车朝东北方向开，过了银锭桥，穿过极窄小道，七拐八拐，才进入大路。舅舅坐在车里一直没有言语，不像他两个妹妹一到车里就说个没完。

我寄希望这次治疗成功，如同上次在北医三院那样。

今天才了解医院坐落在河畔林荫道边，地处东三环以南、和平里以东，交通便利。煤炭部所属的该院，以治疗矿业职业病为主，综合治疗其他病症。

外文局的人已到。杨炽去办手续，我和小连送舅舅乘电梯上三楼，进入三病区病房。小连从没住过医院，东看西看，感到很新鲜。房间里并排放了两张床，各配一个带抽屉的床头小柜。一部电视，一把椅子。卫生间很小，所有陈设都陈旧点，但窗子朝东，光线充足，最重要的是总算可以单独使用了。

2009 年 10 月 12 日，星期二。

上午乘地铁去八宝山为同届师姐姚明瑞送别。下午还是开车去了西坝河南路看舅舅。三天后他就要接受注入手术，我有点不放心。

带上妈寄来的信，全文如下。

附红腰带带去祝福！

哥 der：

听说你决定住院治疗那两个跟你捣乱的瘤，这个决定挺好。希望你安心治病，又可多得一些经验！

如果需要休养（坚决反对开刀等手术），望你提出愿到 301 医院住些天，你是有资格，有威望，有条件住那个“301”的！

祝早日康复！

小妹

静 10 月 10 日

2009 年 10 月 13 日，星期三。

今天玮丽去看舅舅，晚上打电话和我说情况。她说都还好，就是不大能说话。

2009 年 10 月 15 日，星期四。

舅舅今天下午一点半就要做离子注入手术了。我和杨炽守在手术室外。我才知道这次住院是阿姨的学生刘大夫介绍的，北京除了北医三院，只有这家医院能做这种手术了。宣传栏上也介绍其专家和他们的业绩。自然那家党校医院的住院条件，我们早领教够了。

手术时间显得特别长。送回病房，舅舅用微弱的声音说了第一句话："受大罪了！"只有我听见。

2009 年 10 月 17 日，星期六。

玮丽又去看舅舅。

妈电话讲阿姨从杨炽那儿了解的情况，她说，舅舅的淋巴癌是不治之症，以后走也会是因为这个病。妈说罗京得的就是这个病。

2009 年 10 月 20 日，星期日。

妈说："假如舅舅不在了，我也不再去北京了。"这类话她说过不止一遍。

2009 年 10 月 21 日，星期一。

杨炽原安排今日出院，车子都找好了，但医生说舅舅刚手术完，还需要输几天液，就没走成。我觉得太对了！

2009 年 10 月 25 日，星期五。

继续腰疼缠身。午觉后平躺两小时，稍缓和，决定去看惦记的舅舅。

当然要带上腰托，但一坐进驾驶座，就会把它挤到腰上端来。

这条通往西坝河南路的道，我已很熟，要不是太平庄一带稍有堵车，二十分钟准到。预料中舅舅还躺着输液，先看见小连的脚，怪不得满屋子臭脚丫味儿。也难怪，他一人又是白天又是黑夜地服侍舅舅。小连今天对我说，真想好好睡一觉。

舅舅明显脸庞缩回原样儿，脖子也细了。脸色依然有红似白。当我把带来的橙色鲜亮的小橘子送到他眼前时，一对黑黑的瞳仁显得格外明亮。他主动要假牙，小连取来，他用一只手往嘴里塞。上牙装上了，下牙进不去，我叫小连帮忙，小连直说已挂不上了。其实完全可以装上，舅舅丝毫没有不舒服的表情。我洗了手，开始喂他吃橘子，吃了三片，再给他，他摆摆手，不要了。

电视开着，放着《重案六组》电视剧。小连看两眼，舅舅基本不看。我带来两份北青报，他翻看一会儿，就还我了。他现在说话不行，要分辨半天才听得出说什么，比如“我的牙”，“要尿尿”。

小连说昨天有个澳大利亚女的来过，我问是谁，我认识吗。舅舅认真看着我点点头，可说不出她的名字。

给舅舅拍了照片，他静静躺着，白枕头很厚，托着他的脖子，显得很舒坦。肤色粉粉，神态安详。好像第一次发现舅舅其实很美。我围着他左拍右照，他一点不烦。

我多想舅舅就一直这么静躺下去，哪怕暂不回家，也好。

2009年10月27日，星期一。

从美国回来后，今天才和玮丽见上面，而且是在医院里。为了让舅舅多增加营养，我们分别带去好多吃的。

给玮丽和舅舅照了合影。我照时，拿起妈送给舅舅的红腰带，和老人一起对着镜头笑。舅舅今天特别好，我们在他跟前，像两个小女孩。

2009年10月30日，星期四。

寒潮要来了！

午后困极，忍着和小倪一起收拾厨房。近四点，终于倒床睡了一小时。醒来拨了电话给马大夫。他说给舅舅做的是气管镜，原来在喉咙后面、食道和气管那里发现了癌浸润。

阿姨说大夫告诉杨炽："就报病危吧！"

怎么会这样呢？

2009年10月31日，星期六，昨夜的雨换来今日阳光。

预报今日寒潮，颇有点担心，因为今天要带阿姨去看舅舅。我们约定一个礼拜去一次，由我护送。

妈一再说，要小心，慢慢开，毕竟老人家九十三了。

是不简单，阿姨人胖，在医院停车场，我招呼她下车，又要找地儿停车，很是紧张。

舅舅果真脸色变得不大好了，人也瘦了，发黄发白。

阿姨从进屋开始，一直趴在床栏边，守着舅舅。对着舅舅的脸她不停地说话，先说最近有个人自称是杨家亲戚的可笑又可气的事。

我知道阿姨一直在忍着不让自己哭出来。舅舅听她讲，就像多少年来一直这样，一个讲，一个只是听。他们彼此太习惯了。不过今天听者不再有安详的神情，他勉强做出的倾听状，都分明是硬撑出来的！

突然老太太顿了一下，说："你还像小时候。"舅舅的嘴角会心地动了一下，虽然非常微弱。

房间光线很好，兄妹俩的亲密在这阳光下，非常温暖。我看在眼里，真想画下来，但又不敢。

我插嘴叮嘱小连几句什么。阿姨说："你怎么变得像你妈妈？你太啰唆了。"

2009 年 11 月 2 日，星期一，头场大雪第二天，雪后阳光明媚。

昨晚很迟傅来电话，说明天可以去看舅舅，叫我与玮丽联系。都十一点了，我赶紧打电话，玮丽说要发短信给她的司机，我们约好九点半到十点在医院见面。

九点半我和傅出发，他开过西坝河南路出口，结果从下一马路右拐过去，倒也找到了煤炭总医院。我们先到的，舅舅正在吸痰。一见傅便笑了，想立即摆脱那护士。现在他只能摆手和笑了。

今天舅舅的脸色似乎又好起来，这让我们都很开心。

小连已很会用鼻饲给舅舅喂食，熟练地往管子里兑各种高档营养品。"一天几千，"他感叹地介绍，"那是账单，每天都送来，这回外文局花了不少钱。"他示意我们看电视机柜下那一摞账单。玮丽在一边说，那是应该的嘛。

我们围在床两边，傅很会哄老人，逗得他和小连直乐。玮丽带来了笔记本电脑，给他看她拍的她家庭院的雪景照片。我告诉舅舅昨天的雪如何大，如何美。

我似乎觉得舅舅病愈出院指日可待！

当然有摄影师在，照了好多照片。难得的各种合影，和大家爱戴的老人！

2009 年 11 月 4 日，星期三。

杨荧来了。我是从阿姨电话里得知的。阿姨说杨荧昨天就去看了舅舅，明天黄夏来，后天黄岳来。阿姨还说："他们都来了，我就不去医院了，咱们的约定就取消了。"

2009 年 11 月 5 日，星期四。

晚上鸫儿打来电话，说他正在医院里。这把我吓了一跳，因为他在涿州剧组里拍戏，那么老远赶回来，好儿子！

"舅公能说话吗？"我问。他笑着说："反正我们能交流。"

他告诉我，黄夏明天来医院。

2009 年 11 月 6 日，星期五。

小连也告诉我："你儿子来医院了。"他说："我问他是谁，还以为是农民呢！"足见鸫儿现在忙拍片都变成什么样儿了。

晚上和杨荧通话。她说："大夫不错，护士太差。我们请下假不容易，我下周四有课要回去。""还来吗？"我问。她说冬天就不来了。

她的意见是看的人不能太多，她爸抵抗力太弱。

我又问："我们什么时候见呢？"她说："没关系，主要来看爷爷。有时差，刚才我们都在沙发上眯着。黄夏晚上才到，她已经睡了。”

2009 年 11 月 7 日，星期六。

今日立冬。妈电话里说上午和周小娟聊舅舅，她哭了。“她（小娟）也挺难过，那没办法，和她们在一起容易哭，有一次和邓小文也哭了。”妈说她决定上海不去了，她怕去了上海，北京去不了了。她想的主要还是舅舅。

晚上玮丽请我看人艺新排的话剧《窝头会馆》。开场前，玮丽说她周五又去看了杨老。“又不如那天了，怎么回事？”她感叹道，“上次他多好，阿傅会哄人。那天我就这样握着他的手（她模仿着摸我的手），也说不了话，可以给他点力量。所以还是多陪陪比较好。”

2009 年 11 月 8 日，星期日，大雾。

大姐抵京。66 次列车晚点了，十一点零三分才到三号站台。一站在北京车站月台上，就会想起许多往事，我一次次接爸妈，接探亲的姐姐回来，送弟弟走。人一次比一次少，一次比一次清冷。

重要的一件事，是大姐这趟带来了舅舅新出版的书《去日苦多》，十七万字，印得比我想象的好。但她只带来三本样书，有阿姨一本，我一本，杨荧一本。没有舅舅的，说是他看不了了。

妈说董宁文说这本书拿的是版税，妈主张都用来买书。南京留一百本，给我寄五十本。她说散给朋友们，总还得给舅舅留点。她说小连本来很乐观，可是那天打电话问他时，他没吭声，只说人很弱，老睡觉。

大姐老问一个奇怪的问题："舅舅不在了，你说我到时来吗？"我怎么好说，因为我只担心，妈到时会受不了。

2009 年 11 月 9 日，星期一。

陪大姐第一次去看舅舅。没料到黄岳、黄夏已经在病房了。

我把《去日苦多》递到他手里，他摸了摸，翻看了几页，没说什么。

马大夫来查房，俯下身对老人大声说："我们上网查了，您是国宝！"舅舅笑笑，嘴里嘟囔不敢当，但无法听清。

黄家兄妹走后，小连对我们讲了他自己的身世。大姐和小连聊得挺投缘。她说要给他买棉毛衣，他在这没有衣服换。帮他都是为了舅舅。

2009 年 11 月 10 日，星期二。

大姐自己去看阿姨、阿夫，让我在家赶画。晚上她自作主张给我也买了棉毛衣裤，当然有小连的一套。

2009 年 11 月 12 日，星期四，大雪。

北京下第三场大雪。再次陪大姐看舅舅。西坝河一带雪挂美极了，我驾着车还拍了几张。

正好杨荧和黄夏也在病房。杨荧本来是今天的航班回美国的，听说所有的航班全被取消了，她担心不一定走得成。

2009 年 11 月 13 日，星期六 北风凛冽。

明天黄夏将回美国。她明年结婚，她看过我在鸫儿婚礼上的衣服，觉得很不错。我说在北京"雅秀"买的，当时就答应下次她回来陪她去。

黄夏说："昨天去看爷爷，爷爷喘得厉害。"没想到在这种情况下逛街。约好在北海后门见，结果我们动作慢，大姐又腰疼，改到九点半都迟到了。大姐下车去找黄夏，老远就看见面容姣好的黄夏，她本来长得就白，被风吹得更苍白了。

十点，我们走进并不暖和的"雅秀"大厅。我带她去三层看做旗袍的地儿，但她不愿意穿旗袍。买了别的几样，中午一起在附近一幢大楼里吃韩国烧烤。

她说一会打车再去看爷爷，是和她的娃娃姨一起去。

2009 年 11 月 14 日，星期日。

黄夏下午五点的飞机，上午又去了医院。这些年她常回来，和他们家风一样，这孩子也话不多。但我看得出她对爷爷的依恋。

2009 年 11 月 17 日，星期二，晴而寒冷。

大姐今天第一次自己去看舅舅。托她带去余斌新写的书评[①]，让舅舅校对一下。我教她怎么走，她先乘公交后打车，终于顺利到达。回来说她找不到护士，满楼道找。还说，舅舅好可怜，吸痰时手直挡，她叫护士轻点，护士说人老躺，痰更多。还说小连一个人抬不动舅舅。大姐说着说着，哭了又哭。下午，她指挥小倪去买了鸡，熬了一锅鸡汤。

---

① 《去日苦多》2009 年 7 月出版后，余斌及时写出书评《杨宪益的不在乎与在乎》，发表在《文汇读书周报》。

2009 年 11 月 18 日，星期三。

预报今天是入冬最冷的一天，低温零下七度。可正相反，天气晴朗温和。电视上奥巴马游了长城。

要给舅舅送鸡汤，上午和大姐一起去医院。走进干部三病区，老远就看到小连正走出屋，表情奇怪。我问怎么样了，他说闹了一宿，楼道上都能听见他嚎的声儿。我们再进屋一看，只见舅舅侧着身，头埋在臂弯里，两手紧紧抓住床栏，白头发乱蓬蓬地在喘气，显然非常痛苦。

我赶紧去找护士讨十层医生室的电话。那护士正在打电话，别的护士又在别的病房里忙乎。我拦住一个护士讨号码，她急匆匆说了，并掏出笔，我写在手心上。

下楼去取落在车上的手机，打电话找玮丽，她去上课了。再打给傅，他叫我赶紧向外文局反映，要求轮流值班。

我到十层找到了马大夫，先问他舅舅能不能吃鸡汤。他说可以吃。我又问舅舅昨晚大喘气是怎么回事。他说这嚎声叫哨声，说明癌转移了，已经堵住气管。我问："不是说只是浸润吗？"他讲这是医学说法，就像苔藓一样，不能说非要长出肿瘤才严重。我再问那怎么办。他说唯一的办法就是做气管切口，把它往上抬，让他能呼吸，要加进一个金属钢板。"手术时间长不长？""不长。""是全麻吗？""全麻。"这时他问："你们家族谁是权威，主事的？要快商量。"我问："要签字吗？""对。"他说。我马上说："我家权威是我姨妈，但她要听我表妹的。"马大夫说做手术必须得到家属同意。假如不做，就会憋死，也许一两天。

我下楼告诉大姐此事，两人都觉得事不宜迟，需要马上去找阿姨商量。

我去握舅舅的手，老人也伸过来握我的手，他紧紧握着，使劲摇晃。舅舅的手很暖和。我说："你真有劲儿，舅舅受苦了，我给你点力量，咱们战胜它，我们正在想办法，一定有办法的。"大姐给他搓头发，住院后没法洗头，他的头已经很痒了。

而后我们开车到三里河。简莉在。我急切地向阿姨、阿夫汇报马大夫的意见。两位老人认真听着，我们叫阿姨快拿主意，并且打算下午陪她一起去医院。

阿姨认为先得让杨炽知道情况。打去电话，杨炽表示下午要自己一人去。

阿姨埋怨我："你不该越过杨炽给单位打电话。"我说我只是希望他们安排人值班。

既然去不成了，吃完饺子，我和大姐回家。

一下午都揪着心。五点，阿姨来电话，我接的。她说："你接更好，不要你姐姐接。吴寿松打电话告诉我，杨炽走了，屋里只有他一人。他说杨炽决定了，不做手术。"阿姨讲这番话时一直在哭，她说："只能这样了，叫你妈妈也别来。我们要想开。"我的眼泪不住地淌下来。

姐妹俩心情沉重。郁闷。揪心的痛。

晚八点接到电话，还是阿姨的。大姐叫我也同时听。杨炽告诉阿姨，她爸爸好的时候说过，将来病重不要开刀。主任大夫说谁叫她来签字，他们没说要开刀，还不到时候，要是到了那种时候，他们自然会通知她。

与玮丽通话。她说"和睦家"[1]林大夫说切喉管是小手

---

① 北京一家私立医院，美国医生白飞逸夫妇（Philip Brooks）担任院长。

术，但是唯一的办法。可让杨老自己签字。因而玮丽认为，要让我妈和姨妈去做说服工作。

我们都感叹老人要是不清醒还好，可以少受点罪。

2009 年 11 月 19 日，星期四。

陪李晶看舅舅。留她陪着，我上楼再去找马大夫。马大夫在我本子上画了舅舅的喉管解剖图。和他探讨到签字问题，他说如果病人神志还清醒，他自己有选择权。

回到病房，我就对舅舅说，“给你想个办法好不好？”我指指他的喉咙，“就这开一小口，您睡一觉，醒来就能呼吸了，你愿意不愿意？”他听了使劲点头，点头时头离开枕头很高。李晶高兴地说她也看到了，她能给我作证明。

下午大姐陪阿姨阿夫看舅舅。

大姐和杨炽通话，哄她和大夫对话。

2009 年 11 月 20 日，星期五。

阿姨说她要去医院，要向舅舅亲自传达沈峻的电话。我们当然要陪着去，原打算上午去医院，于是改到了下午。

今天舅舅的样子是住院以来最差的。他衰弱之极，情况特别不好！看到我们进来，努力地睁开眼，但显然一点力气都没有了。

所有在场的人都神情凝重。

阿姨趴在舅舅耳边大声说：“沈峻在美国，叫你一定等她回来！”极细微的动弹，表示这位垂危的老人听懂了，也谢谢老朋友了。

出了病房，三人缓缓走向电梯口。

阿姨和大姐前后立在走廊，都哭了。大姐抽泣地说："我想退票！"

我忍不住夺眶而出的泪……

2009 年 11 月 21 日，星期六。

大姐回宁的火车是晚上十点五十分，我们八点出发。她还是走的好，南京那边还有另一个老太太呢。

2009 年 11 月 22 日，星期日。

一个向小连询问的电话让我今天上午再次去了医院。

电话里他说阿姨（杨炽）在这，让我先跟她说话。杨炽说早上抢救了，血压五十，血氧三十，插了气管。我问还能切口吗。她说不需要了。

撂下电话，我马上打电话告诉傅和玮丽情况。他们说一会也来。玮丽又通知了吴寿松。

赶到病房，邹霆夫妇俩正悲切地握着舅舅的手守在床边。小连说凌晨一点输完液，早六点护士来量血压，发现降得厉害，安上仪器监控，这才叫来杨炽。据后来妈讲达悟当时也来了。

傅和玮丽先后到，再以后是吴寿松。送走邹霆夫妇后，小连叫我打开抽屉说："戒指让护士剪开了，说再拔不下来，手指会坏死的。你拿去吧，要不然也扔了。"

第一次见到这只常年戴在舅舅手指上的黑戒指离开主人，独立存在。果然那环圈已被绞断，就撂在空荡荡的抽屉里。

"才一个英镑。"小连强调着亲友早已知道的价格。

在场的人都劝我拿，可这毕竟是舅舅贴身之物，我不大敢接受。他们都说："你是谁啊，这么辛苦，留做纪念吧！"[①]

午后各自散去，我留下。四点四十五分量血压，降至七十二，处理后升至九十一，又到八十六。有温度，三十八点八度，打一针发汗药，服药后降至三十七度。

五点来一女大夫，姓李，高个儿，很年轻。我才恍然大悟，今天是周末，马大夫他们不在。李大夫关照护士后，俯身问舅舅："杨老，哪难受啊？"舅舅抬抬眼，摇摇头："我不难受。"（几乎听不清。）

"眼看这双一向被外婆褒奖的、也曾迷倒舅母的美丽黑眼睛，在迅速地一点点黯淡下去。"

我引李大夫出病房，和她谈病情。她说现在已到"终末期"。主要是血氧问题，正常是九十以上，八十还能接受，再往下就危险了。我问她："那还能做切口术吗？"她说已经插了气管，再做没有意义。我说早做就好了。她说是啊。

接着她告诉我："上呼吸器分大小，小机器在病房里做，大机器在重症病房，那就要隔离了，家属不得入内。你们要商量一下定下来。就这几天了。"

五点半，血氧升至九十三，高压到七十六，仪器发出警报。

之前我插空找过外文局的武玮处长，问她能否再找个护工的事。我还提出单位出费用，她一口答应，还嘱我要找个

① 跟随舅舅历尽沧桑的黑色戒指从 2009 年 11 月 22 日起转由我保存，我将永远珍藏。

好的。小连到地下室护工分公司做了登记，但暂时无闲工。

下午六点，舅舅高压升至一百一十四。

一会儿，护工头儿领来一个姓肖的女护工。三十来岁，甘肃人，听说我这边需要人，恰好她原来护理的三床去了重症病房。细谈，她受过培训，有两年的护理经验，出来找活是为了孩子上学，她有三个孩子呢。

二十二号这个夜晚，我不想离开，想找些借口留下。

并不宽敞的病房里多挤进一人，我实在没有理由再待下去了！我到床头俯下身说："舅舅，我走了，明天再来看您！"舅舅侧身动了动肩膀，微睁开眼皮，已没有应答的力气了。

返程路上，车厢里理查德悠远的琴声，伴着泪如泉涌……

十一点，我打去电话，那女护工说，挺好。

次日一点，睡下，再惊醒，男护工小连的告急电话一连串。

2009 年 11 月 23 日，星期一。

睡下时手机落在客厅里了，怪不得一时没听见。看表是早上六点多。屏幕上一连串的短信，全是小连的："抢救！"

我决定不开车，否则定要翻车！慌乱哆嗦的我奔到大街上，冲着每一辆开来的出租车挥手。"快开！"我催司机。赶上周一上班的高峰，他想快也开不快。

我感到自己的奢望一步步在退缩：先是出院给舅舅过九十六岁生日，早没戏了。新年等不到了，总该过完十一月吧，难道老天连让舅舅平安度过这个周末都不依吗？

二十三号，老人确实熬过漫长的周日迎来了下一周第一天的早晨。只是他已闭目睡去，再看不到崭新的太阳……

赶去医院，一男一女两个护工均在。舅舅静静地躺在床上。

小连说阿姨拿衣裳去了。

两人都说走的时间是六点四十五分。小连说得更具体：“昨晚一点打针换到胳膊上，因为脚上找不到血管。早上五点五十分开始鼻子抽抽。没咳嗽出来。吸痰没吸出。手摇床，赶紧抢救，来了四个大夫，三个女的。抢救一小时。叫来杨炽，去取衣裳。”

清晨宪益舅舅的遗容

我问："她来时见到她爸了吗？"小连说头次来还看见了。

等衣服当儿，我理了一下抽屉里几件仅存的遗物：妈送给舅舅的红腰带，中国作协的证书、奖章，邵燕祥的信和报纸。我一一拿出，除了留下邵的信和报，想日后还给他本人留个纪念。其余嘱小连一会儿交给杨炽。

最末一件事，是斗胆画下了老人的遗容。

我不觉得舅舅已离去，我只当他还睡着。我没写画的日期，什么也没写，不知道写什么。

杨炽来了。我们都以为带来的是什么新衣服，其实不是，还是原来的那些，我都见过。两护工开始给舅舅穿衣，我看他们忙不过来就上前搭把手，帮着穿上了裤子。正在这时，侧着身的舅舅突然从口里流出一堆黑色液体，显然是残留的药液，顿时把白衬衣领搞脏了。还好，那件呢子西装领子可以遮挡一些污迹。

最后小连趴到床下找出住院时穿的那双鞋。

武玮和外文局的人闻讯赶来。她一进门看见舅舅就哭了："昨天还好好的，怎么这么快……"

谈到开不开追悼会，一个意见是当年舅母的后事就从简了，但一位领导表态说："杨老影响太大了，还是得办一下。"

通知送太平间的人来了，发了一张单子，需要家属填写。我看看杨炽，她说"你去吧"。我说："那填单子呢？""你代填吧。"她说。她留下和小连继续收拾房间，毕竟这里马上要易主，别落下什么。

玮丽随我扶担架下楼。舅舅来时坐的是轮椅，如今躺着走。此时我的脑子一片空白！

这种经历不止一次了，外婆，公婆，爸爸……几位老人了，我一点不胆怯。况且这回是亲爱的舅舅！他就躺在他一向唤着“小采”的女孩身边，被推向太平间。

很快办完手续，舅舅被送进冰冷的抽屉内。

杨炽和小连也已下楼，拎了一大包杂物。大家让他们坐单位车先走。

已经完全发木的我和玮丽，再次去“渔公渔婆”坐。东西什么也吃不下。玮丽为我要了杯橙汁。我们都不甘心就这么无声无息地送走老人，商量找谁写点东西，定下约写文章的名单。

先发短信给李辉、罗雪村……

想找北青报的陈国华，一时竟忘了他的姓。

意外的是，一到家，自己却被媒体包围了……

特别是北青报朱玲，她在电话里哽咽得不行，才知是陈国华安排她来找我，她告诉我她一直关注杨老，在研究准备着，可是一直没敢打搅老人，现在很后悔没见过老人一面。她打车径直前往小金丝胡同，还让司机和我通话问路线。后来她又返回单位，电话一会断一会通，那头现场乱哄哄的。

韩敬群受《北京晚报》孙小宁之托，下午打来电话向我约稿，他说自己也写，两人一个版，两天后交卷。

中午小连打来电话 :“阿姨，我在街上。”我吓了一跳，问为什么。他说阿姨说没事了，叫他走了，给了他一万元。他说 :“我还要送爷爷呢，她说这事你不用管。”我忙问 :“你上哪儿呢？”他说去找他媳妇。事后得知他又给我阿姨和妈打电话，说自己失业了，想要找份新工作。

2009年11月24日，星期二。

继续被媒体包围。

凤凰台第一家播出了杨宪益逝世的新闻。

2009年11月25日，星期三。

被媒体包围继续中。

《南方日报》《中国青年报》……《北京晚报》错报了送别时间。

2009年11月26日，星期四。

完成《北京晚报》约稿《宪益舅舅仙逝前》。小宁说她要出差，希望出差前收到我的稿子。

2009年11月27日，星期五。

上午写出编后记。

午后赶到北青报社，当了一回临时主编。第一次见到天天副刊的主编陈新先生。

和年轻报人一起高效率工作，感觉自己完全能跟上趟。

2009年11月28日，星期六。

北青报作家专栏《余音袅袅 追思无限》一组亲友悼念文章见报。

……

29日前的那一周，即便老人躺在煤炭总医院冰冷的太平间里，我也会觉得他和我们还在一起，在这座他一向喜欢的、虽然已被拆得面目全非的都市里，他还依稀记得50年代初他刚调到北京，印象是“很清洁”，和平解放保留了完整的城郭。

23日到29日的一周里，我们大家睁眼时，舅舅闭着眼，我们睡了，做梦了，他也在“睡”。虽然他的梦我们无法知道，对我来说，这是一种“安慰”！

可明天……

2009年11月29日，星期日。

上午十点，杨宪益送别式在八宝山东礼堂举行。

这是唯一的没有在屋檐悬挂横幅的厅堂，前来吊唁的队伍络绎不绝地从门前台阶一直延伸下去。

所有在京的亲友都在休息室里候着。互不往来互有积怨的人们也因舅舅难得地挤在同一空间。

不乏媒体记者们涌入。

前几日两个老太太还犯愁谁去医院太平间护送她们的哥哥到八宝山，也真巧，明明从美国回来了。他去再合适不过，一切瞎猜和担心，都化解了。

这孩子的确不负众望，告别式一结束，舅舅的像就由他一直捧在怀里，他那么瘦小，却一点不懈怠，紧紧地捧着，走了很多路，如同他小的时候，外公搂着他在北海公园行走一样。

可惜他的父亲、严文井的儿子严欣强没有看到。

还有一件事，几天前阿姨神秘并有点兴奋地对妈透露，那天上边会有人来，起码是两位。先在贵宾室里，由她和阿夫代表见个面。

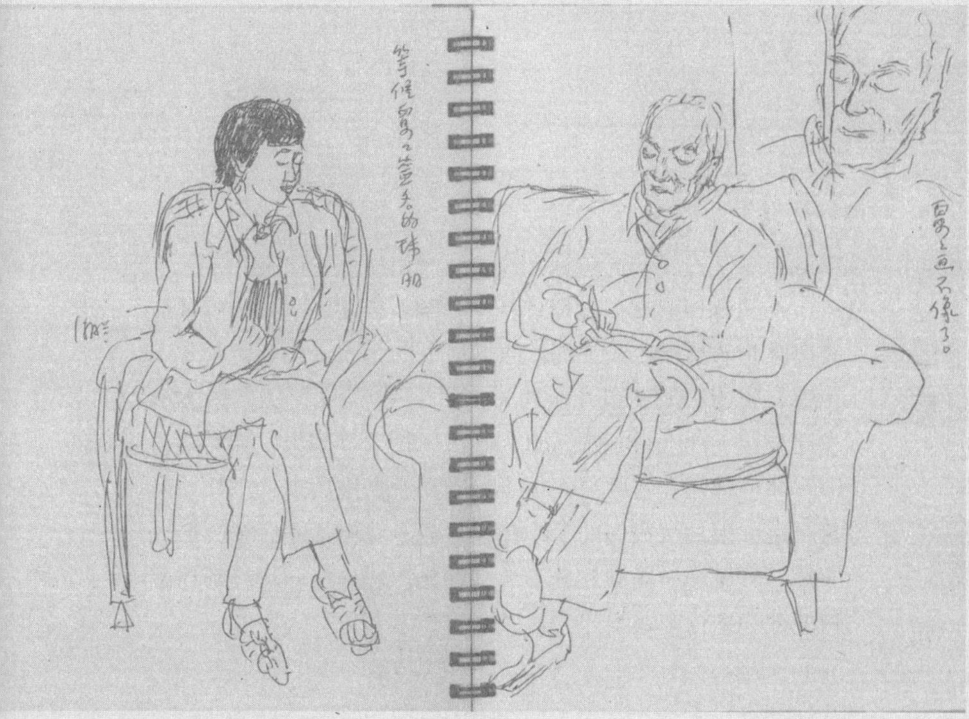

范玮丽采访舅舅

而事实上，二十九号这天，我们看到的是在舅舅大幅的黑白照片右侧下端，从江泽民、温家宝开头，一个挨一个，很多前、现国家领导人都送了花圈，占了一长溜。

> 花丛中的老人穿着自己的一件旧西装，盖身的红缎子上什么都没有。在“长城外／古道边／芳草碧连天”和他生前喜爱的歌曲：Danny Boy，Bonnie Banks，O'Loch Lomond，Amazing Grace 的回荡中，在千余人的目送和一片抽泣声中，他衣冠楚楚地走了……

不知从何时起，公墓添了一项新的仪式，即告别式后，要把所有的鲜花送去焚烧。我们留下的亲友：我和傅及儿子儿媳、明明夫妇、雷音、玮丽一家、“和睦家”美国医生白飞逸夫妇（Philip Brooks and Astri Brooks）等多人，都涌到炉边。两位师傅守着两只大炉子，掀动着铁锹，炉火正旺。鲜花一束一束，从我们的手中传递过去，花瓣落满广场，形成一幅五彩斑斓的图画。分不清是花儿，还是泪，最终都在翻腾的烈焰中化为灰烬……

附　录

附录 1

黄夏婚礼侧记

2010 年 8 月 14 日，在纽约市布鲁克林区（Brooklyn）葛兰特大街七十号（70 Grand Street）的一家意大利餐馆 Aurora 的后花园里，举行了 Sara Huang 和 Adam Pellecchia 的婚礼。这是一个典型的中西合璧的婚礼，肤色不同，衣着各异，篱笆花草，简朴而独特。出席的亲友和来宾有五六十位。黄夏的妈妈杨荧早几天就飞来帮助女儿操持。刚获悉，黄夏的哥哥黄岳前时考下了牧师执照，他将担任主婚人。他们夫妇的可爱女儿黄念迪，不到三岁，将是唯一的小伴娘。黄夏的小姨杨炽和她的儿子、也是黄夏的表弟易安，母子俩也特地从加拿大赶来出席。

中国亲戚中有多年居住纽约的我弟弟赵苏、弟妹向利华，赵苏的儿子赵旸。还有八舅杨紘武的次子杨权夫妇，他们作为杨荧的表兄弟，按说也是黄夏娘家的亲戚。

我是一个例外。也很凑巧而幸运，我参加的国际女画家展览恰在这个八月。更绝的是一日开幕，到达纽约的时间是十二日。我又有意把归国时间从十四号挪至十六号，以便不会错过婚礼。

男方一家人来了，公公长发蓄须，是位音乐艺术家，他吹奏的长笛乐声从仪式前就开始袅绕在花园里。浅色长发的婆婆豪放活跃，完全不同于她那寡言的儿子。

为体现婚礼的中国元素，杨荧杨炽姐妹今天都特地穿了蓝印花布连衣裙，杨荧说黄岳喜欢她穿，姥姥也喜欢穿。我在帮着编《她有两个祖国》时，曾特意叮嘱出版社设计封面选用这一中国蓝。我和利华穿的是旗袍，利华那身讲究的黄绿色锦缎旗袍，还是新定做的呢。

十一点整，天使般的黄念迪手捧一束花，在大人们无比爱怜的注视下憨态可掬地走进花园会场。她的身后是举止高贵的杨荧含笑挽着新娘款款而入。黄夏系一件肉色软料裙袍，简约圣洁，酷似希腊女神。新郎一身浅灰色西装，新人和贵宾一样都在胸前别一朵绿白茶花。

此刻母亲已经将爱女交给了女婿。主婚人黄岳面对新人开始问话，现在我只能看到他们的后背了。我不大能听懂双方在问答什么（更看不到黄夏如同我的洋儿媳安静那样噙着泪），但一定是关于无论怎样都要白头偕老的誓言。最后握手、接吻、全体起立鼓掌祝贺，总共只有十分钟。

即刻，仪式座位摆成铺上雪白桌布的条形餐桌。各就各位后，按照西方人习俗，敲杯示意开席。杨荧起立说了这样一番话：“今天黄夏结婚，眼看女儿长大了，而且这么优秀优雅懂事，我很幸福。但是她的姥姥、姥爷没等到看见这天……”

杨荧哽咽了。

好长一阵子的静场，所有的人都陪着，不动声色。唯有我，泪下如雨，拼命掩饰也无济于事。其实我在昨晚的家宴上，见到翌日将步入婚姻的黄夏一刹那，已酸楚难当。

因为一向疼爱这个外孙女的老人——我最亲爱的舅舅提前走了！

附录 2

我小时读外文的经历

杨宪益

我家从我先祖杨殿邦时起，大概就对西洋感觉兴趣。我先祖杨殿邦同林则徐是科举时同年，这在林则徐日记里有记载。对洋务有兴趣也许同林则徐有关。我父亲兄弟七八人差不多都曾留洋学习过，我父亲作为长子，只留过日本，没有去过欧美，但我知道他喜欢荷兰的雪茄和欧洲的洋酒。我父亲去世比较早，我小时候虽读书很早，但开头并未读洋文，只是上中学时，因选中了当时法租界的一个教会中学新学书院，学校里老师一半是英国人，他们只能用英语教学，学生听课必须懂英文，我母亲才请了一位池太太教我念英文，这是在我上学前一年的事，这位池太太是广东人，在广州中山大学学过英文，对法国文学也有兴趣。我开始学英文，用的是一本叫作“纳氏文法”，Nesfield 的文法书，共分四册，由浅入深，编得很不错。头一两本讲普通英文文法，后一两本讲修辞学和英诗格律等，这样学了两年就上中学了。在中学时，除了听英国老师讲英文外，当时天津前法租界有一个法文图书馆，还有一个“秀鹤书店”，老板是福建人，叫林秀鹤，专卖外文书，我因上学时中英文基础都不错，业余时间

我小時讀外文的經历

我家從我先祖楊殿邦時起，大概就对西洋感興趣。我先祖楊殿邦同林則徐是科舉時同年，這在林則徐日記裏有記載。对洋務有興趣也許同林則徐有关。我父親兄弟七八人差不多都曾留洋學習過，我父親作為長子，只留學過日本，沒有去過歐美，但我知道他喜欢荷兰的雪茄和歐洲的洋酒。我父親去世比較早，我小時雖讀書很早，但開頭並未讀洋文，只是上中學時，因選中了當時法租界的一个教會中學「新學書院」，學校裏老師一半是英國人，他們只能用英語教學，學生聽課必須懂英文，我母親才請了一位池太太教我念英文。這是在我上中學前一年左右的事。這位池太太是廣東人，在广州中山大學學過英文，对法國文學也有興趣。我開始學英文，用的是一本叫做「納氏文法」Nesfield的文法書。共分四册，由淺入深，編的很不錯，頭一兩本講普通英文文法，後一兩本講修辭學和詩格律等。這樣學了兩年就上中學了。在中學時，除了聽英國老師講英文外，當時天津前法租界很闲，所以常到书店买书看。上初中时，因为年龄还小，喜欢看儿童读物，买来看的多半是神话或冒险故事，后来也读了一些历史小说之类。到了高中二三年，也读了一些英法诗歌等文学书。我家里有父亲留下的两套林琴南等人译的《说部丛书》，我父母也喜欢看当时翻译的一些外文书，如《鲁滨逊漂流记》，伍光建译的法国大仲马（Alexandra Dumas Pere）《侠隐记》等，这些对我也有影响。我也看了不少。当时天津、上海有不少商务印书馆和开明书店等出版的外国名著，这些虽是中译本，也对我学习外文增加知识和兴趣。所以从中学读书前到中学毕业这十年间，我可以说已经基本上掌握了英语能力，并没有感觉什么困难。

有一个法文圖書館，还有一个「秀鶴書店」，老版是福建人，叫林秀鶴，專賣外文書。我因上學時中英文基礎都不錯，業餘時间很闲，所以常到到書店買書看。上初中時，因為年龄还小，喜欢看兒童讀物，買来看的多半是神话或冒險故事，後来也讀了一些历史小说之類。到了高中二三年，也讀了一些英法诗歌等文學書。我家裏有父親留下的两套林琴南等人譯的「说部叢書」，我父也喜欢看當時翻譯的一些外文書，如「魯濱孫飄流記」，伍光建譯的法國大仲馬 Alexander Dumas Père「俠隐记」等，這些对我也有影响。我也看了不少。當時天津上海有不少商務印書館和開明書店等出版的外国名著，這些雖是中譯本，也对我學習外文增加知识和興趣。所以從中學讀書前到中學畢業這十年间，我可以说已經基本上掌握了英語能力，並沒有感覺什麽困難。

附录 3

此情可待成追忆

——记乃迭生前二三事　杨宪益

（一）乃迭与牛津中国学会

我初到英国是在 1934 年秋。到了伦敦，我的中学英国老师朗曼就给我找了两位教希腊文和拉丁文的老师，给我补习希腊文和拉丁文。这是因为我要去牛津大学念希腊和罗马文学，而在当时去牛津读这种文学的学生都在中学是已经学过一点这两种文字，我在中学读书却没有这种机会。我在伦敦补习了几个月，1935 年年初，去牛津参加入学考试，通过了。但在墨顿学院面试时，校方问我学了多久这两种文字，我回答五个月，校方却认为学的时间太短，要我再补习一年，才能入学。另一理由就是当时牛津每个学院收取亚洲国家的外籍学生都有名额限制，墨顿学院当年已录取了一名从香港去的中国学生，所以我只能等下一年才能入学。到了 1936 年，我应该在秋季开学时才去墨顿学院，但我决定春天就去牛津住几个月，熟悉当地环境。我到牛津后，认识了当地居住和学习的中国学生，了解到他们中国同学已经有一个“中国学会”。当时不同国籍的牛津外籍学生有些成立了同学会，如“日本学会”“中国学会”，也有些英国学生因不同政见或主义而成立了“保守党学会”“自由党学会”“共产党学会”“工党学会”等等。那时在牛津学习的中国学生人数并不多，大概只有不到二十人，但牛津的英国教员职工学生中对中国文化感兴趣或到过中国的却不少，大概总有百八十人，所以他们就成立了一个“中国学会”，每一两星期聚会一次，邀请一两个人来谈中国问题然后大家讨论。我到牛津时，正值那时日本侵略中国，所以这方面讨论十分热烈。我去了不久，就担任中国学会的秘书，第二年又担任该会主席。乃迭是1937年秋季到牛津读书的。她到了牛津不久，就参加了牛津大学的中国学会，这是因为她父母都在中国工作，自己又生在北京，从小就对中国文化感兴趣，我担任该会主席时，她自愿担任秘书。当然那时牛津大学还是男女分校，她当时不是同我在同一学院，而是在另外一个女子学院读书。我读的是所谓荣誉学士学位，读期四年，包括一

牛津大学新生照，一排左起三为杨宪益

年多希腊和拉丁文，她读的是普通学位，只需要三年，所以她比我在牛津晚一年。她去牛津本来想读法文。我读完希腊和拉丁文课程后，本来也想读法国文学，所以我们又做了半年同学。读了半年后，我们都感觉我们的法文基础不够，太吃力，所以我改读英国文学，她也改学中国文学，总之我们也可算做过不到半年同学。我在牛津中国学会担任主席，她担任秘书，大概是从 1937 到 39 年，以后因为快毕业了，国内的抗日战争也进入相持阶段，没有那么多的宣传工作要做，我们也就不太积极搞中国学会工作了。记得我初参加中国学会时，会员不过一二百人，后来因为我们积极鼓吹，会员升到二千人左右，这当然也是由于日本侵略我国初期，英国人民很多人同情中国，后来第二次欧洲战争爆发，英国人民也就顾不得抗日宣传了。乃迭担任牛津中国学会秘书时，工作非常积极认真，我当时也为自己有这样一位好秘书而自豪。

（二）乃迭在中国

乃迭和我于 1940 年秋来中国。我们坐船先到香港，本想从香港经越南到内地，因当时正值抗日战争期间，天津、北京都早已沦陷，我们不想去那里，决定去重庆，然后去昆明教书。结果到了重庆，我母亲不愿我们离开，只好去重庆附近的一个名叫柏溪的小镇，那里有中央大学（即后来的南京大学）分校，在那里教英文。我们同当地的同事和学生关系还好，但校方当局怀疑乃迭是共产党，所以只教了一年乃迭就没有被续聘，我们只好又转到贵阳新成立的贵阳师范学院作英语系教授。我们去贵阳前，因乃迭同我已经结婚，她本想申请中国国籍，同我一起做中国人，但重庆当局一再拖延批准，因为当时外国人申请中国国籍的还不多。我们后来觉得乃迭保留英国国籍也好，因为有英国护照，去外国也比较方便。因此我们就放弃了申请。但那时英国方面又通知我们，要乃迭放弃英国护照，理由是战时英国女子同外国人结婚的，应该放弃英国国籍，由大使馆收回护照，除非对方是敌对国家，可以保留原有护照，这样乃迭就变成没有英国国籍的人。这种情况继续了好几年，直到日本鬼子投降，英国政府又改变了政策，由大使馆还给乃迭英国护照，重做英国公民。这一切我们都毫不在意，因为我们反正当时在中国内地，也没有出国的机会或要求。总之后来乃迭也没有再申请中国国籍。乃迭自己说，她认为中国是她的第二祖国。实际上，乃迭生前大部分时间都是在中国，虽然后来回过英国好几次。所以不管护照国籍如何，她总可以算是大半个中国人。解放后，她在名义上是外籍专家，外文社拿她当作外国人看待。她自己也从不干预中国政治。历届运动都不要她参加，她也从不过问。我只记得“文革”初期，报上发表了一段关于过去各国文化传统的议论，否定在马克思以前的文化名人，包括英国的莎士比亚等在内，当时有编辑建议乃迭翻译介绍这一篇文章，乃迭婉言拒绝了。还有当“四人帮”刚刚垮台时，有人在《人民日报》副刊上登了一篇短文，把诗人艾青的名字同姚文元等一伙放在一起，那时艾青刚从新疆回到北京，我们同他很要好，常常去看他。这篇骂艾青的短文用的是笔名，不是真名字。我看了这篇文章，提请乃迭注意，乃迭就自己写了一封信，寄去质问《人民日报》副刊，不久《人民日报》副刊回了一个电话道歉，说这篇文章是错误的，作者是一个年轻人，这个人我也认识。这两件事都可以说明乃迭虽然平常对当时中国的左倾幼稚病是不干预的，但遇到与她有关的人和事，还是立场非常坚定鲜明的。在那时候，也有人怀疑乃迭给英国朋友写信时说过不适当的话，泄露过一些政治上的事情，实际上这种猜疑是无中生有，我知道乃迭给家里人或朋友写信，从不散布什么小道消息，只谈些家常琐事。她的言论一直是非常慎重的，在这一点上，她比我要好得多。

（三）乃迭翻译工作

我原来并不想作一个翻译匠，小时候读书时也没有想过将来从事什么职业，但在天津读中学时已经有时把个别英美诗歌试译成中文旧体诗，这只是为了好玩。在牛津读英国文学时，也曾把《离骚》译成18世纪的英文诗，给我的英国导师看，这只是因为他本人是个诗人。那时我才认识乃迭。乃迭在牛津是第一个选修中文的学生，我当时为了帮助乃迭学中文，也有时同乃迭合译过一些中文古今文学作品，如唐代的传奇小说，鲁迅和周作人的散文，艾青和田间的新诗等等。回国后也是这样，记得当时两人就合译过小说《儒林外史》《老残游记》，鲁迅的《朝华夕拾》《阿Q正传》等等。1943年两人到了国立编译馆，同译《资治通鉴》，这是两人合作翻译为职业的正式开始。解放后，编译馆被取消，我们又一同参加了新成立的外文出版社，此后几十年间我们合译过的中译英文名著不下百余种。记得最初出版的有原来旧译的《儒林外史》，同冯雪峰商讨决定的《鲁迅选集》四卷本，由黄永玉画插图的白族长诗《阿诗玛》，李季的《王贵与李香香》，丁玲的《太阳照在桑干河上》《白毛女》，周立波的《暴风骤雨》等等，还有冯雪峰同志自撰的《雪峰寓言》。原来外文出版社社长刘尊棋同志与我一同计划出一套一百种古典文学名著和一百五十种当代文学作品，后来刘尊棋同志离开，这个大计划成为泡影。以后我们只好按照新来的领导意旨，有时为了配合京剧和地方戏出国，翻译一些戏剧剧本，如《白蛇传》《打渔杀家》《秦香莲》《拉郎配》等等，有时为了宣传中国与印度的文化交流与友谊，翻译法显的《佛国记》，北京大学金克木教授的《中印文化史话》等，有时为了宣传毛主席的“不怕鬼”思想，翻译一些《不怕鬼的故事》等。但当时因为参加了《中国文学》期刊，所以在杂志上，每月都要介绍一些古今中外文学作品，同时也还为外文出版社出几本书，后来又为《中国文学》编辑出版了一套《熊猫丛书》。我们合译中国文学名著时，一般是由我翻译初稿，然后由乃迭修改英文，成为定稿。我翻译初稿大致都是在打字机上译一遍，乃迭修改则常常要打两三遍，所以她用的时间一般都比我多。她翻译中文诗歌常常觉得没有把握，有时要改许多次。记得我们合译宋代范成大的田园诗时，她曾改了同我商量，又重新修改，一共改了七八次。后来翻译《红楼梦》时，碰到书中旧诗词时，也改过好几遍，所以我们合作时，她费的功夫总比我多得多，后来她翻译当代小说时，都是她自己译初稿。我只帮她较对一下，这样她的工作量就更多了。所以今天大家说起来，好像所有译文好坏，都归功于我们两人，其实她的功劳比我要大得多。她每天上班工作时，都非常认真，从来不同大家闲谈，浪费时间，同事们也都称赞她，是我们翻译工作者的典范。

回忆乃迭生平，值得一提的事当然还有很多，但我只想写这几条。至于她晚年生活和工作情况，她自己没有写下去，我也可以理解，但我也不想写下去，留给朋友们补充好了。

附录 4

《我的舅舅杨宪益》人物介绍

注：以姓氏拼音为序

爱泼斯坦 国际著名记者、作家

巴　金 现代文学家、长期担任中国作协主席、翻译家

白　霞 Patricia Wilson 英籍学者，原中国外文局的《中国文学》杂志翻译编辑，杨宪益戴乃迭生前好友

毕冰宾 原《电影频道》编导，劳伦斯研究者

蔡若虹 画家、美术教育家、原中国美协副主席

查良铮 （穆旦）现代诗人、翻译家、《九叶集》代表人物

车前子 当地诗人、散文家、水墨画家

陈丹晨 原外文局《中国文学》杂志编委、文艺报主编，杨宪益生前好友

陈小滢 《散落的珍珠》作者

陈有升 原中国外文局编审，戏称“三剑客”之一

戴爱莲 现代舞蹈家

丁　聪 漫画家、杨宪益生前好友

董乐山 翻译家，作家，《红星照耀中国》译者

董宁文 《开卷》执行主编

范东兴 比较文学博士、赵瑞蕻硕士研究生

范玮丽　美籍华裔作家，《金丝小巷忘年交》作者
范　用　出版家、北京三联书店原总经理，主持出版《译余偶拾》《雪泥集》，杨宪益生前好友
冯亦代　散文家、翻译家、杂文家，原外文出版社出版部主任
高艳华　原百花文艺出版社编审，《散落的珍珠》责编
顾颉刚　中国现代著名历史学家、民俗学家
韩敬群　北京十月文艺出版社总编辑
韩美林　当代艺术家
胡　适　现代作家、学者、新文化运动开拓者之一
胡志挥　英语翻译家
华君武　著名漫画家
华罗庚　数学家、中国科学院院士、曾任教西南联大
黄灿然　当代作家
黄苗子　漫画家、美术史评论家、书法家，杨宪益生前好友
黄乔生　鲁迅博物馆常务副馆长，赵瑞蕻硕士研究生
黄永玉　版画家、国画家、作家、诗人
黄宗江　表演艺术家，《农奴》《柳堡的故事》编剧
纪　红　《银翘集》《三家诗》策划编辑
江瑞熙　（笔名罗寄一）翻译家、西南联大现代诗人之一
姜德明　原人民日报社社长、散文家、著名藏书家
蒋虹丁　南京老作家
金圣华　翻译家
雷　音　《杨宪益传》作者
李　舫　《人民日报》记者、现任《人民日报》海外版副总编辑，首次提出“翻译了整个中国”

李广田　现代文学家，曾任教西南联大
李　辉　原《人民日报》副刊主任编辑、传记作家，《一同走过》作者
李　菁　《三联生活周刊》副主编，主笔
李　晶　《我有两个祖国——戴乃迭和她的世界》译者之一、杨戴译作研究学者
李景瑞　《译林》杂志创办人，译林出版社首任社长兼总编辑
李　岫　李广田之女，文学教授
李尧林　笔名李林，巴金三哥，《贵族之家》《罗亭》等译者
刘守华　《中国档案》副总编
廉士聪　杨宪益中学同学
梁实秋　现代文学家、学者、翻译家，国立编译馆首任馆长
卢冀野　戏曲史研究专家、散曲作家、剧作家、诗人，杨宪益生前老友
罗亘泽　古典文学研究专家
罗家伦　教育家、国立中央大学校长。杨宪益戴乃迭证婚人之一
罗雪村　文画人，原《人民日报》文艺副刊编辑
闵福德 John MinFord　英国汉学家、文学翻译家
聂绀弩　现代诗人、散文家，杨宪益生前老友
钱锺书　现代文学家、学者，曾任教西南联大外文系
沙博理　中国籍犹太人，翻译家、外文局专家
邵绡红　邵洵美之女，《邵洵美传》作者
邵洵美　新月派诗人、散文家、翻译家、出版家
邵燕祥　诗人、杂文家，《三家诗》作者之一，杨宪益生前好友

沈从文　现代作家、历史文物和古代服饰研究者
沈　峻　原外文出版社编辑、丁聪夫人
石　湾　原中国作家出版社总编辑，作家
宋　词　南京作家
孙家琇　戏剧教授，原中央戏剧学院戏剧文学系主任
孙小宁　北京晚报记者
唐　瑜　《电影新地》《银座》《电影艺术周刊》等刊物主编
王　蒙　当代作家
王湜华　红楼梦研究学者，戏称"三剑客"之一
王世襄　鉴赏文物大家、收藏家、学者
王一桃　诗人、散文家、文艺评论家
王以培　当代诗人，中国人民大学文学院教授，《白帝城》作者
卫建民　国务院发展研究中心编审，作者首篇写杨宪益舅舅的约稿人
魏　巍　当代作家、诗人
文洁若　翻译家、作家、萧乾夫人
巫宁坤　翻译家，英美文学研究专家，杨宪益生前好友
吴　宓　诗人、学者，曾任教于西南联大外文系
吴世昌　红学研究者、作家
吴寿松　原外文出版社美术编审，戏称"三剑客"之一
夏　衍　现代文学家、社会活动家，《林家铺子》《祥林嫂》编剧
向　达　中国著名历史学家、教育家、敦煌学家、曾任教西南联大
向　梅　上海电影制片厂演员

萧关鸿 作家、原上海文艺出版社总编辑

萧　乾 欧战著名记者、文学家、翻译家，杨宪益戴乃迭青年时代好友

谢　晋 电影导演，作品《芙蓉镇》《天云山的传奇》等

徐怀谦 原《人民日报》副刊大地版主编

徐坚忠 原上海《文汇读书周报》主编

严文井 当代作家、儿童文学家、曾任人民文学出版社社长

杨　绛 现代作家、翻译家、外国文学研究家，钱锺书夫人

杨少波 人民日报社编辑

杨式骧 历任翰林院庶吉士、翰林编修

叶君健 翻译家，译著《安徒生童话》等，杨宪益生前老友

叶廷芳 作家、翻译家、卡夫卡研究专家

於　梅 《译林》出版社编辑

郁　风 画家、散文家，郁达夫侄女，杨宪益戴乃迭生前好友

袁　鹰 当代诗人、散文家、儿童文学家，原中国作协书记处书记，主编多部散文大系。杨宪益生前老友

菀　茵 作家、叶君健夫人

张伯苓 南开大学首任校长、西南联大主持之一、杨宪益戴乃迭证婚人之一

张昌华 编辑、传记作家

章诒和 作家、戏曲研究学者

郑　造 南京作家、诗人

朱家溍 文物专家、历史学家

邹　霆 老报人、编辑，《永远的大家——杨宪益传》作者，杨宪益生前老友

后记

万没想到，写宪益舅舅的最后十年这本书出版，赶上了全球大疫，老人家深爱的祖国同样陷入困境。

前些时在南京，一天妈妈突然问我舅舅走了多少年，我说十三年了。说这话时我不知怎的抬头看了一眼天天见面的两条字幅，俞律先生的书法，半年前妈妈指挥我和陈小妹移到妈妈家客厅北墙的中央，她想把它用在她捐献房产的仪式上。字幅右是“成鬼寻常成佛少”，左是“作诗容易作人难”，1999年的事了，爸爸因心脏病骤然离世，舅舅这两句旷世金言及时寄到了南京。从此我不止一次说过“爸爸走了，还有舅舅。”

2008年12月27日我们给宪益舅舅过了最后一次生日，十一个月后，2009年11月23日，杨氏家族的“擎天柱”坍塌了。那些兄妹仨亲密的画面，那些晚辈围坐着听老辈妙语成串的快乐日子一去不复返！

一晃十三年。世界发生了太多的事，近日和上海一个诗人调侃，假如老人家尚在，一定又打油调侃吐真言了。

感谢这次出版，能将我十二年前写的一段文字用在书封上，这是自己颇为得意有感而发的。熟悉杨宪益的人都有印象，他平时并不多话，不像他两个妹妹那样能说话，舅舅总是静静地听别人说，笑眯眯地听，尊重又礼貌。可他的头脑比谁都清醒、达观。对于大事件他向来有态度，他只是做他认为该做的，发表他认为必须发表的意见。他说："每当是非当表态 / 做个堂堂正正人。"否则，他不会原谅自己！所以当他一开口就会掷地有声，震聋发聩。

十三年来，我们一起经历了失去的伤痛，也一起为传扬被我姨妈杨敏如称之为"一百年不会有一个"的伟大人格和杰出贡献，做过一些努力，或许还有些安慰吧，借出版之际，我想大致捋一下。

2000 年伦敦汉学界举行了杨宪益周年祭纪念会。主办者 Sally Vernon、彭文兰及 Michael Sheringham。第一次这样评价杨宪益"传统与自由知识分子为一身""一位真正的绅士"。

2010 年，三联书店总编李昕和责编罗少强鼎力支持出版了拙书首版，鲁迅博物馆常务副馆长黄乔生安排在鲁迅博物馆举办了新书发布暨文献展。同年金秋，在南京卧龙湖举行文化界研讨会。

2015 年，北方文艺出版社宋玉成社长、责编安璐以半年速度全社动员之力，推出"纪念杨宪益先生诞辰百年丛书"（六本）。其中包括我妈写的《魂兮归来》、王一心写的《五味人生》、范玮丽写的《金丝小巷忘年交》和本人写的《宪益舅舅百岁记》等。董宁文为老人编的最后一本文集《去日苦多》也在此列。同一年，中国作协在现代文学馆主持召开杨宪益百年诞辰座谈会，屠岸、文洁若、叶廷芳、谢飞等先生做了精彩发言，《逝者如斯：杨宪益画传》作为礼品馈赠给与会者。

2016年张世林先生主编“想念大师丛书系列之九”——《想念杨宪益》，由新世界出版社出版。

2017年受邀撰稿《翻译大家，我的舅舅杨宪益》，入编天津市和平区历史名人后裔采访口述《百年和平家国情怀》。

2019年岁末，在北京鲁迅书店举办了“戴乃迭百年诞辰纪念会”，第一次用中英文朗诵了杨宪益的诗文。张郎郎、林玉等到场回述父辈及自己与老人相处的发言，给与会者留下感人至深的印象。

2020年1月19日戴乃迭诞辰当天，草婴读书会策划、上海图书馆主办，举行了纪念杨戴作品朗诵会。不久武汉封城，疫情爆发。

据我和助理张华丽粗略统计，老人的生前生后，约有一百五十多人写出一百九十余篇“印象与怀念”文字，中外友人不同年龄的兼有，字字真切再现了杨宪益的大智慧和超凡魅力。我最推崇邵燕祥先生的一句评价“宪益的学问不是写在脸上的”。和杨宪益共事多年的杨淑心笔下的《老杨扶我上马》，重现了为中国文学走向世界创办《熊猫丛书》的奋斗故事。范玮丽女士堪称杨宪益的“最后粉丝”，她每周一次的探望不是有机果蔬就是小女儿自制的美味蛋糕，我们的友谊从小金丝胡同六号开始。玮丽的再版书《他翻译了整个中国》和雷音著作《杨宪益传》一样有份量，两位女性作家并驾齐驱，倾注了对老人的挚爱。舅舅弥留之际，玮丽说：“如果您累了，就不挺了，不坚持了，安心地走吧，也许乃迭正唱着‘Danny Boy’在等着您呢！”王以培尊杨宪益为“最后士大夫”，他说：“这些年，宪益先生的话一直在潜移默化地影响我，鼓励我，像光芒一样照亮我！”为舅公塑像的傅鸫曾写下："在这里我们也化作支撑草亭的圆木，我情愿作圆木，作最结实的圆木！"我特别想告诉读者，《文汇读书周报》前主编徐坚忠在杨宪益百年诞辰之际，曾大篇幅以图文整版来纪念。英年早逝在疫情前夕的他说过："杨宪益是中国的良心！"

我的表妹杨荧、杨炽在伦敦纪念会上有篇书面发言，我尤其喜欢这样一段话：

"我们的父亲杨宪益有很多方面值得追思。他是一个贯通中西的学者；一个真正的自由主义理想家和爱国人士；一个慷慨好客的朋友；一个在意识形态大动乱的时代努力培养诚实后代的慈爱父亲。他和我们的母亲戴乃迭将活在我们心里。我姐姐和我都没有我们父母的水平，但我们俩都希望像父母一样，为中西沟通尽我们绵薄之力。"

妈妈不止一次对我说：你应该承认舅舅就是你的老师，他对你的鼓励远比对他的女儿都多。是啊，我非常幸运，能够在老人身边亲见他做人的样子，我的几本小书都由他亲自校对。他对我的一点成绩表露出的欣喜，他不放过任何一个我拼写错误的认真，他的博学更使我惭愧不已。我正是在舅舅慈爱的笑容里陪伴他走完生命的最后十年，直到留给我永远的痛。

"从此，在这座城市，不再有位名叫杨宪益的老人。尽管可能媒体会继续宣传报道下去，一年，两年，八年，十年，甚至一百年。但他本人不会看到了。本来他就不在乎看到这些。"

疫情第二年的 2021 年，我有幸结识中译出版社范祥镇、刘瑞莲两位女编辑，让我实现了本书出版的愿望。她们的热忱和敬业精神令我感动。我知道这是因为她们的同仁们和我一样敬仰杨宪益，并且认可我的这份原始记录的真实价值。在此表达我深深的致意！

范玮丽说，我真感激杨老让我们走到了一起。我今天也想说，谢谢你们，谢谢大家！无论这纷乱令人忧虑的世界未来会怎样，我们都会前行，毅然前行。就像1940年年轻的杨宪益携未婚妻戴乃迭，回到苦难深重的祖国那样义无反顾。

赵蘅

完稿于2022年4月26日又一轮核酸检测当日

最后的合影，杨宪益兄妹仨在北京小金丝胡同

图书在版编目 (CIP) 数据

我的舅舅杨宪益 / 赵蘅著. —北京：中译出版社，2022.6

ISBN 978-7-5001-7070-9

Ⅰ. ①我…　Ⅱ. ①赵…　Ⅲ. ①日记—作品集—中国—当代　Ⅳ. ①I267.5

中国版本图书馆CIP数据核字（2022）第080631号

出版发行： 中译出版社

地　　址： 北京市西城区新街口外大街28号普天德胜大厦主楼4层

电　　话：（010）68359827，68359303（发行部）；68359725（编辑部）

传　　真：（010）68357870　　**邮　　编：** 100044

电子邮箱： book@ctph.com.cn　　**网　　址：** http://www.ctph.com.cn

出 版 人： 乔卫兵　　**总 策 划：** 刘永淳

策划编辑： 范祥镇　刘瑞莲　　**责任编辑：** 刘瑞莲

文字编辑： 杨佳特　　**营销编辑：** 吴雪峰　董思嫄

封面设计： 文件帮　　**排　　版：** 文件帮

印　　刷： 北京中科印刷有限公司　　**经　　销：** 新华书店

规　　格： 880 mm×1230 mm　1/32

字　　数： 281千字　　**印　　张：** 13

版　　次： 2022年6月第1版　　**印　　次：** 2022年6月第1次

ISBN 978-7-5001-7070-9　　**定　　价：** 88.00元
